ILHAS DOS DEUSES

AMIE KAUFMAN

ILHAS DOS DEUSES

Tradução de
Jana Bianchi

Rocco

Título original
THE ISLES OF THE GODS

Este livro é uma obra de ficção. Nomes, personagens, lugares e
incidentes são produtos da imaginação da autora e
foram usados de forma fictícia. Qualquer semelhança com
pessoas reais, vivas ou não, acontecimentos,
eventos ou localidades é mera coincidência.

Copyright do texto © 2023 by LaRoux Industries Pty Ltd.
Copyright arte de capa © 2023 by Aykut Aydoğdu
Copyright mapa © 2023 by Virginia Allyn

Todos os direitos reservados, incluindo o de reprodução
no todo ou em parte sob qualquer forma
sem a prévia autorização do editor.

Edição brasileira publicada mediante acordo com
Sandra Bruna Agencia Literaria, SL,
em parceria com Adams Literary.

Direitos para a língua portuguesa reservados
com exclusividade para o Brasil à
EDITORA ROCCO LTDA.
Rua Evaristo da Veiga, 65 – 11º andar
Passeio Corporate – Torre 1
20031-040 – Rio de Janeiro – RJ
Tel.: (21) 3525-2000 – Fax: (21) 3525-2001
rocco@rocco.com.br
www.rocco.com.br

Printed in Brazil/Impresso no Brasil

Preparação de originais
MANOELA ALVES

CIP-BRASIL. CATALOGAÇÃO NA PUBLICAÇÃO
SINDICATO NACIONAL DOS EDITORES DE LIVROS, RJ

K32i

Kaufman, Amie
 Ilhas dos deuses / Amie Kaufman ; tradução Jana Bianchi. - 1. ed. - Rio de Janeiro : Rocco, 2024.   (Duologia ilhas dos deuses ; 1)

 Tradução de: The isles of the gods
 ISBN 978-65-5532-428-0
 ISBN 978-65-5595-254-4 (recurso eletrônico)

 1. Ficção australiana. I. Bianchi, Jana. II. Título. III. Série.

24-88724   CDD: 828.99343
          CDU: 82-3(94)

Gabriela Faray Ferreira Lopes - Bibliotecária - CRB-7/6643

O texto deste livro obedece às normas do
Acordo Ortográfico da Língua Portuguesa.

Para Eliza, Ellie, Kate, Lili, Liz, Nicole, Pete e Skye

Quinhentos e um anos antes...

— Não é como se eu achasse que ia viver para sempre. Só não esperava um presságio com esta informação.
— Pelos sete infernos, Anselm! — murmura Galen, quebrando um pedaço do biscoito que os marinheiros nos deram e esfarelando-o com os dedos.

Encaramos as migalhas que caem no chão musgoso aos nossos pés.

É estranho para ele fazer algo tão mundano quanto comer em um lugar sagrado como este. Bom, talvez a gente tenha conquistado o direito de fazer o que bem entender.

Nós dois estamos sentados do lado de fora do templo propriamente dito, com a desgastada construção de pedra preta atrás de nós. A clareira é cercada por uma mata densa, exuberante e de um verde vibrante como as marcas de feiticeiro que serpenteiam por meus antebraços. Aqui é muito mais quente e úmido que os campos abertos onde fomos criados.

Ancoramos o navio lá na enseada, e meu melhor amigo subiu comigo até o topo da ilha.

Eu queria ver onde os acontecimentos de amanhã aconteceriam.

Barrica veio também, embora não tenha dito o porquê. Nossa deusa está parada na outra extremidade da área ampla, fitando o mar de um azul resplandecente lá embaixo. É uma cabeça maior do que eu, e não conheço ninguém mais alto do que eu. As divindades são feitas numa escala diferente: mais avantajadas do que nós e infinitamente mais bonitas, de forma que você não consegue visualizar muito bem até um deles estar na sua frente.

Eu costumava ter dificuldade em me concentrar com Barrica por perto, com sua presença bagunçando meus pensamentos, mas ao longo da guerra fui me acostumando a estar em sua companhia.

Ela parece uma estátua, bela mesmo quando triste. Sei que deseja de todo o coração que não precisasse ter pedido isso a mim, mas cá estamos. Não existe outro jeito. Não depois do que aconteceu com Valus e Vostain.

Dou uma olhada de soslaio para meu amigo. Antes de tudo isso, as vestes de sacerdote dele eram básicas: uma túnica de corte simples no azul de Alinor. Porém, em algum momento da guerra, nosso clérigo trocou o traje por algo mais próximo a um uniforme militar, um sinal de deferência à nossa deusa guerreira.

A camisa dele está aberta no pescoço, desabotoada como de costume. Ele sempre aparecia com a roupa meio mal-ajambrada quando éramos crianças e isso não mudou.

Galen é muito familiar. Sua presença me conforta.

Como aqueles dois garotinhos cresceram e pararam aqui?

— Estou com medo, Galen — confesso.

— Eu sei, meu rei. — Ele expira devagar. — Também estou.

Ficamos em silêncio por um tempo, o sol baixando no céu entre o emaranhado de folhas verdejantes. Não trouxemos uma lamparina, então precisaremos descer em breve.

Sou eu que acabo quebrando a calmaria:

— Quando a gente era mais novo e os sacerdotes contavam histórias sobre os heróis antigos, eles sempre pareciam nobres. Nenhum sentia medo, raiva ou insegurança.

— Pareciam sempre mais limpos também — comenta Galen, olhando para si mesmo. — E cheiravam melhor.

Solto uma risada sarcástica.

— Eu costumava me perguntar o que se passava pela cabeça deles. Parece que agora a gente sabe. Quando for contar essas histórias, faça com que eu seja uma pessoa de verdade, pode ser?

— Prometo que farei isso.

É estranho imaginar um futuro sem mim. É estranho imaginar a noite de amanhã sem mim, no caso. Minha irmã será uma ótima rainha. Eu gostaria de poder presenciar isso, mas vou perder muita coisa.

Em breve, os cozinheiros de Lagoa Sacra vão preparar outra fornada dos meus pães doces favoritos, cheios de frutinhas que mancham os dedos de cor-de-rosa. Todo mundo vai se deliciar com eles, e eu... eu não estarei lá.

Será que vão pensar em mim?

— Ah, outra coisa — falo, voltando ao assunto que estamos discutindo há alguns dias. — Tem um casal de melros que faz ninho na janela do meu quarto todo ano. Não quero insultá-los, mas para ser sincero... eles não são muito espertos. Geralmente deixo um pouco de algum material macio no beiral para que cubram o ninho.

— Vou cuidar disso — afirma Galen baixinho, fechando os olhos.

Estou fazendo isso desde que embarcamos no navio: mencionando pequenas coisas que preciso que outras pessoas façam depois da minha partida. Ele nunca me interrompe, nunca me diz que alguém vai cuidar do que precisa ser cuidado. Só anota tudo e repete a mesma promessa.

— Galen, como chegamos aqui? — sussurro, fazendo em voz alta a pergunta que continua a me ocorrer.

Ele me oferece um pedaço de biscoito sem falar nada enquanto pensa na resposta. A massa é só farinha, água e uma pitada de sal, e é assada até formar um biscoito duro a ponto de quebrar os dentes. É comida de marinheiro, de soldado, e agora somos as duas coisas. Mas meu apetite vem minguando ultimamente, como se meu corpo soubesse que logo não vai mais precisar de comida.

— Bom, no início, havia a Mãe — começa ele, ameaçando me contar a história toda, tentando aliviar o clima.

Porém, quando ele pausa, puxo os joelhos junto ao peito e repouso o queixo neles.

— Pode continuar.

Ele pisca e olha para mim, erguendo as sobrancelhas.

— Acho que seria bom ouvir você contar essa história uma última vez — sussurro, fechando os olhos para focar na voz de Galen.

Meu amigo abranda o tom, recitando a velha história de cabeça:

— A Mãe criou o mundo e o viu prosperar. A mais irritante, e na nossa opinião, a mais interessante, de suas criaturas começou a demandar cada vez mais atenção. Então, ela fez o que todos os bons líderes fazem.

— Delegou o problema.

— Exatamente. Criou uma prole de sete. Barrica e Macean, os dois mais velhos, nascidos juntos, sempre disputaram a liderança. Depois, Dylo, Kyion, Sutista, Oldite e finalmente... — a voz dele se embarga, mas continua: — Valus, o caçula, sempre risonho.

Em algumas noites ainda consigo ouvir os gritos de Valus.

— Continue — peço.

— Cada um assumiu uma das tribos, que depois virariam países, ocupando-se em responder às orações, abençoar plantações, curar doenças. Assuntos comuns para divindades. Isso as manteve longe de confusão. Pelo menos por um tempo.

— Mas os deuses passaram muito tempo entre nós e adotaram alguns dos maus hábitos dos humanos — intrometo-me, como algumas das crianças que geralmente se apinham ao redor do meu amigo e tentam se gabar de como têm boa memória.

Em resposta, ele abre um sorrisinho quase imperceptível.

— De uma forma ou de outra, acabaram aprendendo a invejar uns aos outros — concorda Galen, as palavras morrendo aos poucos.

Agora ele está contando a história das nossas vidas, e não há mais palavras antigas a serem recitadas — no fim do conto, não há caminho já percorrido à exaustão para seguir ao fim da história.

Descer das montanhas e conquistar para seu deus um novo território à beira-mar não foi o bastante para o povo de Macean. Barrica cansou-se de sua terra composta de colinas relvadas. Oldite entediou-se com suas florestas densas, Kyion com os penhascos altos e solo fértil de seu reino, e Dylo com as águas cerúleas sob seu domínio. Cada um encontrou algo de que reclamar.

O que começou como uma série de escaramuças terminou em guerra.

Assim como Valus era o deus da diversão e dos truques, Macean é o deus dos riscos, o Apostador — e ele de fato assumiu riscos, enviando exércitos para reivindicar a terra dos irmãos.

Nossa deusa, Barrica, é a guerreira, e nos tornamos seus soldados.

Mas, por mais que sejamos capazes de lutar, sangrar e morrer, nada se compara à destruição que as próprias divindades podem trazer ao campo de batalha.

Sou um feiticeiro da família real. Domino não apenas um elemento, mas os quatro. E fiquei parecendo uma criança com meus brinquedinhos diante do poder da minha deusa e dos seus irmãos.

Frotas foram destruídas, com navios atirados pelo mar como se fossem pedras quicando na superfície de um lago.

Exércitos sucumbiram ao fogo.

E as forças de Macean ameaçaram tomar Vostain, a terra de seu sorridente e divertido irmão caçula, Valus. Mas sua irmã Barrica se jogou de cabeça contra ele em defesa de Vostain, e...

Jamais me esquecerei daquele dia.

O impacto da batalha entre os dois devastou Vostain, e todos nós ouvimos os gritos de Valus enquanto suas terras eram reduzidas ao que já começamos a chamar de Ermos Mortos.

Parece ter sido uma vida atrás, mas passou-se apenas um mês.

Barrica acalentou Valus nos braços e pediu que buscassem a mim, o líder de seu povo. Conversamos e, aos poucos, vi o que precisaria fazer.

— Queria que você estivesse junto quando visitamos Vostain alguns anos atrás — admito, despertando Galen de seus devaneios. — Queria que tivesse tido a chance de vê-la. Ainda me pego pensando no povo de lá.

— De quem se lembra? — pergunta ele.

Galen gosta de rir. Teria dado um belo sacerdote de Valus se tivesse nascido em outro lugar, em outra época, mas jamais foge à luta. É por isso que está aqui agora, ao meu lado, quando mais preciso.

— A cozinheira da rainha preparou um bolo de frutas e tinha *alguma coisa diferente*... Nunca descobri o que e mandei meia dúzia de criados diferentes até a mulher para tentar arrancar a informação dela. Cheguei a ir eu mesmo até a cozinha, mas meu charme falhou.

— Só pode ser brincadeira — zomba ele. — Quem ousou dizer não a você?

— Bom, justo hoje preciso confessar que já aconteceu uma vez. Duas, se contar a rejeição de lady Kerlion quando tínhamos catorze anos.

— Quem mais você encontrou?

— Tinha um guarda protegendo meus aposentos — sussurro. — Ele me emprestou o manto para eu poder me esgueirar pela cidade, e retribuí com dicas de coisas que ele poderia fazer para conquistar sua amada. Espero que tenha conseguido.

— Tomara que sim.

— Eu gostava da rainha Mirisal — murmurei, fitando um ponto além de onde Barrica ainda aguardava, imperturbável. — Ela costumava rir com Valus. Estavam sempre se provocando. Na época, cheguei a me questionar se ele a deixara tão despreocupada, e Barrica me tornara um soldado, ou se era só por acaso que cada um de nós era tão adequado aos nossos papéis.

— Eu não fiz de ti um soldado, Anselm.

Jamais serei capaz de descrever a voz de Barrica quando não estou em sua presença. Às vezes acho que é musical; outras, parece a união de todos os membros de um coral falando juntos. Mas nenhum de nós fica muito surpreso quando ela se vira em nossa direção e atravessa a clareira. Barrica pode nos ouvir de onde quer que esteja. Ela só parece, mais ou menos, com um de nós. Mas não significa que seja um de nós.

Galen nunca lidou bem com a companhia dela. Enquanto ele baixa o olhar, ergo a cabeça para fitar o rosto da deusa a quem servimos.

— Não?

— Sou apenas o caramanchão no qual as parreiras podem crescem.

— Ou seja, a senhora aponta a direção geral?

— Sim, mas havia muitos caminhos que poderias ter tomado, Anselm.

Ela se senta de pernas cruzadas à nossa frente, absurdamente graciosa. Se move como uma predadora, mas jamais senti medo perto dela. Minha fé — a fé de todo o seu povo — é o que a fortalece.

É disso que se trata amanhã

Meu sacrifício fortalecerá minha deusa, que poderá então fazer o irmão Macean cair num sono profundo para que jamais volte a guerrear. Depois, ela e seus outros irmãos e irmãs vão se retirar de nosso mundo e não mais caminharão entre nós.

Barrica, a Guerreira, se tornará a Sentinela. Vai deixar a porta entreaberta e velar o sono do irmão para garantir que ele não desperte. Para garantir que a aposta final do deus dos riscos realmente seja frustrada. Talvez ela às vezes atenda a uma prece ou outra, ou abençoe seu povo, mas estes tempos de conversa fácil se acabarão para sempre.

— Para sempre é muito tempo, Anselm — diz Barrica, interrompendo meus pensamentos.

Ela sempre foi capaz de ler minha mente, mas isso nunca me incomodou. Dou a ela minha fé, e ela me oferece um lugar seguro para ficar.

Não consigo imaginar como será para nós quando ela partir, mas poucos a conhecem como eu. Não vão sentir falta de Barrica da mesma forma.

— Tem razão, deusa.

— E talvez amanhã não seja como imaginas.

Encaro Barrica com um olhar de súplica, mas ela não diz mais nada. Apenas inclina a cabeça enquanto se levanta e para diante de mim, bela como sempre. Jamais fui capaz de lembrar a cor exata de seus olhos quando desvio o olhar, mas agora vejo que são tão azuis quanto o mar que nos cerca.

Barrica me estende a mão, e um lampejo de seu poder serpenteia por mim enquanto me ajuda a ficar de pé.

Devagar, nós três começamos a descer pela trilha em meio à mata que leva até onde o navio está atracado para fazermos nossa última refeição. Duvido que eu vá dormir esta noite, mas vai ser bom observar as estrelas. O céu é bem aberto aqui nas Ilhas.

Realmente espero que Galen se lembre de cuidar dos melros. Eles precisam de alguém que fique de olho neles.

Quinhentos e *um* anos depois...

PARTE UM

BRILHO E BRITA

SELLY

Colina Real
Lagoa Sacra, Alinor

A vendedora de artefatos mágicos está perambulando pela própria barraquinha de feira como se estivesse perdida. É como se cada objeto encontrado, das pilhas de velas verdes e grossas às latinhas cheias de seixos e contas de vidro brilhante, fosse uma grande descoberta.

— A senhorita disse meia dúzia de velas? — pergunta ela enquanto olha por sobre o ombro, ajeitando, sem necessidade, o laço do avental.

A mulher está enrolando na esperança de que algo mais chame a minha atenção. Embora a atmosfera sombria e inquietante da cidade já tenha se entranhado em meus ossos, não vou perder a cabeça. Não tenho tempo para isso.

— Exatamente. Meia dúzia, por favor. — Tento fazer meus dentes cerrados parecerem um sorriso, mas, a julgar pela cara da mulher, não sou muito bem-sucedida.

Mas, sério, a esta altura eu deveria perguntar seu nome e qual seu tipo de chá preferido porque, pelo jeito, vamos envelhecer juntas.

Por incrível que pareça, tenho a impressão de que ela se demora ainda mais, erguendo um jornal para vasculhar o caixote abaixo.

— Estas são as melhores da cidade. Produzidas no templo-mor. São para a senhorita mesmo?

Meus punhos cerrados estão protegidos por luvas sem dedos, mesmo assim baixo o olhar instintivamente para conferir se as marcas verdes de feiticeiro gravadas nas costas das mãos permanecem escondidas.

— São para nossa imediata, a feiticeira do navio. — As palavras já não causam aquela velha dor, tão familiar. Estou com a cabeça cheia hoje.

— Ah, claro! — Isso chama a atenção da mulher. *Que os espíritos me salvem*, agora ela interrompe a movimentação de vez para me observar com atenção renovada. — Devia ter percebido que a senhorita é uma nascida do sal, as roupas não enganam. De onde estão vindo?

A vendedora fita de novo o jornal que tem nas mãos, e de repente entendo: a mulher não está sendo vaga, ela está preocupada.

Essas mesmas perguntas me foram feitas em todas as barraquinhas que visitei hoje. Há uma estranha escassez de produtos, os preços estão flutuando muito e boatos se espalham pelo mercado sobre impostos e confisco. Boatos sobre guerra.

Quando veem meus trajes de marinheira — camisa, calças e botas que me distinguem das garotas da cidade, em seus vestidos sob medida —, todos me perguntam de onde vim e como estavam as coisas por lá.

— Acabamos de chegar de uma viagem rápida a Trália — respondo, vasculhando o bolso atrás de algumas coroas. — Na verdade, estou com um pouco de pressa. Preciso chegar ao gabinete da capitania dos portos antes que feche ou minha capitã não vai ficar nada feliz.

Em algum lugar do convés do *Lizabetta*, a capitã Rensa deve ter erguido a cabeça e farejado o vento, sentindo o cheiro de minhas mentiras, mas a vendedora estremece como se estivesse despertando.

— E eu de papo furado com a senhorita! É melhor... Como os jovens falam mesmo hoje em dia? Tem alguma coisa a ver com carros. — Ela abre um sorriso enquanto tenta se lembrar, mas consigo ver a tensão em seu rosto. — É melhor pisar fundo e mandar ver!

Um minuto depois, minhas velas estão embrulhadas e posso seguir meu caminho.

Deixo para trás o agitar intenso das flâmulas espirituais fustigadas pelo vento e as barracas do mercado lotado no topo da Colina Real, me permitindo tomar impulso até estar quase correndo. Passo depressa pela fachada deslumbrante do templo de Barrica, meu ânimo melhorando conforme ganho velocidade.

Sacerdotes e sacerdotisas estão diante do edifício com seus uniformes militares, com as medalhas cintilando enquanto convocam os fiéis para a cerimônia do meio-dia, para as orações por paz. Mas os degraus de pedra do templo não estão lotados de adoradores, e uma placa pendurada na entrada anuncia que, no espaço de convivência ao lado, haverá um baile à noite, com uma banda tocando ao vivo. Não havia percebido que o número de fiéis estava *tão* baixo assim.

Ainda correndo, jogo uma moeda na tigela de oferendas para a deusa — nós, marinheiros, sempre respeitamos as divindades — e sigo sem sequer fazer contato visual com o sacerdote mais próximo. *Sem tempo hoje, amigo.*

A capitã me deu uma longa lista de tarefas e tempo insuficiente para completá-las: sua maneira de me manter longe da capitania dos portos.

— Você ficou vagando por lá todos os dias desde que atracamos — disparou ela mais cedo. — Hoje você pode trabalhar um pouco, pra variar.

Pra variar, Rensa? Ah, tá. Entendi.

Já faz um ano que executo cada mísera tarefa que dá na telha da capitã, trabalhando centímetro por centímetro da minha própria embarcação, dos porões ao gurupés. Mas finalmente a espera acabou. Precisa ter acabado. Que os espíritos me salvem de ter que passar nem mais um segundo sequer sob o comando dessa capitã tirana. Hoje *precisa* ser meu último dia com ela.

Desta vez, na capitania dos portos, vou ver escrita a giz a notícia pela qual venho esperando. Qualquer outro resultado é inadmissível.

Faço um desvio por um beco de construções erguidas bem próximas, com os andares superiores se inclinando por cima da rua e flores transbordando dos beirais das janelas. Há um rádio ligado no primeiro andar, e ouço o tom de voz sério de uma apresentadora de noticiário, mas não consigo entender suas palavras.

Virando na avenida da Rainha, faço uma pausa para esperar a carroça de um cervejeiro descer a rua e depois me inclino para observar o trânsito, que avança num fluxo constante. A cidade de Lagoa Sacra contorna o litoral de uma região cheia de colinas, com construções de arenito dourado apinhando os vales entre elas. Do mar, é possível ver a avenida da Rainha ligando o porto ao sopé da Colina Real e, depois, subindo até o palácio lá em cima, seguindo numa linha reta como um mastro central se erguendo no meio de um convés.

Ruas se espalham a partir da avenida como longarinas, cada uma abrigando lojas e barraquinhas de alfaiates, padeiros, mercadores anunciando especiarias de recantos distantes. Pessoas de todo o mundo vivem e fazem comércio em Lagoa Sacra, e a mistura casual de culturas me é mais familiar do que qualquer outro porto.

Uma mulher passa a toda em sua carruagem de mercadorias, e, sem hesitar, agarro a balaustrada traseira, pegando uma carona sacolejante rua abaixo feito um lacaio. Tenho um vislumbre dos olhos da mercadora me fitando pelo espelho retrovisor quando nota a mudança de peso. Ela tenta me fazer saltar enquanto sacolejamos pelos paralelepípedos, mas estou acostumada a ter um convés ondeando sob meus pés, então simplesmente flexiono os joelhos e permaneço onde estou.

Quando entramos na rua das padarias, sou atingida por uma lufada de ar quente e uma memória tão intensa quanto o calor do lugar. Eu vinha aqui com meu pai quando era bem pequena, sempre que atracávamos em Lagoa Sacra. Sentada em seus ombros, eu observava a multidão e fingia estar no cesto da gávea, e papai me comprava pão doce.

Essas iguarias, preparadas enrolando a massa em espiral e cobrindo com uma cobertura açucarada e temperada com especiarias, sempre despertam em mim as lembranças de uma viagem para o sul quando eu era ainda mais nova — tão nova que meus passinhos cambaleavam no mesmo ritmo do ondear do convés do *Lizabetta*. Aprendi a firmar meu equilíbrio no mar muito antes de conseguir andar em terra firme.

Viramos em outra esquina, e avisto a costa à base da Colina Real. Meus pensamentos voltam à capitania dos portos e à mensagem que *precisa* estar esperando por mim. Então volto o olhar às minhas mãos enluvadas que agarram a carruagem. Mal posso esperar pelo momento em que vou enfim me livrar dessas peças de couro, deixando expostas as marcas verdes em minha pele. Cerro os dentes e afasto o pensamento.

Não importa. Ele está vindo. Mas as coisas costumavam ser mais simples entre pai e eu.

Dobro os joelhos e me seguro quando o veículo tenta ultrapassar uma carroça mais lenta, mas lá na frente os cavalos relincham em protesto e alguém grita. Essa é minha deixa antes de a carruagem empacar com um sacolejo súbito, as rodas deslizando de lado. Meus dedos vacilam na balaustrada, sinto o corpo começar a tombar e, por um segundo terrível, fico suspensa em pleno ar, os braços girando loucamente. Bato no chão com toda a força, a dor se alastrando pelo meu corpo. Às pressas, fico de joelhos, apoio as mãos no chão e vou engatinhando até o meio-fio antes que alguém passe por cima de mim.

— Nunca vi marinheira voar — grita uma mulher debruçada na janela de uma das casas, fazendo as pessoas próximas caírem na gargalhada.

Sou tão pálida que tenho certeza de ser tomada por um rubor de vergonha, então faço uma careta de desdém enquanto tiro a sujeira das roupas.

Agora consigo ver o que está atrapalhando o trânsito: uma longa fila de automóveis pretos e reluzentes serpenteia colina abaixo até as docas, seguindo na direção do mar como barcos presos numa calmaria — ou seja, devagar quase parando —, porque um cavalo e uma carroça estão seguindo bem lentamente *na frente dos carros*, engarrafando tudo.

— Pelos sete infernos, o que é isso? — pergunto para a mulher na janela, já desconfiando de qual será a resposta.

— O príncipe Leander. — Ela apoia o queixo na mão e encara os automóveis com um ar sonhador, como se pudesse ver e admirar o príncipe perfeitamente através das janelas escurecidas. — Bem que podiam tirar o cavalo da frente dele, né?

— O cavalo? — Ergo os olhos para ela, arqueando a sobrancelha. — O cavalo é o único ali que está trabalhando honestamente. O que mesmo Sua Alteza faz para contribuir com a sociedade?

Ela me ignora depois disso.

Dizem que o príncipe dá festas de arromba que varam a madrugada e depois dorme até a hora do almoço. Que o guarda-roupa dele é do tamanho de um apartamento. Que sua secretária particular declina as propostas de casamento que chegam diariamente com mensagens escritas com uma máquina de escrever folheada a ouro.

As pessoas ouvem essas histórias e dizem: *É isso que eu quero*. E tudo em que consigo pensar é: *Por quê?*

Corto caminho por uma rua lateral, passando por uma sequência de alfaiatarias — e seus rolos de tecidos vindos de portos distantes —, até encontrar uma via paralela que desce pela Colina Real na direção das docas. A esta altura, Rensa já deve estar me esperando e vai fazer da minha vida uma amostra dos sete infernos se descobrir que desobedeci às suas ordens.

A capitania dos portos é uma construção alta e larga no centro das docas. No último andar fica o gabinete da capitania, com vigias debruçados em telescópios observando a entrada do porto. Quando avistam um navio se aproximando, descem imediatamente as escadas até os imensos quadros de giz para registrar as chegadas. Mas meu interesse hoje é no andar térreo.

O lugar cheira a marinheiros — algodão e velas, sal e um leve toque de mofo. Geralmente, eu relaxaria por estar deixando a cidade para trás e voltando para meu mundo. Mas vim até aqui nos últimos três dias desde que atracamos, e todas as vezes fui embora mais tensa do que cheguei.

— Procurando o *Sorte*, Selly? — É Tarrant, do *Abençoado pela Deusa*, outro navio do meu pai. O sorriso reluz contra a pele marrom-escura quando ele ergue um dedo. — Não, espera! Está procurando a *Sorte*! Sabia que dava para fazer um trocadilho. Ele já está praticamente atrasado, não acha?

— O *Sorte* já vai chegar — rebato, dando um tapinha no ombro do homem enquanto passo por ele para me aproximar dos quadros de giz. Depois dou meia-volta. — Ah, Tarrant!

Ele olha por sobre o ombro, já seguindo na direção da porta.

— Finge que não me viu aqui. — Tento fazer o pedido não soar como uma súplica.

Tarrant faz uma careta.

— A capitã está no seu pé de novo?

— E quando não?

— Está tudo lotado demais para ver alguém, especialmente uma marujinha sardenta como você — garante ele, e me dá uma piscadela antes de sair.

Volto a abrir caminho pela multidão para alcançar os quadros.

Meu pai zarpou com o *Sorte* há um ano, e Tarrant está certo: logo o navio vai estar *mesmo* atrasado. A expedição vagou pelo norte buscando novas rotas comerciais para a frota, e faltam poucos dias para a data de retorno expirar. Logo a Travessia Setentrional vai se fechar por causa das tempestades de inverno e dos imensos blocos de gelo que elas trazem.

Papai me deixou com Rensa ao longo do ano que passaria no norte. No início achei que estivesse me abandonando por decepção, mas então, na noite anterior à partida, ele disse:

— Quando eu voltar, você estará pronta para ganhar o nó de imediata, minha garota. Vai ser um recomeço.

E é disso que a gente precisa. Depois de anos esperando que eu fizesse alguma coisa de útil com a minha magia, nós dois aceitamos que é melhor provar meu valor como marinheira mesmo. Precisamos deixar para trás os meus muitos anos de falhas humilhantes e concentrar nossa atenção no que eu *posso* fazer.

O problema é que Rensa não me ensinou nada, não fez absolutamente nada para me preparar para as funções de imediata. Em vez disso, passo os dias realizando as tarefas mais chatas que um navio tem a oferecer, esfregando o convés, costurando velas e ficando de vigia.

Em algum momento dos próximos dias, meu pai vai me perguntar o que aprendi, e o que vou dizer? No *Sorte*, eu teria ficado com ele no timão. No *Lizabetta*, o navio onde cresci e que pretendo comandar algum dia, fui tratada como uma recruta novata.

No momento, porém, não estou nem aí. Tudo que quero é ver meu pai. Confiro os quadros religiosamente desde que atracamos, sempre certa de que vou ver o nome do *Sorte* escrito em giz, e todos os dias saio da capitania decepcionada.

Tenho certeza de que Rensa vai me deixar de castigo a bordo amanhã, e a gente zarpa no dia seguinte. Vou perder a chance de encontrar meu pai.

Há três quadros de giz presos à parede, todos cobertos de palavras escritas numa caligrafia delicada. Lâmpadas elétricas nuas ficam penduradas logo acima deles. Uma delas pisca como se cada segundo pudesse ser seu último. Sinceramente, no que diz respeito à iluminação, as janelas são mais úteis.

Um dos quadros lista os navios que zarparam hoje, outro aponta as chegadas e o terceiro mostra as embarcações que foram avistadas — registros de outros barcos recém-aportados, capazes de dar informações sobre que navios estão a caminho e a que distância.

O quadro das partidas está cheio de nomes de embarcações prontas para navegar até Trália, Fontesque, Beinhof ou os principados — e até mesmo para seguir pela arriscada rota até Melaceia, apesar da guerra prestes a irromper. Ao lado dos nomes, os quadros indicam se os navios estão aceitando passageiros ou precisando de tripulantes. Uma única embarcação segue na direção de Holbard: o *Freya*, que vai arriscar a viagem para o norte antes que o gelo reivindique a passagem.

Analiso o quadro com as chegadas, o estômago embrulhando quando leio a última linha sem ter visto nenhum sinal do *Sorte*. Sigo para a lista de avistamentos, correndo o olhar impaciente pelas palavras escritas com esmero. *Por favor, pai. Por favor.*

Eles estão *bem* atrasados, mas ainda dá para chegar. Nenhum capitão navega pela Passagem Setentrional melhor do que Stanton Walker.

E ele prometeu. Já faz um ano.

Leio o quadro, depois releio, piscando, então leio *mais uma vez*, meu coração apertando lentamente dentro do peito. Não é possível que não tenha havido nem sequer um avistamento. *Não é possível.*

Pela primeira vez, sinto um novo medo fervilhando no fundo da mente. Será que as tempestades caíram mais cedo? Meu pai é capaz de navegar em qualquer clima, mas há uma razão pela qual ninguém se aventura pelos estreitos quando o frio chega. Dizem que as ondas alcançam metade da altura do mastro.

— Selly! Selly Walker! Aqui, garota! — Alguém me chama acima do burburinho dos marinheiros, e giro enquanto tento entender de onde vem o chamado.

A voz é familiar, então encontro uma atendente trabalhando na fileira de balcões do outro lado do salão. Ela está apontando para o mural de mensagens. Me viro para traçar minha trajetória no meio da multidão, empurrando as pessoas com uma urgência renovada, abrindo passagem por entre marujos que pararam para cumprimentar velhos amigos e contar novidades. Todos têm algo a dizer, com os portos estrangeiros mudando seus humores dia sim, dia não, mas fixo o olhar em meu destino.

O mural de mensagens é onde marinheiros prendem cartas entregues por outros navios. Agachando para passar por baixo do braço de um contramestre tagarela, me ergo bem diante da parede. Vejo a carta na mesma hora e é como se meu corpo entendesse a informação antes mesmo do meu cérebro.

O ar é expulso dos meus pulmões e sinto uma pontada de dor atrás dos olhos quando estendo a mão para arrancar a mensagem da cortiça. Há outra carta ao lado da minha endereçada à capitã Rensa do *Lizabetta*. Como a que está em minhas mãos, é grossa demais para ser um bilhete rápido dizendo a previsão de chegada do meu pai a Lagoa Sacra.

Não é uma data. É uma desculpa.

A multidão me empurra de um lado para o outro, me espremendo contra a parede enquanto abro a carta com as mãos tão trêmulas que quase a derrubo. Desdobro as páginas, ainda com esperança de que a mensagem diga que...

Querida Selly,
Sei que esta não é a carta pela qual estava esperando, mas...

Mas. Perco o fôlego enquanto corro os olhos pelo conteúdo da missiva.

Mas podemos fazer nossa sorte aqui.

Mas esse dinheiro vai comprar outro navio para nós, talvez um que seja ainda mais do seu agrado que o *Lizabetta*.

Mas há feiticeiros talentosos por aqui, e não posso perder a oportunidade de recrutá-los.

Mas vou ter que passar a estação aqui, e vou continuar fechando negócios, continuar trabalhando.

Mas vou demorar mais meio ano até poder ir pra casa.

Mas estou tranquilo sabendo que Rensa vai lhe ensinar mais do que qualquer um, e Kyri é uma talentosa feiticeira naval, então talvez...

Amasso a carta e a jogo dentro da sacola com as velas, depois pego o envelope endereçado a Rensa e o guardo também.

Isso não pode estar acontecendo.

Cerrando a mandíbula com tanta força que chega a doer, cubro a boca com o antebraço para abafar meu grito de frustração. De repente, a multidão ao meu redor está barulhenta demais, próxima demais. Saio procurando desesperadamente uma brecha por onde eu possa fugir, uma forma de voltar ao ar fresco e à brisa do mar.

Mas meu olhar recai no quadro de giz com a lista dos navios que estão para zarpar e vejo aquelas informações com novos olhos.

O *Freya* vai partir na maré baixa, o último navio a escapulir para o norte antes da primavera. E isso significa que tenho uma chance de mudar essa história.

Se meu pai não vem até mim, eu irei até ele.

De um jeito ou de outro, estarei a bordo quando o *Freya* zarpar.

Saio cambaleando para a luz da tarde, a pulsação ainda acelerada nas têmporas. O quadro informa que o *Freya* está do outro lado das docas ao norte, e sigo de cabeça baixa na direção da embarcação.

Lagoa Sacra é uma das grandes cidades portuárias do mundo e capital de Alinor, sede da frota comercial do meu pai. As docas daqui formam um semicírculo ao redor do porto natural, a boca se abrindo para o Mar Crescente a oeste.

Meu *Lizabetta* está aportado nas docas ao sul, o que significa que, estando do outro lado do porto, ninguém da minha tripulação vai me ver fazendo essa visitinha.

Quem quer que capitaneie o *Freya* não negará um pedido à filha de Stanton Walker, e conseguir a autorização da pessoa vai facilitar tudo em vez de ir como uma mera passageira clandestina. E, caramba, se o capitão ou capitã me deixar embarcar agora, vou ficar até zarparem. Não há nada no *Lizabetta* que eu não possa deixar para trás.

A urgência me faz seguir a passos rápidos pelos navios vindos de todos os portos, de Quetos a Éscio e até ao próprio Porto Naranda, todos amarrados lado a lado, a brisa do mar fazendo a ponta da trança loira fustigar meu rosto.

A embarcação lá no fim deve ser o *Freya*, espremido entre dois navios a vapor imundos, o casco robusto construído para navegar pela Travessia Setentrional. Acelera o passo conforme percorro a curva do porto na direção do meu destino.

Então dou de cara com um bloqueio na entrada do deque.

Para além do *Freya* está a frota até a qual o príncipe Leander estava sendo levado — um grupo de escunas elegantes, com os cordames repletos de flâmulas espirituais e adornados com flores. Faz alguns dias que os vejo do outro lado do porto, mas é a primeira vez que chego tão perto.

A atividade ao redor das embarcações é frenética — marinheiros carregam caixotes e, acima deles, guindastes meio capengas içam redes cheias de carga que depois baixam até o convés. Há um reboque se aproximando devagar da ponta da doca, manipulado cuidadosamente por três marujos. Alguém colocou um gramofone para tocar no convés de proa do navio mais próximo. Garotas com trajes brilhantes dançam erguendo os braços e movendo o corpo para fazer as franjas nos vestidos sacolejarem, desfazendo-se, em seguida, em gargalhadas enquanto tentam mais uma vez completar a coreografia. Totalmente alheias ao movimento ao redor, às hordas de trabalhadores preparando a frota para a partida.

Escarcéu demais para um único moleque mimado.

A rainha está enviando o irmão para conquistar alianças com os governantes das nações vizinhas a Alinor. O príncipe, por sua vez, está se pavoneando por aí como se estivesse se preparando para ir tomar um elegante chá da tarde levando a tiracolo dezenas de seus amigos próximos, igualmente alheio à tensão no ar.

Tenho certeza de que a frota não seria idiota de ir além de Melaceia, o que faria as embarcações serem vasculhadas e tributadas como tem ocorrido com os comerciantes nos últimos meses. Meu pai ainda não sabe sobre essa mudança, uma das várias razões pelas quais deveria voltar assim que pudesse. Mas, enfim, vou contar tudo a ele quando chegar.

A barreira está sendo supervisionada por alguns membros da Guarda da Rainha, cintilantes e pomposos em seus uniformes azul-real. Já começaram os problemas.

— Tenho assuntos a tratar com a pessoa no comando do *Freya* — digo, tentando ser tão educada quanto possível.

A mulher ergue uma das sobrancelhas e, de forma performática, tira um papel do bolso.

— Nome?

— Selly Walker, mas não estou na lista.

— Não?

— Não. — Não consigo evitar a irritação em meu tom de voz, mas já até consigo ver como tudo vai se desenrolar.

É um sentimento familiar ver acontecimentos desabrocharem diante de mim, mas ainda assim ser incapaz de morder a língua e descobrir uma forma de consertar as coisas antes que deem errado.

— Lamento, mas se seu nome não está na lista e não tem uma braçadeira de tripulante, a senhorita não pode passar daqui — informa a mulher, sem parecer estar lamentando nada.

— Olha, se um de vocês disser à pessoa no comando do *Freya* que Selly Walker, filha do Stanton Walker, está aqui, tenho certeza de que…

— Não estou aqui para resolver seus problemas, garota — corta ela, me olhando de cima a baixo.

Ergo a mão para ajeitar o cabelo bagunçado pelo vento e imediatamente me arrependo de ter feito isso. O olhar dela se demora nos joelhos imundos da minha calça, lembrança da minha queda da carruagem — outra coisa pela qual posso agradecer à Sua Alteza.

— E então a senhorita vai embora sozinha — pergunta ela, quando o outro guarda enfim para de fitar as meninas no convés e começa a me analisar cuidadosamente — ou vou precisar te acompanhar?

Mordo a língua com tanta força que fico surpresa de não estar sangrando, depois faço uma mesura elaborada digna dos inúteis membros da nobreza que se divertem no convés e me viro. Já que não vão me deixar passar, vou encontrar outro jeito de chegar ao barco.

Enquanto cruzo a doca, olho por cima do ombro e vejo que a oficial da Guarda da Rainha está me encarando com os olhos brilhantes. Quando me viro para trás de novo, porém, noto que ela já perdeu o interesse.

Me agacho para me esconder atrás de uma longa fileira de caixotes aguardando embarque. Se conseguir parar perto das barricadas quando os membros da Guarda da Rainha não estiverem olhando, com um pouco de sorte serei capaz de furar o bloqueio e alcançar o *Freya*. Mas ainda preciso me aproximar da barricada, então me preparo para seguir.

Espremo o corpo entre dois caixotes e, assim que passo pela fresta com o ruído de vácuo de uma rolha saindo da garrafa, trombo com toda a força contra algo — ou melhor, alguém. A pessoa cambaleia e me segura para evitar que nós dois nos estabaquemos. Nossos olhares se encontram quando nos aprumamos e percebo que terminei abraçada a um estranho.

É um rapaz mais ou menos da minha idade, com a pele de um marrom-escuro que combina com o arenito dourado de Lagoa Sacra, como se ele próprio fizesse parte da cidade. Olhos castanhos dançam sob um cabelo igualmente castanho e bagunçado de maneira estilosa, e o rapaz tem o tipo de sorriso fácil de quem sabe que é bonito.

Odeio esse tipo de sorriso.

— Finalmente! — diz ele, animado, aparentemente nada preocupado por ter trombado sem aviso com uma marinheira. — Achei que você nunca ia chegar.

Encaro o garoto enquanto recupero o fôlego, um pouco distraída com o rosto dele. Seus cílios são tão longos que parece falsos.

A boca dele se retorce como se estivesse achando graça de alguma coisa — de mim, provavelmente. Isso é suficiente para me trazer de volta à realidade. Espalmo uma das mãos no peito do garoto e o empurro enquanto me afasto de seu abraço.

— Não sei quem você é, mas não tenho tempo pra você — murmuro. — O que diabos estava fazendo escondido atrás de um monte de caixotes?

— Bom, fiquei sabendo que você estaria por aqui — dispara o garoto misterioso, educado o bastante para não comentar que também estou escondida atrás de um monte de caixotes.

Não consigo definir o que ele é. Está vestido como se trabalhasse nas docas — mangas enroladas até os cotovelos, suspensórios pretos, calças de um marrom-escuro. Sua camisa branca, porém, está limpa demais, o tecido das calças também é de qualidade muito boa, e ele soa como alguém refinado. Um criado do palácio, talvez, tentando se misturar entre o pessoal daqui?

Não posso arriscar me atrasar, seja esse cara irritantemente lindo ou não, então dou uma última olhada nele, passo pelo rapaz com um empurrão e me penduro na parte de cima do caixote mais próximo. Firmo os dedos e me ergo para cima, sem dúvida forçando o jovem a desviar dos meus chutes enquanto tento me içar. Logo saberei se ele vai avisar os guardas sobre minha presença.

Daqui é mais fácil observar os membros da Guarda da Rainha. Há ramalhetes imensos no topo dos caixotes, todos destinados à decoração dos cordames da frota do príncipe, e são excelentes camuflagens. Me acomodo entre eles e espero.

— O que estamos procurando? — pergunta alguém ao meu lado, e quase caio do caixote.

O rapaz subiu também e agora segura a mão que estou agitando no ar em busca de equilíbrio. Com o outro braço, me agarra pela cintura, firmando minha postura e me puxando de novo até perto das flores. Ele ri quando reviro os olhos.

— O que veio fazer aqui em cima? — exijo saber.

— Não consegui evitar — responde ele, sorrindo. — Além disso achei que tinha me ouvido subir, e... foi mal pelo susto.

Só agora, quando ele afasta o braço, noto que tem marcas de feiticeiro de um verde-esmeralda marcando as costas de sua mão, o tom da pedra preciosa cintilando contra o marrom-claro de sua pele. Algo faz meu estômago se revirar quando vejo os traços.

As marcas dele são as mais intrincadas que já vi, tão complexas que mal consigo distinguir qual elemento indicam — não é à toa que ele é todo cheio de si. Embora, devo admitir, sua aparência já seja suficiente para isso.

Estendo minha própria mão enluvada para me equilibrar, resistindo ao ímpeto de perguntar a ele o que está fazendo aqui, porque sei que vai apenas rebater a pergunta, e as coisas não vão terminar do jeito que eu gostaria.

— Aquela é a lady Violet Beresford — informa meu companheiro de esconderijo num tom casual.

Quando me viro para acompanhar seu olhar, vejo a garota trajada com um vestido do tom de azul-prateado do mar à luz do ocaso. Está guiando a dança, a cabeça pendendo para trás enquanto ri.

— Bom, pelo menos alguém está se divertindo — resmungo.

— Você não está?

— Por acaso não andou pela cidade hoje? — pergunto, irritada, me inclinando um pouco para observar através da folhagem os dois membros da Guarda da Rainha.

Eles parecem dedicados demais para o meu gosto à função de vigilância. Enquanto olho, um terceiro oficial chega trotando pela doca, vindo da direção da cidade, e se aproxima para falar com os companheiros.

— O que tem a cidade? — meu companheiro misterioso quer saber.

— Quem está se divertindo lá além dos nobres nas embarcações? Faz poucos dias que cheguei em terra firme, mas todo mundo com quem conversei está perguntando sobre os portos estrangeiros, sobre o que estão dizendo pelo Mar Crescente. Sobre Melaceia declarar guerra contra nós ou não. Agora que estou vendo isso aqui, comecei a entender por que está todo mundo tão preocupado.

Ele se curva ao meu lado para enxergar melhor os navios, e sinto o calor de seu ombro rente ao meu. Lady Violet ainda está dançando, instando as companheiras a se juntar a ela enquanto os compassos alegres da música se entrelaçam uns aos outros.

— Por quê? O que está vendo?

Solto uma risada de escárnio pelo nariz.

— Você *não* está vendo? Os barcos deles estão cobertos de *flores*.

— Bom, você precisa admitir que as embarcações estão... Qual o problema das flores?

Lá embaixo, os membros da Guarda da Rainha estão numa conversa acalorada com o recém-chegado, que agita os braços. Até parece que... ele está tentando distrair os outros dois oficiais?

— Não tenho uma opinião formada sobre as flores — falo, ciente de que parece justamente o oposto.

— Você é só naturalmente rabugenta mesmo?

— Escuta. — Lembro a mim mesma que seria errado empurrar o garoto de cima do caixote. — Todos os navios mercantes nas docas sabem como estamos em apuros, sabem como as coisas estão tensas em cada porto novo em que atracamos. Alinor está ferrada. Está tirando um cochilinho preguiçoso sob o sol da tarde e te digo mais: Melaceia já está de pé antes do nascer do sol. E o que a rainha está fazendo quanto a isso?

— Bom, ela...

— Ela colocou o principezinho para cuidar disso. É como se *quisesse* perder.

— Você está sendo meio dura demais, não acha?

Solto outra risada sarcástica.

— Estamos falando de um cara que trocou de roupa três vezes durante o festival de solstício. Numa única noite!

— Ouvi dizer que foram quatro e que ele usou um memorável casaco de lantejoulas douradas.

— Que parte dessa frase faz você pensar que a situação agora parece melhor? — resmungo.

— Olha, você parece saber muito sobre ele — aponta o jovem.

— Não posso evitar, todo mundo fala sobre o príncipe.

— Incluindo você, que pelo jeito nem gosta do cara.

— Não tem a ver com gostar ou não — rebato, depois baixo a voz. — Por mim, ele poderia ocupar todo santo alfaiate do Mar Crescente contanto que estivesse fazendo seu trabalho.

— Talvez *esteja* — sugere o garoto, embora seu tom sugira que concorda comigo.

— Está falando sério? Ele decidiu decorar a flotilha com metade dos jardins do palácio... O inverno já está batendo na nossa porta, então não consigo nem imaginar quantas estufas isso exigiu. Depois, embarcou um chefe de cozinha de Fontesque e um bando de seus amiguinhos mais próximos para perambular pela costa a fim de ver se consegue fazer amizade com os vizinhos.

— Ele não deveria fazer amizade com os vizinhos? — pergunta o rapaz, franzindo a testa enquanto observa os membros da Guarda Real, que agora estão vendo mais colegas chegarem correndo pelas docas.

— Ele deveria estar formando *alianças* com os vizinhos — retruco. — Mas ninguém vai levar aquele moleque a sério. Alguém já levou?

— Ai — murmura ele.

Viro a cabeça para vê-lo melhor, ali ajoelhado entre as flores.

Ainda lindo, mas começo a prestar mais atenção em seu jeito de falar. Soa como alguém cheio da grana. *Será que ele conhece o príncipe?*

De repente, me lembro de todas as vezes que Rensa me mandou morder a língua antes de falar bobagem, especialmente perto de gente que não conheço. Ao menos o garoto não sabe meu nome.

Sei que estou descontando nele toda a frustração do meu dia, das ordens infinitas da minha capitã, do abandono do meu pai, do caminho bloqueado até o *Freya*. E sei que não devia fazer isso. Mas, assim, ele está insistindo em continuar no meu caminho.

Lá embaixo, os agentes da Guarda da Rainha estão se apinhando — já são mais de dez. Um começa a apontar para várias direções, enviando agentes para todos os lados. Minha ideia de passar despercebida por apenas dois deles foi por água abaixo já que agora a guarda está lotando a doca.

Vou precisar me esgueirar para dentro do navio depois que escurecer e começar a viagem como clandestina, porque tenho certeza de que não tenho mais nenhuma chance de chegar até a pessoa que capitaneia o *Freya*.

— Tenho a impressão de que as coisas vão ficar feias por aqui — diz o garoto, observando o bando crescente de guardas. — Parece que perderam alguma coisa.

— Parece mesmo — murmuro.

Tudo bem. Vou entrar no *Freya* hoje à noite. Vai ser mais fácil com a proteção da escuridão, e o barco não vai zarpar antes da aurora. Posso me esconder a bordo até estarmos em alto-mar, quando será tarde demais para fazerem alguma coisa a respeito da minha presença.

Por enquanto, é melhor me esgueirar de volta até o *Lizabetta* antes que Rensa note quanto tempo fiquei fora e perca a paciência.

— Ei, olha — diz o garoto ao meu lado, a voz se elevando de repente.

Me viro com urgência, tentando acompanhar seu olhar.

— O quê? O que você viu?

Ele está apontando para o convés do navio mais próximo, onde jovens nobres de roupas vibrantes e coloridas cercam uma mulher que empurra um carrinho de mão com aparência chique na direção da proa.

— Estão levando comes e bebes a bordo. Aposto meia coroa que são pães doces de Fontesque.

Solto um grunhido reprimido, e o rapaz fica em silêncio.

Sim, ele definitivamente é um nobre, não um criado do palácio. O resto da cidade está zumbindo de preocupação e estamos num porto cheio de embarcações que têm tudo a perder se a guerra for proclamada. Ainda assim, em vez de pensar em formas de resolver qualquer um dos nossos problemas, eles estão lá embaixo, na frota da turnê (que é como estão chamando os navios prestes a partir nessa viagem cheia de boa-fé), se apinhando para tomar o chá da tarde como gaivotas no rastro de um barco de pesca.

— Primeiro, as flores... Agora vai dizer que não gosta de pães doces também? — pergunta ele, analisando minha cara feia. — Vai reclamar do que mais? Gatinhos?

— Eu... Por que você não vai embora?

Ele abre um sorrisinho presunçoso.

— Caso não se lembre, eu estava aqui primeiro. E, quando chegou, você literalmente se jogou nos meus braços.

Eu poderia muito bem empurrar esse garoto do nosso abrigo de flores e do topo do caixote de carga, mas seria sutil demais para ele. Disparando um sorriso dócil, estendo a mão na direção dos arranjos e colho um delicado botão de pétalas do azul-safira típico da realeza de Alinor. Ele me observa, atento.

— Pronto. — Me inclino para prender a flor atrás da orelha do garoto. — Tudo que é inútil por aqui é belamente decorado. Não queria que se sentisse excluído.

A desconfiança do rapaz se ameniza, e seu sorriso se transforma de novo num daqueles sorrisinhos. Esse menino tem cara de quem conhece todas as diabruras do mundo — e de quem inventou metade delas!

Seus olhos castanhos se fixam nos meus e, quando roço seu cabelo com a ponta dos dedos, sinto o estômago se revirar de um jeito engraçado. Deve ser o sol.

Ambos ficamos imóveis por um momento, encarando um ao outro.

— Nada de boca livre pra você, então? — murmura ele, quebrando a tensão.

Não consigo ignorar a sensação de que saí perdendo nessa interação, e não sei o porquê.

— Já vi nobreza demais por um dia só. — Já estou mudando o peso de perna, me preparando para descer com uma velocidade que, sendo bem honesta, faz parecer que estou fugindo.

— Tomara que nosso príncipe seja mais do que você imagina — comenta ele.

— Duvido — respondo.

E, antes que ele tenha a chance de rebater, salto no espaço entre os caixotes, me espremendo de novo para passar entre dois deles.

Sinto uma vontade intensa de olhar por cima do ombro, mas me forço a fitar o chão. Não tenho tempo para pensar nesse cara. Só uma coisa em minha mente importa, e ela está aportada no fim da doca norte.

Nem que eu precise atravessar o porto a nado e escalar a amurada do navio como se fosse uma pirata, zarparei para o norte no *Freya* assim que o sol nascer amanhã.

JUDE

◆

Taverna do Jack Jeitoso
Porto Naranda, Melaceia

A multidão ruge como um monstro quando desfiro o soco, torcendo o punho no último instante para acertar meu oponente com a parte de baixo da palma da mão em vez de com os nós dos dedos.

É um golpe baixo.

E não estou nem aí.

O outro cara cambaleia, cuspindo sangue e resmungando sobre trapaça, e a multidão-monstro se aviva ao nosso redor enquanto saltito na ponta dos pés, provocando o homem.

O ringue fica no subterrâneo, e a única luz vem de lamparinas penduradas no teto. Minha sombra alongada estremece ao meu lado enquanto, ofegante, espero meu oponente recuperar o equilíbrio. É cedo demais para dar o golpe de misericórdia; o monstro precisa ser alimentado antes — e, com o coração a mil e a pele lustrosa de suor, me sinto absurdamente vivo. Mais do que disposto a servir uma bela refeição.

Meu oponente limpa o sangue da boca, deixando uma mancha carmim na bochecha, e volta a erguer os punhos. Dessa vez me analisa com mais cuidado, os olhos claros dardejando por mim.

Tenho metade do tamanho dele, sim. Mas sou duas vezes mais rápido.

Puxo o cabelo preto e encharcado dos olhos, encarando o sujeito. E é ele que cede e desvia o olhar.

Ao nosso redor, a turba é um borrão, mas está começando a se tornar *meu* monstro, como sempre acontece — estão berrando conselhos e reclamações, apostando e pedindo bebidas aos berros. A luz reflete em canecos, a fumaça acre de cigarro se espalha pelo ringue e ataco de novo.

O punho do homenzarrão voa com uma velocidade aterrorizante e me desvio para evitar o golpe; quando cerro os dentes com força, uma pontada de dor atravessa minhas têmporas. Recuo antes que ele se recupere, aproveitando seu momento de desequilíbrio para golpear de novo — dessa vez acerto bem acima do olho, o sangue jorrando quando seu supercílio se abre, e o rugido do monstro se torna quase ensurdecedor.

Ele sacode a cabeça como um cachorro molhado tentando clarear a visão. Eu me movo diante dele evitando um soco desajeitado antes de acertar um golpe sob seu queixo, fazendo a cabeça se lançar para trás.

De repente há mãos agarrando meus ombros, me puxando para longe. Grito, tentando me desvencilhar, mas os dedos se afundam com mais força na carne e registro de quem é a voz no meu ouvido.

— Jude, pare! Pare, está me ouvindo? Dê um tempo antes de encerrar a luta!

Devagar, baixo os punhos e deixo os homens do senhorio me puxarem para trás, para longe de meu oponente cambaleante.

Um intervalo, tempo para outra rodada de apostas — quanto maior o bolo, maior minha comissão. Depois, posso acabar com ele. O homenzarrão está tropeçando na direção do canto em que está no ringue improvisado, caindo sobre os pares de mãos que esperam por ele.

— Tente não nocauteá-lo nos primeiros dez segundos — grunhe no meu ouvido o treinador que está atrás de mim.

Ainda segura meus ombros com força, como se eu precisasse ser contido para não disparar movido pela sede de sangue. O gesto é parte dos espetáculos para os apostadores, embora eu não precise fazer nenhum esforço para manter a expressão de desprezo no rosto.

Esta é minha persona, o que querem de mim. O matador a sangue-frio. O aluno de escola particular que chegou ao fundo do poço, prova de que os ricos não são melhores que eles.

— Tá me escutando, vossa senhoria? — repete o treinador num resmungo.

— Não me chame assim — murmuro.

Essa parte não é verdade. Nunca foi.

— Tente ficar longe dele. Prolongue a luta — insiste o homem.

— Acho que consigo resistir — falo, sem nunca desviar os olhos do sujeito do outro lado, embora ele se negue a me encarar. Ele já era, e nós dois sabemos disso. — Prefiro rapazes mais bonitos.

O homem ri no meu ouvido, e alguém me oferece uma toalha para que eu enxugue o rosto. Deixo a aspereza do tecido contra a pele bloquear o som e a luz. Às vezes, quando estou cansado o bastante, quando forço o corpo o bastante, consigo parar de pensar, parar de sentir, e simplesmente *ser*. Esse momento está próximo agora, e o desejo com uma ânsia nunca satisfeita.

Mas quando ergo a cabeça a silhueta titânica de Dasriel está abrindo um caminho decidido por entre a multidão, como se nem sequer tivesse notado a presença das outras pessoas. As mangas de sua camisa estão dobradas até os cotovelos, expondo as marcas de feiticeiro verde-esmeralda traçadas na pele, um padrão de chamas se dobrando e consumindo umas às outras.

Ele empurra os espectadores para o lado, provocando indignação quando se avulta no espaço vazio do ringue. É como se também não tivesse notado que está interrompendo uma luta.

O homem para bem na minha frente e resmunga um cumprimento, o broche com uma pedra preciosa vermelha cintilando na lapela.

— A Rubi tem um trabalho pra você.

— Ele ainda não terminou aqui — protesta o treinador, e sinto suas mãos apertando meus ombros para valer.

— A Rubi tem um trabalho — repete Dasriel, como se o outro homem não houvesse falado nada.

Então me desvencilho das mãos do treinador e pego a camisa atrás do balcão do bar, ouvindo as reclamações atrás de mim enquanto abro caminho pela multidão até a escadaria. Este lugar sempre foi um refúgio para mim. Agora, é um refúgio para a população também — todos sentem a tensão nas ruas, as sombrias nuvens de guerra se aproximando. No momento, acabei de privar o público de sua distração. Uma pena.

Só me dou ao trabalho de colocar a camisa quando saio para o nível da rua, o ar frio lá de fora resfriando o suor contra minha pele.

E não olho para trás enquanto sigo Dasriel pela via, deixando um monstro para trás antes de seguir na direção de outro.

SELLY

◆

O Lizabetta
Lagoa Sacra, Alinor

Planto um pé descalço contra a madeira áspera das cruzetas, puxando um cordame para me içar um pouco mais. O mastro fica mais fino perto do topo, construído para oscilar e ceder sob ventos fortes, mas aqui no porto, porém, sopra apenas uma brisa vespertina.

Em terra firme, os cidadãos largaram o batente e debandaram para as tavernas. O sol está se pondo, e a maior parte da luz e da vida que consigo ver daqui é o que escapa pelas janelas abertas nas colinas enquanto os moradores se reúnem para comer, beber e tentar esquecer a tensão que paira pela cidade.

Sempre sinto um frio esquisito na barriga quando aportamos e todos os novos gritos, cheiros e visões vêm me receber. Mas não demora até meu coração já começar a sentir falta do mar, minha alma ansiando pelo ruído da água contra a madeira.

Esta noite, estou grata por ainda não estarmos no mar. É hora de eu recuperar a bolsa que escondi mais cedo e embarcar. Antes da aurora estarei a caminho de reencontrar com meu pai, e Rensa não terá como vir atrás. Quando a tripulação do *Freya* me encontrar, estaremos longe demais para que possam fazer qualquer coisa a respeito e ninguém vai ter coragem de jogar a filha de Stanton Walker pela amurada.

O que vejo pela luneta me diz que as coisas se acalmaram nas docas ao norte — os nobres estão nos conveses, com o gemido preguiçoso de uma trombeta pairando acima da água enquanto o gramofone toca, mas não há sinal de guardas. Nem daquele garoto — não que eu esteja procurando por ele em particular.

Mas, como se o tivesse invocado, ouço sua voz de novo em minha mente, e vejo o sorriso em seus olhos castanhos. *Qual o problema das flores?*

Solto uma risada sarcástica. E depois, é claro, ouço suas palavras de novo: *Você é só naturalmente rabugenta mesmo?*

Mentalmente, empurro o menino do caixote como deveria ter feito mais cedo, observando-o agitar os braços enquanto some de vista. *Tá bom esse tanto de rabugice pra você?*

Depois me dou conta de que estou tendo uma discussão imaginária, e me viro para analisar o porto.

Nada importa — nem o menino do outro lado do porto naqueles barcos, nem a capitã que acha que estou confinada na minha cabine neste momento —, porque está escurecendo e logo vou me esgueirar para dentro do *Freya*.

Vai ser triste deixar meu *Lizabetta*, porém, e tiro as luvas sem dedos para envolver um dos cordames ao meu lado, a corda áspera contra a pele. Não temos decorações como as da frota real, mas nosso navio é uma embarcação mercante experiente. Um veleiro longo e estreito, feito para ser manuseado por uma tripulação pequena e navegar rápido mesmo com o porão cheio de carga. A embarcação tem mais velas do que qualquer outro navio no porto.

De todos os barcos da frota do meu pai, o *Lizabetta* é meu favorito. Cresci navegando com o balançar de seus conveses, me enfiando em qualquer buraco do porão para me esconder dos marujos, caindo no sono amarrada ao meu catre para começar tudo de novo no dia seguinte.

Mas o navio foi minha prisão ao longo do último ano, e vejo o motivo assim que olho para baixo, a silhueta inconfundível parada a meia-nau. Não entreguei a Rensa a carta do meu pai. A esta altura ela já deve suspeitar que ele não vem mais — mas, se souber que *eu* sei, vai desconfiar de algo como minha fuga esta noite.

No momento ela está perto do passadiço, encarando a área com uma intensidade estranha e quase suspeita, como se estivesse esperando a tábua se levantar e sair dançando.

Quase metade da tripulação está em terra firme esta noite. Geralmente não esperamos pelo *Sorte* no porto por tanto tempo assim, e estão todos inquietos, então a tripulação tirou a sorte no palitinho, e Rensa enviou alguns poucos sortudos para se divertir — e provavelmente torrar as últimas coroas do pagamento. Estou confinada no navio depois de ela ter falado umas poucas e boas por eu ter chegado atrasada hoje à tarde.

Por que Rensa está tão obcecada com a volta da tripulação? O sol acabou de se pôr, e as pessoas ainda vão demorar umas boas horas para retornar. Por que a capitã está ali parada como se eles estivessem demorando demais?

Talvez ela finalmente tenha sentido a tensão na cidade que venho farejando há dias — os sussurros dos moradores enquanto eles enfim entendem o que nós, nascidos do sal, já sabemos há meses: as nuvens de tempestade estão se adensando.

Ou, espera… Será que ela suspeita que tenho a intenção de usar o passadiço? Espero que não, porque, se ela for ficar parada ali a noite toda, o que me resta é uma sessão de natação bem desagradável.

Enquanto tento não pensar nas águas congelantes do porto de Lagoa Sacra, algo se move nas sombras perto da proa: o acadêmico.

O que Rensa tem de baixinha e robusta, ele tem de alto e desengonçado, como se fosse só um conjunto de braços e pernas todos tentando desesperadamente fingir que não conhecem uns aos outros. A pele dela é de um marrom-escuro e bronzeada por décadas no mar, enquanto a dele é de um branco ofuscante típico de quem passou a vida toda ao abrigo do sol. Certa manhã, ele embarcou com baús, tão cheios de livros que nem sequer conseguia carregar tudo, e pagou uma passagem até Trália, que é o próximo destino do *Lizabetta*.

Quando chegou, empacotado em seu pesado casaco de lã, achei que tinha a idade do meu pai. Ele é corcunda como é de esperar de acadêmicos, o cabelo cortado bem rente à cabeça, o que *não* favorece em nada o formato de seu crânio. Foi só quando Rensa me fez carregar suas últimas malas que me dei conta de que ele tem mais ou menos minha idade. Gosto dele, mesmo sendo meio esquisito. Só conversamos algumas vezes, mas o rapaz parece alguém que vai direto ao ponto.

Algo se move lá embaixo na doca, e ao mesmo tempo uma brisa agita as flâmulas espirituais novas que Kyri içou esta tarde. Visto as luvas novamente e, em silêncio, desço pelas cruzetas, os pés descalços encontrando apoio nos cordames. Então me inclino de lado, pendurada no mastro por uma das mãos.

Rensa se mexe de repente, caminhando até o passadiço. Um automóvel se aproxima com um ronco baixo, o motor silenciando ao ser desligado. Provavelmente outro passageiro, já que cargas teriam sido trazidas de carroça ou numa carruagem, e certamente não a esta hora. Isso significa que tem alguma outra coisa que Rensa não me contou.

É raro aceitarmos passageiros, e uma das nossas cabines já está ocupada com o acadêmico. Kyri e eu não tiramos nossas coisas de nosso pequeno abrigo, mas é difícil imaginar alguém aparecendo num veículo *desses* e dormindo com a tripulação nas redes.

Enquanto me esgueiro mastro abaixo, avançando por entre os cordames tão silenciosamente quanto um espírito, um chofer salta do carro, ajeita as luvas brancas e se apressa até a lateral do veículo, abrindo a porta.

Um homem desce — ou talvez seja um garoto, é difícil dizer com essa escuridão. É jovem, tem cabelo escuro, está vestindo um terno de ótimo corte e dá para ver um lampejo da camisa branca que usa por baixo. Ele se vira devagar, analisando as docas, a frota do príncipe, o *Lizabetta*. E, por um momento, tenho a impressão de que está sorrindo.

O recém-chegado se move com uma tranquilidade e um traquejo que são estranhamente familiares, depois acena para o motorista sem fazer qualquer menção de ajudar a descarregar as bagagens do porta-malas. É mala *demais* para o tipo de passageiro que aceitamos a bordo de uma embarcação como a nossa. Também não parece haver criados junto com o sujeito.

Pelos sete infernos, o que está acontecendo aqui?

Outra lufada de ar sopra por mim, repuxando fios loiros da minha trança e agitando os cordames pendurados ao meu redor.

Rensa se aproxima para receber o estranho. O gramofone do outro lado da água dificulta ouvir o que estão falando, mas a postura dela é inconfundível. A capitã alterna o peso de perna como se não soubesse muito bem como se portar diante do recém-chegado.

Rensa está *nervosa*.

Ao longo do último ano, vi a mulher de todos os jeitos possíveis e imagináveis — berrando de frustração, firme no timão em regiões de mar revolto, cantarolando fora do tom sem vergonha alguma nos fins de tarde, cerrando os dentes ao ouvir minhas reclamações. Mas nunca, *nunca,* a vi sem saber o que fazer.

O sujeito resolve o problema estendendo a mão. Eles se cumprimentam e trocam algumas palavras sussurradas, os rostos bem próximos. Depois, com um aceno animado, ele dispensa o chofer.

Me encolho, vasculhando o bolso da jaqueta em busca da minha luneta. Ergo o instrumento, girando o tubo até a imagem entrar em foco. Rensa ergue um lampião, e vejo o homem mais claramente no meu campo de visão ampliado.

Reparo nos olhos castanhos dardejando, nos lábios se curvando num sorriso presunçoso. Ele ergue uma das mãos e corre os dedos pelo cabelo castanho e bagunçado, e vejo as intrincadas marcas de feiticeiro nas costas de sua mão.

Mas o que...?

De todas as pessoas de Lagoa Sacra que poderiam ter embarcado, o que o garoto das docas está fazendo *aqui*?

Desço às pressas pelos cordames, agarrando as cordas enquanto a luz da frota do príncipe cintila em meio à escuridão. O vento está mais forte agora, fazendo as flâmulas espirituais esvoaçarem ao meu redor. A água lá embaixo cintila sob as réstias de luz, as ondulações fazendo os reflexos tremeluzirem e dançarem.

Até onde sei, o clima não deveria mudar até a aurora, quando o vento costuma dar as caras em Lagoa Sacra. No entanto, é como se o ar ao meu redor estivesse tão instável quanto eu.

Será que o garoto veio reclamar com Rensa, informar o que falei sobre o príncipe e seus amigos? Não parece possível, até porque ele trouxe bagagem. Mas o que diabos poderia...?

Meus pés descalços tocam no convés úmido de orvalho, e baixo meu peso devagar enquanto penso no que posso fazer. Rensa e o garoto sumiram do meu campo de visão. Devem ter ido para baixo do convés.

Será que é melhor eu dar o fora imediatamente, sem tentar buscar minha bolsa? Ainda estou descalça depois de ter escalado o mastro. Porém uma coisa é largar minhas coisas para trás, outra ir sem as botas. E, qualquer que tenha sido a razão que trouxe o menino aqui, é algo importante — o que significa que preciso passar essa informação para meu pai. Quanto mais eu tiver para compartilhar, menos tempo a rabugice dele vai demorar para passar.

Fora que eu morreria de curiosidade antes de o *Freya* margear a ponta sul de Melaceia.

Fico rente ao mastro e vejo o acadêmico passar por mim, apressado e de cabeça baixa, enquanto segue até a escada de tombadilho. Ele é cuidadoso, segurando o corrimão com as mãos, como se o navio fosse algum tipo de criatura engenhosa e arredia que poderia muito bem se decidir por jogá-lo ao mar, e não um barquinho muito bem-comportado e aportado na doca.

Ele dá de cara com Rensa, que está voltando da incursão até lá embaixo para guardar as malas do garoto. Aliás, o que diabos a *capitã* está fazendo dando uma de carregadora? Ela se detém e deixa o acadêmico se espremer para passar por ela, agarrado ao corrimão. O homem consegue terminar de descer sem cair nos degraus, o que representa uma melhora em comparação com hoje cedo.

Não vejo o recém-chegado em lugar algum. Ele deve ter permanecido onde quer que a capitã o tenha instalado lá embaixo.

Rensa segue na direção da popa, decidida. Em silêncio, vou atrás, as orelhas quase voejando com a força crescente do vento. Ela para pouco antes do timão, e, quando me esgueiro rente ao convés para me aproximar pela lateral, o sacrário surge no meu campo de visão. É um nicho protegido acomodado contra o mastro da mezena — quase uma lareira, porém mais fundo. Há flâmulas espirituais coladas em toda a borda do que seria o mantel; mas em vez de fogo, o interior geralmente está cheio de pequenas oferendas da tripulação. Jamais me aproximo do sacrário se puder evitar.

Nossa imediata e feiticeira do navio, Kyri, está agachada ao lado do sacrário numa quase escuridão, sussurrando enquanto acende as velas verdes que eu trouxe da cidade hoje, com o rosto oculto por uma cortina de cabelo ruivo. Enquanto observo, as velas começam a sumir — não porque estão derretendo, e sim porque vão aos poucos desaparecendo em pleno ar de cima para baixo enquanto os espíritos consomem a oferenda.

Então é *dali* que a brisa está vindo. Minha magia pode ser inútil, mas ainda sei como esse tipo de coisa funciona. Se Kyri está encantando esse tanto de espíritos sozinha, está fazendo um belo trabalho. Uma coisa é incitar as entidades a deixar a brisa um pouco mais forte, amenizar sua intensidade ou fazer as correntes se voltarem para a direção desejada. Outra é fazer o ar se mover numa noite completamente estagnada. Não sabia que Kyri era capaz de algo assim.

Na verdade, tenho certeza de que não é.

Mas um feiticeiro com marcas poderosas acabou de embarcar.

— Ele está aqui? — Kyri pergunta a Rensa, erguendo os olhos.

— Está se acomodando — responde a capitã, pousando as mãos no quadril.

— Acredita que ele perguntou onde fica a sineta caso precise de alguma coisa?

Kyri solta uma risada sarcástica pelo nariz, e me permito revirar os olhos na escuridão. Parece mesmo o garoto que conheci mais cedo.

— Isso vai dar o que falar — arrisca nossa imediata. — Mas os espíritos estão se divertindo bastante. Eles amam o cara.

— Fiquei sabendo que ele causa esse efeito mesmo — responde Rensa, seca. Kyri olha além da capitã, direto para mim.

— Selly, prepara-se para zarpar daqui a um minuto. — Depois ela volta a atenção para as velas desaparecendo lentamente à sua frente e para os espíritos que está encantando.

Mordo o lábio para reprimir um palavrão. Quando se conhecem bem, feiticeiros podem sentir uns aos outros; minhas marcas de feiticeiro são meio lamentáveis, escondidas sob as luvas, mas esse dom vem me colocando em apuros desde que eu era uma criancinha cambaleando por este convés.

Rensa se vira, encarando a escuridão até distinguir meu vulto. Com um grunhido baixo, ergue um dos dedos e me convoca a sair das sombras.

Não tem por que fingir, então dou um passo adiante.

— Capitã, o que... — É só então que as palavras de Kyri me atingem, me fazendo arregalar os olhos. — Ela disse *zarpar*? Pelos sete...

— Estamos de partida — diz Rensa, interrompendo-me com a voz baixa e tensa. — Vá assumir seu posto.

— *De partida?* — A palavra escapa da minha boca como se eu tivesse levado um soco na barriga. Quando a capitã olha por cima do meu ombro, giro para ver a parte que falta da tripulação surgindo no convés, espalhando-se em silêncio para soltar as linhas de amarração. — O que está acontecendo? Quem é ele?

Há milhares de protestos que quero fazer, mas todos morrem na minha língua. Se deixarmos o porto esta noite, vou perder minha última chance de ir até o norte atrás do meu pai. O *Freya* terá zarpado pela manhã, e as tempestades vão fechar a passagem atrás dele.

Vou ficar presa aqui pelo menos até a primavera. O ar deixa meus pulmões, e a sensação é a de que há alguém espremendo minhas costelas.

Não dá mais, não considerando que eu já devia ter colocado um ponto final nisso. *Não dá*.

— Rensa, eu... — Meu olhar salta de uma silhueta na escuridão para a outra enquanto as velas começam a se revelar silenciosamente acima de nós.

— Agora não, Selly — dispara Rensa. Depois corre até o timão e desliza as mãos pela madeira polida, murmurando uma prece.

— Mas eu...

— Não sei se isso por acaso já passou pela sua cabeça... — sussurra ela, escolhendo as palavras como se fossem armas. — Mas é *exatamente* por este momento que seu pai te deixou aqui para aprender. Lamento não ter conseguido te ensinar isso. Estamos deixando metade da tripulação na costa para se virar sozinha, escapulindo do porto sem uma carga apropriada para fazer as contas baterem e estamos usando só as velas, sem reboques, sem ajuda, no escuro e sem autorização da capitania. Ainda assim, *seu* primeiro protesto começa com "Mas eu". Como se eu não tivesse acabado de te dar uma lista de coisas nas quais deveria ter pensado antes de pensar em si mesma.

Encaro a capitã, sem palavras, mas ela já desviou o olhar — está observando as velas agora, com as mãos prontas no timão.

— Meu pai... — Mas não sei como a frase termina.

Ela realmente me deu uma lista de razões pelas quais não poderíamos estar fazendo algo assim. Mas estamos.

— Seu pai teria feito *exatamente* a mesma coisa que eu — grunhe ela, enfim baixando a cabeça para me encarar nos olhos de novo. — E deixou você para obedecer às minhas ordens, então *pode ir assumir seu posto agora*.

Congelo onde estou. Não consigo. Os meses se desvelam à minha frente — trancada do lado de fora dos aposentos da capitã, sem saber para onde estamos indo ou qual é o próximo plano, tratada como se eu não servisse para nada além de perambular pelos porões ou remendar velas.

Ouço passos atrás de mim, e me viro para encontrar o garoto da cidade indo todo animado se ajoelhar ao lado de Kyri antes de pousar uma vela junto das outras. Ele não parece notar a presença de Rensa ou a minha enquanto enrola as mangas, revelando as marcas de feiticeiro que se entrelaçam e rodopiam pela pele — as mais intrincadas e complexas que já vi.

— Prazer te conhecer — diz ele, empolgado, oferecendo a mão para Kyri e pronunciando as vogais de forma cuidadosa e rebuscada.

Ela o encara como se não tivesse ideia do que responder, depois cora e retribui o aperto de mão.

— Meu nome é Kyri — gagueja a garota, e a dor no meu maxilar me informa que estou forçando a mandíbula quase a ponto de trincar os dentes.

— Espero que não se importe de me mostrar como se faz — diz ele, casual, abrindo um sorriso desconcertante antes de inclinar a cabeça para trás e olhar para as velas silenciosas.

As pequenas velas remanescentes num igualmente pequeno altar se inflamam quando os espíritos respondem ao toque dele.

— Selly, *vai* — ordena Rensa, e por um insano lapso de segundo, eu cambaleio na direção da doca.

Será que eu conseguiria pular? Será que eu conseguiria deixar todo mundo — o garoto da cidade, a capitã, minha tripulação — para trás?

Mas já estamos derivando para longe, e, independentemente do que Rensa esteja fazendo com o meu *Lizabetta*, não posso simplesmente abandonar a embarcação ao seu próprio destino.

Meu pai me perdoaria por embarcar clandestinamente no *Freya*, mas jamais por abandonar nosso navio *agora*. E ao mencionar os riscos de estar se esgueirando porto afora com o *Lizabetta* no meio da noite, Rensa conseguiu me fisgar no único gancho capaz de evitar minha escapada.

Com o maxilar ainda cerrado e os olhos tomados por um ardor que deseja se transformar em lágrimas, cedo e passo pela capitã enquanto me dirijo às luzes de navegação.

Ela pousa a mão no meu ombro.

— Vamos navegar apagados — sussurra, a voz quase inaudível acima do som das flâmulas espirituais estalando sendo açoitadas pelo vento acima de nós.

Sinto um calafrio quando me viro para encará-la. Isso é coisa de contrabandista.

— Vão suspender sua licença de mestre — sussurro. — Em que está nos metendo? O que estamos fazendo?

— Nosso dever — responde ela, ainda tranquila. — E, além disso, vai pagar bem. Seu pai faria a mesma coisa, garota.

A tripulação já está descendo pelos mastros, com as velas desfraldadas, mas ainda presas para mantê-las contidas já que não precisamos de muita potência ainda. Queremos avançar devagar e discretamente até estarmos em alto-mar. Só que os navios do meu pai não se esgueiram por aí como ladrões na noite. Velejam orgulhosos, com o estandarte dos Walker hasteado ostentando o brasão da minha família abaixo da bandeira azul e branca de Alinor.

— De nós, você é a que tem a melhor visão — diz Rensa. — Vai até a proa e use o Conor para levar e trazer informações. Coloque a gente em alto-mar e então conversaremos.

Não tenho escolha. O *Lizabetta* está se movendo sob meus pés, empurrado pela brisa leve. As luzes da frota do príncipe e das tavernas no litoral estão ficando para trás e, de uma forma ou de outra, estamos deixando Lagoa Sacra.

Sinto a madeira do convés úmida de orvalho sob meus pés descalços quando me viro e passo por Kyri e o garoto da cidade, pela escada de tombadilho, pelos mastros. Se formos mesmo partir — e vamos —, é melhor eu garantir que seja em segurança.

O lamento baixo e preguiçoso do gramofone a bordo da frota do príncipe ecoa acima da água enquanto o *Lizabetta* deixa as boias de navegação para trás, deslizando silencioso e apagado pela entrada do porto.

LASKIA

◆

A Joia Afiada
Porto Naranda, Melaceia

Quando saio para o beco, deixo para trás o agito noturno da rua, sentindo o ar mais fresco enquanto meus passos ecoam nos paralelepípedos úmidos.

Às minhas costas, a cidade está acesa com uma mistura de eletricidade e de luzes a gás. Os ruídos de motores e buzinas dos carros se misturam aos estalidos ritmados dos cascos dos cavalos e aos rangidos das rodas de carroças e carruagens.

É mais calmo e escuro aqui. Sempre foi, desde que eu era criança. Mas uma coisa mudou: agora, há uma fila de clientes que se estende pela rua Nova, todos bem-vestidos e protegidos com seus casacos enquanto esperam para entrar na casa noturna. Querem varar a noite dançando, esquecer dos sussurros e rumores que andam se espalhando pelas ruas de Porto Naranda ultimamente.

O pouco de luz que banha o beco vem da placa na fachada da Joia Afiada. A maioria dos lugares tem uma ou duas lâmpadas elétricas projetando luz e sombra sobre o nome pintado. Mas não o nosso. Isso, assim como todo o resto, é uma forma de Rubi dizer "Viu o que consigo fazer?".

Uma cascata de pedras preciosas imensas pende da placa de Rubi, toda feita de um vidro deslumbrantemente cortado. Os fragmentos são transparentes, exceto um pintado de vermelho-sangue, e cada um tem uma série de lâmpadas elétricas atrás para que brilhem como se estivessem vivos.

A Joia Afiada. O nome do lugar encanta os ricos que vêm aqui. Os clientes já entreouviram por aí sobre como Rubi é, o que ela faz. Sussurram que as palavras do nome não se referem a um acessório na mesa de um artesão equipado com uma lupa e uma série de ferramentas delicadas, e sim à patrona do estabelecimento — a própria Rubi. Uma joia com uma faca muitíssimo afiada. Isso faz com que eles se sintam corajosos para entrar por essas portas.

Assinto para os dois seguranças enquanto passo pelas pessoas aguardando na fila e adentro os domínios da minha irmã.

O ambiente está à meia-luz, com mesas distribuídas ao redor da pista de dança e do palco baixo e o balcão do bar ocupando toda a lateral direita do salão. Tudo neste lugar exala luxo: o chefe de cozinha vindo de Fontesque, os fios de ouro entremeados no linho refinado das toalhas brancas, a madeira polida embutida nas paredes. Há uma mulher cantarolando no palco, alguns casais abraçados na pista de dança, mas, ainda assim, é possível ouvir os estalidos baixos de taças e pratarias.

Os funcionários daqui me conhecem e saem do meu caminho enquanto avanço até a extremidade do balcão do bar. Não posso fingir que não gosto disso, embora saiba que, na verdade, eles estão saindo é do caminho de Rubi — sou só a irmãzinha caçula dela. Mas esta é a noite em que as coisas começam a mudar, e estou sedenta pela oportunidade que ela está prestes a me dar.

Chego ao balcão, apoiando-me nele para analisar o salão enquanto espero a atendente notar minha presença. Sei que pareço tão chique quanto qualquer outro presente já que escolhi meu look com cuidado hoje. O terno cinza-chumbo com caimento perfeito, o colete ajustado na cintura, as mangas impecáveis da camisa branca enroladas até o cotovelo. Me destaco das mulheres em seus vestidos cintilantes, e é assim que eu gosto.

Deixei o paletó do terno em casa e prendi meu broche de rubi no colete — quero parecer focada nos negócios. Fui cortar o cabelo hoje; meus cachos estão bem rentes no topo da cabeça e afofados na nuca. Estou parecendo perigosa. Estou me sentindo perigosa.

Os seguranças e eu compramos os ternos no mesmo lugar, mas enquanto o meu é perfeitamente ajustado o deles está sempre estourando nas costuras. Os alfaiates de Rubi poderiam fazê-los cair como uma luva, mas o ponto aqui é fazer com que os homens pareçam um pouco grande demais, fortes demais para caberem em roupas como pessoas normais.

Como todos os outros aspectos de seu negócio, minha irmã não deixa nenhum detalhe passar despercebido e gosta que seus pensamentos transpareçam como são. Um toque de maldade embaixo de toda aquela classe e beleza. Esse é o nosso mundo: brilho e brita.

A atendente do bar, uma jovem bonita de cabelo preto trançado bem apertado e a pele do mesmo tom de marrom-escuro que a madeira do balcão, sorri enquanto vem na minha direção, mas não a conheço. É Lorento quem trabalha no bar desde que Rubi abriu seu estabelecimento, sempre com o ouvido atento dos atendentes e enxugando copos enquanto eu falava dos meus problemas. Não é típico dele tirar noites de folga.

— Nunca te vi por aqui — digo à guisa de cumprimento, apoiando um cotovelo no balcão enquanto abro um sorriso.

— Geralmente trabalho no Vermelho Rubi — responde ela, pegando um envelope debaixo do balcão e o deslizando na minha direção. — Uma moça deixou isso pra você.

As pontas dos nossos dedos se tocam quando pego o objeto, e o olhar dela se encontra com o meu, o que me diz que não foi um acidente. *Beleza, então.* Talvez quando eu voltar.

— O Lorento enfim decidiu folgar uma noite? — pergunto enquanto rasgo o selo, tirando a única folha de papel de dentro do envelope.

— Ouvi dizer que ele se aposentou — responde ela, casual.

Fico imóvel, fitando a garota. No nosso ramo, *se aposentar* não significa ir para um lugar com um alpendre para brincar com os netos. Mas Lorento? Depois de tantos anos? O que poderia ter feito, e por quê, para que Rubi...?

— Hum. — É só o que consigo dizer, olhando mais uma vez para o bar enquanto imagino o homem atrás do balcão com seus coletes bordados, me contando histórias malucas sobre como as gangues atuavam quando ele era criança.

Me permito viver o momento, a memória. Depois tranco tudo na mente e volto a atenção para a carta em minhas mãos. Não posso me distrair hoje.

É um relatório vindo do gabinete da embaixadora alinoriana, a confirmação de que o príncipe se ateve aos seus planos. Guardo a mensagem dentro do colete e ergo os olhos para a moça atrás do bar. Estou em polvorosa por dentro, expectativa borbulhando com a constatação de que tudo depende disso. Preciso dar vazão a essa sensação, aparar as arestas.

— Escuta, acho que aceito uma taça de champanhe antes de ir — falo.

Ela estende de novo a mão para a prateleira debaixo do balcão, de onde saca uma taça de cristal com a borda decorada com açúcar e a coloca diante de mim.

— Deixa eu te fazer um drinque novo — sugere ela, botando mãos à obra. — Você vai amar.

— Vou amar mais ainda o champanhe.

— Foi mal, mas a Rubi... — Ela me fita com um olhar constrangido e apologético enquanto prepara algo cor-de-rosa e com gás.

Rubi disse que não queria a irmãzinha bebendo coisas alcoólicas, é o que quer dizer. E é exatamente por isso que a noite de hoje é tão importante. Depois que eu resolver isso, não vou ser nada no diminutivo. Por hora, finjo que não estou corando e dou de ombros como se não fosse nada de mais.

Ela me oferece o drinque. Dou um golinho e bolhas pinicam minha língua. Sinto o gosto de pêssego, embora não seja época da fruta. Tento focar nesse luxo em vez de na humilhação mesquinha da recusa constrangida da atendente.

Nunca deixe de curtir esse tipo de coisa, Rubi sempre diz, e está certa.

Nós duas sabemos como é sentir fome. Sabemos como é viver à base da caridade das pessoas. Mesmo depois de tantos anos, independentemente de como vou dormir — deitada de costas com os braços e as pernas esparramadas para ocupar a cama toda —, sempre acordo de manhã exatamente da mesma forma: espremida contra a parede, encolhida num dos cantos do colchão para dar espaço para minha mãe e minha irmã, mesmo que não haja ninguém dormindo comigo há anos.

Algumas coisas nunca mudam. Mesmo aqui na casa noturna, por dentro Rubi e eu ainda somos as menininhas que viram mamãe partir para subir pela costa até Nusraia, ao norte.

Vou mandar buscar vocês assim que tiver arrumado um lugar, disse ela, e Rubi precisou me puxar para longe dela enquanto eu chorava de soluçar. Acho que eu já sabia na época que aquilo era um adeus.

Nenhum dos contatos de Rubi sabe de onde viemos, onde a gente estava antes de chegar ao topo. Que a construção onde hoje funciona esta mesmíssima casa noturna costumava ser uma pensão, e nós duas nos abrigávamos apinhadas no quarto mais barato do lugar. Mantemos isso entre nós, uma das milhares de coisas que nos unem.

Às vezes sinto que sempre serei a garota que via Rubi se vestir para sair à noite, que trançava seu cabelo e escondia uma faca em sua manga.

Fica em casa, ela me dizia. *Fica em silêncio. Deixa que eu cuido disso.*

E eu ficava encolhida na escuridão — primeiro no quarto úmido que mamãe alugou para nós quando foi embora; depois, quando o dinheiro acabou e ela não voltou, em algum lugar do andar de cima desta construção.

Às vezes eu me esgueirava até a igreja e me sentava nos poucos bancos do fundo. Macean era um deus preso a um destino que não tinha escolhido, e a irmandade verde dizia que ele precisava de nossa fé para ser libertado.

Agora Rubi é proprietária do prédio onde costumávamos nos esconder. Mas ambas nos lembramos de como era ser impotente, de nos sobressaltar ao menor som inesperado e saber que tudo podia ser tirado de nós — como aconteceu tantas vezes enquanto tentávamos subir na vida.

E *nunca* vamos passar por isso de novo.

Com uma força e um foco que a maior parte das pessoas nem sequer sonha, Rubi construiu seu império e nunca se deteve, nunca vacilou.

A questão é que sou mais velha agora do que ela quando começou, e *mesmo assim* minha irmã não me vê como adulta.

Sou como meu deus — preciso que tenham fé em mim. Isso vai me deixar forte o bastante para romper os grilhões de sempre ser a irmã caçula, a irmã caçula *dela*.

E finalmente dei a Rubi uma ideia que a fez prestar atenção em mim. Algo que de fato a fez me enxergar, ver como estou pronta.

Macean é o deus do risco, e esta noite começo a maior aposta da minha vida.

Dou mais um gole na bebida, lambendo o açúcar dos lábios.

Esta noite, minha irmã vai me deixar entrar.

E mal posso esperar.

Leva meia hora para que eu veja Jude parado à porta junto com os seguranças. Parece até que Dasriel o encontrou jogado numa vala: o cabelo preto está bagunçado e há uma mancha de sangue escuro na pele marrom-clara da bochecha. Um dos seguranças se vira para observar a casa noturna. Quando me vê, faço um discreto aceno com a cabeça. O vigilante empurra Jude para fora, e tenho apenas um vislumbre de sua expressão de desprezo antes que ele desapareça.

Agacho para entrar na área reservada do bar, lançando um sorriso de agradecimento para a atendente. Coloco a taça vazia atrás do balcão para deixar claro que o lance do champanhe não teve importância. Depois sigo para a cozinha, e a sensação macia como veludo da casa noturna à meia-luz é abruptamente substituída por luzes brilhantes, pelo clangor de panelas e por gritos do chef fontesquense e seus assistentes.

Quando chego à porta dos fundos, que leva a um beco ainda mais horrível e imundo, e abro o ferrolho, encontro Jude esperando por mim do lado de fora, de braços cruzados e emburrado. Dasriel está ao lado dele, com os imensos braços cruzados de forma a mostrar as marcas de feiticeiro e o rosto cheio de cicatrizes impassível como sempre. Às vezes me pergunto o que seria necessário para fazer Dasriel mudar sua expressão.

Faço questão de olhar Jude de cima a baixo — as roupas dele já viram dias melhores, e no momento ele está suado e ensanguentado — e dou um passo para trás num convite silencioso para que ele entre. Jude e eu nunca conversamos muito, mas sei muito mais ao seu respeito do que ele imagina. O homem é parte do meu plano, afinal de contas.

Nossos passos mal fazem barulho no carpete grosso revestindo o corredor que leva aos quartos do Rubi, e ouço um arquejo quando o lutador faz menção de falar. Jude quer me perguntar o que está acontecendo, mas é inteligente demais para admitir que não faz a menor ideia. Dasriel segue em silêncio, provavelmente sonhando acordado sobre quebrar alguma coisa.

— A luta foi boa? — pergunto a Jude, olhando por sobre o ombro.

Ele leva a mão imediatamente até o cabelo, afastando os fios do rosto numa tentativa vã de restaurar a ordem.

— Não sei. — O acentuado sotaque alinoriano destaca as vogais, adicionando um ar de classe à sua rabugice. — Perdi o final.

Há uma mulher vestida de preto com um broche de rubi na lapela esperando do lado de fora da porta da minha irmã. Ela a abre em silêncio, então a fecha também em silêncio depois que passamos. Os aposentos de Rubi são como uma extensão da casa noturna — sofás de veludo vermelho, carpete grosso, paredes revestidas de madeira, detalhes de ouro nos candelabros.

Meia dúzia de estabelecimentos da cidade pertencem a ela, e todos têm esse esquema de cores em comum, vermelho e dourado.

Não vejo Rubi a princípio, mas a irmã Beris está esperando num de seus sofás. Está vestida como de costume, numa de suas túnicas de alfaiataria, com as mãos cruzadas sobre o colo. O cabelo castanho está puxado para trás num penteado esquisito e não muito lisonjeiro que termina na parte de baixo do pescoço, a pele pálida como sempre.

Tecnicamente, nosso governo eleito administra a vida em Melaceia. É até possível que algumas pessoas acreditem nisso. Mas quase todos nós — incluindo o primeiro-conselheiro Tariden e seus consultores — sabemos que os eventos se desenrolam movidos por outras forças. Uma delas é a irmã Beris e sua decisão de estar aqui esta noite, neste sofá, tendo esta conversa.

Ela parece afiada, mas sei que há mais na mulher do que a maioria das pessoas veem. Sei que atrás dessa natureza reservada há devoção, há fé que persistiu quando tantos outros a deixaram de lado.

A irmã Beris se veste igual a qualquer outra acólita, mas é a terceira na linha de comando da igreja de Macean. Ouvi a mulher falando em missas por anos antes mesmo de nem sequer aprender a falar. Mas, com o passar dos anos, ela me ensinou mais do que todo mundo depois de Rubi. E ela foi a primeira a quem confidenciei o plano que criei.

Jamais a vira sorrir até então.

— É a hora dele — disse a mulher, baixinho. — E a sua, Laskia. Sua fé é muito forte e vai erguer vocês dois.

Sei que ela está certa. Meu ato de fé vai servir ao meu deus *e* gerar a recompensa que mais quero.

Ela me cumprimenta com um gesto solene, que respondo erguendo as mãos, apertando a testa com a ponta dos dedos enquanto cubro os olhos com a palma. *A mente de nosso deus nos aguarda, mesmo com os olhos fechados*, é o que diz o cumprimento tradicional.

Uma porta do outro lado do cômodo se abre para revelar minha irmã, que está segurando uma taça larga e rasa com champanhe. A haste é oca, e as bolhas fervilham para cima e para baixo num ciclo infinito.

Os cachos castanho-escuros de Rubi cascateiam delicadamente ao redor de seu rosto, e a tiara dourada incrustada de pedras preciosas vermelhas — não muito diferente de uma coroa — está acomodada em sua testa. O vestido de lantejoulas douradas brilha em contraste com a pele de um marrom-escuro, cintilando e reluzindo ao menor dos movimentos.

— Finalmente vocês chegaram — diz ela, erguendo uma das mãos para nos chamar enquanto segue até o sofá. Sua voz soa calorosa, como se Jude viesse papear com ela todos os dias e os dois fossem confidentes. — Venham, sentem-se.

Dasriel para à porta, e controlo a respiração enquanto caminho para assumir meu lugar no sofá diante de Rubi e da irmã Beris. *Corpo calmo, mente calma, voz calma. Ignore a bebida. Logo você vai poder tomar uma também.*

Jude ocupa o lugar ao meu lado, empertigado na pontinha do sofá.

— Bom te ver, Jude — diz Rubi, enfim, erguendo uma taça para dar um lento gole no champanhe. Eu devia ter me servido de um copo de algo antes de me sentar; manteria minhas mãos ocupadas. — O médico foi ver sua mãe?

O lutador assente, tenso.

— Foi sim, obrigado.

Rubi vira a cabeça para falar com a irmã Beris, toda sorrisos e tranquilidade, toda *estamos entre amigos aqui.*

— A mãe de sua senhoria está doente. Estamos torcendo para que haja algo a ser feito por ela.

— Sua senhoria? — pergunta a irmã Beris enquanto Jude se ajeita bem de leve no assento, cerrando o maxilar.

— Não — diz ele, o tom cuidadosamente controlado. — Este era meu pai.

De fato. E Jude, filho do homem com a amante, foi deixado sem nada quando o pai morreu. Então a amante levou o filho até Porto Naranda. E agora, para fazer com que o médico continue cuidando dela, ele usa um broche de rubi na lapela — embora não esteja com ele hoje —, e quando Rubi o manda saltar, ele só cerra os dentes e pergunta de quão alto.

— Lamento saber que sua mãe não está bem — diz a irmã Beris, educada. — Vou pedir que Macean interceda por ela.

Jude assente cautelosamente, gesto que a acólita parece interpretar como um agradecimento — embora não seja o caso. O homem foi criado em Alinor, adorando Barrica. Deixou a fé para trás quando suas preces pararam de ser atendidas, mas ainda não tive evidências de que ele agora pede a Macean que o ajude com a mãe. Acho que descobriu depois que o pai faleceu que não pode se dar ao luxo de confiar em ninguém além de si mesmo. Seus olhos pousam de novo em Rubi, procurando uma indicação do que fazer. Geralmente ninguém se dirige diretamente a ele em reuniões como esta. Geralmente o sujeito nem *sequer* participa de reuniões como esta.

— Certo — começa Rubi, e todos se viram para ela. — Jude, o que quero que você faça é o seguinte. Já deve saber que Alinor está enviando o príncipe Leander numa campanha para visitar a Trália, Beinhof e afins, certo? Tenho certeza de que já viu nos jornais.

— Sim, Rubi. — Toda a atenção de Jude está focada em minha irmã agora.

O rapaz está imóvel, como a presa que sentiu o cheiro de um predador, mas não sabe onde ele está.

— A rainha quer fortalecer as alianças de Alinor — continua Rubi com um sorriso ferino. — Melaceia está começando a se mexer, e eles sabem disso. Se... ou *quando* houver guerra, querem ter certeza de que têm o apoio dos amigos e vizinhos.

Analiso a irmã Beris, mas ela não revela todas as suas cartas com tanta facilidade — sua expressão não vacila nem um milímetro, e não há sinal algum do quanto a informação significa para a mulher.

Alguns anos atrás, *ela* não teria tão pouco lugar quanto Jude numa reunião como esta. Quando eu era criança, a igreja era um espaço ao qual velhas senhoras iam para fofocar com as amigas num dia de folga. Sempre fui décadas mais nova do que as outras frequentadoras, mas dizem que orações são amplificadas quando se está na igreja, mais poderosas quando oferecidas de um lugar imerso em fé. Não achava que Macean ouvia as minhas, adormecido como estava, mas cheguei à conclusão de que tentar não faria mal a ninguém.

Certo dia, porém, encontrei a irmã Beris depois de uma missa. Conversamos. Compreendemos uma à outra. Aprendi que, atrás dessa fachada, há uma mulher que sempre tem tempo para me ouvir. Que acredita em mim.

Há mais e mais pessoas frequentando as missas ultimamente, e dizem que os templos de Alinor estão cada vez mais vazios.

Dizem que, se a guerra sobre a qual todo mundo está falando estiver realmente chegando, seremos nós que estaremos com um deus do nosso lado.

— Você frequentou o colégio interno com o príncipe — continua Rubi para Jude. — Certo?

Jude fica em silêncio por um longo momento. Ele não contou isso a Rubi, não contou a *ninguém*. Mas descobri a informação para ela.

Descobri muito sobre Jude. Sei onde ele treina para vencer as lutas na Taverna do Jack Jeitoso. Sei que inventa desculpas para justificar os hematomas quando vê o garoto de quem gosta, o que cuida do bar no Vermelho Rubi, uma das casas noturnas da minha irmã. Caramba, sei a bebida que ele pede quando quer arranjar um motivo para passar um tempo no trabalho do amado.

— Certo? — insiste Rubi, erguendo uma das sobrancelhas.

— Sim — admite Jude, completamente imóvel. — O príncipe e eu estudamos juntos, mas não éramos próximos.

Isso é mentira. Eles eram amigos. Acho que, quando o pai de Jude o deixou sem nada, ele teve a esperança de que o príncipe fosse ao seu resgate, e tudo que recebeu foi um olhar vazio. Mas fico de bico calado. Não preciso que ele saiba quantas cartas tenho na mão. Ainda não.

— Você saberia identificar Leander? — continua Rubi.

Jude engole em seco.

— Sim.

Rubi abre um sorriso para ele que brilha como uma moeda de ouro.

— Bom saber disso, Jude. Você vai embarcar num navio com a Laskia hoje à noite. Preciso que faça um serviço para mim.

Jude fica boquiaberto, ele perde toda a compostura e tenta, em vão, protestar, mas tudo que consegue soltar é "Um navio?" em seu sotaque aristocrático.

— Ah, não se preocupe — diz Rubi, se inclinando adiante, toda sorrisos. — Vamos cuidar da sua mãe enquanto estiver fora. A gente sabe que ela significa tudo para você.

Todos ficam em silêncio por um longo momento antes que Jude consiga se forçar a falar:

— O que precisa que eu faça?

Rubi então vira o sorriso para mim, e tento me acalmar com a respiração. Geralmente não falo neste tipo de reuniões, mas disse a ela que queria dar um passo além. Fui eu que pensei neste plano. Convenci minha irmã de que ela precisava de alguém em quem pudesse confiar para levar isto adiante e enviar informações — e, como irmã dela, sou a única escolha. Minha hora chegou, de ganhar ou perder.

— Vamos interceptar a frota real — falo, com a voz calma e estável. É uma imitação consideravelmente boa da voz de Rubi, embora eu não consiga reproduzir o ronronar por trás das palavras. — Você vai confirmar que o príncipe está a bordo, e vamos afundar a embarcação.

Jude empalidece, a mancha de sangue em sua bochecha ficando ainda mais evidente quando ele se vira para engolir em seco.

— Vocês vão começar uma guerra — sussurra ele.

— Bom, vamos deixar alguns corpos com uniforme da marinha melaceiana no meio dos destroços, só para mostrar quem é o inimigo. Pode apostar todo o seu dinheiro que vamos começar uma guerra.

— São só negócios — acrescenta Rubi, dando de ombros. — Nossos negócios compreendem importação e exportação, Jude. Pense nisso mais como... um ajuste do mercado.

A irmã Beris pigarreia, e Rubi revira os olhos. A congregação pode até estar voltando, mas Rubi não compartilha da minha devoção, e ainda não precisa fingir. Todos sabemos quem é quem neste recinto. O fato de que a irmã Beris veio pedir ajuda a Rubi já diz tudo.

Mas, para minha irmã, isso é importante. Seus competidores a têm pressionado. E quando se sabe como é vir do nada, as pessoas fazem qualquer coisa — *qualquer coisa* — para evitar voltar para lá. No nosso ramo, não podemos descansar nem por um segundo.

Se eu tivesse que arriscar, diria que é por isso que Lorento foi aposentado. Depois de todos esses anos, tinha conhecimento que valia a pena ser comprado, e um dos rivais de Rubi estava preparado para desembolsar a grana. Se for o caso, foi tolice da parte de Lorento — se tivesse ficado ao lado de Rubi, ela teria pagado por uma aposentadoria real. Agora, ele nunca vai ter nada do tipo.

O fato é que não temos como saber o que ele disse para quem quer que lhe tenha pagado. Nunca se sabe o que vem por aí. Se Rubi é capaz de fechar uma aliança dessas com a irmandade verde, com certeza é capaz de se tornar intocável.

— Agora, deixando os negócios de lado... — começo, porque *eu* gostaria de evitar irritar a irmã verde, mesmo tendo vendido isso para Rubi como um acordo financeiro. — O primeiro-conselheiro está irritantemente relutante em cumprir seu dever patriótico e enfrentar Alinor. Melaceia também precisa disso. A cada dia estamos mais perto da batalha que vai libertar Macean, mas sem uma faísca o fogo nunca vai se acender.

A irmã Beris enfim fala, com sua voz suave que de alguma forma sempre sai alto o bastante para ser ouvida, mesmo quando há ruídos no ambiente.

— A família real de Alinor deixou de lado seus deveres religiosos. Barrica, a Sentinela, foi esquecida por seus adoradores, e a rainha Augusta está enviando o irmão para apertar mãos e comparecer a piqueniques. Ele já deveria ter feito seu sacrifício nas Ilhas dos Deuses para fortalecer sua deusa de novo. Ao abandonar essa obrigação, deram a nós uma brecha para furar a guarda de Barrica e acordar Macean, e não podemos deixar a oportunidade passar.

— Exatamente — concordo. — A igreja acredita que este é o momento, e nosso dever religioso também seria lucrativo, então consideramos que nossos interesses estão alinhados. Se trabalharmos juntos, teremos tanto os meios quanto o dinheiro.

Jude balança a cabeça devagar, ainda lutando para encontrar as palavras.

— Vocês vão começar uma *guerra*. Vão matar o Leander?

Rubi ergue preguiçosamente uma das sobrancelhas.

— Ah, vocês são próximos a ponto de chamar Sua Alteza pelo primeiro nome? Achei que não se davam muito bem. — Ela me encara com uma expressão neutra, e sinto o sangue congelar nas veias.

Tenho *certeza* de que não se davam muito bem. Eu confirmei. O príncipe esqueceu de Jude. Ninguém o ajudou depois da morte do pai.

— Não nos damos — confirma Jude, mas sua hesitação é nítida.

Acho que ainda há um abismo entre não gostar muito de um cara e querer jogar o corpo dele no meio do mar.

— Escuta — começo, esperando até ele se virar para mim. — Isso vai acontecer de um jeito ou de outro, Jude. Se preferir, pode pensar que você não tem responsabilidade nisso. Só vai estar lá. Todos os envolvidos gostariam de ter certeza de que o príncipe está a bordo de um dos navios.

Jude e eu nos encaramos, e tento manter a expressão calma enquanto analiso o sangue em sua bochecha. Deixo-o pensar. O homem não é idiota, ele sabe que vai morrer se negar. Então, justamente por não ser idiota, confirma com a cabeça por fim.

— Posso me despedir da minha mãe? — sussurra ele.

— Não vai ser nada bom para ela se você contar aonde está indo.

— Entendido.

Rubi pousa a taça de champanhe na mesinha baixa ao seu lado, e tanto o lutador quanto eu damos uma levíssima sobressaltada quando o vidro tilinta contra a madeira.

— Laskia, suas coisas já estão a bordo? — pergunta ela.

Assinto, lutando para reprimir um sorriso. Calma. Profissional. Pronta para fazer isso.

— Ótimo — diz ela. — Leve o Jude para ver a mãe e depois sigam até o navio. — Ela se vira para a irmã Beris. — Você os encontrará a bordo?

— Estou pronta — confirma ela, tão calma quanto se estivéssemos prestes a ir para a feira escolher o peixe do jantar.

Fico de pé, e um instante depois Jude faz o mesmo ao meu lado.

— Divirtam-se — fala Rubi. — E, Laskia, não se esqueça de me trazer uma lembrancinha.

Dou uma piscadela.

— Vou trazer alguma coisa bem legal pra você.

É isso. Está acontecendo. Dia de me formar.

Jude não diz nada enquanto deixamos os aposentos de Rubi para trás, seguindo pelo corredor silencioso. Não fala até estarmos de novo num beco. Enfio as mãos nos bolsos, desejando silenciosamente que meu casaco já não estivesse na embarcação.

— Você já matou alguém? — pergunta ele num murmúrio.

— Sempre tem uma primeira vez — respondo, forçando a voz a sair controlada.

— Ver sangue assim tão de perto não é como você imagina que vai ser. Quando acontece de verdade, quando você acaba banhada nele, quando não é só mais uma ideia...

— Talvez funcione assim com você. Não vai ser desse jeito comigo.

Ele balança a cabeça.

— Vocês não vão conseguir o que querem.

Dou uma risadinha sarcástica.

— Tenho certeza de que a irmã mais velha dele vai ficar chateada, Jude.

— Vai, sim. Mas *sua* irmã mais velha sabe que não tem tanto espaço assim no topo.

— Você não faz ideia do que está falando — disparo. Depois me contenho e forço a voz a soar calma de novo. Rubi raramente explode, e nunca é porque há alguém a cutucando. — Rubi é minha irmã. É um pouco diferente, acho, dos seus amigos ricos do colégio interno não abrindo espaço no topo para o bastardo.

— Se é o que acha... — rebate ele, os olhos fixos à frente.

— Cala a boca. Ou a gente vai direto para o navio e sua mãe que adivinhe por que você desapareceu.

JUDE

◆

Os cortiços
Porto Naranda, Melaceia

Tudo dói, por dentro e por fora. Estou sentindo os efeitos da luta só agora, e meu estômago está se comprimindo como se eu tivesse tomado outro soco. Estou simplesmente colocando um pé à frente do outro, movido pelo ímpeto de chegar à minha mãe, mesmo sabendo que ela não vai ter conselho nenhum, nada que me ajude a me livrar disso.

Quero apenas olhar para ela.

Quando deixamos a casa noturna, somos atingidos em cheio pela luz e pelos ruídos da cidade. Buzinas ecoam, cavalos fedem e a calçada está lotada de pessoas abrindo caminho, voltando para casa ou saindo para uma noite de diversão, prontas para dançar e beber até esquecerem seus medos. Semicerro os olhos para me proteger do ataque sensorial, repassando a conversa na cabeça enquanto tento entender o que acabou de acontecer.

Rubi quer que eu mate o Leander e todas as outras pessoas da frota, o que significa metade da minha turma da escola.

Desviamos da rua Nova, deixando de novo os ruídos e a luz para trás enquanto seguimos na direção dos cortiços. É como se tivéssemos avançado muito mais do que apenas seis quadras, com o mundo ficando cada vez mais silencioso, sujo e escuro. As vitrines desgastadas de lojas com o nome pintado em letras agora desbotadas já estão fechadas. É muito comum ver grades nas janelas por aqui. Não há carros — não cabem nos becos mais estreitos, e de toda forma ninguém aqui conseguiria arcar com o custo de um veículo. O ar está mais fresco, combinando com o silêncio.

Olho para cima quando passamos pela igreja, de longe a maior construção nos assentamentos, embora eu saiba que ela foi construída aqui só porque o terreno era barato. A construção é pintada de preto para simbolizar a hibernação de Macean. A estátua do deus em si, quebrando os grilhões impostos a ele por Barrica e despertando, fica na parte da frente. Ao lado há uma irmã verde, que nos cumprimenta com a cabeça educadamente quando passamos. Será que ela sabe quem somos?

A irmãzinha de Rubi — não, a irmã *mais nova* de Rubi; cometi o erro de subestimar a garota, um erro potencialmente fatal — deixa uma moeda na cumbuca da acólita sem dizer uma palavra. Sei que ela vai à igreja regularmente, embora Rubi não compartilhe da mesma fé. Ela é inteligente para ter arrumado um jeito de alinhar os interesses da primogênita com os da igreja. A questão é o que ela vai fazer quando as demandas da irmã e de seu deus começarem a divergir.

Da minha parte, jamais falei com uma irmã verde antes e, depois de conhecer a irmã Beris, não quero voltar a falar nunca mais. Faz anos desde que fui a um templo, ainda em Alinor, mas o sacerdote gordo e amigável da escola, com seu falso uniforme militar, era tão diferente dela quanto possível.

Viramos numa esquina, e volto meus pensamentos para uma questão mais imediata: vou precisar deixar Laskia subir comigo quando a gente chegar. Cada parte de mim se encolhe com a ideia de deixá-la entrar em casa — não a quero perto da minha mãe —, e a parte de mim que cresceu do outro lado do oceano não quer que ela veja onde moramos. Mas deixar a garota na rua com essas roupas finas é praticamente pedir para alguém tentar assaltá-la enquanto não estou. E qualquer que seja o desfecho de uma situação assim, sei que não vai ser nada bom para mim.

— É aqui? — A voz dela me surpreende, e me viro quando noto que chegamos. Mais cedo do que imaginei. Ou talvez mais cedo do que gostaria.

A própria Laskia resolve meu problema de o que fazer com ela segurando a porta aberta para mim e depois convidando a si mesma para me seguir escada acima. Nem sequer ofega ao subir os seis lances de degraus sem hesitar. Como deixá-la no corredor provocaria mais fofocas do que a largar na rua, faço um gesto com o queixo para que ela entre atrás de mim enquanto abro a porta da frente.

Ela para logo depois do limiar, fecha a porta atrás de si e apoia as costas nela, colocando as mãos nos bolsos. É uma silhueta esbelta em seu terno impecavelmente ajustado e colete escuro sobre uma impecável camisa branca com as mangas enroladas até os cotovelos. Tudo nela é refinado e tudo ao redor parece mais surrado em comparação.

Nossa casa tem dois cômodos — este contém uma pequena mesa, um fogão e o sofá no qual eu durmo. Deixo Laskia de lado e sigo até o outro recinto, onde encontro mamãe deitada na cama.

Ela fita o céu noturno pela janela, mas vira a cabeça quando entro. Sua pele reluzente agora está macilenta e os olhos, fundos, e ela parece mais mirrada do que deveria. Sempre tenho essa impressão quando volto da cidade, tão cheia de vida lá fora.

Lembro-me muito vagamente da minha avó, que vinha nos visitar aqui em Porto Naranda quando eu era mais novo. Era uma mulher muito pequena, menor ainda por causa da idade. Havia empreendido a viagem desde Cánh Dō, a sul, décadas antes, e depois se casara com um local e decidira ficar. Passava o resto do dia com outras avós, emitindo comandos e críticas com evidente deleite. Sempre pensei que um dia ela seria igualzinha, mas, embora esteja tão franzina quanto a própria mãe, está simplesmente definhando.

— Você está sangrando — diz ela baixinho, parando para tossir.

Eu me encolho, amaldiçoando a mim mesmo por ter esquecido de lavar o rosto, e me sento na beirada da cama. Ela tosse de novo, e corro a mão sob suas costas para ajudá-la a se levantar.

— Não foi nada — falo quando a crise passa.

— Não dá para lutar contra o mundo todo, Jude — sussurra ela, acomodando-se entre os travesseiros.

— Por que não? — murmuro. — O mundo me bateu primeiro.

Ela olha para mim, e permito que analise meu rosto. Mordo a língua para não listar todas as razões que tenho para lutar, todas as razões pelas quais *quero* lutar.

— O que mais eu deveria fazer? — pergunto. — Simplesmente aceitar? Deixar que façam o que quiserem com a gente?

Como a senhora fez. O fim da frase paira entre nós, não dito.

— Nem tudo pode ser culpa dos outros — rebate ela.

— Como a senhora, justo a senhora, pode dizer isso?! — indago. — Ele te abandonou. Fez promessas, e, quando precisou dele, qual foi o valor daquelas palavras? Por que a senhora não o culparia por tudo?

Ela me fita em silêncio, a respiração ficando mais lenta e dolorosa. Nós dois sabemos que não estamos falando sobre meu pai, mas só um de nós conhece a razão de Leander estar em meus pensamentos esta noite.

Quando fomos embora de Alinor, minha mãe queria que a gente tivesse um novo começo. Estava desesperada para deixar toda a dor e o coração partido para trás — e, para ela, isso significava fugir para Porto Naranda, sua cidade natal. Perdi a conta de quantas vezes ela disse que a gente precisava olhar para a frente, não para trás.

Já eu sentia o oposto e teria feito qualquer coisa para manter minha antiga vida. Meu pai sempre pagou minha escola e nosso aluguel, mas não queria ter nenhuma relação conosco, por mais que eu sonhasse com o dia em que ele apareceria no colégio, de como ficaria impressionado com meus troféus esportivos, com minhas notas... Pequenas coisas que não têm nenhum valor agora. Uma parte minúscula de mim sempre teve a crença ridícula de que ele iria me aceitar eventualmente.

Mas ele morreu e nos deixou sem nada. Quando mais precisamos dele, ele nos esqueceu.

Eu tinha total certeza de que Leander era melhor do que ele, que Leander cuidaria de mim. Algumas semanas antes da morte do meu pai, lá estava eu sentado ao lado do príncipe na sala de aula — emprestando lápis, virando minha prova para que ele pudesse ver as respostas das equações que sempre o deixavam confuso.

Eu não achava que ele viria em meu auxílio. Eu tinha *certeza*.

Minha mãe me falou várias vezes para deixar o garoto para lá.

— Jude — dizia ela, quase num sussurro. — Vocês dois foram colegas de classe, sim, mas vocês não são iguais. Um príncipe não pode se rebaixar e rastejar pela sarjeta por alguém como você, não com todo mundo observando.

Eu me negava a acreditar nela, e ela só suspirava baixinho.

— Um novo começo vai ser melhor — insistia minha mãe.

E eu continuava esperando Leander, como um idiota. Ele era meu amigo. Para ele, ir me resgatar não seria nada. Seria muito fácil.

Mas ele nunca apareceu.

E aprendi uma lição que nunca esqueci.

— Jude? — A voz fraca e sussurrada da minha mãe me traz de volta para o presente; assimilo suas feições abatidas, suas olheiras.

— Estou aqui — murmuro.

— Cada um conta uma mesma história de forma diferente. — Ela fala devagar; talvez dessa vez *esteja* se referindo a ela e meu pai. Não tem por que minha mãe estar pensando em Leander hoje. — E a única versão em que somos o herói ou a heroína é a nossa própria, Jude.

A confiança indistinta que ela dá a todo mundo, a fé na melhor versão das pessoas... É por isso que chegamos a este ponto. Alguém mais vivido teria garantido que meu pai nos sustentasse em vez de nos deixar à mercê de sua esposa. E se ele ou a mulher têm versões diferentes da história, não estou nem aí.

Mas, em alguns dias, é dessa fé indistinta que preciso para seguir em frente.

— Vou ficar longe por um tempinho — falo, apontando a porta com a cabeça. — A Rubi tem um trabalho para mim.

Os olhos dela seguem os meus, e vejo que compreendeu que não estamos sozinhos.

— Ela vai garantir que o médico continue vindo enquanto eu estiver fora — continuo —, e vou tentar ir tão rápido quanto possível. Temos algumas batatas e já deixei uns feijões de molho. Quando a sra. Tevner passar a caminho do mercado amanhã, diz que vou consertar o fogão dela quando voltar. Ela anda me pedindo esse favor, então isso vai fazer ela ficar de olho na senhora enquanto eu estiver fora.

— Pode deixar — diz ela, mas nós dois sabemos que não tenho a menor ideia de como ajudar a mulher.

Cresci numa casa chique em Lagoa Sacra, com um cozinheiro e uma criada, e não tive aula de reparos básicos no colégio interno.

Pensar na escola me relembra do que tenho diante de mim — o velho amigo cujo corpo preciso identificar — e me inclino ao lado da cama, procurando uma das bolsas embaixo dela. Mamãe fica em silêncio enquanto guardo algumas roupas, ajeitando tudo várias vezes e puxando o cordão de fechamento forte demais.

— Vou voltar o quanto antes — repito, me inclinando para beijar a bochecha dela.

Sua pele é macia, mas os braços entre meus dedos estão muito finos, com os ossos do ombro protuberantes demais. Algo em seu leito de morte tem um cheiro doce, errado. O bolo apertado de raiva dentro de mim ameaça subir pela garganta, mas forço minha expressão a se amenizar e me levanto.

Será que preciso dizer mais alguma coisa a ela agora que a guerra está a caminho? Não temos dinheiro para fazer um estoque de comida, mas talvez o que Rubi vai me pagar em troca desse serviço seja o suficiente para nos tirar da cidade.

— Descanse — falo. — Faça o que o médico mandar.

— Eu te amo, Jude — responde ela, estendendo o braço com um esforço visível para apertar minha mão.

— Eu também, mãe. — Quero falar mais, mas a presença de Laskia no cômodo ao lado empurra as palavras de novo goela abaixo.

Então só assinto, e minha mãe aperta minha mão uma última vez antes de me deixar ir.

Passo por Laskia e, enquanto sigo na direção da escada, não olho para trás.

SELLY

◆

O Lizabetta
Mar Crescente

É só quando o *Lizabetta* já está navegando que me dou conta de como nossa tripulação é pequena. A embarcação desliza sob a luz das estrelas, com as velas completamente abertas agora, as flâmulas espirituais estalando e o convés ondulando sob meus pés. Mas, pela primeira vez, a maresia não acalma meu coração acelerado, coração este que está me puxando na direção de Lagoa Sacra. Do *Freya* ainda aportado nas docas. Da minha última chance de ver meu pai antes que as tempestades de inverno bloqueiem o caminho.

Quando imagino o *Freya* abrindo as próprias velas pela manhã, saindo do porto sem nenhuma suspeita de que eu deveria estar a bordo, sem estar levando sequer uma mensagem minha, lágrimas ardem de meus olhos de novo. Mas, ao mesmo tempo, meu coração está batendo como um tambor dentro do peito por medo do que Rensa fez. Nossa capitã está no timão, com Kyri ao seu lado, que acabou de voltar do sacrário.

Ainda estou na proa, olhando além da figura de proa e do convés, embora só seja possível saber onde o horizonte está porque é onde as estrelas acabam e dão lugar a uma água escura como nanquim. Fecho as mãos ao redor da amurada de madeira com luvas que cobrem as costas das mãos, mas deixam meus dedos livres. A textura desgastada do material é uma âncora familiar numa noite em que tudo deu errado.

Além de Rensa, Kyri e eu, há mais três tripulantes — seis no total, quando deveríamos ser dez. Aposto que Abri está no topo do mastro. Os gêmeos terminaram de ajeitar as velas, embora seja um mistério como conseguiram fazer isso sozinhos.

Me pergunto o que os quatro que deixamos para trás vão fazer quando descobrirem, ao alvorecer, uma doca vazia onde o navio deveria estar. As palavras de Rensa ainda doem — penso *sim* no que aquilo significará para eles. O que vão fazer para arranjar dinheiro, como encontrarão um lugar para dormir.

Eu teria feito essas perguntas sozinha sem a capitã para me lembrar.

Há um lampejo de movimento lá em cima quando Abri começa a descer. Sigo em sua direção e nos encontramos assim que ela alcança o convés, o rosto pálido e branco na escuridão. Seu corpo é curvilíneo e robusto, mas ela é forte como qualquer outra marinheira, e sempre tem um sorriso no rosto, embora, no momento, esteja com a expressão fechada e preocupada.

— Não vi nenhuma luz exceto as de Lagoa Sacra desaparecendo atrás de nós — informa ela. — Estamos sozinhos.

— Ou o navio do qual estamos nos escondendo também está às escuras.

Abri faz uma careta e, sem dizer mais nada, seguimos até a popa para ouvir o que Rensa tem a dizer, o que aquele garoto tem a dizer e que desculpa vai dar para a situação até a qual nos arrastou, qualquer que seja ela. Jonlon e Conor brotam quase silenciosamente de onde quer que estivessem empoleirados e se juntam a nós.

Rensa está acendendo um lampião, mantendo o anteparo para não mais do que um brilho suave, mas é suficiente para ver melhor o rapaz. E, como ele arruinou minha última chance de alegria, vou dar uma boa olhada nele.

A primeira coisa que me ocorre é que é injusto alguém ter essa aparência. Ele tem mais ou menos minha idade, mas as similaridades acabam por aí. Sou loira, de pele clara e coberta de sardas. Ele tem cabelos castanhos e sobrancelhas espessas, pele marrom como arenito e riso fácil. Sua boca foi feita para sorrisos travessos, os olhos sempre prontos para se enrugar nos cantos.

Sua linhagem estampa sua cara e a riqueza, as roupas, embora tenha tirado o casaco chique e o largado no convés ao lado do sacrário antes de arregaçar as mangas para revelar os braços fortes e aquelas marcas de feiticeiro mais intrincadas que já vi.

Quando deixo o olhar subir de seus lábios, noto que ele está ciente de como o estou analisando. Ergue uma das sobrancelhas, achando graça, e eu instintivamente semicerro os olhos. Ele não parece se abalar.

A voz de Rensa quebra o momento, e nós dois nos viramos para onde ela está, ao lado do lampião.

— Agradeço a todos pelo trabalho rápido esta noite. Primeiro quero dizer que sei que deixamos quatro tripulantes para trás, e sinto muito. Haverá alguém esperando por eles quando voltarem para a doca, e todos estarão amparados. Não podíamos correr o risco de fazer nada fora do comum e manter todos a bordo nos entregaria. — Ela olha ao redor, para cada um de nós. — E, em segundo lugar, quero avisar que assumimos esse serviço porque a frota de Stanton Walker tem a reputação de manter suas barganhas.

De jeito nenhum meu pai teria topado algo assim. Ele jamais teria permitido que sua tripulação fosse sugada para qualquer que seja a bagunça na qual estamos metidos agora. Cerro o maxilar e olho para os outros tripulantes, mas estão todos encarando o recém-chegado.

— O *Lizabetta* tem orgulho de ostentar o estandarte dos Walker — continua Rensa. — Além de confiável, a embarcação é rápida e silenciosa e não chama a atenção. Tudo isso atraiu Sua Majestade.

— *Sua Majestade* — arqueja Jonlon, definitivamente falando por todos nós.

Acho que Abri está murmurando uma prece. Conor me lança um olhar que diz que está tão infeliz quanto eu.

— Qual a relação *dele* com a rainha? — solto, e o garoto idiota sorri para mim como se eu tivesse dito algo engraçado.

— Sem ofensa — acrescenta Abri na mesma hora, praticamente flertando com o garoto, e faz uma careta quando reviro os olhos.

— *Ele* é o irmão da rainha — dispara Rensa sem titubear. — O príncipe Leander.

Por um momento não há som algum além do vento, do mar e do sangue ribombando em meus ouvidos. Tento processar o que ela falou, mas minha mente continua sem entender.

Eu sabia que ele não era apenas um criado, mas o príncipe em pessoa? Talvez seja um impostor. Se for mesmo o príncipe, por que estava escondido atrás...

Minha cabeça escolhe este momento para me listar todos os termos chulos que usei para insultar o rapaz. Pela deusa, será que não consigo ficar com a boca fechada? De toda forma, mantenho o que disse.

Tudo que é inútil por aqui é belamente decorado. Não queria que se sentisse excluído.

E depois coloquei uma florzinha atrás da orelha dele.
Que os espíritos me salvem.
— Recebi uma mensagem da rainha hoje à tarde e a decisão foi tomada muito rápido — dizia Rensa. — O mais em cima da hora possível, para reduzir as chances de a informação vazar. Já traçamos uma rota até as Ilhas dos Deuses. Sua Alteza tem negócios a tratar por lá.
As Ilhas dos Deuses.
Um grupo de pequenas ilhas não mapeadas, cada uma lar de um templo sagrado destinado a um dos deuses ou à Mãe. É proibido aportar por lá e, mesmo que o vigia de algum navio aviste terra, ninguém jamais consideraria desembarcar ali.
— Mas não temos um mapa — protesto.
— Sua Alteza providenciou um — responde Rensa, apontando o garoto com o queixo.
Ele retribui o gesto, como se fossem iguais.
— Eu... Eu achei... Ele é o *príncipe?* — solta Jonlon, de olhos arregalados, e o irmão gêmeo pousa a mão em seu braço para o acalmar.
A única coisa que denuncia o parentesco de Jonlon e Conor é a pele negra e os sorrisos parecidos — Jonlon é alto, robusto e calmo enquanto o irmão é baixinho, magrelo e geralmente estressado.
— Por que nosso navio? — pergunto sem pensar. — Somos mercadores honestos, sem flores ou guirlandas ou garotas dançando à vista.
— As guirlandas combinam comigo — comenta o rapaz, fazendo Abri bufar e Kyri abrir um sorrisinho. *Inacreditável.* Depois ele me dá uma piscadela. — E fico ótimo com uma flor atrás da orelha.
Kyri imediatamente me dispara um olhar que diz *"ele acabou de piscar pra você como quem diz a gente vai conversar sobre isso mais tarde"*, arregalando os olhos, enquanto Rensa dispara outro que fala "cala a boca ou eu vou calar ela pra você".
— Infelizmente, o dever me chama — continua o príncipe, ainda sorrindo. — Quando chegarmos às Ilhas, vou fazer o tradicional sacrifício da minha família e fortalecer nossa deusa o bastante para que ela possa continuar vigiando Macean. Ela vai garantir que ele continue adormecido e em seu devido lugar; assim, os melaceianos vão precisar guardar seus brinquedinhos e esperar para brincar outro dia.
— Um sacrifício? — pergunta Abri.

— Um a cada vinte e cinco anos — responde o príncipe Leander. — Minha família empreende essa viagem há séculos.

Aperto os olhos, tentando resgatar lições muito antigas, tão antigas que nem tenho certeza de que tenha *sido* uma lição e não uma história de pescador. Algo sobre os vinte e cinco anos me soa familiar.

— Espere — digo devagar. — Só para confirmar, estamos à beira da guerra, e, em vez de mandar você para garantir que nossos aliados estejam do nosso lado, o que já não é um plano lá muito bom, a rainha está apostando na possibilidade de os melaceianos decidirem não brincar mais porque acham que o deus deles está adormecido?

— Exatamente — responde ele, satisfeito.

Não acredito que perdi a chance de ir para o norte por *isso*.

— Não sei nem por onde começar — murmuro. Sei que devia calar a boca, mas honestamente estou além de qualquer diplomacia.

— Chega, Selly — rosna Rensa.

O príncipe Leander agita a mão.

— Não, capitã, sua tripulação não é a única a achar que a família real bobeou, mas sabemos qual é nosso dever. Contudo, o risco de assassinos no nosso encalço significa que vale a pena criar uma distração. Vale a pena fingir que estamos focando numa coisa completamente diferente.

— O que a frota da turnê está fazendo, então? — pergunta Conor, o tom muito mais intenso do que o do irmão.

Ao menos outra pessoa no navio não está olhando para o príncipe como se estivesse apaixonada por ele.

— A frota da turnê vai seguir pela costa, bonitinha e devagarzinho, como se estivesse realizando as visitas diplomáticas que eu havia planejado — responde o príncipe. — Vão levar tanto tempo quanto necessário para seguir até o mar aberto primeiro. Apenas o príncipe e seus amigos empreendendo uma viagem real. Nesse meio-tempo, ninguém vai seguir o *Lizabetta* como fariam com qualquer embarcação naval alinoriana. O navio *é* lindo, mas não tem nada de peculiar, o que significa que a gente pode ir e voltar das Ilhas antes que sequer percebam.

Ele faz uma pausa e olha para cada um de nós, baixando o tom e acionando seu encanto.

— Minha irmã e eu somos gratos por sua ajuda — continua, soando exatamente o que é: um garoto para o qual ninguém nunca disse não na vida. — Vamos fazer o possível para não atrapalhar. — Ele baixa a voz ainda mais e a tripulação inteira se inclina adiante para ouvir. — E quando eu estava a bordo da frota da turnê hoje, eu peguei alguns... suprimentos emprestados. Vamos ter um banquete digno de... Bom, de príncipes no desjejum de amanhã.

Bufo, e dá para ver que Rensa ouviu. Mas o sorriso de Leander é tão fácil, tão amigável, que faz com que todos nós sejamos coconspiradores, como se isso fosse uma pegadinha imensa em vez de uma missão tão perigosa que ele precisa estar completamente disfarçado.

Antes que qualquer um possa responder, Kyri dá um passo adiante e ergue a voz:

— Vai ser uma viagem rápida até as Ilhas se tudo der certo... E é para dar, com Sua Alteza encantando os espíritos além de mim. Jonlon, Conor: vocês ficam no convés comigo a partir de agora. Abri, dá uma olhada no que tem no porão e pega algo para comermos. Selly, o príncipe vai dormir no nosso quarto. Já transferi nossas coisas para outro lugar uma hora atrás. Você está de folga; se instala numa das redes vazias do alojamento da tripulação e descansa um pouco.

E assim, sem mais nem menos, ainda de queixo caído com o fato de que acabei de ser expulsa da minha própria cama, sou dispensada.

Leander se aproxima de Rensa e os dois começam a conversar imediatamente — e que os espíritos me perdoem, mas ele a faz sorrir em menos de dez segundos. Nem sabia que ela era capaz disso.

Nem sequer noto que o acadêmico está no convés até ele se mover abruptamente nas sombras, afastando o olhar do príncipe. Tenho certeza de que Sua Alteza está acostumada a ter gente o encarando, e provavelmente ama isso — ao mesmo tempo, algo na expressão do acadêmico me faz manter a atenção nele enquanto o sujeito apruma os ombros e vai para baixo do convés.

Kyri confere o sacrário e depois vai ajustar as velas com os gêmeos.

Abri dispara um olhar que me convida a ir direto até a cozinha fofocar. Quando nego com a cabeça, porém, ela simplesmente enlaça o braço no meu e me puxa pelo convés junto com ela.

— Um *príncipe*! — ela meio sussurra, meio grita, definitivamente não tão baixo quanto imagina. — Não faz essa cara, Selly! A gente está com o solteiro mais disputado do Mar Crescente a bordo do nosso navio!

— Como assim? Acha que ele está aqui para cortejar alguém? — disparo, e imediatamente me arrependo quando vejo o sorriso dela sumir.

A voz de Kyri soa bem rente ao meu ouvido, e me sobressalto.

— Sossega, Selly. Aproveita a vista, caramba.

— Achei que você estaria ajustando as velas — murmuro.

— O Conor também acha ele bonito — responde ela, me ignorando.

— Então vocês três podem conversar sobre isso — respondo, me desvencilhando do braço de Abri.

— Sua Alteza disse que a irmã e ele são gratos a nós — reflete Abri, voltando para o estado sonhador prévio como se eu nunca tivesse sido uma estraga-prazeres. — Ele está falando é da *rainha Augusta*. Grata a *nós*!

— A rainha Augusta nem sabe quem você é — comento, e Kyri me dá uma cotovelada nas costelas.

— Eu vi ele piscando pra você — diz ela. — É sério que não quer piscar de volta?

— É sério que... — Mas me detenho, porque, se continuar falando, vou acabar deixando escapar meus planos anteriores. Que já foram pelo ralo.

Eu estava *prestes* a me livrar de Rensa. Em vez disso, só vou ter outra chance de vazar deste navio e ir para o norte daqui a vários meses.

E agora o *Lizabetta* está velejando às escuras em direção a um lugar aonde nenhuma alma vai, buscando perigo num templo no qual há anos ninguém põe o pé. Tudo por causa do príncipe Leander. Parece uma história de aventura. Será que Rensa acha que isto tem alguma chance de dar certo ou simplesmente não tem como contrariar a rainha?

Todos sabem que Alinor e Melaceia estão à beira do precipício. Navios em portos das duas nações estão sendo bombardeados por novos tributos, revistas e confiscos todos os dias. Dizem por aí que a guerra se aproxima — e não é o tipo de coisa de que uma peregrinação até o templo numa ilha no meio do nada vai ser capaz de nos salvar.

Se a família real acha que invocar uma deusa vai afugentar a marinha de Melaceia, então está todo mundo mais em apuros do que eu imaginava, porque não existe oração alguma capaz de fazer isso acontecer.

Há alguma coisa nessa história que não estou entendendo... Mas acho que sei quem pode entender.

KEEGAN

◆

O Lizabetta
Mar Crescente

Me forço a respirar enquanto sigo pelo passadiço estreito. Um dos marinheiros me disse mais cedo para manter uma das mãos na parede enquanto navegamos caso o navio sacoleje inesperadamente, mas quem dera essa fosse a razão para eu estar precisando me segurar agora.

A conversa no convés cessou há alguns minutos, e consegui escapar para os aposentos sob o convés sem ninguém me ver. Ao longo das últimas semanas na casa da minha família, me tornei adepto de espiar — mas, embora eu tenha ouvido muitas coisas desagradáveis, esta de longe ocupa o primeiro lugar.

Agora entendo por que a capitã tentou tanto me convencer a embarcar em outro navio hoje cedo, apenas algumas horas depois de me receber a bordo. Deve ter sido nessa hora que aceitou a missão.

— Sinto muito pelo inconveniente — disse ela, revirando os olhos como se eu fosse a razão de seus problemas, enquanto muito educadamente me mostrava minha cabine e ficava me olhando amarrar meus bens. — Mas nossos planos mudaram, e no fim não vamos ter espaço para o senhor.

— Capitã — respondi, tentando imitar meu pai. — É inegável que tem *sim* espaço para mim, já que estou ocupando tal espaço agora mesmo.

De jeito nenhum eu permitiria que ela me devolvesse para a doca. Eu havia acabado de chegar a Lagoa Sacra antes do intendente do meu pai, e a única chance de manter a vantagem era me esconder sob o convés de alguma embarcação e torcer para que ele não encontrasse meu rastro antes de o

Lizabetta zarpar. Ficar parado nas docas com minhas malas ao redor era o oposto do que eu precisava fazer.

— Jovem — começou ela.

Quando notei que seu tom tinha ficado mais firme, soube que eu não poderia deixar que ela continuasse falando: quanto mais aquela discussão continuasse, maior seria a chance de ela lembrar que podia simplesmente exercer sua autoridade a bordo do próprio navio.

— Capitã Rensa — respondi, me fazendo soar tão rígido quanto. — Vou ser bem direto. A senhora aceitou meu dinheiro e me deixou subir a bordo. Se me expulsar agora, não vou hesitar em espalhar por Lagoa Sacra que a senhora abandona seus parceiros de negócio quando recebe ofertas melhores.

O olhar de aço dela se focou em mim, e por um instante achei que tinha tocado num ponto sensível.

Agora, entendo que aquilo chamaria justamente a atenção à qual ela não podia se dar ao luxo, visto que havia acabado de ser recrutada para uma missão secreta.

Só queria que ela tivesse mantido os planos iniciais e me expulsado.

Preferia nunca mais cruzar caminho com o príncipe, mas sei que ele vai me ver em algum momento, e vou precisar conversar com ele, e pelos deuses, comer junto com ele. Neste momento, adiar esse evento, nem que seja por algumas horas, é muito desejável.

Preciso me acalmar, me recompor e depois me esconder no quarto — ou melhor, na cabine — enquanto torço para que ele esqueça de mim tanto quanto possível.

Justo isso foi acontecer, e justo *agora*, quando eu estava *tão* perto de escapar.

Abro a portinha de madeira, me esgueiro para dentro e a fecho firmemente atrás de mim. O recinto é pequeno, mas bem planejado. Há um catre preso à parede, arrumado com uma manta grossa que cheira a guardado, mas o odor não é de todo ruim. Um gradil foi chumbado ao chão, logo abaixo da escotilha, e posso deixar minha mala dentro dele sem que ela corra o risco de sair escorregando por aí. Há também um pequeno conjunto de mesa e cadeira presas ao assoalho. A lamparina, que deixo acesa, está pendurada num gancho no teto.

Presumo que a garota que foi pegar algo no convés — e, pelo jeito como a ordem foi dada, ela não é a cozinheira habitual do navio — vai chegar muito em breve com a comida. Enquanto isso, vou me distrair da melhor forma possível.

Abro a mala e analiso os livros acomodados entre minhas poucas peças de roupa. Ler sempre me ajuda a afastar as preocupações ou coisa pior. Ler me ajuda a respirar. Paro quando vejo o *Mitos e templos*, de Tajan. No fim das contas, dado nosso destino, não poderia ter trazido uma obra melhor. O autor é tedioso, não raro previsível, mas é muito detalhista.

Uma batida alta à porta me sobressalta, e é por um triz que não prendo a ponta dos dedos na tampa da mala.

Por favor, Barrica, que seja a menina com minha refeição e não o Leander.

Apertando o tratado firmemente contra o peito, abro a porta e me vejo cara a cara não com a menina que foi até a cozinha, mas sim com a outra. Ela é peculiar — anda por aí marchando, como se estivesse se preparando para a batalha.

Nos encontramos hoje cedo e trocamos algumas palavras. Ela me olhou de cima a baixo como se estivesse me avaliando e depois assentiu, o que pareceu indicar que eu havia passado num teste.

— Vim consertar sua escotilha — anuncia ela de repente, brandindo um balde na minha direção.

— Agora?

— Pode ser que à noite a gente passe por uma área de mar instável — explica, assentindo para o livro de Tajan que ainda estou abraçando contra o peito numa posição que admito lembrar muito um escudo. — Tem muito papel aqui. Ia ser péssimo se molhasse tudo.

Não estou em posição de discutir com ela, e me sinto abalado demais pelos eventos recentes para resistir, então recuo obedientemente e me afasto para me sentar na beira da cama. Ela pousa o balde em cima da minha mesinha e se inclina para conferir a vedação da escotilha.

A garota tem mais ou menos minha idade, com o cabelo loiro preso numa trança bagunçada e a pele bronzeada toda marcada por sardas. Está com os olhos verdes semicerrados, e exibe uma careta na direção da escotilha como se a janela a tivesse ofendido pessoalmente. *Selly*, lembra minha mente. Foi assim que a capitã a chamou.

— Então estamos indo para as Ilhas, hein? — diz ela, tirando uma chave de fenda do balde e começando a remover os parafusos da moldura de latão da abertura.

— Inesperadamente — concordo, e tenho certeza de que sou incapaz de esconder meu desgosto.

Agora sei por que ela está aqui: quer informação, e suspeita — com razão — que eu tenho alguma.

Ela me estende o primeiro parafuso, e encaro a peça por tempo demais até compreender o que ela quer. Me aproximo da cama para me juntar a ela, oferecendo a mão para que ela derrube a pecinha em minha palma. Ficamos os dois em silêncio enquanto ela remove os outros, colocando um a um na minha mão.

Selly arranca a moldura de latão da escotilha com um grunhido, coloca a peça sobre a mesa e pega dentro do balde um pote grande cuja tampa ela desenrosca. Depois tira as luvas de couro sem dedos que está usando, revelando traços de um verde vívido nas costas das mãos.

Nunca vi marcas de feiticeiro como essas em ninguém além de crianças — em vez de desenhos intrincados que deveriam indicar com qual elemento ela tem afinidade, o que há é uma faixa grossa, como se as mãos tivessem sido pintadas com um pincel largo. Fico imediatamente curioso; quando ameaço perguntar, porém, ela acompanha meu olhar e sua expressão se fecha. Com as bochechas coradas, ela vira as mãos para que as costas fiquem fora do meu campo de visão. Não falo nada.

Com os dedos, ela pega uma massa generosa de meleca preta no pote e mentalmente imploro a Barrica que garanta que a garota não vá tocar em nenhum dos meus livros depois disso.

— Faz mais sentido pra você do que faz pra mim? — pergunta ela enfim, enfiando a coisa gosmenta no espaço que se abriu quando retirou a moldura. — Porque, pra mim, estamos prestes a entrar em guerra... Ou seja, prestes a afundar nosso navio. Em vez de fazer algo útil, estamos tentando conter uma inundação com um baldinho invisível, com uma história de pescador.

— É mais do que uma história — respondo, e não porque estou com disposição de defender Leander. — Há todas as razões para acreditar que o príncipe pode evitar uma guerra se fizer um sacrifício nas Ilhas. Funcionou para o rei Anselm, deve funcionar agora.

Já teria funcionado se, como sempre, o príncipe não estivesse atrasado.

Ela gira no lugar para me encarar, semicerrando os olhos enquanto tenta decidir se estou puxando seu tapete ou não.

— Sério? O próprio rei Anselm é uma história de pescador. É nisso que a gente está se baseando?

— O rei Anselm é muito mais que uma história de pescador — garanto a ela. — Ele pode ter vivido há cinco séculos, mas era real.

— Quer dizer que o cara realmente saiu por aí lutando uma guerra com uma deusa ao lado dele?

— Bom, acho que era ele que estava ao lado *dela*, mas sim.

— Como você pode ter certeza se isso aconteceu há centenas de anos?

— Por meio dos livros, basicamente.

— Sabe que as histórias dos livros são inventadas, né? Especialmente aquelas sobre reis mágicos.

Ela parece moderadamente preocupada com minha sanidade, mas enfim cheguei aonde queria chegar.

— Nem todas as histórias são inventadas. E, nesse caso, há várias fontes contemporâneas contando a história do rei Anselm.

Ela me olha de soslaio, e tenho a impressão de que o *contemporâneas* foi o que a pegou.

— Tem vários registros por escrito do sacrifício original — prossigo. — Muitos feitos por pessoas que estavam vivas na época, e não de gente que repetiu algo de que ouviu falar. Além disso, todos os detalhes importantes batem. Isso significa que é quase certeza que aconteceu como as histórias dizem.

Ela para o trabalho no meio para me analisar com cuidado, ponderando minha explicação. Preciso reprimir a vontade de trocar o peso de pé como um garotinho pego de calças curtas, como se algo dependesse de ela aceitar ou não minhas palavras.

— Se isso te tranquiliza, estou longe de estar feliz ao saber que Sua Alteza escolheu nossa embarcação para o levar nessa jornada — arrisco.

Ela bufa e pega um pedaço de cordame fino dentro do balde, pressionando o segmento ao redor da borda da escotilha para o colar na gosma misteriosa.

— Certo. Me conta quais são as evidências, então.

Pestanejo.

— Como assim?

— Você disse que tem várias. Aquele príncipe mimado me custou... Bom, o bastante. Demais. Quero que você me convença de que não foi por nada. Como ele vai deter a guerra?

Recuo alguns passos e me sento na beira da cama de novo, aninhando cuidadosamente os parafusos na mão enquanto considero por onde começar.

— Bom, as histórias são de uns quinhentos anos atrás. Ou, para ser mais preciso, quinhentos e *um* anos atrás. E, nesse caso, a precisão é importante. O tio de várias gerações atrás do príncipe Leander, o Anselm, era rei. E ele estava em guerra com Melaceia. — Paro para ver se simplifiquei bastante a explicação; não sei que tipo de educação meninas que vivem em navios recebem.

Ela assente, dando alguns soquinhos para acomodar o último pedaço de corda no lugar antes de pegar um pano no balde para limpar as mãos.

— Certo. E, nas histórias, haviam deuses lutando também. Digo, literalmente correndo por aí como pessoas, batalhando uns contra os outros. E, no fim, Barrica, a Sentinela, transformou o rei num guerreiro mágico, e juntos fizeram Macean, o Apostador, cair no sono. Derrotaram Melaceia, e depois ambos sumiram para sempre — disse ela. — Ou algo assim.

— Algo assim — concordo. — Mas o Anselm foi transformado num Mensageiro, talvez... Não num guerreiro mágico.

— O que é um Mensageiro?

— Bom, o sacrifício dele vem primeiro na história. Textos acadêmicos e religiosos dizem que os deuses extraem poder de duas fontes: da fé e de sacrifícios. Quanto mais adoradores, mais fortes são. Essa é a parte da fé. Quanto maiores os sacrifícios feitos em seu nome, de novo: mais poderosas as entidades ficam.

— É igual com magia — conclui ela. — Só que os espíritos precisam de sacrifícios minúsculos, como velas ou um pouco da nossa comida, e mais mimos do que fé... Isso até onde sei.

— Exatamente — concordo, parando quando noto as palavras que ela escolheu. *Até onde sei.* Esquisito para alguém com marcas de feiticeiro.

— Então o sacrifício dele foi para ajudar a deusa a botar Macean para dormir... Essa parte eu sei. O que ele sacrificou?

— Bom, você precisa entender o que estava em jogo. Os dois deuses tinham se digladiado com tanta violência que a nação inteira de Vostain foi destruída. Ficava no lugar que hoje a gente chama de Ermos Mortos.

Ela ergue uma das sobrancelhas.

— Onde fica a Bibliotheca?

— Exatamente. A Bibliotheca é um lugar neutro e independente, destinado à aprendizagem... É por isso que lá adoram a Mãe em vez de qualquer um dos sete deuses. Ela foi construída num lugar que possa nos lembrar do que acontece quando permitimos que o conflito crie raízes.

— Não sabia que existia um país lá — admite ela. — Então a Barrica e o Macean estavam lutando, e... e aquilo tinha acontecido.

— Sim. E Macean era forte. E ousado: não é à toa que o chamam de o Apostador, o deus do risco. Barrica costumava ser chamada de a Guerreira, e ela sabia que era a única que poderia deter o irmão. Ela viu o que aconteceu com a nação de Vostain (e o que aconteceu com o caçula das entidades, o Valus, que tinha perdido todos os seus adoradores num piscar de olhos) e falou com o rei Anselm. Como rei de Alinor, ele foi o primeiro a seguir a deusa.

— E ela o transformou num guerreiro mágico.

— Não ainda. Ela precisava que ele a fortalecesse primeiro, e assim o fez. O rei Anselm ofereceu o maior sacrifício possível. A própria vida.

Ela derruba dentro do balde o pano que está usando para limpar as mãos, virando-se para me encarar.

— Ele se matou?

— A única forma de salvar seu povo era com uma demonstração avassaladora de sacrifício e fé. Uma tão grande que fortaleceria Barrica além de qualquer comparação. Funcionou. Ela se ergueu e colocou o irmão Macean para dormir, condição em que ele continua desde então.

— E o rei continuou morto? — continua ela, franzindo as sobrancelhas. — Barrica não o ressuscitou como seu primeiro milagre? Quando acontece a parte do Mensageiro e tal?

— Há certo... debate. Existem inclusive histórias mais antigas, de séculos antes da Guerra dos Deuses, sobre a Era dos Mensageiros. Sobre seres imbuídos com o poder dos deuses, mas que não eram nem deuses, nem humanos. Dizem que houve um Mensageiro que criou a planície onde hoje fica Melaceia, e outro que desviou um rio inteiro em Petron. São histórias muito antigas, com origens que já se perderam.

— Então talvez nunca tenham existido?

— A coisa mais importante que um pesquisador deve aprender a dizer é "Eu não sei". E eu não sei mesmo.

— Mas o que você acha?

— Alguns dizem que o Anselm virou um Mensageiro séculos depois que o último deles partiu. Mas logo após a batalha ele simplesmente some da história, e sua irmã é coroada, e os filhos dela, depois disso. Acho que talvez as pessoas torcessem muito para que ele tivesse sobrevivido, e por isso criaram histórias que assim afirmassem.

— Que tristeza — conclui ela.

— Foi uma época triste, mas funcionou. Com Macean hibernado e incapaz de ajudar os melaceianos, as forças da nação foram derrotadas e Alinor imperou.

— Simples assim.

— Exceto pelo rei Anselm — admito. — O fardo da realeza é pesado. Para alguns mais do que para outros.

— Não parece estar pesando muito sobre os ombros do príncipe — zomba ela.

Cerro os lábios e permito que meu silêncio responda por mim.

— Então me diz como isso fez a gente parar neste barco agora — continua a jovem, estendendo a mão para pedir os parafusos. — Não, me dá um por vez.

Estendo um deles.

— A cada vinte e cinco anos, o sacrifício é renovado por um dos membros da família real.

Ela derruba o parafuso e me encara, visivelmente horrorizada.

— Está dizendo que o príncipe quer velejar até as Ilhas para morrer?

Nego com a cabeça, e ela ajoelha para caçar o parafuso perdido.

— A família real não compartilha os detalhes — digo. — Mas um dos descendentes do rei viaja até as Ilhas dos Deuses, mais especificamente até a Ilha de Barrica, e faz um sacrifício próprio. Sempre volta ileso, então é de se presumir que seja algo pequeno; que o esforço da jornada já sirva como um ato de fé, um sacrifício em si próprio.

— E faz vinte e seis anos — conclui ela, ficando de pé e voltando ao trabalho. — Então ele está um ano atrasado para o compromisso. Por todo esse tempo, sempre mandaram alguém de barco para lá a cada vinte e cinco anos?

— Sem falhar. Discretamente, por motivos óbvios.

— E ninguém nunca tentou impedir?

— Dificilmente teriam falado a respeito se isso tivesse acontecido.

— E um ano extra interfere muito?

— Não exatamente — digo, passando outro parafuso quando ela pede. Para minha surpresa, a conversa é quase... agradável. Ou melhor, a palestra, que seja. Sonho que esse tipo de coisa aconteça o tempo todo durante minha estada na Bibliotheca. Quando as coisas ficavam difíceis, me imaginava vagando pelas alas do espaço, debatendo história e cultura. — Me diz uma coisa: você é religiosa?

— Não vou até um templo para adorar ninguém — responde ela, fechando um dos olhos para conseguir encaixar a chave de fenda na cabeça do último parafuso. — Mas tenho um respeito saudável por aqueles que vão.

Assinto.

— A fé é diferente em Alinor quando comparada a outros lugares. Os demais deuses se retiraram completamente do mundo, e a religião deles se transformou mais numa... formalidade, por falta de palavra melhor. Mas Barrica, a Guerreira, permaneceu para vigiar Macean hibernado. Isso mostra como ela se transformou em Barrica, a Sentinela. Deixou a porta entreaberta, como os clérigos não raro dizem. Não cura mais os doentes ou realiza grandes milagres, mas sempre mostrou que estava presente. Os poços se enchendo anualmente, a forma como as flores desabrocham nos templos independentemente da estação.

— As flores nos templos não são assim nos outros lugares? — pergunta ela, pestanejando. — Como sabem que os deuses são reais?

— Bom, não sabem — respondo. — Apenas têm esperança e acreditam. E olhe lá, ultimamente. E, ao longo dos últimos anos, a fé também rareou em Alinor. As pessoas são quase todas como você: não vão com frequência ao templo. Mas dizem que, em Melaceia, as igrejas estão sempre cheias.

— Ah.

— As irmãs verdes dizem que Macean logo vai ser forte o bastante para despertar de seu sono. Então *nesse* contexto, com cada vez menos fé dando poder a Barrica e cada vez mais poder sendo enviado a um Macean hibernado... um ano extra importa muito. Uma guerra entre duas nações é uma coisa. Mas, se ele conseguir quebrar os grilhões e despertar, vai ser guerra entre dois *deuses*... Precisamos só olhar para os Ermos Mortos para entender que não tem nem como estimar quantas pessoas vão morrer ou como vai ficar o mundo depois.

Ela balança a cabeça devagar.

— Vocês acadêmicos realmente acham que eles podem voltar e lutar um contra o outro?

— Pessoalmente, preferia não ter que descobrir.

Ela considera o que falei, pegando outro parafuso da minha mão.

— Numa guerra dessas, iriam recrutar navios como o nosso, não iriam? Acha que pode acontecer? É por isso que você pegou uma embarcação que estava indo até a Trália?

— Não. Não tenho interesse em ser pego no meio de uma guerra religiosa, mas meus motivos são pessoais. Eu ia viajar da Trália até a Bibliotheca para assumir um lugar como aluno.

E estava tão, tão perto de conseguir.

— A guerra vai ser uma questão pessoal também — lembra ela. — Sua família não é de Alinor?

— Minha família é capaz de se defender sozinha. — Minha família é militar, de cabo a rabo. *Adorariam* uma desculpa para colocar o treinamento em prática.

Nós dois ouvimos a mudança no meu tom de voz — as palavras chegam atropeladas, muito na defensiva. Ela vira a cabeça, e me preparo para levar um soco ou uma pergunta matadora.

Em vez disso, ela aproveita a oportunidade para abordar outro tópico que particularmente não quero discutir, mas ela supõe corretamente que eu ainda prefiro ele ao assunto dos meus pais.

— Então, você conhece mesmo o príncipe? Vi como olhou para ele lá no convés.

Faço uma careta involuntária.

— Estudei com ele — simplifico.

— E como ele é?

Não quero responder a essa pergunta específica. A garota — Selly — é positivamente direta, e não quero mentir na cara dela. Também não quero falar algo de que me arrependa depois.

— O príncipe Leander aproveita a vida — digo, depois de um tempo. — E se preocupa muito pouco com as coisas.

— Entendi. — Ela derruba a chave de fenda de novo no balde e fecha a tampa do pote de gosma. — É por isso que está atrasado para o sacrifício? Estava ocupado demais se divertindo?

De novo, não digo nada, e ela solta um grunhido do fundo da garganta.

— Bom, ele fez você perder sua viagem até a Bibliotheca, e fez eu perder a minha também — acrescenta ela. — Acho que a gente devia torcer para ele não estar atrasado o bastante para que a vida de muitas pessoas também entre na conta. Valeu pela aula, Acadêmico.

Abro a boca para corrigir a garota, para dizer meu nome, mas a fecho de novo.

— De nada.

Ela assente, erguendo o balde.

— Me avisa se continuar entrando água pela escotilha.

Fico sentado na cama enquanto ela vai embora, e é só quando a porta se fecha com um ruído surdo atrás dela que percebo que ainda estou com a mão pousada no livro de Tajan, *Mitos e templos*. Estou tremendo quando abro o tomo e folheio as páginas procurando um capítulo interessante para acalmar meus pensamentos.

Prefiro muito mais estudar história a me ver fazendo parte dela.

LEANDER

◆

O Lizabetta
Mar Crescente

Descubro que os catres num navio são mais estreitos do que seria de esperar. Quase caí do meu algumas vezes ao longo da noite ao esquecer onde estava e tentar me virar, precisando me arrastar de novo para a segurança todo embolado nas cobertas.

Sou capaz de ver o lado positivo de quase tudo, mas provavelmente não é ruim o fato de que o outro catre não estava ocupado. *Pelo menos tenta evitar testemunhas*, minha irmã sempre me diz, revirando os olhos e soltando um suspiro.

Alguém colocou uma manta bordada com fios de ouro na minha bagagem, e bufei quando a vi ao vasculhar a mala para ver o que encontrava, mas depois engoli a reclamação e me aninhei embaixo dela no instante em que olhei para o cobertor que tinham deixado para mim.

Agora, porém, a manhã chegou, e há luz entrando pelas frestas da proteção da escotilha.

Ah, e tem alguém batendo à porta. Devo ter acordado por causa disso.

— Pode entrar — grito, me sentando na cama enquanto passo a mão pelo cabelo, mas desisto quando sinto os fios arrepiados para todos os lados.

Que seja. Sou charmoso, então vai dar tudo certo.

A porta se abre, e a garota de ontem entra com uma bandeja e uma expressão cautelosa. O olhar dela então recai sobre meu peito, e compreendo — um momento depois que ela — que estou sem camisa.

Os dez segundos seguintes são puro caos.

Ela arregala os olhos, e um momento depois a bandeja com o desjejum está quase caindo de suas mãos. Estou pronto para jogar a manta para o lado e ajudar a menina, mas depois *também* me dou conta de que não estou usando muita roupa embaixo da coberta. Ela pensa mais ou menos a mesma coisa ao mesmo tempo e solta um:

— Nem ouse!

Fico preso embaixo da manta, rezando para que ela se recupere a tempo de salvar minha refeição, e ambos suspiramos de alívio quando ela consegue pousar a bandeja no meu colo.

— Toma, comida — murmura ela, já saindo.

— Não é a primeira vez que causo um rebuliço só de tirar a camisa — garanto à jovem. — Teve uma vez que… Bom, na verdade, acho que saber disso não vai ajudar em nada.

Ela me encara com uma expressão que informa que minha existência não vai ajudar em nada e fecha a porta firmemente atrás de si. A refeição que deixou para mim é muito respeitável, embora simples, composta por ovos, linguiças, torradas com manteiga e frutas.

É a segunda vez que falhei em causar uma boa impressão nela. Estranho. Estou começando a cogitar a possibilidade de a jovem não gostar de mim.

Volto a atenção para a comida. Geralmente, meus chefs de cozinha particulares vão junto quando saio do palácio — mas, embora faltem decorações e firulas, e apesar de terem cortado a maçã em pedaços práticos em vez de num formato de flor ou coisa assim, está tudo ótimo.

Decido, depois de uma breve reflexão, que não vou chamar a garota de volta para pedir suco de laranja.

Meia hora depois estou alimentado, vestido e pronto para explorar meu novo reino. Penduro a bolsa no ombro, me sentindo um pouco idiota, mas ouço a voz de minha irmã Augusta: *Não larga isso fora de vista.*

Há uma minúscula estátua de pedra de Barrica no nicho ao lado da porta, grudada à madeira. Um medalhão com uma imagem que parece a Mãe foi pendurado ao lado dela para garantir. Toco Barrica com a ponta do dedo quando passo, direcionando meus pensamentos à divindade por um instante.

A superfície da estátua está gasta depois de anos de outras pessoas fazendo a mesma coisa.

Sei que ir ao templo aos domingos é uma obrigação para a maior parte das pessoas, mas o vínculo da minha família com Barrica significa que minha relação com ela sempre foi pessoal. Sinto sua presença nitidamente quando a invoco, e é como ter uma irmã levemente assustadora e um tanto militarista olhando por cima do meu ombro sempre que rezo — e não me deixo intimidar facilmente por ela. Afinal de contas, convivo com Augusta.

A expressão desgastada da pequena estátua parece particularmente desaprovadora.

— Não me olha assim — murmuro. — Já estou indo.

Quando subo os degraus de madeira, tenho a sensação de estar emergindo de uma caverna pouco iluminada e oscilante para um mundo de luz e ar fresco e salgado. O convés ainda está molhado por causa do orvalho, os cordames estalam baixinho acima de mim e as velas brancas estão cheias e enfurnadas enquanto a embarcação segue a toda. É mais cedo do que imaginei, e o sol está só um pouco acima do horizonte.

O horizonte, por sua vez, é uma linha perfeitamente lisa se estendendo em todas as direções. Dou uma volta no lugar para assimilar a visão, analisando todos os aspectos do barco que consigo vislumbrar. Sou incapaz de não sorrir. O céu está pintado de um azul-claro e cálido; o mar é uma manta azul-marinho pintalgada de espuma branca. Sinto os espíritos da água saltando ao redor do navio enquanto o seguem com curiosidade, e os espíritos do ar dançam nas velas. Estão com um humor brincalhão, então acabo me sentindo assim também.

Um dos tripulantes está indo até o mastro mais próximo e me cumprimenta com um contido gesto de cabeça antes de apoiar o pé numa cavilha e se puxar para subir. Acompanho o progresso dele enquanto avança por dentro dos cordames e passa pelas flâmulas espirituais, agarrando as cordas com gestos confiantes. O homem mais robusto, que a capitã disse ser irmão dele, já está lá em cima, e o recebe com um aceno da cabeça. Está tudo em silêncio, exceto pelo barulho das ondas. Não é como nenhum outro lugar em que eu já tenha estado.

Quando me viro, vejo minha nova amiga — ou minha nova inimiga, suponho, embora ainda tenha alguns dias para conquistar a simpatia dela —

apoiada na amurada, observando o mar. Pensei muito nela na tarde de ontem, depois de nosso encontro no convés.

Fiquei me perguntando quem ela é, em que navio estava embarcada. Mas estou acostumado a deixar as coisas passarem — e, apesar da estranha atração que sinto em relação a ela, de saber mais sobre ela, de a convencer de que não sou tão terrível assim, sei que preciso deixá-la passar também.

De toda forma, foi difícil ouvir meus próprios pensamentos acima do coro de broncas dos membros da Guarda Real quando me encontraram e enquanto me arrastavam de volta para casa.

Ali no convés, caminho até um ponto a poucos metros da jovem; apoio os braços na amurada assim como ela e a olho de soslaio, prestando atenção.

Sua compleição física é a de alguém que usa os músculos no dia a dia. Há alguns fiapos loiros soltos da trança, voejando ao redor de seu rosto, e ela tem a pele bronzeada e sardenta e os lábios cheios. A garota os franze quando também olha de lado e nota que estou ali. Seus olhos são verde-musgo e se semicerram imediatamente numa expressão longe de amigável.

— Bom dia — arrisco, tentando sorrir. Não obtenho o efeito de sempre.

Ela resmunga, virando-se para apoiar as costas contra a amurada e olhar para os homens nos cordames.

— O que eles estão fazendo?

— Ajustando as velas — responde ela, sem tirar os olhos dos rapazes. — O vento predominante sopra direto de Alinor para Melaceia. A gente precisa passar reto por ele, ou nosso navio vai ser empurrado na direção dos nossos inimigos.

Para ser honesto, ela não parece achar que isso seria uma má ideia. Provavelmente não é uma pessoa que acorda de bom humor.

Deixo o silêncio se estender por um tempo, depois aumento o charme em alguns níveis para tentar de novo.

— Desculpe, deixa eu começar do zero. Posso perguntar seu nome?

— Selly — responde ela, mal-humorada. — Selly Walker.

— E você é... Desculpe, não sei o nome dos cargos aqui no barco.

— *Navio* — corrige ela. — Sou só uma marinheira. Taifeira de convés. — Isso, a julgar pela careta, é um assunto delicado.

Caímos de novo no silêncio, ambos olhando para as velas. Suponho que ela esteja analisando como os homens as estão ajustando. Desfoco os olhos até conseguir ver os espíritos do ar pairando ao redor da lona, como partículas douradas de poeira.

Ambos falamos ao mesmo tempo.

— Selly, se eu fiz...

— Escuta, se você pensar por um minuto...

Ambos nos detemos. Nossos olhares se encontram, e ela cora sob as sardas.

— O que você quer? — pergunta Selly.

Balanço a cabeça.

— Esquece. O que você queria que eu escutasse? — Arrisco dar um sorrisinho. — Vou prestar muita atenção, prometo.

Ela me encara com um olhar sério.

— Certo. Eu ia dizer que você pode parar de tentar fazer amizade comigo. A capitã já está do seu lado, e juro que o que acho de você não vai fazer a menor diferença.

— Mas para mim faz — protesto. — E se seu nome é Selly Walker, quer dizer que esta é a frota da sua família, então para mim parece que você é muito importante.

E além disso... simplesmente parece importar. Escolho não dizer essa parte — principalmente porque é algo confuso.

Ela exala ruidosamente.

— Olha... — começa, virando para mim e baixando a voz, o olhar se fixando a distância. — Passei um ano sob comando da capitã Rensa, fazendo cada porcaria de tarefa que a mulher inventava para mim, e ela nunca ficou satisfeita. Eu estava a *horas* de voltar para o navio do meu pai antes de você embarcar.

— Ah. — Não consigo evitar a careta. — E agora?

— E agora estou há meio ano de vê-lo de novo, na melhor das hipóteses — responde a moça, em algo que parece um grunhido. — Graças a você. Eu *sabia* que você...

— ... era absurdamente lindo? Estava destinado a cruzar seu caminho de novo?

— Que você significava confusão — rebate ela.

Uma ideia começa a se formar na minha mente, e não sei muito bem o que fazer com ela.

— Selly, posso te fazer uma pergunta?

— E eu lá tenho como impedir?

— Você... Você *realmente* não gosta de mim? — Mal consigo manter a seriedade na voz. Quando assimilo sua expressão, porém, meu sorriso começa a morrer.

Ela colocou o principezinho para cuidar disso. É como se quisesse *perder.*
Mas ninguém vai levar aquele moleque a sério. Alguém já levou?

Não sei que parte do meu cérebro achou que seria necessário memorizar os insultos que ela proferiu ontem, mas agora ele decidiu reproduzir as frases no momento em que menos me ajudaria.

Selly está balançando a cabeça. Ela muda de postura, e tenho quase certeza de que suas próximas palavras vão ser uma imitação barata da minha.

— "Ouvi dizer que ele usou um casaco de lantejoulas douradas memorável." *Gostar* de você, príncipe? Eu nem te entendo. Você não leva nada a sério, e não tem noção do que isso significa para as pessoas ao seu redor.

— Olha, sinto muito pelo seu pai, mas...

— Não é sua culpa? — Ela começa a me imitar de novo. — Então acho que sou "naturalmente rabugenta" mesmo.

Abro a boca, mas volto a fechá-la. Consigo conquistar qualquer pessoa se tiver tempo o bastante, mas admito que neste caso eu mesmo me coloquei numa saia justa.

— Então pode parar de tentar fazer amizade — continua ela, alheia aos meus pensamentos. — Vou navegar este navio, e você vai ficar fora do caminho. — Ela olha para o lado antes que eu possa responder, e seus lábios se curvam num sorrisinho surpreendente. — Mas bem que podia tentar fazer amizade com *ele* — sugere.

Acompanho seu olhar e vejo um sujeito encurvado, de pele muito branca e cabelo castanho raspado bem curto subindo pelos degraus de madeira. Ele não parece um marinheiro — acho que é o passageiro que a capitã mencionou na noite anterior. Devo um pedido de desculpas por prender o homem a bordo da minha pequena expedição.

Quando ele ergue a cabeça, porém, me sobressalto ao reconhecer o sujeito.

— Wollesley? Keegan Wollesley?

Ele congela no lugar, depois me encara como se eu tivesse cometido um erro de pronúncia.

— Bom dia, Vossa Alteza — diz ele, engessadamente cortês. — Achei que ainda estaria na cama.

A implicação é perfeitamente óbvia: *Não teria vindo para o convés se achasse que a gente iria se encontrar.*

— O que está fazendo aqui? — pergunto, tentando imaginar o que Keegan Wollesley, entre todas as pessoas, está fazendo a bordo de uma embarcação mercante.

— Ao que parece estou velejando até a Ilha de Barrica, como o senhor — responde ele num tom de reprovação.

E, diante de tal reprovação, faço o que venho fazendo desde que a gente tinha onze anos. Irrito Keegan.

— Imagina que belo navio de pesquisa este vai ser. Sob nenhuma outra circunstância você poderia visitar o lugar. A gente está indo até uma ilha que nem é registrada no mapa, Wollesley. Isso não te deixa nem um pouquinho interessado? Você poderia escrever uma monografia famosa a respeito.

— Prefiro ler uma monografia a respeito — responde ele, sombrio.

— Lorde Wollesley — provoco. — Se mantiver a cabeça enfiada nos livros a vida toda, vai perder toda a diversão.

— Eu já li um livro, ao menos — retruca ele. — E vou fazer o que escolhi fazer. Vou ter escolhido meu próprio rumo em vez de simplesmente derivar por aí, nunca me esforçando para seguir na direção de algo que importe.

Ao meu lado, Selly solta uma risadinha pelo nariz. Parece muito que está achando graça da situação.

Wollesley cora, dividido entre a surpresa e o horror de notar que as palavras em sua cabeça de alguma forma chegaram à boca.

Mantenho meu sorriso fácil, graças a uma vida toda de prática.

— Olha só você, já mandando metáforas náuticas — zombo. — Parece até que passou a vida em alto-mar. Me diz, aonde estava indo antes de se juntar a mim a caminho da Ilha de Barrica? — Há algo cutucando o fundo da minha mente, e tento resgatar uma fofoca parcialmente esquecida. — Se não me engano, vi a notícia do seu noivado nos jornais.

— Eu deveria estar a caminho da Trália, e de lá para a Bibliotheca — responde ele, frio.

— Com a esposa a tiracolo?

— A gente não se casou — resmunga Wollesley. — Descobrimos que não fomos feitos um para o outro.

— Eu achava que você não era do tipo que teria relacionamentos românticos, Wollesley.

— Exato.

— Prefere os livros às pessoas?

— Livros raramente decepcionam a gente — rebate ele, seco. — Dá para encontrar amigos nas páginas de uma história quando essa não é uma opção na vida real.

— Qual é, Wollesley, eu...

Não faço a menor ideia de como continuar a frase, porque ele e eu nunca fomos amigos na escola, e o oposto seria risível — assim como fingir que estamos falando sobre livros.

— Por favor, Vossa Alteza — retruca ele. — O alcance de sua amizade é amplo, mas nunca profundo. Não alcança sequer aqueles que tinham certeza dela, imagina alguém como eu.

— Difícil imaginar a razão pela qual você poderia ter sido excluído. — Quase cuspo as palavras, e me arrependo assim que deixam minha boca.

É meu papel ser generoso. Sempre é, quando se tem tudo.

Wollesley me encara por um bom tempo, depois recua os dois passos determinados pelo protocolo — mesmo que nós dois sejamos os únicos que o conhecem — e se vira para desaparecer de novo sob o convés.

Sei de que Wollesley estava falando quando disse que minha amizade não alcança aqueles que tinham certeza dela — está falando de Jude. Se fôssemos mais próximos, ele saberia o quanto me esforcei depois que Jude desapareceu. Saberia tudo que tentei fazer, das coisas mais razoáveis às completamente desesperadas. Mas suponho que, para que nós dois fôssemos mais próximos, eu precisaria... Bem, ser um amigo melhor.

Esta viagem está induzindo muito mais reflexões autocríticas do que imaginei, e gostaria que isso parasse.

Só me lembro de que Selly está ao meu lado quando ela fala, e quando me viro a vejo encarando a escada com um olhar especulativo no rosto. Depois a jovem volta os olhos verdes para mim e sua expressão fica instantaneamente dez por cento menos amigável.

— Ele mencionou que vocês se conheciam — fala ela, me analisando como se estivesse encontrando novas falhas que ainda não havia notado em mim, e não achei que isso fosse possível.

— A gente estudou na mesma turma na escola — respondo. — Mas ele foi embora há alguns anos. Os pais e o reitor achavam que tutores particulares funcionariam melhor, e compreendo.

— Como assim?

— Ele era inteligente demais — explico, tentando ignorar o mau humor que ele me provocou para abrir um sorriso. — Irritava os professores com as perguntas que fazia. E, como pode ver, ele não costuma despertar o melhor nos outros.

— Gostei dele — diz ela, me encarando como se estivesse me desafiando.

— Ah, certo. Vou pedir desculpas depois. Mas tenho *certeza* de que o Wollesley estava noivo. Estranho isso de ele estar indo para a Bibliotheca.

— Ele disse que não deu certo — repete ela, dando de ombros.

— Hum. — É minha vez de semicerrar os olhos, pensativo. — Esse tipo de noivado é cuidadosamente negociado. Não é sobre os pombinhos estarem ou não empolgados. — É quando a verdade entra em foco, e abro um sorriso.

— O que foi? — Ela faz uma careta de desdém.

Chego alguns milímetros para a frente, inclinando a cabeça mais perto para falar um pouco mais baixo.

— Aposto todas as fichas que o noivado não foi encerrado apropriadamente. Ou nem sequer foi encerrado.

— Como assim? Quer dizer que... — Ela arregala os olhos, deixando a hostilidade de lado por um momento.

— Garanto que o Wollesley não é o tipo de cara que pede a mão de alguém em casamento. Quando vi o anúncio, achei que a família o tinha coagido a fazer isso. Minha aposta é que ele pegou o que conseguiu, tentou se disfarçar (até porque, se aquele cabelo raspado tiver algum sentido, não é para deixar o cara mais bonito) e agora está fugindo para as montanhas. Ou, mais precisamente, para o meio dos livros. A Bibliotheca é um território neutro, então o conhecimento contido nela nunca pode pertencer a uma nação específica. A família dele pode reclamar o quanto quiser, mas nem minha irmã conseguiria resgatá-lo de lá.

Selly ergue uma das sobrancelhas.

— Bom, nesse caso, então nós dois tivemos nossos planos arruinados. A gente devia formar um grupo de apoio.

Estou prestes a dar uma resposta espirituosa quando ela volta a fitar as velas, e analiso melhor seu rosto. Há uma tensão no maxilar que eu ainda não tinha notado, e as olheiras parecem hematomas em contraste com a pele clara.

Depois lembro que ela geralmente divide o quarto com a imediata, e que provavelmente foi na cama dela que dormi na noite passada enquanto a garota era forçada a se instalar numa rede.

— Olha... — começo, devagar. — Você está certa.

Ela me encara com suspeita.

— Sobre...?

— Te devo um pedido de desculpas também — falo. — Sério. Eu não fazia ideia de que estava roubando sua chance de ver seu pai, mas sinto muito por ter causado isso.

Selly desvia o olhar outra vez. Seus lábios se comprimem numa linha fina, e me pergunto se cometi um erro ao tocar no assunto do pai dela de novo.

— A capitã aceitou o serviço — diz ela depois de um tempo, e odeio a tensão que domina seu corpo assim que profere as palavras.

— Com uma embarcação que é parte da frota da sua família. Fico grato por isso. O que estamos fazendo agora vai fazer diferença para muita gente.

— Tenho certeza de que teria feito ainda mais diferença se você tivesse cumprido o prazo original um ano atrás — comenta ela, mas o tom afiado de sua voz diminuiu. Um pouco. Ainda está afiado a ponto de se cortar nele.

— Justo — admito. — E agora é um saco ter que me carregar até o meio do nada.

— Nem vem achando que assumir a responsabilidade vai limpar sua barra — avisa ela.

Levanto as mãos para alegar inocência.

— O que acha de um acordo de paz?

Ela ergue uma das sobrancelhas, mas não é uma negativa. Posso lidar com isso.

— Marinheiros gostam de mapas e cartas náuticas, não gostam? Quer ver uma coisa que nunca viu antes?

Ela dirige o olhar, que havia se fixado na água, de novo para mim.

— Você não deu os documentos para Rensa?

— Dei os mapas oficiais da família real, mas tenho algo ainda melhor.

Abro a bolsa, procurando o diário. Está dentro de um saquinho de algodão encerado — à prova d'água — para garantir uma camada extra de proteção.

— O que é isso? — Ela se inclina adiante quando o retiro, incapaz de esconder a ansiedade, e não a culpo.

É proibido em todas as nações mostrar num mapa onde ficam as Ilhas dos Deuses. Sem dúvida a ideia é tão atraente que ela parece disposta a lidar comigo por mais alguns minutos, mesmo que a contragosto.

— É um mapa, e é mais que um mapa. — Abro o diário e folheio as páginas devagar.

Gerações da minha família escreveram neste livrinho surrado — mais recentemente, meu pai e minha avó antes dele, e este é só o último de uma longa coleção de diários. As primeiras páginas desbotadas do primeiro volume contêm os pensamentos do rei Anselm em pessoa, anotados na noite anterior a sua morte.

A caligrafia de meus ancestrais lota as páginas cheias de orelhas, interrompida aqui e ali por rabiscos, ilustrações e, nas partes mais antigas, marcas de gente que costumava escrever nos diários enquanto comia, ao que parece.

É a coisa mais valiosa que minha família possui, e por mais que eu tenha embarcado nesta viagem de má vontade — na época, a liberdade de ter terminado a escola e as noites infinitas de celebração pareciam muito mais divertidas —, gosto da ideia de acrescentar meus próprios pensamentos ao diário agora que estou em alto-mar. Ou da ideia de alguém lendo sobre *esta* viagem daqui a um século.

Mas, depois que eu tiver adicionado meus registros aos diários e feito meu sacrifício, terei cumprido meu propósito na vida. Minha única utilidade é empreender esta peregrinação, a menos que queiram que eu faça isso de novo daqui a um quarto de século.

E as pessoas ainda se perguntam por que gosto tanto de farrear.

— As Ilhas estão aqui — digo, deixando o pensamento de lado e folheando até uma página mais antiga.

Ela mostra o mapa do continente e do Mar Crescente que ambos conhecemos muito bem, mas com uma adição que não se encontra nos mapas comuns.

Aponto para a cidade de Loforta, em Trália, e traço uma linha reta descendente até chegar a um círculo de oito ilhotas que estão muito, muito longe daqui. Foram agrupadas por uma linha traçada bem de leve. Selly se inclina para ver melhor, a trança caindo por sobre um dos ombros, que encosta no meu por um momento — então ela nota nossa proximidade e se afasta, os olhos fixos no pequeno mapa desenhado à mão.

— O que é esse círculo que marca as ilhas?

— Chamam de Coroa da Mãe. É um recife que fica logo abaixo da superfície, juntando todas as ilhas. Do lado de dentro, é liso como um espelho. Os diários chamam a área de Águas Plácidas.

— Vai ser interessante de ver — admite ela.

— Né? Olha aqui, a maior ilha é a Ilha da Deusa Mãe, e cada uma das outras sete é devotada a um de seus filhos. Vamos visitar só o da Barrica. É esse aqui, ao lado da Ilha da Deusa Mãe.

— Eu sempre disse que tinha navegado pelo mapa de cabo a rabo — murmura ela, ainda encarando o desenho como se fosse uma página folheada a ouro. — Agora vai ser verdade mesmo.

— É verdade o que falam sobre marinheiros não irem até lá? — pergunto. — Não está nas cartas náuticas? Sempre me perguntei isso… Digo, como saberiam se alguém visitasse o lugar?

— Bom, *a própria pessoa* ia saber. Para começo de conversa, quase todos os marinheiros são religiosos, então não iriam até um lugar proibido pelos deuses. Além disso, tem histórias sobre o que acontece com quem vai até lá. Nunca ouviu?

— Não. O que elas dizem?

Ela sorri.

— Dizem que quem vai até as Ilhas descobre o que acontece quando se irrita uma divindade.

Ergo as sobrancelhas.

— Por sorte estou navegando sob ordem da rainha e sou particularmente charmoso.

Ela bufa.

— Te disseram isso vezes demais, príncipe.

Olhamos um para o outro, e me dou conta de que estou chegando a uma conclusão inesperada: gosto dessa garota. Mesmo se ela não tiver utilidade para mim.

Independentemente do que aconteça nesta viagem, não vamos nos ver depois. Ao contrário das pessoas que conheço na vida normal, ela não tem nada a ganhar, e isso é uma mudança bem-vinda.

Embora fosse ser útil se ela ficasse um *pouquinho* mais impressionada por meu título.

— Qual é seu lugar preferido no barco? — pergunto. Depois, quando ela franze a testa, corrijo: — Navio, digo.

— Por que quer saber?

Dou de ombros.

— Este é seu território. Você conhece a embarcação melhor que eu. Me ensina?

Ela fixa os olhos verdes nos meus, me analisando de cima a baixo. Geralmente, a esta altura eu tentaria abrir um sorriso, mas não sei se vai funcionar com ela. Acho que é demais esperar que entenda que ter mostrado o diário, e o mapa dentro dele, significa muito. Nunca fiz isso antes.

Ela assente devagar, e é meio preocupante o quanto isso me agrada.

— Vem comigo — diz a garota, se afastando da amurada.

Ela simplesmente se vira, certa de que vou atrás. Sem *por favor*, sem mesuras. É ótimo.

Selly me leva até a parte da frente do navio — que ela me mandaria chamar de proa. Passamos por um barquinho emborcado de ponta-cabeça e amarrado ao convés com o nome pintado no casco em letras douradas: *Pequena Lizabetta*. Selly corre a mão pelo bote em um cumprimento silencioso.

— Para que ele serve? — pergunto.

Já vi embarcações salva-vidas em grandes navios a vapor, mas este é bem menor do que a média.

— Nem todos os portos são como o de Lagoa Sacra — responde ela, falando por sobre o ombro. — Às vezes a gente ancora longe da costa e precisa se aproximar remando. Vem, vem por aqui.

Continuamos caminhando juntos até onde as amuradas se unem na dianteira da embarcação. O gurupés está bem à nossa frente, como a lança de um cavaleiro antigo.

— Você consegue subir naquilo? — pergunto, curioso. A sensação deve ser a de estar voando.

— Já subi — responde ela. — Mas, se você cair dali, vai acabar embaixo da quilha. Não sei qual seria minha punição se o príncipe acabasse congelado e todo arranhado por cracas enquanto estou de vigia, mas suponho que não vai ser nada agradável. — Ela faz uma pausa, erguendo os olhos para o vértice diante de nós.

— Vai — peço. — Estou curioso, o que você vai me mostrar?

Agora que estamos aqui, ela hesita. Prendo a respiração, desejando que ela não mude de ideia. Selly volta a olhar para mim, com o vento soltando fios de sua trança e os fazendo dançar ao redor de seu rosto. Fico esperando que os espíritos brinquem com isso, mas eles apenas passam rodopiando pela garota e vêm girar ao meu redor.

Ela estica a mão — usa luva de couro sem dedos para se proteger das cordas, suponho — e puxa o cabelo para o lado, impaciente.

Depois dá um último passo adiante e me incita a ir junto com um movimento da cabeça. Precisamos ficar bem próximos, com os quadris e os ombros encostados, e ela me fulmina com o olhar para que eu finja não notar que estamos tão próximos. Nem preciso dizer o quanto não devo mencionar isso em voz alta.

Faço como ela e me debruço na amurada. Imediatamente vejo o que Selly quer me mostrar.

Há uma figura de proa abaixo de nós — uma mulher esculpida, coroada com conchas e algas marinhas. Mais para baixo ainda, vejo a linha-d'água. A quilha corta a superfície como a tesoura hábil de uma costureira, e ondas brancas espumam dos dois lados como renda. Arco-íris brilham quando a luz bate nos respingos, aparecendo e sumindo, aparecendo e sumindo.

— Ah, oi — solto, sem fôlego.

Senti a presença deles ao nosso redor assim que cheguei ao convés, mas pelo jeito este é o lugar certo para cumprimentar os espíritos da água locais.

Há flâmulas espirituais tremulando acima de nós, mas foi a imediata, Kyri, a responsável por içá-las — ou seja, não vão servir como um sacrifício meu. Então coloco a mão no bolso e puxo as cascas da torrada que comi no desjejum. Guardei a comida por hábito — nunca se sabe quando algo assim vai ser útil.

Para fazer magia, os espíritos precisam de um sacrifício. É só escolher a oferenda que as criaturas a consomem — a matéria desaparece do nada.

É por isso que nós, feiticeiros alinorianos, gostamos tanto de velas — fundidas e abençoadas em templos à nossa deusa, são ricas o bastante para que os espíritos as consumam devagar, e não tudo de uma vez. E nenhum feiticeiro quer ser pego sem alguma oferenda em mãos — se não ignorarem a pessoa pelo insulto, é capaz de os espíritos consumirem um pedaço *dela*. É sempre bom que feiticeiros tenham algo nos bolsos.

Cascas de pão não são lá uma grande oferenda, mas não preciso de muito mais como cumprimento. Jogo a comida na água; enquanto os pedaços desaparecem no nada, projeto a mente e me abro para ver o que encontro. É como tatear um quarto escuro, sabendo que há alguém ali, esperando que o gesto seja retribuído.

Os espíritos saltam para se conectar comigo num instante. Instilo o vínculo com minha amizade, meu deleite com a beleza deles. As ondas ao redor da quilha se agitam em resposta, espirrando para cima enquanto refletem a luz do sol. Os arco-íris cintilam com mais intensidade, e sinto a disposição dos espíritos de fazer o que quer que eu peça.

— Hum — murmura Selly ao meu lado, olhando de soslaio para as marcas de feiticeiro verdes que se arabescam pelos meus antebraços, vívidas contra minha pele marrom.

Acompanho o olhar.

— O que foi?

— Estão respondendo a você — diz ela, devagar. — Dá para perceber só de olhar. — Há algo quase melancólico na voz de Selly, além de outra coisa que não consigo definir. — Nunca vi um feiticeiro da família real em ação.

Feiticeiros comuns só conseguem encantar um dos quatro tipos de espírito: terra, água, ar ou fogo. Já os da Casa Real de Alinor sempre foram diferentes. E, mesmo entre eles, *eu sou* diferente. Mais poderoso. Gosto de provocar minhas irmãs mais velhas dizendo que é porque sou ótimo em ser encantador e charmoso, apesar das atuais evidências do contrário.

— Os espíritos da água amam o *Lizabetta* — digo, enquanto as ondas se avultam à nossa frente para depois se quebrarem em dobras de espuma.

Como imaginava, a menção ao amado navio chama a atenção de Selly.

— São diferentes dos espíritos do ar? — pergunta ela, virando-se para analisar a água comigo.

— Sim — respondo, mas preciso pensar um pouco para explicar a distinção.
— Os espíritos da água são meio travessos, têm mais energia. Direcionar uma brisa é muito trabalhoso, então a forma como me comunico com os espíritos do ar é mais solene. É um "respeito vocês" muito educado.
— E o que você fala para os espíritos da água? — pergunta ela.

Respondo sem hesitar:
— "Amo vocês, lindezas."

Minha sorte é que já estou ficando acostumado a esse olhar de Selly ou meu sangue teria congelado nas veias.
— Ué! — exclamo. — Você perguntou, e a resposta é essa. Eu flerto com eles.
— Nem sei por que isso me surpreende — murmura a garota.
— Pelo menos funciona com alguém por aqui — rebato, e juro que por um segundo fico *a um triz* de disparar um sorrisinho para Selly.

Com certeza vou precisar trabalhar nisso durante toda a viagem até as Ilhas, mas a irritação dela parece um pouco mais branda.
— É sempre assim? — pergunta. Quando vê minha confusão, ela explica: — Você aprendeu a falar com os dois tipos de espíritos logo no começo?
— Com todos os quatro, até onde me lembro — respondo. — Mas comecei mais cedo do que a maioria das pessoas.

Dá para saber quem é feiticeiro com base em suas marcas, que já são visíveis nos braços assim que ele nasce: uma faixa verde e grossa na pele que corre de cada um dos antebraços até as costas das mãos. Nos bebês, parece que alguém pintou a faixa de tinta verde.

Quando a criança faz cinco anos, um fogo pode se avivar à sua passagem, ou carrilhões de vento podem cantar baixinho, e alguns anos depois é que a pessoa adquire a capacidade de encantar espíritos pela primeira vez. Nesse momento, as marcas mudam, se rearranjando em padrões intrincados que parecem tatuagens e refletem o tipo de espírito com que se tem afinidade. É um dia de celebração, e a família do feiticeiro dá uma festa e convida todos que possam admirar as novas marcas. Para a maior parte das pessoas, isso acontece aos oito ou nove anos de idade, e geralmente é por volta de uns quinze que realmente dominam a habilidade.

Me disseram que eu fazia meus móbiles girarem em cima do berço e que, na hora do banho, espirrava água nas amas antes mesmo de aprender a andar.

Minhas marcas já estavam definidas antes do meu primeiro aniversário, se curvando e dando voltas nos meus bracinhos gorduchos de bebê. Fui aprendiz dos melhores feiticeiros de Alinor antes mesmo de aprender a falar — na tentativa de impedir que eu espalhasse o caos.

Minhas irmãs *adoram* contar a história de quando, aos cinco anos, quase botei fogo no cabelo de nossa mãe numa festa da corte. Sou eternamente grato pelo fato de não saberem que o tremor de terra que rachou as paredes do palácio alguns anos atrás foi uma reação ao meu primeiro beijo. Aperfeiçoei meu controle desde então.

Para Selly, digo apenas:

— Eu e os espíritos nos damos bem.

— Pelo menos *alguém* tinha que gostar de você — acrescenta ela sem se fazer de rogada, voltando a olhar para o horizonte.

— Olha, acho que você teve uma impressão errada das coisas... As pessoas geralmente gostam bastante de mim.

— Fora toda a nação de Melaceia, que quer matar você, certo? Essa é a razão da sua viagem secreta, não?

— Isso não conta, não é pessoal. — Quando acompanho o olhar dela, avisto um navio a vapor. A chaminé exala uma mancha de fumaça escura.

Seria mais fácil seguir em uma embarcação como aquela, mas também seria bem menos discreto. Decidimos por um barco como o *Lizabetta* porque são muito comuns, sempre a caminho de algum lugar. Navios a vapor são grandes, nada elegantes. Não precisam de feiticeiros, de cuidados ou de elegância para serem manejados.

— Você acha que isso tudo vai funcionar? O que vai fazer lá nas Ilhas? — pergunta ela, mudando de assunto.

Quando olho para Selly, vejo que a garota está com uma expressão séria. Mais séria do que eu esperava.

Falei para a tripulação que a família real não estava dormindo no ponto, mas a verdade é que o ataque de Melaceia paira sobre nós. Minha irmã Augusta diz que anda ouvindo coisas preocupantes da boca dos marinheiros, e o rosto de Selly me faz imaginar o que *não* ouvimos.

— Eu sei que vai funcionar — digo, firme. — Sempre funcionou.

Ela hesita, depois acrescenta:

— Você vai falar com a deusa em pessoa?

— Espero que sim — respondo, e não sou besta de fazer uma piada sobre Barrica. — Sei que, para a maioria das pessoas, religião não é muito pessoal. Elas sabem que Barrica está nos observando porque veem as flores no templo desabrocharem no inverno, os poços se encherem sozinhos com água fresca no festival de primavera. Vêm feiticeiros usando velas abençoadas pela deusa como oferenda, embora provavelmente não se deem conta de que nenhuma outra nação as tem. De toda forma, jogam moedas nos pratos de coleta, tocam a estátua da deusa quando passam, torcem para que isso as ajude a evitar o azar. E é isso, para elas. Mas a Deusa Sentinela *conhece* minha família, e é conectada a nós. Ela me conhece. Meu sacrifício vai valer o bastante.

— E o que *é* esse sacrifício?

— Nada de mais... O verdadeiro sacrifício é a própria peregrinação. Um corte na palma da mão, um pouquinho de sangue representando a oferenda do rei Anselm tantos séculos atrás. Para renovar o vínculo real com ela.

— E a deusa não se importa com o seu atraso? — pressiona a jovem.

— Mal foi um atraso — garanto. — Eu estava ocupado, só isso.

A desculpa soa tão esfarrapada quanto é. Ainda consigo ver minha irmã com sua expressão mais típica de rainha Augusta, me encarando enquanto a esposa, Delphine, apertava os ombros dela numa tentativa completamente falha de acalmá-la.

Estávamos discutindo, e eu forçava a barra porque sabia no meu coração que não tinha muito a perder. Foi uma semana antes de Melaceia acusar abruptamente uma capitã alinoriana de contrabando e confiscar seu navio, aprisionando a tripulação.

Foi quando nos demos conta de que as coisas estavam piores do que imaginávamos. Na época, achávamos que aquela era a mesmíssima discussão de sempre, sobre como eu não estava à altura das minhas responsabilidades.

— Não estou nem aí se você disse que iria — disparou Augusta. — Você vai faltar a essa porcaria de festa para cumprir com seus deveres.

— Você podia mandar o primo Tastock — rebati. — Ele parece meio adoentado... Uma viagem marítima ia fazer bem.

— Não consigo nem saber se você está brincando ou não — murmurou ela. — Não vou mandar um primo.

— Só precisa ser um feiticeiro da família real — afirmei.

— E vai ser — grunhiu ela. — Então me ajuda, vai ser nossa melhor chance. Isso só acontece a cada quarto de século, Leander. Você não quer *fazer* alguma coisa?

— E o que posso fazer? — disparei. — Você governa, a Coria vai ser uma ótima segunda filha e dar à luz um monte de bebês para vocês terem vários herdeiros... e aí? O irmãozinho caçula vai dar as caras a cada vinte e cinco anos para ser o feiticeiro da família?

— E o que mais você poderia querer? — perguntou ela, irritada. — É hora de assumir a responsabilidade de verdade, e pode ser que isso afete seu calendário social.

— Augusta — murmurou Delphine, se inclinando para plantar um beijinho em sua bochecha.

Ela é da própria família real de Fontesque e não recusa um debate acalorado, mas com certeza passa mais tempo do que jamais havia imaginado arbitrando brigas entre os membros da família real de Alinor.

Augusta respirou fundo.

— Você é muito poderoso — disse ela baixinho. — É o maior feiticeiro que nossa família teve em gerações. E é encantador. Se dá bem com todo mundo. Mesmo assim, sua única preocupação é se divertir. Se quiser fazer coisas grandiosas, vai precisar se arriscar a falhar nelas. Você poderia *ser* algo, Leander, se não estivesse tão ocupado provando para todo mundo que não faz questão de ser.

— Ei, príncipe? — É a voz de Selly, e pestanejo para despertar da lembrança antes de disparar um sorrisinho.

— Meus amigos me chamam de Leander — digo a ela.

— Bom para eles.

— Você é osso duro de roer — afirmo. — Mas tenho o tempo ao meu favor.

— Ah, boa sorte.

— *Selly!* — Alguém grita o nome dela de um ponto da parte de trás da embarcação; é a voz da capitã Rensa.

Sei que estamos escondidos atrás do mastro, mas fico calado mesmo assim. Já Selly revira os olhos e se apressa para atender ao chamado.

Espero um minuto e vou atrás. O céu está azul, a água se estende a perder de vista e os espíritos brincam animadamente ao redor da proa do navio.

Quando volto para o meio do convés, vejo Selly conversando com Kyri no timão, e a capitã está seguindo na direção dos degraus que levam aos cômodos sob o convés. Ela para, no entanto, e espera por mim.

— Bom dia, Vossa Alteza.

— Bom dia, capitã.

A mulher me olha de cima a baixo de uma forma que faz eu me sentir de volta à escola, mas me forço a não me encolher.

— Em breve — começa ela depois de um tempo — você vai estar de volta ao palácio.

— Sim.

— E a Selly vai continuar aqui — acrescenta. — Onde sempre foi feliz. Tome cuidado para não mudar isso e deixá-la desejando que a vida fosse diferente.

— Capitã, posso garantir que há zero chance de ela desejar algo assim por minha causa.

SELLY

◆

O Lizabetta
Mar Crescente

Hoje à tarde, decidi que o príncipe Leander é o cara mais irritante que já tive o azar de conhecer. Achei que não seria capaz de superar os rumores a respeito dele, mas cá estamos nós. Olhando em retrospecto para como sorri zombeteira ao imaginar o acadêmico tentando evitar o príncipe durante a viagem, agora me pergunto se consigo usar o cérebro valioso do nosso amigo da academia para descobrir um jeito de fazer isso eu mesma.

A única coisa ao meu favor é que cometi o erro de dizer a Abri que vi o príncipe sem camisa esta manhã, então ela se ofereceu para levar todas as refeições para ele de agora em diante.

— Só você mesmo, Selly Walker — disse ela, firme. — Tem literalmente um *príncipe encantado* no convés do nosso navio. Se não quiser falar com ele, pode ter certeza que eu quero.

Sempre que olho, ele já está com um sorriso provocante no rosto. Sabe como é bonito, e acha que pode usar isso para me fazer me virar do avesso em busca de sua atenção. De longe, a parte mais irritante é que esta manhã ele me encantou quase como encanta os espíritos. Quando nossa conversa chegou ao fim, eu já tinha quase esquecido do que ele me roubou.

Mas depois Rensa me mandou lá para baixo para lavar a louça do desjejum e arrumar a cama do príncipe — *minha* cama — e me lembrei de tudo. Lá estava ele no convés, sorrindo e me mostrando mapas secretos e flertando com todos os espíritos à vista; já eu arrumei *minha própria cama* para que ele possa ficar confortável à noite enquanto eu enfio algodão no ouvido na tentativa de ignorar os roncos de Jonlon, largada numa rede no alojamento da tripulação.

O príncipe Leander e sua manta com fios de ouro são a razão pela qual estou presa com minha capitã por pelo menos mais seis meses. Não vou esquecer isso de novo.

— Não quero você batendo boca com ele — disse Rensa da porta, séria, enquanto eu resmungava baixinho e alisava a coberta dele sobre o colchão. — Por um instante, achei que hoje cedo você tinha conseguido ver o lado bom do príncipe, mas vejo que me enganei.

— Que lado bom? — disparo. — O que estamos fazendo aqui, capitã? Isso não tem nada a ver com a gente... Este é um navio mercante.

— E é exatamente por isso que ninguém vai dar a menor atenção para nós, garota. E quanto ao que estamos fazendo, é simples: nossa parte. Estamos tentando garantir que esta embarcação e todas as outras da frota dos Walker não terminem entulhadas de soldados alinorianos a caminho da morte em terras estrangeiras.

— Dando carona para um garoto que deveria ter ido às Ilhas ano passado?

— Dando carona — confirma ela. — Mesmo papéis pequenos podem ser cumpridos com honra, Selly. Se tudo der certo, ninguém vai saber o que estamos fazendo aqui. E isso não diminui nosso valor.

Mordo a língua, porque não tenho o que responder, e continuo arrumando a cama do príncipe enquanto tento não pensar no que me espera.

Meio ano dos piores turnos, das tarefas mais chatas e de ser deixada de fora de toda conversa importante sobre o navio.

No momento, Leander está na popa com Kyri e Rensa, fingindo estar interessado em navegação, mas na verdade está interessado em Kyri, que ri e balança a cabeça e mostra a ele exatamente onde colocar as mãos no timão. Tenho certeza de que o príncipe foi até lá porque viu que era para onde eu estava indo. Já entendeu que não estou a fim de conversar com ele, então está tentando me provocar.

Me viro. Resgatando o cordame em cujo remendo eu estava trabalhando antes do almoço, olho ao redor para garantir que não há ninguém por perto e só então tiro as luvas, pegando a ponta da corda para trançar os segmentos com os de outro pedaço.

Aqui, a sota-vento do mastro, estou aquecida e protegida. Quando fecho os olhos, o sol brilha através das minhas pálpebras; com o *Lizabetta* galgando e descendo pelas ondas, começo a trabalhar esquecendo por completo do príncipe. Esquecendo de que estamos nessa missão maluca. Esquecendo do *Freya*, já a caminho de Holbard ao norte, levando com ele minha última chance de me juntar ao meu pai.

Não sei há quanto tempo estou trabalhando quando o vigia grita alguma coisa. Não consigo distinguir as palavras, mas há algo no tom de voz de Jonlon que me faz saltar de pé na mesma hora. Guardo a faca no cinto enquanto torço o pescoço para olhar para cima. O sol ofusca meus olhos, fazendo lágrimas se formarem nos cantos, e pisco para recuperar o foco.

Jonlon está com o braço estendido para o norte, na direção do horizonte que esconde a costa de Fontesque, ou talvez Beinhof. Quando abaixo para passar por debaixo do mastro, vejo que há fumaça à ré. Uma mancha escura e feia bem ao longe, começando a subir do mar.

Não tem como estar vindo de terra firme, então não é um sinal. Também não é uma nuvem, não com um céu azul desses.

É fogo a bordo de alguma embarcação.

Minhas mãos voam para o cinto à procura da luneta. Quando dou por mim, estou subindo pelo cordame antes mesmo de completar o raciocínio, a corda queimando minhas palmas. Agarrando longarinas e cordões, me puxo sem ligar para as mãos. É só quando chego às vergas que paro, olhando para Rensa no timão.

Com um aceno, ela me manda subir mais alto. O príncipe Leander não está olhando para cá, e sim parado na amurada encarando a nuvem de fumaça cada vez maior.

Uma corda logo abaixo da minha cabeça se agita, me fustigando no rosto, e arquejo com a pontada súbita de dor. Kyri está quase me alcançando, com a trança ruiva balançando de um lado para o outro enquanto escala com uma ágil eficiência.

Não a espero para continuar, me puxando pela beira do cesto da gávea para me juntar a Jonlon enquanto já tiro a luneta do cinto.

Viajo com Jonlon desde que me conheço por gente — ele sempre foi uma presença massiva, calada e reconfortante nas embarcações do meu pai, a antítese da língua afiada e do pensamento rápido do irmão gêmeo, Conor.

Mas agora está com uma expressão de choque no rosto, e sem uma palavra ele se posiciona atrás de mim para segurar meus ombros e me virar na direção do rumo do navio. As ondas se agitam de forma exagerada à frente, e apoio as costas contra seu peito largo enquanto procuro pela fonte da fumaça.

Kyri também surge pela borda do cesto e se espreme ao nosso lado, pegando a luneta de Jonlon com um grunhido de agradecimento. Ela e eu compartilhamos mais do que um quarto — como Jonlon e Conor, ela me completa, é aquela que ouve meus segredos no escuro. Mesmo quando temos nossas questões (quando me lembro de que ela é a feiticeira do nosso navio e minhas marcas são inúteis, e que ela usa o nó de imediata enquanto Rensa me promoveu à posição de vários nadas), Kyri e eu estamos juntas.

Agora ela força o ombro contra o meu para se manter estável também. Apoiada contra os dois, consigo analisar o horizonte até encontrar o borrão da fumaça, virando as peças da luneta para focalizar a imagem.

É uma pira funerária.

Chamas se agitam na direção do céu vindas de navios incendiados. Me encolho quando algo explode num deles, jogando para o alto corpos, destroços e resquícios das velas esfarrapadas. Focalizo outra embarcação, procurando desesperadamente por algum sinal do que aconteceu — algum sinal de vida ou de sobreviventes.

O horror nauseante da cena faz meu estômago se revirar, subindo pela garganta numa onda de enjoo quando encontro o terceiro navio e enfim, *enfim*, compreendo o que estou vendo.

É a frota do príncipe que zarpou para servir de isca. Estes destroços é tudo que resta dos navios alegres que deixamos para trás em Lagoa Sacra, decorados com luzes e flores, com a música de trompetes saindo dos gramofones enquanto jovens nobres dançavam no convés até tarde da noite.

Quem quer que tenha feito isso queria matar o príncipe Leander.

A lei do mar é precisa e inquebrável: não se dá as costas a uma embarcação correndo perigo mortal. Não a troco de lucro, não por medo. É necessário ir na direção do navio acidentado e oferecer ajuda. Mas não tenho dúvida de que não há uma só alma nesses destroços que possa ser salva.

— Que Barrica lhes conceda descanso — murmura Jonlon ao meu lado enquanto baixo a luneta.

Kyri está balançando a cabeça devagar, e devolve o objeto ao homem.

— Deixa para rezar depois — é tudo que ela diz, sem qualquer resquício de seu bom humor usual.

Com a boca reduzida a uma linha triste, a feiticeira do nosso navio aponta para o horizonte.

A princípio, não consigo entender o que pode estar me mostrando que eu ainda não tenha visto. Então baixo o olhar e sinto o fôlego arrancado de mim como se tivesse levado um soco.

Entre a frota moribunda e o *Lizabetta* há uma embarcação imensa. Não tem mastros ou velas — é um barco a vapor, do mesmo tom de cinza do oceano tempestuoso. Um imenso caixote de metal e rebites cuspindo lufadas de fumaça.

Definitivamente não é um navio mercante.

É um tubarão, e ainda não terminou de caçar.

Enfio as luvas de qualquer jeito, e, sem dizer uma palavra, Kyri e eu nos penduramos pela beira do cesto da gávea. Meio descemos, meio caímos juntas até o convés. Cambaleio quando pouso e ela me segura, me jogando na direção da popa, e corro na direção da capitã com ela em meu encalço.

Vejo a expressão de Rensa e do príncipe antes de falar — eles sabem que a mancha preta no horizonte é a frota da turnê. É a morte de cada um dos embarcados.

— Afundaram — consigo soltar. — Todos eles. Ninguém sobreviveu.

A pele marrom de Leander empalideceu e ele parece macilento e doente.

— Precisamos voltar — diz ele, tenso. — Precisamos procurar sobreviventes. São meu povo.

— Mas Vossa Alteza… — começa Kyri ao meu lado. — Eles…

— Não! — dispara Leander. — Eles eram meus *amigos*!

— Nós somos o próximo alvo! — me intrometo, urgente. — Precisamos ir! — Não me dou ao trabalho de falar com o príncipe. No *Lizabetta*, não é ele quem dá as ordens. Assim, olho Rensa nos olhos. — Capitã — murmuro. — Há um navio a vapor vindo direto na nossa direção. Querem limpar as testemunhas.

Mal ouço o sussurro de Rensa no silêncio que se segue, quase abafado pelo som das ondas contra o casco.

— Que os deuses nos protejam. — Ela agarra o timão. — Não vamos nos matar para salvar os que já partiram. Vamos enfurnar as velas e fugir de quem quer que tenha feito isso.

Conor e Abri já chegaram vindos de lá de baixo e estão ao nosso redor; Jonlon pousa no convés com um baque surdo, correndo para envolver com um dos braços o irmão gêmeo, que é uma cabeça inteira mais baixo que ele. O acadêmico oscila ao lado deles, ansioso. Todos os olhos estão em Rensa; ela nos encara com atenção, como se quisesse se lembrar dos detalhes de cada um de nós.

Depois, entra em ação.

— Vamos! Quero o navio a todo pano!

Enquanto os outros correm para assumir suas posições — até o acadêmico corre para ajudar —, ela me dispara um olhar sem palavras e puxo Leander, já aos protestos, para fora do caminho enquanto ela agarra o timão.

— Não podemos fazer isso! — grita ele, agarrando a mão com que seguro seu braço, tentando se desvencilhar de mim. — Não podemos abandonar todo mundo aqui para morrer na água.

Eu vi um incêndio num navio aportado uma vez, em Éscio. A carga era inflamável, e não havia nada que pudesse ser feito além de tirar as outras embarcações do alcance das explosões e esperar o barco queimar até afundar.

Foi quando um homem veio correndo na nossa direção, passando tão perto de mim que me empurrou com o ombro para longe antes de pular da doca direto na direção do navio, direto na direção das chamas. Um de seus amigos tripulantes ainda estava a bordo, alguém disse depois. O sujeito estava tão fora de si que se dispôs a morrer tentando salvar o outro.

Leander está no mesmo estado. Está nítido em seu rosto — se ele achasse que é capaz, mergulharia da amurada e nadaria até os destroços. Se conseguir arranjar um jeito, vai fazer Rensa retornar.

— Você não viu o que eu vi — falo, segurando os dois braços do príncipe e baixando a voz. — Eles já garantiram que não tenha ninguém vivo na água. Sinto muito, de verdade, mas já é tarde. E seu dever agora não é com sua frota ou com os mortos. É com sua nação.

— Selly, você precisa entender...

— Eu entendo que vão te matar se puderem — interrompo, apertando de novo seus braços. — Não acha que isso foi Melaceia tentando começar uma guerra? Quanto acha que vai piorar se matarem o príncipe alinoriano?

Seus olhos castanhos se fixam nos meus, desvelados. Há uma profundidade em seu olhar que ele geralmente esconde atrás do sorriso.

— Você está dizendo que sou precioso demais para me arriscar. — Ele fala como se as palavras o sufocassem.

Deve ser insuportável ser prisioneiro do próprio título enquanto outros morreram em sua vigília.

— Sinto muito, Leander — sussurro. É a primeira vez que o chamo pelo nome na frente dele.

Mas ele não é só Leander.

É o príncipe de Alinor.

E temos assassinos no nosso encalço.

LASKIA

◆

O Punho de Macean
Mar Crescente

Dois marinheiros carregam o corpo diante de nós, um segurando pelos braços e o outro, pelas pernas.

É um garoto mais ou menos da minha idade com cabelo escuro, pele marrom-clara já pálida devido à perda de sangue e um ferimento horrendo maculando a metade de cima de seu torso, com as roupas rasgadas revelando... a carne logo abaixo. Ele se esparrama no chão sem vida quando os marujos o soltam, com os olhos vítreos encarando o céu.

Engulo em seco, depois garanto que estou com a voz estável, embora ela soe aguda e fina demais para meu gosto.

— E aí, é ele?

Jude está cobrindo a boca com uma das mãos, depois de vomitar duas vezes, e não se mexe nem fala nada. Quando o encaro, ele nega com a cabeça.

— *Como assim?* — Agarro-o pelo braço e o arrasto comigo até uma área da amurada já fora dos ouvidos da tripulação; um lampejo de puro pânico faz meu estômago se revirar. — Bom, então me fala onde procurar por ele.

— Não sei — sussurra Jude, abraçando o corpo num gesto lamentável. Já não tem absolutamente mais nada a ver com o cara durão que vive num ringue de luta na Taverna do Jack Jeitoso e nós dois sabemos. — Não estou vendo o príncipe. Como vou ver alguma coisa no meio... *disso tudo*?

Olho por sobre o ombro. O vulto de Dasriel se assoma na parte mais alta do convés, mas a irmã Beris não está à vista.

— Escuta, era a frota dele — sibilo.

— Era.

— Então ele estava aqui.

— Tenho certeza de que estava — responde ele, fechando os olhos.

— E é isso que você vai falar pra Rubi?

Ele fica imóvel, o vento soprando o cabelo ao redor de seu rosto, e morde o lábio com força. Mas há apenas uma resposta, que ele profere em voz alta:

— Sim.

Ele sabe, tão bem quanto eu, como Rubi vai reagir a qualquer notícia que não seja a que ela quer ouvir.

— Vaza — disparo, e ele sai aos tropeços.

Só depois que Jude vai embora agarro a amurada, encarando os destroços que flutuam ao nosso redor, com o olhar desfocado para não ter que ver.

Os passageiros da frota do príncipe acenaram quando nos viram nos aproximar. Os navios eram pura beleza, com flâmulas penduradas pelo cordame, velas decoradas com desenhos vibrantes e fitas se agitando ao sabor da brisa.

Flâmulas espirituais dançavam alegremente nas cordas, com o estandarte azul e branco de Alinor tremulando no topo do mastro.

Não poderiam ter sido mais óbvios.

Sem dúvida, os capitães dos navios se perguntaram o que estávamos fazendo ali, sem bandeira alguma à vista e chegando tão perto — nossa embarcação, o *Punho de Macean*, é um lobo esbelto e esfomeado cinza-aço, cortando as ondas com os motores roncando em suas entranhas.

Eu estava ali na amurada em vez de na ponte de comando, mas tinha uma linha de visão desimpedida de nosso capitão. Ele olhou para mim através dos painéis de vidro que o cercavam na ponte de comando, esperando minha ordem.

Olhei de novo para os três navios cheios de foliões, quase todos mais novos do que eu, vestidos em suas melhores e mais coloridas roupas. Uma garota parada à amurada de um dos barcos me soprou um beijo.

Ela era linda.

— Agora.

A voz veio de trás de mim. Me sobressaltei, depois xinguei a mim mesma por demonstrar à irmã Beris que tinha me assustado.

Ela estava usando um casaco verde acolchoado sobre a túnica, com o cabelo preto trançado tão apertado que nem um único fiapo escapava. De alguma forma, era possível ouvir a voz suave dela acima da cacofonia ao nosso redor.

— Eu sei — falei.

Atrás dela, vi Jude no convés, pronto para identificar o príncipe. Ele parecia prestes a vomitar, com ambas as mãos segurando com força a amurada.

Ainda acenavam para nós da frota do príncipe, e desviei o olhar antes de me voltar para o capitão em nossa ponte de comando e assentir.

Nossos canhões ribombaram, e um buraco irregular se abriu no navio mais próximo. Enquanto nossos marinheiros surgiam às pressas dos porões, prontos para atirar granadas de uma embarcação para a outra, a gritaria começou.

E não parou por cerca de meia hora.

Os navios começaram a adernar com uma velocidade chocante conforme destroçávamos os cascos; tentaram se virar e fugir, mas eram grandes e desajeitados demais para conseguir reagir a tempo.

Sabíamos — e eles sabiam desde o começo — que não havia como a frota escapar de nós.

Demolimos metodicamente a frota, destruindo os navios e derramando óleo na água antes de botar fogo nas ondas.

Corpos e flores queimaram.

Eu não esperava que fossem gritar por tanto tempo, sobreviver por tempo o bastante para tentar nadar para longe. Para chegar perto a ponto de eu poder ver seus rostos.

Não tinha parado para pensar no fato de que seriam *pessoas*. De que pareceriam pessoas que conheço.

A irmã Beris não saiu do meu lado, não tirou a mão do meu ombro. Não sei muito bem se ela estava me dando forças, impedindo que eu tentasse fugir daquele horror ou uma mistura das duas coisas.

Houve muito mais fogo do que eu imaginava, e precisamos esperar o combustível parar de queimar para poder jogar os corpos que havíamos levado conosco.

Poucos dias antes, haviam estado em Porto Naranda. Escolhemos alguns que não tinham chegado ao rigor, com olhos vítreos e membros ainda flexíveis, para que pudéssemos vesti-los com uniformes da marinha melaceiana.

Agora, olho para a parte de cima do convés enquanto os marinheiros os atiram por sobre a amurada, provocando uma série de ruídos baixos de pesos caindo na água. Vão ficar presos no meio dos destroços e esperar por quem quer que vá encontrar as ruínas da frota da turnê do príncipe.

Não haverá dúvida alguma sobre o responsável pela morte dele. Nosso governo, que deveria ter sido forte o bastante para lutar por seu deus e começar ele mesmo esta guerra, não vai ter como se safar.

Mas enfim, é Barrica quem era a Guerreira. Macean é o deus do risco, o Apostador, e acho que aprova o risco que acabamos de assumir.

— O que acha de descer e procurar algo para comer? — pergunta a irmã Beris.

Aperto a amurada mais uma vez enquanto me forço a aprumar a postura e responder à religiosa com um aceno de cabeça. Preciso respirar fundo quando penso no que está esperando na cozinha para a manhã do dia seguinte.

O plano funcionou. Fiz o que prometi que faria.

Finalmente, Rubi vai saber que estou pronta para subir de nível.

Então por que estou me sentindo assim?

— Precisava ter sido feito — digo em voz alta, como se estivesse respondendo a mim mesma.

— E foi você que fez — afirma a irmã Beris, apertando de novo meu ombro e fazendo uma onda de calor descer pelo gelo que virou meu corpo. — Sua irmã sabe disso. Vi como ela mudou de comportamento desde que você apresentou esse plano. Ela vê que você está pronta para alcançar seu potencial, Laskia.

— A senhora acha mesmo?

— Eu sei, criança. Você está fazendo coisas grandiosas, por sua irmã e por Macean. É hora de a Sentinela libertá-lo. E, para que isso aconteça, precisamos garantir que ela não seja fortalecida. Macean *vai* despertar, Laskia. Ele vai ascender, assim como você.

— Obrigada — murmuro.

Não sei muito bem o porquê de estar lhe agradecendo, mas mantenho o olhar longe do garoto no convés, da carnificina lá embaixo, do sangue e do fogo na água. Foco nos olhos azul-claros da irmã Beris.

— Se ainda não disse isso, deixe-me dizer agora — sussurra a religiosa. — Sou grata por você, Laskia. Por sua fé. Sou grata ao fato de que cruzou nosso caminho com a compreensão do que deve ser feito, assim como a disposição e os meios de fazê-lo.

Pestanejo, sem saber se é o vento ou suas palavras que me fazem lacrimejar.

Sou grata por você.

Um marujo vem trotando em nossa direção.

— O capitão diz que eles deram meia-volta, madame — diz ele para a irmã Beris, apontando para a embarcação que avistamos. — Sabem que estamos indo atrás deles.

— E é possível alcançá-los? — pergunta ela.

— Se tivermos tempo o bastante... — responde o marujo. — Mas vai adicionar pelo menos um dia a nossa rota.

— Não podemos permitir que eles contem por aí o que viram — diz ela, se voltando para mim.

Encaro a mulher, o coração batendo forte no peito.

Outro navio. Mais morte.

Mas já cheguei até aqui.

Lutei com tudo que tenho pela ascensão de Macean e de mim mesma. E agora ambas as coisas estão ao meu alcance. Meu deus e eu estamos muito próximos de reivindicar o poder que deveria ser nosso.

Memórias lampejam diante dos meus olhos de novo: uma moça nadando freneticamente para longe do fogo, sendo puxada para o fundo pelo peso do vestido. Um garoto morto esparramado no convés, encarando o céu.

Sinto as entranhas se revirarem de horror e fecho a porta que dá para o que vi, forçando as imagens a irem embora. O que está feito, está feito. Preciso fazer com que valha a pena.

Olho para o marinheiro, que me encara com o respeito cauteloso que todos demonstram por mim agora.

— Diga ao capitão que podemos continuar — informo, meu tom se firmando e ficando mais duro conforme falo. — Vamos atrás daquele navio.

KEEGAN

◆

O Lizabetta
Mar Crescente

A tripulação está agrupada ao redor do cordame, soltando nós de velas emboladas que eu ainda não tinha notado. O tecido ribomba quando se estende, estalando conforme se enfurna.

O *Lizabetta* se detém por um instante, oscilando no lugar em resposta ao seu incremento de potência, depois dispara onda abaixo como um cavalo a galope.

Com um palavrão, a capitã Rensa se agarra ao timão, gesticulando freneticamente para um dos lados.

— Ali, as cordas! — grita ela.

Há cordas grossas amarradas à amurada no canto do convés; avanço num salto e puxo uma delas na direção da capitã.

— Outro lado! — berra ela, e Leander surge e agarra uma segunda corda.

Selly está correndo rumo ao mastro para ajudar os colegas de tripulação enquanto puxo a corda sozinho. Sinto a aspereza contra as palmas, o peso maior do que eu esperava, e tenho dificuldades de arrastá-la, até que a imediata, Kyri, chega com os cabelos ruivos voejando para arrancar a corda das minhas mãos e terminar o serviço.

A capitã está girando o imenso timão do navio, e Kyri enlaça o instrumento com as cordas para ajudar a impedir que o *Lizabetta* saia do curso enquanto surfa as ondas.

— A gente tem alguma chance de escapar de um navio a vapor? — pergunta Leander, ofegante.

— Vamos tentar — responde a capitã com um grunhido. — Estamos equipados demais para um vento desse, com muitas velas desfraldadas, mas isso vai ajudar a aumentar nossa velocidade. Se o *Lizabetta* não rachar ao meio ou mergulhar de nariz numa onda, é possível que a gente consiga. Ele é rápido.

— E o que acontece se a gente mergulhar de nariz numa onda? — pergunto, sentindo o estômago se apertar.

— Vamos parar de repente enquanto o mastro continua em frente. Agora desce e vai vasculhar suas roupas, Acadêmico. Encontre algo mais simples para o príncipe vestir. Ele não pode estar com essa aparência se nos abordarem.

Leander ainda está com os olhos fixos na fumaça escura no horizonte, uma mancha feia contra o azul limpo do céu. Tenho a impressão de que não ouviu uma só palavra do que ela disse.

— Vossa Alteza? — arrisco, já analisando mentalmente minhas camisas e calças, meu cérebro se atendo a esse problema individual que sou capaz de resolver.

— Devia ter sido eu — sussurra ele.

Quando se vira para nós, está com a expressão vazia. Vi Leander todos os dias por anos na escola, rindo, sorrindo ou provocando os outros. Nunca assim.

— Sorte de todo mundo que não foi você — responde Rensa, curta e grossa.

Ele se encolhe.

— Eles morreram por mim.

— Você não matou ninguém — diz a imediata, Kyri, erguendo a mão como se para o confortar, depois se detendo em meio ao movimento ao se lembrar que ele é da realeza. Mas prossegue falando, intensa: — Eles fizeram isso. A culpa é *deles*.

O olhar de Leander vaga além dela e se fixa em mim. Ele quer ouvir a afirmação de alguém que não gosta dele. Não de alguém da tripulação, admirado por estar na presença de um príncipe, abobado por seu título.

Encaro o príncipe de volta, meu peito apertado com a raiva e o ressentimento por todas as vezes que o vi ignorar suas responsabilidades, deixando em seu rastro uma bagunça que outras pessoas precisaram limpar. Porque a verdade é mais complicada do que Kyri está fazendo parecer, e tanto o príncipe quanto eu sabemos disso. Se ele não tivesse adiado esta viagem, nunca haveria uma frota de isca para *ser* atacada.

O príncipe me fita enquanto me esforço, em vão, para responder, depois se vira para a capitã.

— O timão está ileso? — pergunta.

Ela pousa a mão numa das cordas.

— Sim. Agora ajuda a Kyri com os espíritos. E você, garoto... — Ela se vira para mim, e me aprumo. — Vai lá encontrar as roupas que falei.

Mas hesito quando vejo Leander tirar um anel do dedo e o sopesar na palma da mão. Eu conheço muito bem o acessório: tem o brasão real estampado nele, e sempre presumi que fosse uma joia herdada do pai. Ele passou todos os anos de escola usando este anel.

Depois, num único movimento súbito, ele dá um impulso com o braço e atira o item tão longe quanto possível.

O ouro do anel reflete o sol enquanto descreve um arco sobre a água. Depois desaparece, sumindo em pleno ar, consumido pelos espíritos um instante antes de cair e ser engolido por uma onda.

Sem dizer mais nada, ele fecha os olhos e abre os braços como se numa súplica. De alguma maneira mantém o equilíbrio no convés, mudando o peso de perna e dobrando os joelhos para se manter de pé.

E o vento começa a soprar mais forte.

Uma onda acelera o *Lizabetta*, e cada centímetro da embarcação zumbe e estala enquanto ela avança, as velas quase rasgando nas costuras enquanto os espíritos do ar e da água atendem ao pedido do príncipe.

O mundo todo mudou ao nosso redor num piscar de olhos. É como se alguém tivesse acionado uma alavanca, mas a alavanca em questão é só este garoto com o qual estudei, que nunca pareceu interessado em usar sua magia para qualquer coisa que não fosse fazer gracinha na frente dos outros durante festas.

Nunca vi uma demonstração de poder como esta, e tudo que consigo fazer é ficar ali olhando, boquiaberto.

Kyri também o encara, depois se vira e cai de joelhos diante do sacrário na base do mastro, somando seus esforços aos dele.

Por um momento, ficam todos imóveis: a capitã Rensa no timão e Leander e Kyri concentrados enquanto encantam os espíritos para acelerar nossa viagem. Ao meu redor, há apenas silêncio, como se eu pudesse viver neste momento para sempre sem jamais encarar o que nos aguarda no horizonte.

Depois a lufada de vento passa direto por mim, e me apresso para baixo do convés, ricocheteando nas paredes do corredor enquanto o navio chacoalha e suas tábuas rangem.

Tropeçando cabine adentro, abro o baú e puxo as poucas peças de roupa que trouxe comigo, camisas e calças extras de cores básicas. Adequadas a um acadêmico e agora o disfarce de um príncipe.

A porta se escancara, e um marinheiro corpulento — um dos dois que suponho serem irmãos — entra. Sem pedir licença, passa por mim com um tranco do ombro, depois bate a tampa do baú e o levanta com um grunhido de esforço.

— O que está fazendo? — protesto. — Já peguei as roupas... Não precisa levar o baú todo.

— Tudo que não estiver preso ao chão vai para o mar. Ordens da capitã. Precisamos deixar o navio mais leve.

Sinto um calafrio.

— Co-como assim? — consigo dizer. — Não, são livros... São... Vocês não podem... — Minha garganta quase se fecha, e fico com o peito apertado.

— Acha que vai conseguir ler alguma coisa se eles nos pegarem? — pergunta o marujo, sopesando o baú nos braços.

Tento recuperar minha bagagem, resgatar parte do conteúdo, mas minhas mãos apenas roçam nos volumes finos. Os contos de fada de Wilkinson que eu lia quando criança, a capa de couro desgastado tão familiar quanto a palma da minha mão. As memórias de Ameliad que não consegui nem pensar em deixar para trás, meus companheiros e aliados de sempre contra o mundo.

— Por favor — digo, enquanto ele puxa o peso para longe de mim e segue na direção da porta. — Por favor... Você não entende...

O marujo nem olha para trás enquanto desaparece pelo corredor.

Fico parado no meio da cabine, com os olhos ardidos e a respiração ofegante demais. Isto não pode estar acontecendo. Não pode ser real.

Agacho, espalmando as mãos contra o chão oscilante. Minha mente parece amortecida, e tento absorver a realidade — é como procurar com a língua o inchaço de um dente arrancado.

Se nos pegarem, vão nos matar.

Se nos pegarem, o príncipe não vai fazer o sacrifício.

Se nos pegarem e matarem o príncipe, vai haver guerra. Guerra que podemos perder sem Barrica fortalecida pelo sacrifício, mas não antes que dezenas de milhares de pessoas tenham morrido primeiro. Não antes que toda a nação tenha sido chamuscada.

... e nada disso vai ser de importância para mim, porque vou estar morto.

Embora seja capaz de dizer tudo isso para mim mesmo, não consigo acreditar.

Me movendo de forma mecânica, corro até a cama antes que o homem volte para pegar o que está em cima dela, e enfio a mão embaixo do travesseiro. Puxo as correntes de ouro que escondi ali e as penduro no pescoço, sob as roupas. Uma parte desconectada de mim entende que nunca mais vou vendê-las, que não vou precisar do dinheiro para financiar meu primeiro ano na Bibliotheca, mas depois de tudo que fiz para consegui-las...

Mas há um pedacinho de mim que ainda tem esperanças. Aquele pedacinho que vive em todos nós e que é a razão pela qual lutamos.

Queria muito ver a Bibliotheca.

Sonhei com isso a vida inteira.

Pego os punhados de roupas soltas e deixo a cabine para trás, voltando correndo até o convés. Trombo com a menina da cozinha; seu rosto alegre está pálido de medo, e só nos desvencilhamos e continuamos correndo.

Surjo no convés, incapaz de me forçar a virar a cabeça para ver o navio em nosso encalço. Depois, criando coragem, giro e analiso o horizonte. Só enxergo a fumaça, sem sinal algum de navios.

Corro até a parte de trás da nossa embarcação, onde a capitã está lutando com o timão, disparando ordens no topo do convés para sua tripulação. Selly se juntou a ela, e estão trabalhando juntas sem precisar de palavras.

— Estamos abrindo distância? — pergunto. — Não consigo mais ver o barco a vapor.

A capitã nega com a cabeça, e sinto o coração apertar.

— Ainda está longe demais para ser visto. O mundo é curvo. Enquanto ele estiver a essa distância, só dá mesmo para ver o topo do mastro.

Um marinheiro passa a toda, o mais magro dos dois irmãos. Ele vem rolando um barril, que joga pela amurada — é nossa água?

— O que posso fazer? — pergunto, me virando para o outro lado.

É Selly que me responde. Está debruçada sobre o timão, segurando firme para impedir que ele gire enquanto passamos por uma onda imensa conjurada por Leander.

— A gente mal tem armas — diz ela. — Esse seu cérebro sabichão aí tem alguma informação sobre como improvisar armas?

Considero a pergunta, tentando tranquilizar os pensamentos o bastante para analisar minha memória.

— Sim — digo depois de um tempinho. — Se tivermos óleo de cozinha a bordo.

— Então é melhor garantir que os irmãos não joguem o que a gente tem pela amurada.

O tempo passa voando num borrão depois disso. É mais fácil simplesmente fazer a próxima coisa necessária em vez de pensar no que está acontecendo no geral. Há uma praticidade estranha e sombria em tudo isso — não há como algo ser aterrorizante o tempo todo. Depois de umas horas, o corpo só se acostuma, mesmo que a mente ainda esteja em pânico.

Leander está imóvel com uma estátua há horas, preso na comunhão com os espíritos. Deve estar exausto, mas não demonstra qualquer sinal de que vai vacilar.

O que não sei mais é o que ele está sacrificando para manter os espíritos do nosso lado. O príncipe é o maior feiticeiro de Alinor, mas o que estamos testemunhando deveria ser o trabalho de dezenas deles, não de um garoto. Os espíritos vão exigir mais de Leander do que só o anel do pai, por mais caro que o objeto fosse ao rapaz.

Tenho a sensação horrível de que o que estão cobrando é *ele próprio*, sua essência. Nunca vi um feiticeiro trabalhar até a exaustão, mas as histórias sobre o destino de alguns deles são brutais.

Ao nosso redor, marujos brigam com a embarcação, mal conseguindo mantê-la inteira. Ouço todos orando para Barrica, presumivelmente torcendo para que nossa deusa não perceba que, a bordo, estamos com o moleque que enrolou para fazer seu sacrifício. Alguns até passam por cima da Guerreira, apelando diretamente para a Mãe.

Fica evidente que, com um vento forte assim, mal deveríamos estar com as velas baixadas, mas em vez disso içamos tudo o que havia de tecido fora nossas roupas de baixo. O *Lizabetta* geme e estremece, mas não para. Selly está de novo no topo do mastro como vigia, e temo as notícias que trará quando descer.

E lá vem ela, agarrando cordas e longarinas para não ser lançada ao mar. Os pés alcançam o convés, e ela se vira para olhar a capitã nos olhos com uma máscara sombria no rosto; simplesmente balança a cabeça e ergue as mãos uma de frente para a outra, as palmas viradas para dentro. Depois, devagar, junta os braços. Estão diminuindo a distância.

Sinto o estômago se embrulhar de novo. Isso não pode estar acontecendo. Isso *não pode* estar acontecendo.

Mas não há mais como se esconder da verdade: eles vão nos alcançar.

— Precisamos lutar — digo, mal acreditando no fato de que as palavras estão saindo da minha boca. Eu não deveria estar aqui. Isto não pode ser real. — Precisamos lutar, por menores que sejam as chances.

— Eu sei — responde a capitã, os olhos fixos adiante. — Que os espíritos nos acudam, porque nada mais vai.

SELLY

◆

O Lizabetta
Mar Crescente

O navio a vapor aparece no horizonte, e sinto o gosto amargo do medo na boca.

Minha mente passou as últimas horas conjurando imagens da frota da turnê toda destroçada: pedaços de madeira quebrada na água, flores e corpos flutuando no meio dos escombros. Tentando imaginar que, na verdade, foi o *Lizabetta* que naufragou, e que *nós* estamos flutuando imóveis na água — para depois espantar a terrível ideia.

Sempre soube que havia uma chance de eu terminar morta no fundo do mar — todo marinheiro sabe disso. Mas nunca tinha *acreditado* nessa possibilidade.

Içamos cada centímetro de tecido que temos, ajustamos as velas e jogamos pela amurada todas as coisas das quais não precisamos — e até algumas que precisamos — para diminuir nosso peso, para fazer nosso navio estalante conquistar um pouquinho mais de velocidade. Quando saímos de Lagoa Sacra, achei muito esquisito estarmos navegando alto na água, sem carga para pagar a viagem. Agora me sinto desesperadamente grata pelo fato de que nosso porão está vazio.

E, mesmo assim, vão nos alcançar. Nossos perseguidores estão seguindo a trilha de entulho que estamos deixando para trás como se fosse uma trilha de migalhas, com nossos pertences e suprimentos desaparecendo debaixo do casco da outra embarcação.

Leander está começando a cambalear no lugar, e Kyri já está ajoelhada e com as mãos no chão diante do sacrário. Suas velas já foram reduzidas a quase nada, com os espíritos as consumindo com a maior velocidade que já vi, mas o príncipe não pegou nada com ninguém há horas. Já tive lições fracassadas o bastante para saber o que isso significa. Ele está pagando os espíritos *consigo mesmo*.

O *Lizabetta* se joga adiante por entre ondas ornamentadas de branco, mas as caldeiras do navio a vapor estão funcionando a toda e ele continua se aproximando.

Paro diante da amurada ao lado de Rensa, com meu cabelo sendo soprado ao redor do rosto enquanto vejo o imenso barco a vapor cinzento reduzir a distância entre nós; em pouco tempo, começarei a distinguir pessoas no convés, a enxergar as escotilhas no casco.

O resto do espaço parece sumir num piscar de olhos — de repente a outra embarcação se assoma à nossa popa, e, quando vejo, o grande Jonlon está ao meu lado, empurrando uma garrafa de vidro na minha mão. Está cheia da bebida preferida da capitã misturada a óleo de cozinha, com um trapo enfiado no gargalo.

— Não jogue cedo demais — diz ele, envolvendo meus ombros com o braço num abraço rápido e potencialmente mortal.

Este é o grande, forte e calado Jonlon, há uma década e meia a serviço do meu pai. Ele costumava me resgatar do porão, para onde eu ia chorar depois de visitar um novo feiticeiro em um novo porto. Me dava um doce e logo após me levava para ajudar com alguma coisa que precisava ser feita, ficando em silêncio até eu voltar a me sentir bem.

E estamos prestes a morrer juntos.

O acadêmico está atrás de nós, arrastando um cesto cheio de garrafas pelo convés, além de um braseiro que montou com uma das panelas grandes da cozinha. O rosto claro dele agora está pálido como um cadáver, a boca apertada numa linha implacável.

Ele e o príncipe deviam estar como na época da escola, brigando em meio à lição de casa como os garotos riquinhos que eram. Não... Não fazendo esse tipo de coisa.

Mas o navio a vapor está cada vez mais perto, se aproximando pela lateral, e já posso ver seus armamentos. Seus canhões.

Uma onda provocada pela proa do oponente se avulta na nossa direção, e o *Lizabetta* aderna perigosamente enquanto gritos se espalham pelo convés.

— Agora! — berra o acadêmico, enfiando a ponta da primeira garrafa no meio dos carvões.

O pavio se acende, ele dá impulso com o braço e estreita os olhos. Posso praticamente ver os cálculos dele levando em consideração o vento e a velocidade das embarcações. Depois, atira o objeto no inimigo.

A garrafa descreve um arco no ar, a chama voejando longa e fina, e acerta com tudo um marinheiro do barco a vapor. Ele é engolfado pelas chamas; o vento sopra seus berros para longe, mas fico olhando enquanto agita os braços em desespero.

Com dois passos rápidos ele se atira pela amurada, sumindo na água. Uma das mãos irrompe da superfície, mas estamos nos movendo rápido e, um instante depois, o perco de vista.

E de repente há fogo voando pelos ares, e tiros irrompendo aqui e ali, e todos berram.

Keegan está ao lado de Jonlon, e os dois atiram suas bombas feitas de garrafa. Minha mão treme quando me abaixo para mergulhar o gargalo da minha garrafa nos carvões. O pavio se acende e não há tempo para hesitar: jogo o objeto com tanta força quanto possível, acompanhando seu percurso até o convés do navio a vapor, onde o projétil pousa entre dois marujos e faz chover faíscas sobre eles.

BUM!

O convés inteiro estremece sob meus pés, e giro no lugar para ver a madeira quebrada e destroçada, com um buraco surgindo entre as tábuas.

Os canhões.

Keegan começa a se levantar, e Jonlon está de joelhos segurando o braço — ele sangra, e há um pedaço irregular de madeira enfiado na carne.

— Kyri! — Quem grita é Rensa, rouca e urgente, o nome arrancado de seus lábios.

A feiticeira está esparramada ao lado do sacrário, com os braços moles e os fios ruivos soltos da trança voando com o vento. Ela encara o céu com um olhar vítreo.

Há sangue ao redor da garota. As chamas de suas velas, que, até agora, resistiam ao vento intenso, de repente se apagam.

Ela não está se mexendo.

Leander desperta de qualquer que seja o transe no qual estava. O vento e as ondas ao nosso redor ficam cada vez mais intensos, com os espíritos agindo agressivos sem seus comandos enquanto ele cai de joelhos ao lado da feiticeira. Com movimentos inúteis, ele tateia os ferimentos no torso da garota; depois olha para o rosto dela, para seus olhos escancarados e vidrados, e fica imóvel.

Uma onda acerta o *Lizabetta*, e o navio balança ferozmente. Somos forçados a agarrar a coisa mais próxima — o acadêmico me segura para evitar que eu voe pelo convés, e uso seu apoio para voltar a me prender na amurada. Não há por que imaginar que a bala de canhão não seguiu rasgando o navio: deve ter água entrando pelo casco neste momento, inundando o porão e enchendo a área de carga.

— *Rendam-se, entreguem seu feiticeiro e serão poupados.* — A voz muito baixa vem de um megafone usado por alguém no navio a vapor.

Em seguida, além do ruído do vento e da água, tudo fica em silêncio. Não há mais tiros de armas, estrondos de canhões. Estão nos dando tempo para analisar a proposta.

Quando nossa embarcação se estabiliza, Keegan, Jonlon e eu corremos até Rensa. Depois Abri e Conor surgem de baixo do convés, onde estavam construindo mais bombas com as garrafas. Conor vê o braço do irmão e corre até ele, puxando um trapo do bolso para tentar estancar o sangramento.

Nos apinhamos ao redor da capitã e de Leander, que ainda está ajoelhado ao lado do corpo de Kyri. Os olhos cinzentos da feiticeira fitam o céu.

— Selly, Keegan, atrás do mastro — diz Rensa imediatamente. — Quero vocês fora de vista.

— Como assim? — digo, mas o acadêmico me agarra pelo braço, me levando a sota-vento do mastro sem mais perguntas.

— Não quero que eles saibam em quantos estamos — diz Rensa. — O Conor e a Abri estavam lá embaixo antes. Deixa eles contarem de novo e concluírem que estamos em menos gente.

— Você está pensando em se entregar? — pergunta Keegan devagar. — Eles estão mentindo sobre sermos poupados caso faça isso.

— Concordo — diz Rensa. — Mas o príncipe não vai dar conta de usar magia desse jeito, e de uma forma ou de outra vamos acabar naufragando se não diminuirmos a velocidade. E, se isso acontecer, vamos morrer. Então precisamos ver se é possível salvar alguns de nós. Vossa Alteza, hora de parar a tempestade.

O príncipe, ainda ao lado de Kyri, com as mãos sobre as dela e a pele toda manchada de sangue, ergue os olhos para nós como se estivesse apenas registrando as palavras da capitã.

Depois o vento começa a amainar e as ondas se reduzem a quase nada. A ventania e o mar bravo simplesmente... param. Se alguma parte em mim ainda duvidava de que eram criações dos encantos de Leander, o silêncio ao redor agora me lembra de como ele é poderoso.

O *Lizabetta* desacelera. O navio a vapor passa na nossa frente, e o calor do sol do fim da tarde se reinstala. Não ajuda em nada; não consigo parar de tremer.

— Conor, o timão — diz Rensa, saindo de sua posição e dando um passo adiante para agarrar Leander pelo braço, puxando o príncipe para que ele fique de pé. — Selly, vem comigo antes que eles também desacelerem.

Já bem à nossa frente, o navio a vapor está perdendo velocidade, e logo vai dar a volta para vir atrás de nós. Agora, porém, Rensa está forçando Leander a atravessar o convés a passos largos, e corro atrás dela. Não entendo o que está fazendo. Não consigo acalmar minha mente para pensar direito.

Rensa para ao lado do *Pequena Lizabetta*, o barco a remo que mantemos no convés de proa.

— Escuta — fala ela baixinho. — Se esconde. Na conta deles, estamos em dois a menos. Então a gente tem chance de esconder vocês dois.

Abro e fecho a boca, incapaz de falar. É como se todo o ar tivesse sido expulso dos meus pulmões. Como se eu estivesse debaixo d'água. Ao meu lado, o príncipe solta um som ininteligível, cobrindo a boca com a mão.

— Quando a gente for embora, da forma que seja, talvez o navio ainda esteja acima da superfície — continua Rensa. — Se isso acontecer, jovenzinho, quero que siga o que a Selly falar. Ela é sua melhor chance. Vocês podem tentar usar o bote se os furos dos tiros de canhão forem grandes demais.

Ela se vira para mim, e nossos olhares se encontram. Estou tremendo.

— Tentei te ensinar a ser uma capitã, menina, o que significa cuidar dos seus antes de si mesma, ver as coisas pelos olhos deles. É por isso que te fiz experimentar todos os serviços do navio, principalmente os piores. Para saber o que está pedindo aos outros que faça.

Tento falar, mas ela me cala com um aceno da cabeça.

— Estou sem tempo para te ensinar com calma, então só escuta: não ando pelo convés abraçando as pessoas, mas eu morreria pelos meus tripulantes, e eles sabem disso. Essa é uma lição que você precisa aprender neste instante, porque está prestes a se tornar tudo que o príncipe tem no mundo.

Estou respirando aos arquejos, mas aceno e ergo os olhos.

— E caso veja seu pai de novo... — acrescenta ela, num murmúrio. — Bom, diga a Stanton Walker que mantive minha promessa de manter a filha dele em segurança.

— Rensa — protesto, lutando para encontrar as palavras. — Você não pode...

— Discutindo até o último instante — diz ela. — O mundo é maior do que você, Selly Walker. Maior do que eu. É o que tentei te ensinar todo esse tempo. Você precisa manter o príncipe vivo. Ele tem que sobreviver, independentemente do que aconteça. *Independentemente do que aconteça.*

Antes que eu possa responder, ela se vira e marcha pelo convés até o corpo de Kyri, onde Jonlon, Conor, Abri e o acadêmico estão esperando. Keegan parece um fantasma, olhando para nós sem abrir a boca.

Atordoada, me forço a agir e agacho bem rente para contornar o bote ao chão. Preciso forçar meus braços e minhas pernas a se moverem. Mas, quando olho para trás, Leander está sentado no convés, com uma das mãos segurando a bolsa que protege o diário de sua família. Entendo que não é apenas medo e horror: ele está destruído, muito mais do que apenas exaurido pela magia que usou na tentativa de nos salvar.

Então agarro o jovem pelo braço e o puxo. Devagar, ele cambaleia por mim até que eu consiga colocá-lo no espaço entre o *Pequena Lizabetta* e a amurada. Ali, ele se apoia na madeira aquecida pelo sol, fecha os olhos e abraça a bolsa contra o peito.

O navio a vapor joga ganchos no *Lizabetta* e o puxa para perto; quando colocam uma prancha entre as duas embarcações, me escondo.

É perigoso atravessar pela prancha, que se agita e se move enquanto as duas pontas sobem e descem. A primeira a embarcar no nosso navio é uma garota de pele marrom e cabelo curto usando calças, que salta no convés com a graça de um felino. Quatro outras pessoas seguem atrás dela, homens e mulheres de expressão fechada e com armas imensas.

Mais tripulantes do barco a vapor estão parados rente à amurada deles, com os armamentos apontados em nossa direção. Muitos, e muito acima de nós.

Leander e eu ficamos agachados em silêncio enquanto fazem Rensa, Jonlon, Conor, Abri e Keegan formarem uma fila no convés. Os cinco esperam enquanto a garota — que está visivelmente no comando, apesar da pouca idade — vasculha a embarcação.

— Achei que estivessem em mais — diz ela, analisando os cinco tripulantes, e seu olhar recai sobre o corpo de Kyri.

Há algo tenso e contido em seus movimentos, como se ela estivesse tentando se segurar e pudesse explodir em mil pedaços a qualquer momento.

Ninguém da tripulação diz uma palavra — todos só encaram o nada ou os próprios pés. Rensa, porém, não tira os olhos da garota.

Depois de um momento de silêncio, a jovem vai até Kyri. Ela se abaixa, conferindo o cadáver, e checa as marcas de feiticeiro quando levanta o braço da minha amiga. Pega a garota pela manga em vez de tocar em sua pele. Quando solta, a mão de Kyri cai de volta no convés, e a mulher se encolhe. Depois apruma os ombros e, quando volta a ficar de pé, já está mais recomposta.

— Um de vocês matou a feiticeira — diz a garota para a própria tripulação, evidentemente irritada. — Minha irmã queria um presentinho... Uma feiticeira seria perfeito. Especialmente uma poderosa como esta. Extraordinária. Que desperdício.

Seus tripulantes parecem tão nervosos quanto os nossos, e ninguém responde.

Ela os dispensa, depois caminha até a fila de tripulantes do *Lizabetta*. Caminha devagar ao lado deles, analisando um por vez. Ela está usando um broche de rubi na lapela, a pedra preciosa carmim cintilando ao sol, e não consigo tirar os olhos da joia.

Por favor, me pego suplicando, e não sei dizer se é para Barrica ou para a garota em nosso convés. *Por favor, não machuca eles.*

Ninguém fala nada. Isso não parece incomodar a garota.

— Tenho a teoria de que vocês têm algo valioso a bordo — continua ela. — Vimos as coisas que jogaram na água, mas não havia fardos grandes ou carga. O que *havia*, porém, era uma manta bordada com fios de ouro, e tenho certeza disso. Não é o tipo de coisa que se vê numa embarcação como esta. O que mais estão carregando em vez de carga?

Mais uma vez, ninguém fala nada.

— Se um de vocês for nobre, pode pagar para se safar — continua ela, devagar. — Não percam a oportunidade.

Mas ninguém abre a boca. Com a pele clara adquirindo uma tonalidade esverdeada, Abri parece prestes a vomitar. Jonlon está cambaleando no convés, com o ferimento jorrando sangue enquanto Conor o ajuda a se manter de pé. O acadêmico encara o nada como se estivesse fazendo cálculos mentais.

A garota se vira, fitando de novo a própria tripulação enfileirada ao longo da amurada do navio a vapor. Tento acompanhar seu olhar para ver a mesma coisa que ela. O sol está se pondo atrás dos tripulantes, então não passam de silhuetas para mim. Quando uma delas se move, porém, vejo as cores de suas roupas.

Há um membro da irmandade verde a bordo. É para ela que a garota está olhando. Talvez a jovem não esteja no comando, apesar da forma deferente com que a tripulação a trata.

Ela anda rente à fila de pessoas até Rensa, tirando uma arma do cinto e a erguendo devagar.

— O que estão escondendo? — pergunta, calma e em voz baixa.

Rensa a encara sem pestanejar. Não sei o que estão vendo uma no rosto da outra, mas é algo que faz com que ambas permaneçam imóveis.

— Por favor — pede Rensa, com a voz clara e calma. — Minha tripulação nunca vai falar sobre o que vimos.

A voz da garota fica mais incisiva.

— O que estão escondendo?

— Não tem nada aqui.

— Eu não sou idiota! — A voz dela fica mais alta, uma mistura de comando com súplica. — Vocês jogaram muita coisa pela amurada, mas não vi carga. Aonde estão indo? O que estão fazendo? Devem ter algo neste navio que valha a pena ser encontrado.

Devagar, Rensa apenas nega com a cabeça.

Então ela recua e um instante depois um estampido ensurdecedor ressoa em meus ouvidos. Vejo o corpo da capitã caindo no convés. Tento gritar, mas Leander está cobrindo minha boca com a mão.

Puxo os dedos dele para longe e respiro com dificuldade, mas vejo que ele está tentando ficar de pé. É minha vez de puxá-lo para baixo, forçando o príncipe a se agachar ao meu lado.

— O que está *fazendo*? — sussurro, puxando seu rosto para sussurrar em seu ouvido.

— Preciso impedi-la. — Ele está tentando desesperadamente se desvencilhar de mim. — Sou eu que ela quer.

No convés, a jovem está parada ao lado do restante da minha tripulação, com a respiração ainda rápida e entrecortada enquanto baixa a mão armada.

Não consigo me mover — estou agachada, congelada no lugar, com os braços travados ao redor de Leander.

Este cara se entregaria para salvar uma tripulação que mal conhece. Para salvar *minha* tripulação.

— Não há nada que possa fazer. — As palavras saem da minha boca, quase em um sussurro, antes que eu me dê conta.

Mas ele sabe que estou certa. Minha capitã me deu ordens.

— Revistem o navio — dispara a jovem, ainda no convés. — E quanto a vocês: alguém aí quer salvar a própria vida me contando o que estamos procurando?

Ela está parada na frente do grande e gentil Jonlon.

O homem permanece calado, encarando a mulher enquanto ela ergue a arma de novo.

Por favor, não.

Por favor...

BANG!

Conor grita, caindo de joelhos ao lado do corpo do irmão, debruçando-se sobre Jonlon com um berro que se sobrepõe a todos os outros sons.

Ao meu lado, Leander está ofegando, o corpo inteiro tenso — ele está dedicando toda a sua energia em ficar onde está e deixar que minha tripulação o proteja. Seguro o rapaz no lugar, e ele me envolve com os braços. Seu corpo é quente e sólido, e me viro na direção dele quando me aperta com força, me deixando mergulhar o rosto em seu peito. Consigo sentir o tórax subindo e descendo, a forma como ele tenta se recompor — a forma como está se agarrando a mim assim como estou me agarrando a ele.

Mas não posso esconder o rosto, não agora — preciso olhar, estar pronta para agir. Ergo a cabeça, me forçando a absorver a cena no convés.

E então o tempo quase para quando Abri olha para Conor abraçando o irmão, para Rensa e para o corpo de Kyri.

Em seguida, ela encara de volta a garota em nosso convés. A garota que está praticamente estremecendo de tensão, tão carregada quanto o ar antes de uma tempestade, pronta para explodir em trovões e relâmpagos.

E posso ver o que vem a seguir antes que os fatos se desenrolem. Abri vai erguer a mão e apontar para o *Pequena Lizabetta*. Vai dizer: "Ali, o príncipe está escondido ali, vai atrás dele e poupa minha vida."

Mas o próximo movimento vem do acadêmico, que de repente ergue os braços e explode em ultraje, a atitude a milhas de distância das do rapaz calmo e silencioso que observo há um dia e meio. Realmente o conheço há tão pouco tempo?

— Você não pode fazer isso! — anuncia quando todos os olhos no convés se voltam para ele. — Sou filho de lorde Wollesley, como ousa me ameaçar?

Isso sem dúvida chama a atenção da jovem. Ela se vira na direção dele.

— Você é o quê?

— Sou eu que você está procurando — responde o rapaz, estufando o peito num gesto de presunção. — Sou *eu* que estou a bordo deste navio em vez de carga. Estava numa expedição rumo à Bibliotheca. Planejo fazer grandes contribuições no campo de estudos históricos.

— É mesmo? — pergunta ela, ajustando a pegada na arma. — E você tem alguma coisa para me oferecer, filho do lorde Wollesley?

Keegan leva a mão ao pescoço e puxa uma corrente de ouro debaixo da camisa, arrancando a peça pela cabeça.

— Toma — oferece ele, quase explodindo de indignação. — Pega, é seu. É uma relíquia de família.

Ela avança, estendendo a mão para aceitar o colar com dois dedos, e depois ergue o acessório para o analisar de perto. Em seguida pendura a corrente no próprio pescoço, ajeitando com cuidado os cachos.

— Vai servir — concorda ela.

Um traço de tensão parece deixar o corpo do rapaz, embora meu nervosismo ainda esteja tinindo nas veias.

— Presumo que não vai atirar em mim — diz ele, cruzando os braços. Como ele pode ser tão ingênuo?

— Não — diz a garota, e o encara em silêncio. Como se estivesse lutando contra algo ou esperando alguma coisa. — Não, não vou atirar em você — repete depois de um tempo, mais baixo.

Ela se vira e assente para dois dos marinheiros que trouxe consigo. Não olha para trás enquanto eles avançam juntos, agarrando Keegan cada um por um braço antes de sair marchando com ele na direção da lateral da embarcação.

Ele começa a entender o que vai acontecer na metade do caminho, quando passa a se debater desesperadamente e agitar os pés, chacoalhando o corpo. Quando chegam à amurada, dão um empurrão e o jogam do convés.

Levo as mãos à boca dessa vez, me forçando a permanecer em silêncio. Uma parte distante de mim se pergunta se sabem que aquela é uma forma ainda mais cruel de morrer. A maior parte dos marinheiros deliberadamente nunca aprende a nadar — não há como voltar ao convés quando se cai na água, e não querem passar horas esperando o que há por vir. Mas um garoto nobre provavelmente sabe nadar bem. Bem demais. Será que vou viver para me arrepender do fato de que também sei?

Leander permanece em silêncio, mas há suor escorrendo de sua testa; sua mandíbula está mais tensionada do que quando ele estava conjurando a tempestade, como se estivesse encantando espíritos de novo. Desta vez, porém, é por causa da dor de estar prisioneiro de sua própria importância — e dá para ver como isso o está matando.

· Todo o meu corpo está tenso de medo enquanto espero para ver o que a garota vai fazer. Se vasculharem o navio agora, Keegan terá se sacrificado por nada. Não há onde se esconder — estamos agachados atrás do bote, mas o pequeno barco está emborcado no convés e não é um esconderijo propriamente dito.

A garota mexe na corrente de ouro no pescoço, andando num círculo amplo enquanto analisa o navio que foi meu lar durante toda a minha vida. Ela se move devagar, fria e calma, mas seu olhar está contido e seus movimentos um pouco controlados demais. Está afetada pelo que acabou de acontecer. A pergunta é: o que vai fazer a respeito?

Ela ergue a cabeça e olha para o céu, fechando os olhos. Respira fundo.

— Agora — diz, em voz baixa.

Enquanto atravessa a prancha de volta para o navio a vapor, seus marinheiros erguem as armas.

BANG!

Abri cai.

BANG!

Conor cai sobre o corpo do irmão.

A jovem se vira na prancha, ágil como um gato, e sua tripulação carrega barris de óleo para derramar em nosso convés.

Depois se afastam, e fico olhando enquanto tochas ardentes vêm voando em arco e caem logo ao nosso lado, inflamando o óleo com um som abafado.

Um tiro de canhão acerta o casco do *Lizabetta*, depois outro — a madeira estala e o navio balança enquanto queima, as chamas lambendo o mastro e incendiando as velas. Meu lar está queimando.

A embarcação já está adernando na direção do navio a vapor, e me apoio no *Pequena Lizabetta* para não escorregar pelo convés. Me seguro com força em Leander, que mal está consciente, sobrepujado pela exaustão.

Eles não ficam para nos ver queimar — o navio a vapor já virou-se e está seguindo para sudoeste, começando a longa jornada de volta a Melaceia.

Não posso correr o risco de esperar demais. Começo a desatar as cordas que prendem o bote ao convés; depois me dou conta de que nunca mais vou precisar delas, então tiro a faca do cinto e as corto. Marinheiros nunca cortam cordas; a lição ainda ressoa dentro de mim. A menos que seja uma questão de vida ou morte.

Quase imediatamente, o *Pequena Lizabetta* começa a escorregar para estibordo, descendo até onde o convés está quase encostando na água. Agarro Leander, puxando o príncipe comigo enquanto corro atrás do bote numa série de escorregões controlados.

A amurada está quebrada e partida, e chuto a madeira até ela ceder. Depois agarro a ponta do bote e, com um restinho de força que não sabia que ainda tinha, viro a pequena embarcação de cabeça para cima enquanto a faço passar pelo espaço que abri na amurada.

Ainda abaixada, sem largar o príncipe, pulo na água. E me escondo, com um braço pendurado na borda do *Pequena Lizabetta* para nos manter na superfície e o outro envolvendo o garoto inconsciente ao meu lado. O barquinho é maior que o resto dos escombros na água, mas há muitos destroços; se ninguém olhar com muita atenção, vamos conseguir nos esconder em meio ao caos até o *Lizabetta* naufragar.

Por um momento, tenho a impressão de ver um vulto no barco a vapor olhando para nós — alguém sozinho, envolvido pelo pôr do sol. Mas se é que de fato há uma pessoa ali, ela não nos vê.

O sol continua sua jornada na direção do horizonte, banhando devagar a água ao nosso redor de um dourado tão intenso quanto as chamas acima de nós, enquanto tudo que já amei na vida se transforma em cinzas.

PARTE DOIS

A CIDADE DA INVENÇÃO

KEEGAN

◆

O Pequena Lizabetta
Mar Crescente

Estou de olhos fechados, agitando os braços e as pernas para me manter acima da superfície e de costas para as ondas. Descobri que, se não fizer isso, cada nova marola me acerta no rosto, forçando água salgada por minha garganta e nariz.

— Ali — escuto a voz do príncipe de repente, vinda do nada, rouca de exaustão.

Abro os olhos de supetão e quase afundo quando me agito na água. Me viro desesperadamente, tentando ver onde ele está.

— Onde? — pergunta Selly, e pisco os olhos ardidos pela água salgada na tentativa de fazer o bote entrar em foco. — Espere... Ali, agora estou vendo! Senta senão você vai cair na água, idiota.

A pequena brasa de esperança que há dentro de mim se aviva, crescendo para formar um chama pequena, mas estável.

Depois que caí na água, tive a impressão de que tudo se aquecia ao meu redor, como se a corrente estivesse me puxando junto com o *Lizabetta*. Não soube dizer se era só desejo de que fosse verdade ou um sinal de que o feiticeiro mais poderoso de Alinor ainda estava a bordo do navio, realizando uma verdadeira proeza de magia para que eu não morresse de frio.

O bote que estava preso ao convés do *Lizabetta* se aproxima de mim, e Selly guarda os remos enquanto dou algumas pernadas exaustas para me encontrar com ela.

— Vai para o outro lado para compensar o peso dele — ordena, imagino que para o príncipe, em um tom com o qual ele com certeza não está acostumado.

O barquinho balança, mas não consigo ver Leander quando ele obedece ao comando.

Ergo os braços para segurar a borda do bote, depois Selly agarra minha camisa e me puxa. Também me iço, balanço as pernas e de alguma forma consigo me jogar para dentro, despencando no chão todo encharcado e tossindo um monte de água salgada.

Ela volta a agarrar os remos e olha para Leander, que está largado contra um dos assentos que dão a volta no pequeno barco. Sua pele está com um tom doentio e pálido, os olhos marcados por imensas olheiras de exaustão. Está agarrado à bolsa em que carrega o diário com uma das mãos, se apoiando na parede do bote com a outra como se estivesse prestes a cair de lado.

— Wollesley — fala baixinho, à guisa de um cumprimento.

— Os outros...? — A pergunta morre em meus lábios quando o príncipe confirma devagar com a cabeça.

Me sentindo enjoado, me ergo até me sentar e fito o *Lizabetta*. Tinha esperanças de que, depois que me matasse, a garota que havia nos abordado parasse de procurar outras coisas de valor. Uma parte muito menor de mim tinha esperança de que ela fosse deixar o navio intacto e a tripulação viva.

Não conseguia enxergar o navio da água, mas mesmo esta pequena elevação já me dá uma visão melhor. Ele está em chamas, com as labaredas já engolindo os mastros e se espalhando pelas velas.

Começo a me deslocar até um dos assentos, mas Selly dispara um olhar que me faz permanecer onde estou em vez de chacoalhar o bote e dificultar ainda mais o trabalho dela. A embarcação foi feita para abrigar doze pessoas, sentadas nos assentos em grupos de três — e definitivamente foi construída para ser remada por duas pessoas e não uma só. É grande o bastante para exigir toda a força da garota em troca de um mínimo movimento — mas, no vasto oceano que nos cerca, não passa de um pontinho.

— Foi um belo salto de fé da sua parte, Wollesley — diz o príncipe em voz baixa.

Pestanejo, com os olhos ardendo por causa do sal e a mente se arrastando para tentar entender o que ele quis dizer.

— Foi só um salto, acho.

Ele me encara.

— Está dizendo que não sabia que eu tinha como te ajudar?

Nego com a cabeça.

— Acontece que não penso em tudo. Sua reputação como feiticeiro é sem precedentes, Vossa Alteza, e sem dúvida muito bem merecida, mas devo admitir que a possibilidade não me ocorreu. Em minha defesa, agi sob pressão.

— Então achou que...?

Encolho os ombros. Acho que minha voz vai vacilar se eu tentar falar.

Selly pousa os remos nos apoios e olha para mim, a expressão inescrutável.

— Você achou que estava sacrificando sua vida para proteger o príncipe — diz ela, depois de um tempo. — E nem gostava dele na época da escola.

O olhar de Leander se volta para a menina, e sinto o rosto ruborizar. Por um momento, nenhum de nós fala. Ele é quem tem um belo traquejo social aqui, e depois de um instante encontra algo para dizer:

— Não sei se você é incrivelmente corajoso ou se perdeu completamente o juízo, Wollesley, mas obrigado.

O tom dele me enoja tanto quanto enojava na escola, com essa mistura de condescendência e fascinação. Ainda assim, me forço a pausar e pigarrear antes de responder:

— Não fiz isso por você — digo, e sinto uma satisfação estranha ao ver os olhos dele se arregalarem.

— Então por que...?

— Fiz isso por todos que estão confiando no príncipe para impedir que uma guerra ecloda, salvando, assim, a vida deles. Nossos atacantes não podiam se dar ao luxo de deixar testemunhas, o que significava que eu ia morrer de qualquer forma. Achei que era mais negócio proteger você, te dando uma pequena chance de evitar a guerra. Foi uma escolha sensata, não pessoal.

— Sensata — repete Selly, me encarando com incredulidade.

Por um longo momento não há som algum além das ondas se agitando ao nosso redor.

— Tentei fazê-la pender para o lado de me jogar da amurada — admito. — Não tinha grandes planos depois disso além de tentar não me afogar. Ainda assim, foi um golpe de sorte não terem atirado em mim.

Os outros dois permanecem em silêncio.

Ainda sem falar nada, Selly começa a mover os remos, focando no da esquerda para começar a nos virar para o sentido contrário ao vento, voltando para os destroços em chamas.

— Posso ajudar? — pergunto.

Dá para ver seu maxilar tenso, os nós dos dedos brancos enquanto luta para usar os dois remos ao mesmo tempo.

— Você sabe remar? — pergunta ela.

— Não, na verdade.

— Então te ensino depois. No momento, estamos com pressa.

— Aonde estamos indo? Estamos no meio do oceano e nosso navio foi destruído.

E nossa tripulação está morta. Vejo os lábios dela se apertarem, como se estivesse pensando na mesma coisa.

— É justamente por isso que precisamos nos apressar — diz ela, num tom mais firme. — Não vamos durar muito tempo num bote como este. Sem comida, água, abrigo, velas. Podemos usar um dos remos como mastro; ele inclusive é construído para ser encaixado naquele assento do meio em caso de emergência. Mas para isso teremos que salvar um pedaço de uma das velas do *Lizabetta* antes que tudo queime, além de resgatar alguns suprimentos do navio.

Leander está encarando o horizonte. Quando ouve as palavras, se vira para ela e pisca devagar.

— Como assim?

Ela o fulmina com um olhar que milhares de professores já dispararam para o príncipe na época da escola.

— Qual é seu plano? — pergunta ela, exasperada. — Só ficar flutuando aqui? — Ela aponta o *Lizabetta* com o queixo. O fogo está se avivando rápido, e o navio começou a adernar para a direita, deixando o convés num ângulo de inclinação já bem perigoso. — Uma embarcação como essa não costuma afundar, só vai queimar até o fogo chegar na altura da linha-d'água. O casco é grosso demais. Mas a gente levou alguns tiros de canhão, e se o mastro cair a sota-vento, pode acabar fazendo o navio tombar por completo. Estou achando que o *Lizabetta* vai afundar mesmo, então é melhor a gente pegar tudo o que conseguir antes.

— E depois? — murmura Leander.

Ela se inclina sobre os remos, olhando bem para cada um de nós.

— Depois seguiremos as últimas ordens da minha capitã — diz, sem hesitar. — Sobreviver.

LEANDER

◆

O Pequena Lizabetta
Mar Crescente

O navio se avulta acima de nós conforme nos aproximamos, e consigo sentir no rosto o calor do fogo.

Selly guarda os remos enquanto ondas tranquilas nos empurram na direção do *Lizabetta*, se virando para ver seu lar em chamas. Seu cabelo loiro está grudado ao rosto como uma cortina molhada; ela parece pálida como um lençol, esmaecida até nas sardas.

Sempre teve as bochechas coradas, tocadas pelo vento e pelo sol, mas agora ela parece quase translúcida. Como se fosse continuar evanescendo até simplesmente desaparecer.

A garota não parou desde que caímos na água, com os olhos verdes semicerrados de determinação, movendo sem hesitar de um passo de seu plano para o outro, depois para o outro. Mas, por um instante, enquanto ergue o olhar para fitar o navio, vejo um lampejo do que está atrás de seu propósito, de suas ordens duras. Vejo como ela aperta os lábios para garantir que não tremam.

— Vamos começar pelo começo, príncipe — diz ela, firme. — Consegue me ajudar com aquelas chamas?

Respiro fundo e me forço a assentir. A verdade é que *de longe* já encantei muito mais espíritos hoje do que em qualquer outro dia da minha vida, e boa parte deles sem nada para entregar em sacrifício. Não sei o que de mim dei em troca da ajuda deles, mas senti algo indo embora. E não faço ideia do quanto disso ainda tenho antes de simplesmente desmaiar, ou pior. Meus braços e minhas pernas estão tremendo, minha cabeça dói.

Mas tudo isso é culpa minha, e devo tudo que ainda tenho a outras pessoas.

Vasculho o bolso procurando algo para ofertar em sacrifício e encontro uma moeda de cobre. Geralmente, isso não seria nada. Agora, tenho quase certeza de que é todo o dinheiro que temos — o que significa que é tudo. É com isso que os espíritos se preocupam: com quanto *o feiticeiro* pensa que determinada coisa vale.

Minha mão está gelada, mas curvo os dedos ao redor do objeto. Dou impulso e jogo a moeda na direção do convés, onde ela desaparece em pleno ar, sumindo da existência em algum ponto acima das chamas enquanto os espíritos a reivindicam.

Depois, mudo meu foco até conseguir ver os espíritos do fogo dançando ao redor das chamas, brincando animados. Imediatamente me convidam a participar, e sua presença é cálida e tentadora. Espíritos do fogo são como amigos que você sabe que são má influência, mas sempre oferecem muita diversão — até acabarmos metido no meio de bastante confusão.

Então acho que espíritos do fogo são para mim o que sou para outras pessoas.

São os mais perigosos deles, e em sua presença sempre estou a um passo da péssima ideia de os soltar, de deixar que voem por aí e consumam tudo ao nosso redor. Eles têm um jeitinho de convencer feiticeiros de que essa seria uma experiência incrível para todo mundo.

Mas me junto à perigosa dança e, enquanto teço o feitiço, eles se separam aos poucos. Abrem uma clareira no convés do navio, a madeira chamuscada ainda soltando uma fumaça leve. Hora de embarcar.

— Conseguem nadar mais um pouco? — pergunta Selly, olhando para Wollesley e depois para mim.

Nós dois assentimos, sem dúvida mentindo sobre quão confiante estamos. Ele ficou se mantendo acima da superfície por muito tempo, e parece um cachorrinho molhado. Eu sinto a dor arraigada profundamente em meus ossos.

Juntos, escorregamos pela lateral do bote, nadando espalhafatosamente a curta distância até a embarcação. Para subir, usamos as reentrâncias na madeira abertas por um dos tiros de canhão; Selly vai na frente, as roupas úmidas grudando pesadas no corpo e fazendo a água escorrer sobre minha cabeça.

É um lembrete preocupante de que estamos úmidos, e a noite está chegando. O céu já assumiu um azul aveludado a leste e um laranja intenso a oeste, na direção de Melaceia.

Ela se puxa pela amurada e se vira para me içar. Juntos, puxamos Wollesley pelas mãos. Ele foi o que passou mais tempo na água, e está tremendo.

No convés, a luz é mais intensa — chamas dançam e oscilam, iluminando nosso caminho, embora seja difícil ver na escuridão além delas. O navio não passa de escombros, adernado na nossa direção. Mais além no convés dá para ver os corpos da tripulação, todos já em chamas.

Selly também os vê e congela no lugar, encarando enquanto leva a mão à boca. Ela estremece.

Eu os matei, penso.

Se não tivessem me acolhido a bordo...

Selly tenta abafar seus lamentos, e estendo a mão para apertar seu ombro. Um testemunho silencioso é tudo que posso oferecer, e é desesperadoramente pouco. Não sei nem se devo encostar nela — apesar de tê-la abraçado enquanto seus amigos eram executados, isto é diferente. Mas ela só leva a mão até a minha e a aperta.

Depois, respira fundo e se vira.

— Ainda deve ter alguns barris de água no porão — fala, a voz vacilando. — Leander, tenta descer e trazer um dos menores, depois pode ir flutuando com ele até o bote. Sem água potável, a gente não vai a lugar algum. Keegan, tenta achar comida. Deve ter alguma coisa na cozinha.

Assentimos, e sem dizer mais nada ela se vira para correr até o mastro mais perto da popa — o que está menos queimado, mas o mais próximo do cadáver da pobre Kyri. Com a facilidade de sempre, Selly sobe por ele.

Meus olhos a acompanham por um tempo antes de eu me forçar a virar e seguir pelas escadas que levam para baixo do convés. Óleo escorreu pelos degraus, que estão em chamas. Ao meu lado, Wollesley solta uma exclamação de desânimo.

Estendo a mão, observando a brincadeira dos espíritos. Não há como mandar em espíritos do fogo ou mesmo coagi-los: é necessário sugerir que vão se dar bem se tentarem fazer o que estou falando. Então mostro a eles como seria divertido concentrar seus esforços num dos lados da escadaria, queimando só ali com mais intensidade.

Parte de mim está grata por ter uma desculpa para deixar de lado o horror intenso das últimas horas e abrir um sorriso para os espíritos. A outra parte fervilha de culpa por isso ainda ser possível.

Volúveis, os espíritos mudam o foco de sua atenção quase que de imediato, e as chamas se extinguem num dos lados da descida.

Com Wollesley logo atrás, dou um passo cuidadoso seguido de outro, logo sentindo o calor secar minhas roupas. Mas, de repente, a madeira queimada cede sob nossos pés.

Salto para o próximo degrau, depois para o próximo, meio correndo, meio caindo na direção do corredor escuro abaixo, e meu antigo colega de classe aterrissa desajeitado ao meu lado.

— Boa sorte — digo enquanto ele se vira para a cozinha.

Já eu sigo às pressas pelo corredor para onde a capitã indicou que ficava o porão de carga na noite em que embarquei.

Passo sem pestanejar pela porta da minha cabine, e por um momento é como se eu pudesse ver através da parede — como se pudesse me ver lá dentro, sentado todo sonolento na cama. Como se pudesse ver Selly tropeçando de susto, de olhos arregalados ao me ver sem camisa. Consigo me ver sorrindo. Consigo ver a cara que a outra garota, Abri, fez quando subi para o convés hoje cedo. Sem dúvida, Selly havia contado a ela sobre nosso encontro, e tão sem dúvida quanto, ela...

O choque me acerta como um soco no estômago. *A Abri está morta*. Aquele sorriso de bochechas cheias dela se foi. E não consigo sentir raiva do momento em que ela hesitou, do momento em que achou que poderia salvar a própria vida se entregasse a minha. Como posso julgar alguém por não querer morrer? Ela nunca precisaria ter que passar por aquilo se não tivesse me conhecido.

A luz lá fora está desvanecendo rápido, e o porão de carga está quase escuro, a única luz vindo das estrelas e entrando pelos buracos dos tiros de canhão na outra extremidade do espaço. O navio inteiro está adernando na minha direção, e a água já toma todo o lado direito da embarcação. Pequenos barris que rolaram pela inclinação flutuam à minha frente.

Com cuidado, avanço na direção deles, chapinhando. Depois do calor das escadas, é um choque entrar em contato com a água gelada; meus pulmões se apertam, e tenho dificuldades de respirar. Depois envolvo o menor dos barris com um dos braços. Tem mais ou menos o tamanho do meu torso — e, a julgar pelo peso, está cheio. Não conseguiria carregar muito mais peso do que isso, e sei que não tenho muito tempo até a exaustão me derrubar de vez.

Considero minhas alternativas para sair dali e descarto a ideia de carregar o objeto pela escada— vai ser impossível voltar pelos degraus quebrados.

Em vez disso, me arrasto aclive acima, me apoiando em vigas quebradas para empurrar o barril à minha frente até alcançar os buracos dos tiros de canhão. Com alguns chutes, alargo um deles e enfio o tonel pela passagem, me segurando na borda menos estilhaçada da abertura.

O pequeno barril desce rolando pela lateral de madeira do navio, depois se choca com a água lá embaixo. Quando tiro a cabeça pelo buraco para o ver flutuando, sinto o estômago embrulhar. A parte inferior da embarcação está à mostra, toda incrustada de cracas branco-esverdeadas. Se eu escorregar atrás do barril, vou acabar todo arranhado. Preciso sair do jeito mais difícil.

Me espremo para fora da abertura, tentando não arruinar a roupa que Wollesley me emprestou, e olho para as águas escuras lá embaixo. Hesitar não faz sentido algum ou meu corpo vai acabar dominando minha mente.

Salto e pairo no ar por alguns segundos antes de mergulhar no mar congelante, o ar totalmente expulso dos pulmões. Bato as pernas com força, me impulsionando para cima, e irrompo na superfície perto do meu barril. Tossindo e com os olhos ardendo, começo dar a volta no naufrágio com nosso suprimento de água sempre à frente.

Quando acabo de percorrer o perímetro do navio, vejo que os outros dois voltaram ao *Pequena Lizabetta* e já estão trabalhando. Selly prendeu um dos remos na popa do bote para servir de leme, e Wollesley está seguindo as instruções da garota para improvisar uma vela com o outro. Juntos, eles puxam primeiro o barril a bordo e depois me ajudam a subir.

Começo a tremer assim que saio da água, e me ocupo com a tarefa de armazenar direito nossa água.

— Aqui — murmura Wollesley, erguendo um pedaço de tecido da vela. — O material corta um pouco o vento, então vai te ajudar a se aquecer.

Agradeço com um aceno de cabeça, sentindo os membros pesados como chumbo enquanto envolvo os ombros com o tecido e me acomodo no chão do bote. Talvez eu devesse ajudar os outros dois a prender o tecido para terminar nossa vela, mas não estou em condições. Tenho uma leve noção dos espíritos rodopiando ao redor do barco, na água, mas não tenho nada que possa usar para sequer me dirigir a eles.

O sol já quase se pôs a oeste, e os últimos resquícios de seu brilho já estão sumindo. O céu está enorme e muito escuro acima de nós, atravessado por uma faixa prateada de estrelas, e ambas as luas estão visíveis. A vela estala baixinho, não totalmente retesada ainda, e balançamos ao sabor das ondas. O *Lizabetta* está queimando com menos intensidade, já reduzido a um brilho vermelho e mais longe do que eu imaginava que estaria a esta altura.

— Temos que conversar sobre o que fazer a seguir — diz Selly, pegando um saco de maçãs que Wollesley deve ter encontrado.

Ela entrega uma para cada um de nós. Quando mordo a fruta crocante e doce, o oposto da água salgada em meus olhos e nariz, tenho a sensação de que mal comi hoje.

— Deveríamos ir para Quetos — murmuro. — Depois, seguir por terra até Alinor.

Selly devora a maçã, estreitando os olhos enquanto me olha de cima a baixo.

— Mudança de planos — anuncia. — A gente devia conversar sobre como barcos a vela funcionam e *depois* sobre o que fazer a seguir.

— Certo, então ensina a gente.

Selly morde o lábio, considerando como abordar a missão. Depois estende a mão esquerda, ainda vestida com a luva de couro sem dedos que está endurecendo lentamente por causa do sal.

— Prestem atenção — ordena.

Me inclino para a frente, e Wollesley vira o corpo para fitar a garota como se fosse ser submetido a uma prova depois. Parando para pensar, vai ser mesmo. A única prova que realmente importa entre todas as que já fizemos.

— Este é o continente. — Ela faz um U invertido com a mão esquerda, com os dedos e o polegar apontados para baixo. — A ponta do meu dedão é Melaceia. Depois, subindo, passamos pelos principados. A Trália na metade do caminho, os Ermos Mortos, Beinhof, Fontesque. Aí, na metade do meu dedo, descendo, temos Alinor. Embaixo, na unha, fica Quetos. — Depois ela aponta o espaço vazio no meio do U. — A gente está aqui, claro, no Mar Crescente. E os ventos e as correntes... — Ela traça uma linha de Alinor, no indicador, até Melaceia, no polegar.

— Então a gente precisaria velejar *contra* o vento se quisermos ir para casa — concluo, sentindo o coração apertar. — Não tem chance de ele mudar de direção no meio do caminho?

— Não — nega ela, consternada. — Não, a menos que haja uma tempestade muito violenta... E, nesse caso, estaríamos ferrados.

Wollesley expira devagar.

— E se velejarmos *na direção* do vento, vamos seguir direto até Melaceia. — Ele estende a mão para traçar um caminho descendente no espaço vago no meio, onde estamos flutuando. — E por acaso não dá para, sei lá, ir velejando até as Ilhas?

Selly balança a cabeça.

— Sinto muito, mas mal temos comida suficiente, muito menos água. Se o vento ficar mais forte que isso, vamos afundar. Também não temos instrumentos náuticos; o príncipe tem um mapa naquele diário, mas sem as ferramentas certas não tem como a gente definir exatamente onde estamos. Corremos o risco de passar batido pelas Ilhas sem nem saber, especialmente se calhar de nos aproximarmos à noite. E, mesmo que a gente dê um jeito de passar por cima de tudo isso, vamos acabar presos por lá sem uma embarcação capaz de nos levar de volta para casa.

A verdade se acomoda em meu peito, e apoio o braço na parede do bote para tentar não cambalear de exaustão. De repente, noto de novo como estou com frio.

— Então estamos indo para Melaceia.

— É nossa única opção — confirma Selly. — Direto para o Porto Naranda. O resto da costa é formado de penhascos; não tem como garantir que vamos encontrar um vilarejo, mas a cidade pode ser vista a distância. E temos ao menos uma coisa do nosso lado: não haverá absolutamente ninguém em Melaceia esperando por nós.

— Verdade — concorda Wollesley. — Todo mundo vai achar que o príncipe morreu. Não haverá ninguém procurando por ele.

— Não sei se o governo de Melaceia acha que estou morto — digo, devagar. — O navio que pegou a gente não era da marinha, e aquela garota não estava de uniforme.

— Uma operação independente? — murmura Wollesley. — Isso é...

— ... muita coisa para processar, politicamente falando — concordo. — Mas não é o primeiro problema que a gente precisa resolver.

— Acho que dá — diz Selly, pensativa. — Ir velejando até Melaceia. Você não estará com uma aparência muito principesca quando chegar, o que vai ajudar. Se conseguirmos alcançar o porto, teremos opções.

— A embaixadora — falo. — Tenho palavras-chave para confirmar minha identidade a qualquer embaixador, no continente e além. Se conseguirmos chegar até Melaceia, mais especificamente até a embaixada alinoriana, a embaixadora vai dar um jeito de me tirar de lá.

— Pode até enviar uma mensagem antes mesmo de encontrar um navio para te levar para casa — concorda Wollesley. — Os melaceianos acham que conseguiram te matar; os responsáveis, quem quer que sejam, não têm motivo para guardar a notícia só para si. E o que é pior: quando Alinor ficar sabendo que a frota da turnê foi afundada, a rainha vai saber que você não estava a bordo. Vai achar que ainda estamos no *Lizabetta*, nos esgueirando rumo às Ilhas para fazer o sacrifício. Ela pode até se mover *em direção* à guerra, acreditando que você vai fortalecer Barrica e dar a ela uma vantagem inesperada.

Sinto o estômago embrulhar. Ele está certo: Augusta é uma ótima estrategista.

— Ela não vai só começar uma guerra — diz Selly, devagar. — Vai começar uma guerra que não tem como vencer. — Ela aperta a ponte do nariz, e sinto um lampejo de simpatia.

Da mesma forma que a direção dos ventos e as velas improvisadas são pouco habituais a Wollesley e a mim, essa situação é pouco habitual para Selly, que é tão incapaz de fugir dela do que nós de fugir do *Pequena Lizabetta*.

De repente, qualquer coisa que nós três escolhermos fazer pode evitar ou iniciar uma guerra, assim como decidir quem vai vencê-la.

— Para Melaceia, então — sussurro. — Precisamos chegar à embaixadora, que vai falar com a minha irmã.

Em Porto Naranda, podemos procurar alguém no comando, alguém com recursos. Vamos escapar deste pesadelo, mesmo que eu nunca mais vá escapar da lista de mortes pregada à minha porta.

Não acredito que faz só um dia que achei que isto seria uma aventura.

Sinto um calafrio, e à luz da lua vejo o sorriso de Selly.

— Não tem como secar nossas roupas antes de o sol nascer — informa ela. — Mas é melhor começar a velejar agora. Ao menos o clima está bom a ponto de não precisarmos da sua ajuda com os espíritos, príncipe.

— No momento, acho que nem que eu tentasse ia conseguir convocar uma brisa sequer — admito.

Ela assente.

— Vou velejar pelo método tradicional, com o vento que a gente conseguir e orientação das estrelas. — Aponta primeiro para Wollesley, depois para mim. — Vocês dois, podem ir se deitar juntos embaixo daquele pedaço de pano. Compartilhem calor corporal e tentem não congelar.

— Vossa Alteza... — começa Wollesley.

— Dadas as circunstâncias, acho melhor vocês dois começarem a me chamar de Leander.

Wollesley considera a proposta.

— Então talvez devam usar meu primeiro nome também — arrisca ele. — Wollesley é o meu pai ou meu irmão mais velho.

— Keegan, então — digo, obediente.

— Aposto que a esta altura você queria não ter raspado a cabeça, né, Keegan? — murmura Selly. — Pensa em todo o calor perdido.

Wolles... Não, *Keegan* e eu nos deitamos entre dois assentos e puxo um pedaço de vela sobre nós, me acomodando para tentar parar de tremer e descansar um pouco.

Consigo ver Selly de onde estou deitado, uma silhueta pálida sob o luar. Consigo distinguir suas sardas, espelhando as constelações lá em cima.

Ela olha por sobre o ombro enquanto deixamos o naufrágio do *Lizabetta* para trás, mas apenas uma vez. Depois vira o rosto e encara a escuridão, resoluta.

JUDE

◆

O Punho de Macean
Mar Crescente

Conheço um dos marinheiros enquanto voltamos para casa. O sol já se pôs, e as estrelas estão surgindo uma a uma — os pontinhos de luz aparecendo no céu de um azul aveludado conforme assisto, desejando que o enjoo passe. Outras estrelas se juntam às primeiras, e mais outras, até preencherem de maneira deslumbrante todo o céu, mais vívidas aqui do que em qualquer outro lugar que já estive. Mas estou com dor de cabeça e vomitei tudo que comi, então a beleza passa despercebida.

Eu estava apoiado na amurada, incapaz de suportar a ideia de me enfiar nos confins da minha pequena cabine sob o convés — muito parecido com um caixão para meu gosto —, quando ele veio se juntar a mim na proa surgido da escuridão.

Seu rosto estava branco como a espuma que brotava embaixo da quilha do navio, o cabelo acobreado mais desbotado no escuro.

— Não está conseguindo dormir? — perguntou ele com um sorriso simpático.

Confirmei com a cabeça.

— Meu nome é Varon — disse ele, estendendo a mão. — Prazer.

— Jude — respondi.

O que complica as coisas é ele ter chegado todo amigável e sorridente. Ele ser o tipo de cara que eu geralmente abordaria para conversar. Com o qual eu flertaria.

Aquilo me fez pensar em Tom, o rapaz que eu... Bom, não sei o que a gente tem. Ele é atendente no Vermelho Rubi, uma das boates do submundo de

Rubi. Tecnicamente, Tom trabalha para a chefe de uma gangue — na prática, porém, só gosta de fazer drinques, e é bom nisso, e a casa noturna é onde ele calhou de encontrar um emprego.

Talvez Varon seja apenas muito bom em matar pessoas.

É muito mais difícil descobrir que eles — os que fizeram aquilo — são pessoas normais. Eu passaria por eles na rua sem imaginar sequer por um instante que eram assassinos.

— Sabia que tinha *ouvido* um sotaque — disse ele, como se confirmando o fato em algum tipo de triunfo pessoal. — Ela te chamou de "vossa senhoria"... Você é alguém importante?

Neguei com a cabeça.

— Não poderia ser menos — respondi. — O sotaque é de Lagoa Sacra, onde cresci. Mas agora vivo em Porto Naranda.

— Como é Lagoa Sacra? — perguntou ele, se apoiando contra a amurada para ficar mais confortável. — Nunca fui tão longe assim, e acho que agora não vou até lá tão cedo, né?

Eu tinha acabado de começar a relaxar, o sorriso dele me fazendo espairecer. Mas as palavras levianas me despertaram de supetão, e não respondi.

Ele apenas absorveu meu silêncio, deixando de lado a vista da água escura lá embaixo e das estrelas brilhantes acima para me fitar.

Quando falou de novo, seu tom foi gentil:

— Você não pode se culpar, Jude. Teria acontecido com ou sem você.

— Não importa — respondi, sem saber que as palavras estavam vindo antes de ouvi-las sair da minha boca. — Eu estava envolvido.

Porque esta é a verdade.

Sou parte disto agora. Participei de uma carnificina, mesmo que tudo o que tenha feito tenha sido assistir.

Parte de mim não acreditava que ela levaria o plano a cabo — mas, com a irmã verde num dos lados e Rubi no outro, acho que Laskia está tão encurralada quanto eu. A diferença é que ela mesma se meteu nisto.

Já outra parte quer perguntar se há alguma coisa que eu poderia ter feito para evitar o que aconteceu, enquanto o resto não consegue sequer cogitar a ideia de pensar nisso. Eles estão com minha mãe.

Tenho certeza de que, enquanto navegávamos para longe daquele navio mercante, vi um vulto avançar pelo convés. Não disse nada — não queria que alguém matasse a pessoa ali na hora. Agora, porém, fico pensando quanto tempo demorou para aquele sobrevivente se afogar ou se ele ainda está agarrado aos destroços aguardando a morte. E se isso é pior.

Continuo pensando em Wollesley também. Foi como um pesadelo — como se aniquilar uma frota carregando Leander e metade dos nossos amigos da escola não fosse o bastante, as testemunhas que a gente perseguiu e abateu ainda incluía outro dos nossos colegas de sala?

Nós dois não éramos particularmente amigos na época — ele tinha toda a coisa da linhagem na qual se encaixar, já eu era um completo pária. Não tinha nada daquilo, mas me tornei alguém útil e dei um jeito de fazer amigos. Leander nunca pareceu se importar com o fato de eu ser de baixa estirpe — e, por isso, ninguém mais se importava. Ainda consigo ver o rapaz, sorrindo como se soubesse de um segredo, estendendo a mão e me chamando para me juntar a sua última aventura.

Essa é outra coisa da qual não tenho certeza: teria sido pior ver o príncipe morrer ou é pior não saber como ele morreu, qual bala de canhão ou granada ou mastro caído acabou com ele? Será que ele morreu antes ou depois dos nossos amigos que estavam na frota?

Nada disso importa agora. Meus amigos nunca foram de fato meus amigos, e ele está morto como todos os outros. E eu estou aqui ao lado de um marinheiro que não conheço no convés deste navio.

Vou sair disso com grana, e vou usar essa grana para tirar minha mãe da cidade.

— Vai ficando mais fácil — disse Varon, gentil, trazendo a minha atenção de volta à conversa. — O melhor a se fazer é pensar em outra coisa por um tempinho. — Ele apontou para um conjunto de estrelas. — Cada uma daquelas constelações tem uma história. Talvez eu saiba uma ou outra que você ainda não ouviu.

Quando os penhascos da costa de Melaceia surgem no horizonte, me dou conta de que passei a maior parte da noite aqui com Varon, trocando histórias.

Não estamos indo para Porto Naranda, onde um navio como este chamaria a atenção. Em vez disso, vamos aportar uma hora ao norte da cidade, num lugar chamado Baía de Voster.

Parece muito com o resto da costa: abismos rochosos e inóspitos se erguendo acima do mar. No entanto, há uma reentrância dentro da qual embarcações podem se abrigar. E a igreja também tem um entreposto aqui, onde aparentemente ninguém está inclinado a se perguntar quais são as intenções de um navio de guerra ao casualmente lançar âncora neste lugar.

Varon vai cuidar de seus afazeres, mas fico sozinho por apenas alguns minutos antes de sentir uma presença ao meu lado. A figura fantasmagórica da irmã Beris paira perto da amurada, com o rosto branco tão pálido que quase brilha no escuro, o corpo escondido pela túnica verde-floresta.

— Você não dormiu, Jude — observa ela. Ouvir meu nome na boca dessa mulher faz um calafrio descer por entre minhas omoplatas.

— Não — confirmo. Não faz sentido mentir, mas tampouco quero me explicar para ela.

— E está inquieto. — Algo em seu tom de voz chama a minha atenção. Quando olho para ela, a irmã inclina a cabeça. — Também estou. — No instante em que começo a me perguntar se a julguei mal, porém, ela acrescenta: — Mas precisamos subjugar nosso próprio desconforto em nome do bem maior.

Ah, olha aí. A justificativa.

— É possível que uma guerra seja pelo bem maior? — pergunto, apesar de não querer prolongar a conversa.

Irmã Beris leva um tempo para responder, ponderando mais do que eu esperava.

— Não acho que um garoto alinoriano, mesmo um exilado, mesmo um que viveu uma vida de exclusão como a sua, pode realmente entender a vivência de quem foi privado de seu deus — diz ela, enfim. — Por quinhentos anos, enviamos nossas preces, que foram respondidas com... silêncio. Nossas orações desaparecem no grande e abafado silêncio que é a hibernação de Macean.

E ela está certa — não tenho como imaginar a sensação. Desde criança, vejo as flores desabrocharem no templo, mesmo no ápice do inverno. A chama dele nunca se apaga e nunca precisa de combustível. Sempre *soube* que Barrica cuida de nós, mesmo que seja de longe.

— A irmandade verde lutou por nossa fé ao longo de todos esses séculos — continua ela, em resposta ao meu silêncio. — Às vezes, pagando um preço alto. Às vezes, sozinha. Às vezes, ao longo de alguns anos, de algumas décadas, as irmãs verdes mantinham sozinhas nossas igrejas, esfregando a sujeira até nossas mãos sangrarem, sabendo que fiel algum apareceria, sabendo que nós é que deveríamos ter fé. Está sendo uma jornada longa, Jude, muito longa. As decisões que tomamos não foram súbitas, e sim feitas com a mais profunda compreensão das consequências.

— E agora seu povo está voltando para a igreja — observo.

— Está — concorda ela. — Mantivemos as brasas vivas. Às vezes por muito pouco. Mas, quando nosso povo teve fome, fomos *nós* que batemos à porta deles com comida. Quando estavam em necessidade, foi a irmandade verde que os apoiou. Mantivemos as brasas vivas, e agora o povo de Melaceia está retornando à igreja para avivar as chamas. Macean vai se livrar do jugo de Barrica. Logo nossa fé irá incrementar seu poder até despertá-lo de sua hibernação, e ele retornará para nós.

— E o que vai acontecer depois? — sussurro.

— Ele caminhará entre nós — diz ela, simples e direta, os olhos focando o horizonte. — E nos comandará.

— E seu governo?

— Macean é nosso *deus*, Jude.

Expiro devagar. Há histórias sobre como eram as coisas quando divindades andavam entre nós. Sobre seus milagres, sobre a destruição que causavam.

— Da última vez que eles estiveram aqui, nós acabamos com os Ermos Mortos — digo, baixinho. — Uma nação inteira e um povo inteiro exterminados. Destruídos num instante. Aprendemos sobre isso na escola.

Parece impossível de acreditar, mas sei que não é uma questão de crença. Na verdade, é só impossível de *compreender*.

— Talvez haja uma guerra — concorda ela, um tanto pesarosa. — Se Barrica retornar para enfrentá-lo outra vez.

— E é isso que vocês querem?

— É a única coisa que nos resta — responde ela. — Não fomos nós que submetemos nosso deus a um sono profundo.

Não sei o que responder, como argumentar com séculos de trabalho que ela e a irmandade verde colocaram neste plano. Como forçá-las a ver o horror do que estão fazendo — isso se não viram ainda.

— Você ora para Barrica? — pergunta ela depois de uma pausa.

Nego com a cabeça.

— Orava quando era mais novo. Não mais.

— Gostaria de orar para Macean?

Nego de novo com a cabeça.

— Eu mesmo atendo às minhas orações, irmã Beris. Ninguém nunca fez isso por mim.

Imagino que ela vá tentar me convencer, mas a irmã simplesmente assente.

— Talvez você pertença à Mãe — diz ela, apenas. — Todos os seus filhos frequentam o templo.

— Talvez — digo, de repente desesperado para me livrar dela, desta conversa. — Tenho que ver se Laskia precisa de algo, irmã. Com licença.

Ela olha para o broche de rubi na minha lapela e depois assente, me deixando ir.

Me forço a não sair correndo enquanto me retiro.

Fico fora do caminho conforme nos aproximamos da Baía de Voster. Varon e os outros tripulantes preparam o navio, lançando âncora e esperando enquanto o corpanzil da embarcação se vira na direção da maré vazante.

Enviam um sinal para o convento na costa — a irmandade vai mandar um barco para coletar Laskia, a irmã Beris e eu antes que o navio siga para seu próximo destino. Enquanto isso, e embora o sol ainda nem tenha nascido, todos seguem para o refeitório sob o convés, se acomodando nas longas mesas para tomar um desjejum quente. O trabalho deles está cumprido, afinal de contas.

Não consigo comer nada sem enjoar; antes que eu possa negar o convite, porém, Laskia me segura pelo braço e, sem dizer nada, me puxa até o batente junto com ela e a irmã Beris.

A jovem está com um olhar vidrado, o mesmo desde que deixamos o navio mercante para trás. A expressão sugere que se deu conta de que tem duas alternativas agora: enxergar o que fez e compreender o horror — e, consequentemente, dar o fora — ou mergulhar ainda mais fundo.

Acho que a fé da garota é real, e acho que ela realmente acreditou que poderia ter tudo. Que, com uma morte, ela poderia provocar uma guerra que realmente rebelaria os fiéis para a irmã Beris. Que faria Rubi ganhar tanto dinheiro, tanto poder, que não teria escolha a não ser reconhecer a dedicação da irmã.

Mas Rubi nunca vai ver Laskia da forma que ela deseja. A irmã Beris já a serve bem — Laskia não passa de uma ferramenta para ela. E Macean está hibernado e não sabe de nada do que ela está fazendo.

Laskia, porém? *Ela* sabe o que fez. Está nítido na tensão de sua mandíbula, em seu olhar fixo no nada. Ela é uma garota tentando esquecer o pesadelo da noite anterior, mas encontrando justamente aquela visão toda vez que olha por sobre o ombro. Ela precisa continuar em frente e torcer para o pesadelo não a alcançar.

Fico parado ao lado dela enquanto a tripulação devora o mingau, servido em tigelas imensas, e uma gritaria irrompe no refeitório quando o chefe de cozinha chega com vários potes de mel para acompanhar.

Ele aponta para Laskia enquanto enche a própria cumbuca antes de se largar num banco a alguns lugares de distância de Varon.

— Considerem o mel um presentinho — grita Laskia com um gesto generoso da mão. — Obrigada a todos pelo trabalho duro.

Os tripulantes comemoram como crianças grandes ganhando um doce e lutam pela iguaria, passando os potes ao longo das fileiras para que possam acrescentar colheradas de doçura no desjejum. Um presente de agradecimento por dezenas de assassinatos.

Laskia se vira para olhar para a irmã Beris, a expressão ilegível quando a irmã verde pousa a mão no ombro da jovem.

— Força, Laskia — murmura ela. — E propósito.

Meu estômago começa a se revirar com o cheiro da comida, e estou prestes a sair pela porta aberta e fugir para o convés quando o burburinho das conversas no recinto morre.

Olho ao redor procurando o motivo, e o que vejo são bocas escancaradas e olhos arregalados. Estão todos com a expressão aterrorizada, lutando para respirar — o rosto de Varon assume um tom de vermelho brilhante quando nossos olhares se encontram, e o encaro perplexo.

— Laskia. — Não consigo desviar os olhos. — O que você fez?

— Estamos tentando culpar nosso governo por assassinato, Jude — diz ela baixinho. — Foi por isso que vestimos os cadáveres com uniformes da marinha melaceiana e os jogamos no meio dos destroços. Ter testemunhas é correr riscos.

Enquanto ela fala, Varon estende o braço na minha direção, os dedos se curvando em garras. Está me encarando como se eu soubesse, como se eu o tivesse traído.

E quero ignorar o que está acontecendo, mas algo me compele a testemunhar a cena.

Ao redor do homem com o qual passei a madrugada conversando, os demais tripulantes desfalecem com a cabeça se chocando na mesa ou ficam de pé e desmoronam depois de alguns passos cambaleantes.

Laskia observa da porta, com a irmã Beris impassível ao seu lado.

— Os funcionários da Rubi vão limpar o navio depois — avisa Laskia enquanto Varon cai do banco, se esparramando imóvel no chão. A mandíbula da garota está tensa, o olhar, distante. O preço que ela está pagando por isso, qualquer que seja ele, é algo que está mantendo enterrado bem dentro de si. — Não podemos nos dar ao luxo de deixar nenhuma bagunça para trás.

SELLY

◆

O Pequena Lizabetta
Mar Crescente

Estou no leme enquanto o sol nasce devagar atrás de mim. A cor do horizonte se ameniza até um prateado claro, e então o dourado surge iluminando o caminho de volta até Alinor e nossa segurança. A primeira lua se põe, a segunda ainda se demora no céu antes de desaparecer junto com a aurora.

Pouco depois, o friozinho da noite começa a desimpregnar meus ossos — minha camisa passa a secar, esticada em meus ombros, e o tecido vai ficando mais duro conforme o sal se solidifica.

Dormi algumas poucas horas durante a noite — Keegan acordou, e o ensinei a comandar o barco tão bem quanto possível. Ele me ouviu com atenção, assentindo de tempos em tempos. Achei que seria esnobe para aprender com alguém como eu, que jamais colocou o pé numa escola, mas a única coisa que ele fez foi um monte de perguntas.

Nossa vela improvisada está içada no topo do mastro e amarrada às amuradas a bombordo e a estibordo para formar um triângulo meio irregular — não podia ser mais rústica, e não há como ajustá-la às pressas. Está fixada, e precisamos virar o barco para que ela fique na posição correta em vez de o oposto. Isso nos deixa vulneráveis, passíveis de sermos atingidos por uma onda e virarmos, naufragando caso o bote aderne — não acho que conseguiríamos erguê-lo de novo se isso acontecesse.

Então precisamos corrigir nosso curso à medida que cada onda nos atinge por trás, nos empurrando adiante. Assim surfamos na crista em um movimento quase sem peso antes de escorregar de volta até o nível normal e esperar pela próxima.

É um processo silencioso e meio hipnotizante, além de ser algo em que me concentrar. Uma forma de escapar dos meus pensamentos. Minha mente continua me levando de volta para o *Lizabetta*. Para a tripulação. Para a visão dos corpos queimando.

Ainda não acordamos Leander, e ele não moveu sequer um músculo enquanto Keegan e eu conversávamos baixinho sobre como velejar o bote.

— Nunca vi uma demonstração de magia como aquela — diz ele suavemente, observando as estrelas para definir nossa direção. Está praticando o que acabei de ensinar, e nossa conversa se voltou para outros assuntos. — Estudei com ele por anos e tudo que via era preguiça. *Diziam* que ele era poderoso, mas quando não havia gente puxando o saco dele? Agora, conjurar um vento como aquele, que acelerou o *Lizabetta* por várias horas, e depois sei lá como conseguir me manter na superfície e domar o fogo? Isso é mais do que simplesmente poderoso. Não sabia que sequer era possível.

— Ele é um feiticeiro da família real — murmurei, observando Leander em seu sono.

Me parece impossível que o garoto que me deixou reclamar dele, inclusive prendendo uma flor atrás de sua orelha, possa ser tão poderoso quanto de fato é.

— Mas mesmo para um feiticeiro da família real — rebateu. — Manipular aquela quantidade de magia *com* sacrifícios suficientes já seria extraordinário. Sem, então...

Keegan parou e me encarou com uma pergunta no olhar, e me lembrei de que ele tinha vislumbrado minhas marcas enquanto eu consertava sua escotilha. Mas mantive as luvas no lugar e a boca fechada. Não estava no clima de responder a perguntas sobre magia ou sobre todos os tutores que tinham falhado na tentativa de me ajudar a encontrar a minha.

Então só deixamos Leander descansar. Quando tive tanta certeza quanto possível de que Keegan sabia o que estava fazendo, tentei dormir por algumas horas também.

Agora o acadêmico está adormecido de novo, e estou saudando o sol sozinha, o que significa que vejo o príncipe enfim bocejar e rolar para se deitar de barriga para cima. A luz matinal o atinge em cheio no rosto, e tenho uma visão exclusiva de Leander franzindo suas belas feições numa expressão de irritação antes de se virar e dar de cara com as costas molhadas de Keegan.

Ele abre os olhos de repente, e o vejo entender tudo de uma vez. O que aconteceu. Onde está. Seu maxilar se tenciona e ele fecha os olhos de novo, apertados com força para rechaçar a realidade. Depois força o rosto a relaxar, abrindo um sorrisinho de desdém que deve ser instintivo.

Seu cabelo preto está duro por causa do sal, e os olhos ainda marcados por olheiras de exaustão, mas ele parece melhor do que estava enquanto o sol se punha.

Com a camisa azul e a calça marrom que Keegan encontrou para ele, roupas bem cortadas mas sem adornos, Leander não se parece em nada com um príncipe. Não consigo imaginar o rapaz em suas roupas de alfaiataria, não consigo pensar nele em suas festas no palácio.

Leander parece um garoto. Alguém que eu poderia conhecer.

Quando olha na minha direção, desvio o olhar para a vela, mas tenho certeza de que ele sabe que eu o estava observando.

— Bom dia — murmura o rapaz, apoiando-se num dos cotovelos, depois tossindo baixinho.

— Come uma maçã — digo, baixinho, indicando a pilha de frutas ao lado dele. — Vai precisar beber água também, mas o doce da maçã vai ser mais agradável para sua boca salgada.

Ele aceita o conselho e se senta antes de dar uma bela mordida.

— Obrigado.

Ficamos em um silêncio tácito por alguns instantes.

— Quanto tempo você acha que vai levar até chegarmos em terra firme? — pergunta ele depois de uns minutos.

Expiro.

— Se continuarmos assim? Não tenho como saber exatamente onde estamos no mapa e não faço ideia da nossa velocidade... É sorte poder usar o sol para nos manter mais ou menos na rota. Mas, se mantivermos esse ritmo, eu diria que precisaremos navegar hoje o dia todo, a madrugada e, com sorte, talvez cheguemos a Porto Naranda amanhã à noite.

— Mais um dia e meio então. Você já dormiu?

Assinto.

— Keegan cuidou um pouco do barco. Quisemos deixar você descansar.

— Nossa, eu podia jurar que a gente tinha passado a noite inteira de conchinha. — Ele olha para o outro rapaz com um sorrisinho no rosto. — Ele é todo ossudo.

— Bom, o ossudo deixou você dormir no lugar dele ontem — aponto.

É uma provocação, algo para ampliar aquele sorriso, um escudo contra o luto que tenta abrir caminho por minha garganta, mas a frase sai como um soco.

É suficiente para silenciar Leander, e galgamos mais algumas ondas antes que ele responda, num murmúrio:

— Mais uma coisa para colocar na minha conta.

— Por que ele não gosta de você? — pergunto. — Achei que todo mundo gostasse.

Leander solta uma risada sarcástica pelo nariz.

— Bom, o Wollesley não gosta. Passou por poucas e boas na escola e, mesmo que eu não participasse, nós dois sabemos que eu podia ter acabado com aquilo. — Ele se puxa para se sentar ao meu lado na popa, se espreguiçando com uma careta. — Não consigo não pensar numa coisa... Dois dias atrás, ele achava que havia escapado do próprio destino, que estava a caminho da Bibliotheca, onde todos os seus sonhos de estudioso iam se tornar realidade. Há um dia, achava que havia sido forçado a mudar de curso por causa de um garoto do qual não gostava muito na escola. Que iria se atrasar e perderia o começo do semestre letivo. Nada tão grave, porém. E, agora, ele está aqui. Salvou a gente de ser descoberto. Navegou seu barco durante a noite, na direção de um porto hostil, e, quando acordar, provavelmente vai fazer mais alguma coisa extraordinária.

— O que acha que o faz ser assim? — pergunto, analisando as feições angulares de Keegan, a pele pálida já ficando rosada por causa do sol. — Ele parece alguém que desmancharia na chuva. O que o faz ser tão forte?

— Gostaria de saber — responde Leander, quase melancólico. — Talvez simplesmente seja alguém que gosta de fazer coisas, que gosta de desafios.

— Qual é a alternativa? — pergunto.

— Fazer nada — diz ele baixinho. — Sou ótimo nisso.

Mas nenhum de nós pode se dar ao luxo de ficar sem fazer nada agora. Não só porque precisamos manter o *Pequena Lizabetta* navegando — nosso pequeno pontinho de segurança em meio ao vasto e revolto oceano —, mas porque nenhum de nós quer pensar muito no que nos fez acabar a bordo deste bote.

Ficamos ambos em silêncio — eu com os olhos na vela, corrigindo nosso curso a cada nova onda, e ele terminando de devorar sua maçã.

— Daria uma moeda para saber em que está pensando — diz ele depois de um tempo.

— Achei que tinha jogado sua última para os espíritos do fogo.

Ele inclina a cabeça de lado e me analisa, deixando o silêncio se interpor entre nós enquanto dá outra mordida na maçã. Não é a melhor das refeições, mas Keegan não tinha muitas opções quando recolheu as coisas da cozinha — muito menos depois de precisar descartar as que não sobreviveriam a um tempo na água.

— Estou pensando em maçãs — digo, enfim, sentindo de novo o ardor das lágrimas nos olhos.

— Em maçãs?

— Não consigo parar de pensar em como, enquanto largava todo o peso extra para trás, alguém pensou em deixar um pouco de comida e alguns barris de água no porão caso alguém sobrevivesse. Que, por mais corajosa que minha tripulação tenha parecido diante daquela garota, por mais que tivessem certeza de que iam morrer, alguém teve esperança. Alguém se apegou à chance ínfima de a gente dar um jeito de sair daquilo. É muito pior quando penso que eles não queriam morrer, e ainda não tinha chegado a hora.

— Ninguém devia ter que pagar por isso com a vida — sussurra ele, rouco. — A frota da turnê... Eram meus amigos naqueles navios. Eu cresci com eles. *Convidei* metade deles. Era para terem embarcado numa viagem comigo. Devem ter rido quando se deram conta de que eu não estava a bordo. Mas eles... eles eram meus amigos.

— Eu sei — respondo em voz baixa, pensando na garota de vestido cinzento como o mar dançando no convés enquanto Leander e eu assistíamos do meio dos caixotes e das flores.

Ela estava toda cheia de vida, cheia de alegria. Na ocasião, invejei aquela alegria, mas agora me sinto desesperadamente grata por ela ter se divertido aquele dia.

— Se eu soubesse por um instante que eles estariam em perigo, nunca teria...

— Eu sei. — Como era mesmo o nome da jovem, segundo ele? *Violet*.

— E sua tripulação. Seu navio era um navio de carga.

— Eu sei — murmuro.

E ele se cala de novo, com as ondas batendo no casco preenchendo o silêncio.

— Eu decorei o nome da Kyri e da Rensa — diz ele, depois de uns instantes. — E da outra moça, a Abri. Como os caras se chamavam mesmo?

— Jonlon — sussurro. — E Conor. Eram tripulantes do meu pai desde que eu era bebê.

— Eu sinto muito, muito mesmo que tenham morrido, Selly — diz ele, amuado. — Faria qualquer coisa para mudar isso.

Parece impossível que este garoto ao meu lado possa ser a razão de tudo que aconteceu.

Mas meu mundo ficou muito maior do que era antes, e minha visão mudou tanto quanto se eu tivesse subido no cesto da gávea.

Sei o formato do continente no mapa. Tracei longas rotas pelo Mar Crescente correndo o dedo pelo papel para conectar um porto ao outro, percorri tais trajetos a bordo da frota do meu pai. Vi mapas e cartas náuticas do que há além e, quando ainda era quase pequena demais para me lembrar, cheguei até a ir às ilhas do sul a bordo do próprio *Lizabetta*.

Mas meu mundo sempre se resumiu ao convés do meu navio ou a uma ou outra saidinha por algumas horas num porto estrangeiro. Estou acostumada ao cheiro de madeira, sal e alcatrão, não ao fedor de traição e sangue.

De repente, tarde demais, entendo por que Rensa tentou com tanto afinco me ensinar a ver além. A enxergar o verdadeiro tamanho do mundo. Porque tentei me limitar à minha minúscula parte dele, e não funcionou nem um pouco.

Mas, da mesma forma que posso ver as ondulações resultantes da perda do *Lizabetta* se espalhando pelo mundo, minha nova visão também compreende outras coisas.

— Não foi culpa sua — sussurro, apertando forte o leme improvisado com as luvas endurecidas pelo sal.

O olhar de Leander recai em mim.

— Não poderia ter sido *mais* minha culpa. Se eu não estivesse a bordo...

— Eles ainda teriam matado a gente para acabar com as testemunhas.

— Que seja. Se eu tivesse feito o sacrifício na época certa, a frota da turnê nem precisaria ter...

— Leander, *para*.

E ele obedece, me fitando com os olhos escuros e os lábios comprimidos para não deixar escapar o que quer falar.

— Escuta — falo, com calma. — Você poderia ter feito o sacrifício um ano atrás, sim. E, acredite em mim, fiquei furiosa quando você embarcou no *Lizabetta*. Isso impediu que eu chegasse ao meu pai, que não vejo há um ano. Perdi a chance de pegar um navio antes que a Travessia Setentrional fechasse para o inverno.

Ele se encolhe, mas ergo a mão e ele continua em silêncio.

— O que você *não fez* — prossigo — foi *matar pessoas*.

— Selly, era de esperar que... — Ele se detém e cobre a boca quando o fulmino com o olhar.

— Tem muita culpa para ser atribuída aqui, muita justiça que merece ser feita. Mas o que *você* merecia era levar um sermão, ser metido numa rede desconfortável num navio capenga para pensar sobre não cumprir suas responsabilidades. Não ver pessoas serem mortas em seu nome.

— Eu... — De novo, ele mesmo se interrompe.

— Você realmente não está acostumado a deixar as outras pessoas terem a última palavra, né?

— Preciso admitir que elas geralmente nem tentam.

E talvez, em outra circunstância, se a gente estivesse conversando sobre qualquer outra coisa, eu abrisse um sorriso. Em vez disso, porém, a tensão tinindo entre nós se alivia perceptivelmente. E não é pouca coisa.

Alguns dias atrás, havia um mundo de diferença entre nós. Mas agora ele não passa de um garoto, e um bem assustado.

— Posso fazer uma... — Quando viro a cabeça, vejo os olhos dele fixos nos meus, e ele dá uma mordida na maçã para indicar que não vai interromper. Então continuo, em voz baixa: — Por que você *não* foi?

Ele não responde de imediato, mastigando devagar, olhando para o diário enfiado embaixo do assento ao lado de Keegan, depois ergue os olhos para a vela.

— Não precisa responder — acrescento depois de um tempo. — Não é culpa sua, independentemente da razão.

Ele balança a cabeça, ainda encarando o cordame improvisado enquanto as pontas irregulares da vela estalam, chacoalham e se movem devagar.

— Se perguntasse para alguém em casa, te diriam que é porque eu estava ocupado demais me divertindo — responde ele, amuado. — Se *me* perguntasse isso em casa, eu teria respondido a mesma coisa.

— E qual é o verdadeiro motivo?

Leander não fala por alguns instantes.

— O diário. O diário é o verdadeiro motivo.

— Como assim?

Nossos olhares se encontram de novo.

— Meu pai morreu antes do meu primeiro aniversário. Caiu de um cavalo que tropeçou. Não teve aviso, não havia razão para ele achar que não veria o dia seguinte. Minha mãe virou rainha regente até a Augusta ter idade o bastante para assumir o trono. Minhas irmãs se lembram dele, mas eu sou bem mais novo, e não tenho nenhuma recordação. Só que ele escreveu no diário, assim como minha avó e as gerações que vieram antes dela. Todos que fizeram as viagens até as Ilhas. Eles escreveram sobre o que viram, como foi, deixaram mensagens para quem viria depois.

— Tem alguma coisa nos registros do seu pai que...?

— Não sei — admitiu ele. — Ainda não li. É como... Quando eu fizer isso, vai ser o fim da última parte dele que sobrou. A última parte que ainda não conheço. E não quero que acabe. Essa é a verdade.

Ficamos ambos calados enquanto o bote alcança o topo de uma onda, e corrijo o curso com meu leme rústico mantendo a embarcação reta enquanto descemos pela crista. É um ritmo tão familiar quanto o das batidas do meu coração.

— Pensando bem, é bom meu pai ter ficado lá no norte — falo depois de um tempinho. — É o lugar mais seguro para estar se as coisas derem errado.

— Queria que você estivesse lá com ele — responde Leander, soturno. — Como ia encontrá-lo? Achei que a Travessia Setentrional já tivesse fechado.

— Havia mais um navio ainda a tempo de arriscar a viagem — respondo.

— O *Freya*. Estava aportado perto da frota da turnê.

Ele reflete sobre o que acabei de falar, e consigo ver as coisas se encaixando em sua mente.

— Você estava tentando embarcar no dia que a gente se conheceu.

— Sim. E, como não funcionou, decidi me esgueirar para dentro dele naquela noite. Teriam me encontrado antes de a gente chegar a Holbard, mas já seria tarde demais para voltar.

Ele ergue as sobrancelhas e sua boca se abre em um meio sorriso.

— Você ia fugir?

— E teria conseguido, se a doca não estivesse lotada de membros da Guarda da Rainha. — Depois hesito. — Quando você disse "Parece que perderam alguma coisa..." estava se referindo a você mesmo. A Guarda da Rainha estava procurando por *você*.

— Mas eu estava escondido no topo de um monte de caixotes com uma garota que tinha acabado de conhecer, descobrindo sobre minhas falhas de personalidade — concorda ele, com outro meio sorriso. — Ficaram furiosos quando enfim me encontraram.

— Se eu tivesse conseguido embarcar no *Freya*, a Rensa teria ficado tão...
— As palavras morrem na minha garganta quando me lembro de tudo mais uma vez. É como levar um soco no estômago.

Sempre gostei de bater papo no turno da aurora. O mundo está silencioso, a manhã é brilhante e novinha em folha, e é fácil sentir que a nossa embarcação é a única do mundo e que somos as únicas duas almas a bordo dela. Agora, eu daria tudo por um porto barulhento e lotado.

— E sua mãe? — pergunta Leander, tentando voltar para o assunto anterior. — Também está no norte, com seu pai?

— Minha mãe é uma atriz de Trália. Ela e meu pai nunca foram um casal, eles só... se divertiram um pouco quando ele aportava, meu pai costumava dizer. Quando eu nasci, ela me deu para ele. Meu pai me criou a bordo do *Lizabetta*, seu primeiro navio.

Ele solta um suspiro lento e empático pelo lar que jaz muito longe às nossas costas.

— Minha mãe tem muito mais interesse em festas do que em ser mãe; atuar como rainha regente sugou sua energia. Ela vivia no mesmo palácio que eu, ao menos. A frota do seu pai está maior agora, certo?

— Sim. Ele está na embarcação mais recente, o *Sorte*. Navegou pro norte para negociar novas rotas de comércio e decidiu passar o verão em Holbard para continuar trabalhando nisso. Não tem a menor ideia do que está acontecendo, nem imagina que Rensa aceitou contrato. Ele me deixou com ela por um ano para aprender mais sobre o ofício.

— E estava aprendendo?

— Não tanto quanto gostaria. Não tanto quanto ela estava tentando me ensinar. Eu não me dava muito bem com a Rensa. Mas se por um só instante ela tivesse imaginado que este serviço seria perigoso, teria me deixado em terra firme. — Minha garganta ameaça fechar, e inspiro pelo nariz e expiro pela boca para me acalmar. — É nisso que penso o tempo todo. Ela teria me deixado para trás se achasse que havia perigo. Mas não o fez. Ela achou que estávamos seguros.

Mais uma vez, o silêncio se interpõe entre nós.

— Vai funcionar? — continuo, pigarreando. — Uma deusa pode mesmo nos proteger? Sei que é diferente nas histórias antigas. O Keegan me contou algumas... Disse que é verdade que existiam deuses antes. Que lutaram em guerras e criaram Mensageiros com poderes mágicos especiais. Mas isso foi há séculos.

— Barrica ainda está aqui — responde ele, em voz baixa. — Não como costumava estar antes, não a ponto de poder se sentar neste bote com a gente. Mas é mais presente do que qualquer outro, porque continuou como a Sentinela para vigiar Macean. Não é que eu *acredite* nisso, Selly. Eu *sei*. O diário que te mostrei é só um numa coleção imensa, e todos têm registros das jornadas dos meus familiares até as Ilhas. Não são histórias antigas, são *nossas* histórias.

— E o que está escrito nos registros indica que ela continua de olho nas coisas?

— Sim, mas é mais do que isso. É diferente para mim quando oro. Minha família tem uma conexão com ela. A gente não conversa, não usando palavras, mas ela... está sempre lá. Presente.

— Como você pode ter tanta certeza? — pergunto num sussurro.

— Confia em mim, não tem como ignorar. Ela... — Ele baixa a voz, como se estivesse tentando evitar que nossa deusa ouvisse. — Ela me lembra minha irmã Augusta. Imponente.

— Não consigo imaginar — admito. — Não me passa pela cabeça a ideia de conhecer uma deusa ou uma rainha.

— Acho que ambas gostariam de você — murmura ele. — Selly, prometo que vou fazer isso. Me leve até Porto Naranda e vou encontrar a embaixadora. Nada vai me impedir de chegar às Ilhas.

— Nada vai te impedir — concordo, e sei pela expressão dele que ambos estamos pensando no preço que já foi pago para chegar até aqui. — Nem que tenha que levar você até lá eu mesma!

Em silêncio, Leander pousa uma das mãos sobre a minha, agarrada ao leme. Noto que meus nós dos dedos estão doendo — e que o toque dele está aliviando a sensação conforme o calor de sua pele flui para a minha.

Nossos olhares se encontram. Ele me encara por um instante, com algo cintilando no ar entre nós. Sinto o rosto enrubescer, mas não consigo desviar o olhar — ou não quero. Um dos cantos de sua boca se ergue num sorriso, e meu instinto entra em cena.

— Só estou deixando você fazer isso porque minhas mãos estão geladas — resmungo.

— Claro — concorda ele, suave.

Mas deixa a mão ali mesmo depois que a dor nos nós dos meus dedos desaparece devagar e minha pele se aquece sob a dele.

Enquanto o sol continua a se erguer na direção do zênite, permito que continue assim.

— Me ensina a manobrar o bote — pede ele, talvez uma hora mais tarde. — O Keegan já aprendeu, então posso cuidar disso para vocês poderem descansar por mais algumas horas. Como usa aquela coisa?

— O leme — corrijo no automático.

— O leme — repete ele. — Não vou mandar tão bem quanto você, mas posso pedir para os espíritos da água manterem a gente no rumo e para os espíritos do ar promoverem um vento gentil o bastante para que a vela fique mais fácil de manejar.

Minha vontade é negar, mas a verdade é que preciso dormir. Então deixo o príncipe pousar a mão no remo ao lado da minha e mostro como o barco muda de direção quando é puxado para um lado ou para o outro. O rapaz está perto de mim a ponto de me distrair, e presto muito mais atenção do que gostaria nos pontos onde nossas mãos e joelhos se tocam, com nós dois virados na direção um do outro. É como se, agora que notei isso, não pudesse mais deixar de prestar atenção.

— Os movimentos precisam ser leves — aviso, fazendo minha voz soar mais séria. — Sutis. Se exagerar, corre o risco de tombar o barco. Então é só agir contra todos seus instintos que vai dar tudo certo.

Ele abre um sorrisinho sarcástico, e com cuidado afasto a mão para deixar o príncipe tentar sozinho. Ele ri quando me retorço de nervoso, pronta a pegar o leme dele ao primeiro sinal de problema; faço isso mais para manter as mãos ocupadas e porque minha pele está coçando por causa do sal, e começo a tirar as luvas.

Assim que Leander vê as costas das minhas mãos, percebo que cometi um erro.

— Selly! O que é... — Ele tenta puxar meu punho, e salto para agarrar o leme, e de repente Leander está perto de uma maneira desconcertante e estou empurrando o rapaz para a lateral do barco com força demais.

— Quer virar a embarcação?

— Mas são marcas de feiticeiro! — Perdido o interesse em controlar o barco, ele se inclina para enxergar melhor minha mão, e não posso escondê-la porque estou segurando o leme. Leander inclina a cabeça como se estivesse lendo um mapa. — Nunca vi marcas iguais a essa. Não em um adulto. Como sua magia funciona?

— Não funciona — disparo, e aquela conexão nova e diferente que havia entre nós desaparece. — Não sou feiticeira, só tenho as marcas.

— Impossível.

— Bom, é possível, porque cá estou eu. E esse é o assunto de que menos gosto de falar, Leander, então escolhe outro.

— Você já teve tutores? — insiste ele. — A Kyri ou outra pessoa?

— Não adianta — resmungo. — Ela tentou me explicar, mas não tenho afinidade com nada. Ela sempre diz...

Minha voz morre na garganta.

Sempre *dizia*. Não *diz*.

Por um momento, impaciente, esqueci que... esqueci.

Os detalhes mais ínfimos continuam a me atingir, me cobrindo como ondas que querem me afundar.

Kyri nunca mais vai acender uma vela com suas mãos firmes. Suas flâmulas espirituais queimaram até virarem cinzas. Semana passada ela estava remendando seu vestido preferido para farrear numa das noites quando estivesse de folga em terra firme. Agora, nunca mais vai usar aquela peça. Está em algum lugar do fundo do mar ou foi queimada. Todos os seus bens não existem mais. Ninguém além de mim sabe que aquele vestido existiu.

Continuo me dando conta dessas pequenas coisas, que repito para mim mesma numa tentativa de entender. Ainda assim, parece impossível que ela tenha partido para sempre.

Noto que estou apertando o leme com tanta força que meus nós dos dedos estão brancos. Quando ergo o rosto, os olhos escuros de Leander estão me fitando de novo. Solenes, agora. Mais gentis do que eu esperava. Tristes.

Ele precisa pigarrear antes de conseguir falar de novo, mas mantém a voz baixa em respeito a Keegan, que, mesmo com toda a barulheira, está conseguindo dormir deitado ao pé do mastro.

— Nunca soube de alguém que não conseguisse usar magia.

Ele ergue a manga da camisa para analisar os desenhos intrincados — de longe, os mais complexos que já vi. Nada poderia contrastar mais nitidamente com as grossas faixas verde-esmeralda e sem vida que correm pelas costas das minhas mãos.

— Vai querer aprender a controlar o barco ou não? — pergunto, tentando desviar a atenção dele para outro assunto.

— Não — responde ele de imediato. — Consegue pensar em algum motivo para ter reprimido sua magia? Algo que pode ter deixado você com medo de usá-la, mesmo que a sensação não se pareça com isso?

Nego com a cabeça. Já pensei nisso sozinha várias e várias vezes.

— Não tive nenhuma experiência traumática como uma rajada de vento ou coisa do tipo.

— Ar — murmura ele. — É esse o elemento da sua linhagem? De quem você herdou o poder?

— Da minha mãe — explico. — Ela tem a magia do ar. Ou tinha, não sei. Faz muito tempo que meu pai e eu não temos notícias dela.

Lá no fundo, parte de mim passou anos se perguntando se, de alguma forma, rejeito minha magia em resposta à mãe feiticeira que me rejeitou. Mas o mundo está cheio de pessoas com problemas familiares, e todas conseguem seguir a vida — várias usando magia, inclusive.

— Você nunca falou com ela sobre magia?

— Não. Já te falei, ela me abandonou quando eu era bebê. Com isso, se pensar nas escolhas recentes do meu pai, meus dois progenitores não fazem muita questão de ficar comigo. Mais alguma pergunta?

Meu tom sai deliberadamente afiado, e espero que ele sinta a alfinetada, mas ele apenas repousa a mão sobre a minha no leme, seus dedos cálidos.

Desvio os olhos para analisar a vela, escondendo o efeito que o gesto tem sobre mim. Sem as luvas para cobrir as costas das minhas mãos, parece absurdamente íntimo. Preciso parar de reagir assim sempre que ele me tocar, porque é ridículo.

— Me conta sobre sua magia — pede ele, tranquilo. — O que aconteceu, o que já tentou até agora...

Sinto um nó no estômago só de pensar, mas há apenas encorajamento em seu rosto quando o encaro — encorajamento e exaustão. É o cansaço em seus olhos que me faz baixar a guarda.

— Sempre foi assim — sussurro. — Nasci com as marcas, como qualquer outra pessoa, mas elas não deram em nada. Meu pai fez de tudo para me ajudar. Ter alguém com a magia do ar na frota ajudaria muito. Ele sempre disse que, se eu fosse uma feiticeira tão boa quanto era marinheira, seria irrefreável.

— Eu diria que você já é bem irrefreável.

— Bom, ele me levou para ver todos os feiticeiros em todos os portos pelos quais passamos quando eu era mais nova. Todos tentaram me ensinar.

Sinto o rosto esquentar quando me lembro do desfile vergonhoso de fracassos. *Mas o que ela é? Como isso é possível?* Fizeram eu me sentir esquisita e fracassada; ainda assim dei ouvidos a todos, desesperada para que alguém me ajudasse.

— Algum deles chegou a uma teoria? — pergunta ele.

— Todos tinham certeza de que poderiam ajudar, da senhora no casarão em Petron ao homem em uma choupana em Quetos. E, no fim, todos acabavam só... bravos. Como se aquilo pudesse ser contagioso. Uma mulher uma vez disse que os espíritos não *queriam* falar comigo. Outro alegou que eles nem sequer podiam me ver. — Sinto a voz embargar, a garganta meio fechada, e me calo enquanto mordo o interior da bochecha.

Ainda posso ver a expressão do meu pai, depois de tantos anos — ele começava sempre muito determinado, mas acabava frustrado e derrotado toda vez.

— Eles erraram em te culpar pelas próprias falhas — diz Leander, os dedos envolvendo os meus com mais força.

— Bom, meu pai não desistiu de mim. Não por muito tempo. Toda vez que voltava de uma viagem, era a primeira coisa que me perguntava. — Eu sempre esperava ansiosamente o retorno dele, mas temia aquela pergunta. Temia a resposta que precisaria dar. A expressão de Leander fica mais difícil de ler conforme prossigo: — Mas, enfim, depois de uns bons anos, até ele parou de fingir que aquilo ia dar em alguma coisa. E me comprou as luvas.

— Notei que você nunca fica sem elas — diz Leander, em voz baixa. — Selly, sei que ele estava tentando ajudar, mas ter uma filha capaz de... — ele ergue a mão livre, gesticulando para o pequeno veleiro improvisado galgando as ondas — ... capaz *disso*, e fazer você se sentir menos que...

— Foi um ato de gentileza — corto. — Ele tentou de tudo.

Nunca encontrei um jeito de explicar a mistura de vergonha e gratidão que me inundou quando ele me entregou as luvas. Quando aceitou que meu defeito, qualquer que fosse ele, era algo impossível de ser consertado.

Por isso fiquei tão desesperada em aprender o máximo com Rensa enquanto ele estivesse fora. Minha magia era uma grande decepção para meu pai — se eu pudesse mostrar a ele como estava pronta para ganhar meu nó de imediata, mesmo tão jovem, seria mais fácil recuperar parte da admiração dele por mim. Daria a ele algo de que se orgulhar.

Leander abre a boca, fecha de novo, e posso ver que está escolhendo as palavras cuidadosamente quando continua:

— Bom, esses feiticeiros que tentaram te ensinar... Tenho certeza de que fizeram o melhor que podiam, mas eles estavam todos errados. Suas aulas deviam ter sido aqui, no mar. Este é seu lar. É quem você é. É onde vai encontrar sua magia.

Olho para ele, encarando seus olhos castanhos enquanto luto com as palavras. O príncipe está errado sobre a magia, mas entende como pertenço ao mar, isso consigo ver. Não esperava que um garoto criado em um palácio pudesse me enxergar tão bem.

— Escuta, vou calar a boca se você quiser — continua ele. — Sei que às vezes pareço arrogante, mas realmente *sou* diferente de todo mundo que já tentou te ensinar. Sou forte. E não aprendi a fazer isso uma vez: aprendi quatro, uma para cada elemento. Fui treinado pelos melhores feiticeiros de Alinor. Me deixa te ensinar uma vez... só uma. Se não funcionar, a gente nunca mais toca no assunto.

Me permito fechar os olhos. Pelas pálpebras, vejo um desfile de tutores fracassados — suas caretas, suas testas franzidas, a forma como me analisavam como se eu fosse um inseto. Nunca mais ter que conversar com Leander sobre esse assunto vale a humilhação de tentar interagir com os espíritos na frente de um feiticeiro como ele?

Provavelmente sim.

Quando abro os olhos de novo e o encaro, vejo um sorriso gentil. Será que alguém consegue dizer não para esse garoto?

— Nada disso vai me fazer gostar mais de você — murmuro.

— Consigo ouvir seu tom azedo, mas sou muito bom em ignorar o que não quero ver — diz ele com outro sorrisinho. — Deixa eu cuidar do leme para que possa se concentrar. Bom, tem uma razão para usarmos o termo *encantar* quando se trata de espíritos. Devemos atrair a atenção deles, não dar ordens. Devemos convencê-los a fazer o que queremos trazendo-os para o nosso lado.

Ele fala como se fosse simples. Como se não fizesse diferença alguma ele ser um príncipe conhecido por encantar, acima de tudo, enquanto eu... não sou lá muito encantadora.

— Me conta como você faz, então — falo, já recuando mentalmente.

Leander considera a questão.

— A maioria dos feiticeiros tem apenas uma afinidade, então só pude perguntar sobre isso para alguns dos meus familiares — admite ele. — Na minha experiência, cada tipo de espírito tem uma personalidade. É como falei quando a gente estava na proa do *Lizabetta*. Espíritos da água são brincalhões; para encantar os desse tipo, é preciso convidá-los para uma brincadeira. Já os do ar são mais altivos. Você os cumprimenta e depois, respeitosamente, abre espaço para que façam o que você gostaria que fizessem.

— Não consigo nem me conectar com eles — respondo. — Muito menos descobrir com qual tom de voz falar.

— A gente já vai chegar lá — tranquiliza ele. — O encanto é só metade da coisa. A outra você já viu várias vezes: um sacrifício, como no caso dos deuses, mas muito menor. Espíritos são criaturas simples: geralmente só querem alguma coisa material que tenha valor para você. Nesta viagem, já ofereci o anel do meu pai e depois dei minha última moeda de cobre, que é muito menor, mas muito valiosa no momento em que a gente se encontra. Os espíritos sentem isso.

— E o que você ofereceu a eles enquanto a gente fugia no *Lizabetta*? — pergunto num sussurro, e vejo sua expressão ficar mais sombria.

— Não sei, para ser sincero. Tempo, talvez. Sorte. Força. Sinto falta de algo, o que quer que seja. Mas vamos focar em você. A vista é adorável.

— A vista é esfarrapada — resmungo. Mas ainda consigo notar algo obscuro em seus olhos, então obedeço para evitar a tensão. — Qual é a das flâmulas espirituais? — Vi Kyri içá-las centenas de vezes, mas nunca me passou pela cabeça perguntar. — Encanto ou sacrifício?

— Encanto — responde ele, voltando a sorrir. — Acho que é um pouco de sacrifício também, o ato de prender as flâmulas e tal. Mas é majoritariamente bajulação: "Olha como vocês são importantes, estou exibindo aqui que conheço vocês."

O barco desce pela crista de uma onda. Quando estendemos a mão para nos apoiar na parede, elas pousam lado a lado: a dele maior que a minha, com a pele marrom mais escura, as unhas mais bem cuidadas e as marcas rodopiando e se enrolando em comparação à minha faixa verde e grossa.

— Os espíritos sabem que estou falando sobre eles — murmura o príncipe. — Deixa eu te mostrar como se faz. Sei que você já tentou antes, mas dessa vez eles estão por todos os lados. Eles... tendem a se amontoar perto de mim.

— Isso é um eufemismo, né?

— Um pouco. O que você tem a oferecer em sacrifício? Qualquer coisa serve, contanto que tenha valor para você.

Olho para mim mesma. Tenho as roupas que estou usando, cheias de sal cristalizado, e quase mais nada de valor. Não posso me dar ao luxo de perder a faca numa tentativa frustrada. Marinheiros nunca abrem mão de uma lâmina.

— Uma maçã? — sugiro, franzindo o rosto com a sugestão. Temos pouquíssimas, e mais uma noite e um dia inteiros pela frente. Meu estômago já está se revirando de fome, ansiando por outra fruta.

— Que tal uma mecha do seu cabelo?

Pestanejo, confusa.

— Meu cabelo?

— É lindo — diz ele. — Mas não importa o que eu acho. Imagino que você goste dele ou o cortaria no comprimento mínimo para trançar em vez de deixar pender até a base das costas. Deve dar um trabalhão lavar, e não tinha chuveiro a bordo do seu navio... Não que eu tenha visto, pelo menos.

Nos encaramos por um longo momento. Me dou conta de que ele andou prestando mais atenção em mim do que eu imaginava, enquanto ele percebe que acabou de admitir isso.

E me passa pela cabeça a possibilidade de ele ter pensado em mim lavando o cabelo. A expressão neutra dele jura que não.

Sem dizer uma só palavra, tiro a faca do bolso, viro a lâmina para cima e corto a ponta da trança, tomando o cuidado de manter a tira de couro na ponta. Ergo a pequena mecha de cabelo e esfrego o indicador e polegar; como fiapos de linha dourada, os fios são soprados com a brisa. Tento ver se desaparecem, como aconteceria com a oferenda de um feiticeiro, mas são finos demais para enxergar.

— Ótimo — diz Leander, simplesmente. Depois inclina a cabeça de lado, olhando para nada em particular, e franze a testa. — Hum, interessante. É como se eles mal pudessem ver você. Como se fosse invisível para eles.

Sinto o maxilar doendo, e noto que estou cerrando os dentes com força.

— Que ótimo.

— De verdade, nunca vi nada parecido. Você é única, Selly... É fascinante. Vou direcionar os espíritos até você. Se achar que viu algum, faz um pedido respeitoso.

— E como faço para ver? — pergunto.

O sorriso dele fica mais amplo.

— É só fechar os olhos.

— Como assim? — Esse conselho é novo.

— Foca nos sons ao seu redor — instrui Leander, bem baixinho. — As ondas, a água batendo no bote. A vela estalando. Esse barulhinho chato, qualquer que seja.

— É o remo batendo na popa — explico.

— Não importa, só presta atenção. Este é seu lugar. Você tem que ser parte dele. Escuta sua própria respiração e foca no som, mais nada.

— Você faz isso sempre? — pergunto baixinho, tentando ignorar o sal pinicando minha pele de repente, minhas pálpebras querendo se erguer para eu ver se tudo está como estava antes, se ele está me encarando.

— Não — diz Leander, e posso ouvir seu sorriso. — Mas sou excepcional, não sabia? Foca nos sons, marinheira.

E assim faço. Depois de alguns momentos, fico surpresa com a quantidade de sons: há muito mais do que eu imaginava. Com quantas camadas de barulhos existem. Achei que era silencioso aqui, mas é tão complexo e cheio de vozes quanto as bandas que ouvi poucas noites atrás, cuja música vinha dos gramofones no convés dos navios da frota da turnê.

— Agora, sem abrir os olhos, expande sua mente — diz Leander. — Você sabe como as coisas são sem precisar vê-las. Meu corpo sentado ao seu lado, o formato do bote. As tábuas embaixo de você. O mastro lá em cima, a curva da vela, o Keegan na proa.

Tento imaginar todas essas coisas, rascunhando a imagem na escuridão que me cerca, a luz do sol cintilando atrás das pálpebras. Não consigo imaginar a cena em cores, mas traço linhas brancas e improvisadas como se desenhasse com giz. O som quase faz os desenhos mentais ganharem vida.

— E agora — diz Leander, tão baixo que mal posso escutar — não presta muito atenção, tenta só… *notar* os espaços entre as coisas. Não focaliza, só observa tudo de canto do olho.

Quase abro as pálpebras para protestar — mas a rouquidão na voz dele me detém. Ele precisa disso. Então direciono a mente para os sons ao meu redor mais uma vez, afundando no marulhar da água, nos estalidos da vela.

— Estou pedindo aos espíritos que olhem por você também — murmura ele. — Estão curiosos. Vão obedecer.

E então… *O que foi isso?*

Um cintilar.

Um lampejo.

Algo que não vi, exatamente, mas algo… Não.

— Leander — murmuro, com medo de afugentar as coisinhas. — Tem alguma coisa no ar.

— Algo parecido com vaga-lumes?

— Quase. Não brilham, mas meio que cintilam de vez em quando. Como se estivessem refletindo a luz. Não param de se mexer.

— Você não está sozinha — diz ele, e ouço um sorriso na voz cansada. — Onde estão mais concentrados?

Viro a cabeça com cuidado, e agora sei que não estou vendo — com os olhos fechados, estou definitivamente *sentindo* algo.

— Ao redor da vela — sussurro, tomada por pura euforia. — E ao seu redor. Tem milhares no ar ao seu redor.

Todos esses anos, eu era uma *feiticeira*. Leander estava certo — aqui, no mar, é onde a magia faz sentido para mim, e com um feiticeiro da família real ao meu lado... enfim está funcionando. Preciso contar para...

Não para Kyri.

Para o meu pai. Vou contar para o meu pai quando tudo isso acabar.

— Espíritos do ar — diz Leander. — Faça um cumprimento suave.

Estou tremendo, com a respiração presa na garganta; por um momento, me sinto como o *Pequena Lizabetta*, pairando no topo de uma onda pronta para escorregar pela crista. Mas tento me conter, empurrando minha mente devagar na direção dos espíritos, me apresentando para eles com tanta gentileza quanto possível.

A massa cintilante e reluzente de seres rodopia e se agita — as criaturinhas giram em um redemoinho rápido, e a vela estala e se estica conforme o vento a sopra. O tecido mais ou menos triangular se estufa, puxando as amarras.

— Ei, cuidado! — diz Leander de algum lugar que parece muito distante.

Não sei se está falando comigo ou com os espíritos, mas preciso manter todo o foco neles.

Meu cabelo esvoaça ao redor do meu rosto, fios sendo puxados da trança como se os espíritos a estivessem inspecionando, confirmando que o sacrifício veio de mim. Outros cutucam minhas roupas e giram ao meu redor, cheios da empolgação da descoberta.

Ali, tento dizer, direcionando a atenção deles de novo para a vela. Tento mostrar onde precisam estar — imagino a cena na cabeça e mostro como o ar deve fluir ao redor da vela, como o bote deve deslizar adiante.

Mas eles não estão interessados e abandonam o tecido, que fica mole e solto, e se voltam para mim mais uma vez. A vela pende e o *Pequeno Lizabetta* aderna perigosamente, ficando atravessado contra o vento numa posição precária. Num gesto apavorado, tento puxar os espíritos direto para o pano.

Não, ali! Preciso de vocês ali!

O vento se agita quando eles se rebelam contra a ordem, redemoinhos e rajadas nos puxando para todas as direções ao mesmo tempo. Meus olhos se abrem de repente, e a vela rasga numa das laterais.

O *Pequeno Lizabetta* vira com o sopro e, sem saber que não é assim que se faz, Leander luta com o leme, tentando nos forçar a voltar para o rumo.

O remo prende no mar como uma alavanca, e o bote inteiro começa a virar na minha direção. O príncipe xinga, e com um salto tenta servir de contrapeso enquanto o barril de água vem voando até onde estou. O tonel me acerta bem na barriga, me paralisando e me deixando sem ar enquanto tento agarrá-lo — parte do meu cérebro berrando que não podemos perder nossa água. Mas ele quica para longe e atinge com tudo a amurada no instante em que um jato de água salgada enche o bote, inundando a área mais baixa onde estou esparramada.

Keegan quase foi jogado direto no mar, e tenho um vislumbre do rosto branco e aterrorizado do acadêmico quando ele acorda e nota que está caindo. As maçãs passam voando por ele, que se arrasta para a parte alta da embarcação enquanto a vela o açoita na cara.

— O barril de água! — grita Leander, mas o barco ainda está adernando.

Se o bote virar, nem nós três juntos vamos ter peso suficiente para erguer o mastro de novo — não com a embarcação cheia de água como está.

— Keegan! — grito.

Com seu raciocínio rápido, ele faz exatamente o que eu esperava: olha ao redor, calcula alguma coisa e solta a lateral do barco para saltar até onde estou. O acadêmico agarra o barril antes que caia para fora, pisando em cima dele para prendê-lo contra as tábuas do fundo, e depois usa as mãos para me empurrar nos braços já abertos de Leander.

O bote está quase virando, e nós dois nos jogamos contra a amurada com toda a força possível.

— Leander, faz o vento parar — solto entre arquejos.

Ele me dispara uma expressão que diz "*É sério?*", mas depois fecha os olhos — provavelmente tentando alcançar algum tipo de calma, de controle.

No instante seguinte, o vento suaviza, e passo por cima do príncipe para chegar ao remo — que, graças a Barrica, ainda está no lugar. Tenho apenas um instante para registrar o cheiro de sal e suor, o roçar do cabelo dele na minha bochecha. Quando dou por mim, já estou segurando o cabo do remo.

O bote volta à horizontal com um movimento abrupto, e somos jogados de um lado para o outro. Luto com o remo usando as mãos, guiando a embarcação de novo na direção em que estávamos — e, de repente, com o vento às nossas costas, estamos de novo velejando na mesma velocidade que a brisa, com tudo ao redor quieto e calmo.

Keegan ainda está abraçado ao barril de água. Ver o acadêmico me lembra das maçãs; olho ao redor, mas noto que caíram na água e já ficaram muito atrás de nós.

Ninguém diz nada — o peito de Leander está subindo e descendo freneticamente. Devagar, enquanto tudo retorna ao normal, ele abre os olhos.

— O que você *fez*? — pergunta ele, a voz fraca.

— Eu? — protesto. — Nada!

— A Selly — arqueja Keegan — é feiticeira, então?

— Não — disparo.

— Sim — diz Leander ao mesmo tempo. Ele semicerra os olhos vermelhos e irritados pelo sal na minha direção. — Os espíritos do ar são altivos... Você pediu com respeito?

Sinto um calafrio. Na minha empolgação para me conectar com eles, na minha pressa para reagir à sua empolgação, esqueci desse detalhe. Consigo ouvir a voz de Rensa na minha cabeça: *Pensando só em você mesma de novo, garota?*

Sim. Na *minha* empolgação. No *meu* alívio. Nas *minhas* ordens.

Porque sou exatamente como ela sempre disse que sou, por mais que eu tente negar.

Não vou mentir para Leander, então simplesmente fico calada — e ele tem a resposta que procurava.

— A gente vai tentar de novo depois — fala o príncipe. — Vou deixar os espíritos quietinhos por um tempo, deixá-los sossegar.

Assinto, sem falar nada.

— Por que não vai dormir um pouco? O Keegan acordou; ele pode me ajudar com o bote — continua Leander.

Não consigo acreditar que funcionou. O príncipe estava certo. Só precisei de um feiticeiro da família real adorado pelos espíritos, uma aula em pleno mar aberto... e, para ser sincera, um professor com o qual me sinto conectada. Uma conexão que pareço ser incapaz de ignorar.

E mal acredito que finalmente, *finalmente* encontrei minha magia — mas não consegui seguir a única instrução que recebi. Não sou do tipo que pede as coisas, nunca fui. Sempre fui lá e tomei.

Mas isso quase nos custou tudo.

Nossa água, nosso bote.

Nossas vidas.

E tudo isso porque fui incapaz de ceder um pouco à vontade dos espíritos.

Agora consigo ver direitinho por que minha mente sempre esteve certa de bloquear meu dom: não fui feita para a magia.

LASKIA

◆

A Joia Afiada
Porto Naranda, Melaceia

Tomei um banho antes de descer até o térreo da Joia Afiada. Meu quarto fica no último andar da construção, com os aposentos de Rubi logo abaixo e a casa noturna em si no nível da rua.

É um lance a mais de escadas para subir, mas adoro estar no topo. A visão das minhas janelas abarca os telhados irregulares dos vizinhos e as construções altas da rua Nova além deles, as janelas cintilando para mim enquanto o sol nasce.

Mais cedo, antes da aurora, descemos de carro pela costa até Porto Naranda. Os primeiros raios de sol surgiram uma hora atrás, com toques prateados pintando a cidade de cores mais claras conforme ela se abre diante de mim. Consigo distinguir a abóbada de uma igreja daqui, ainda uma sombra contra uma paisagem escura e fosca.

Vou à missa hoje à tarde depois de conferir como todas as coisas andaram na minha ausência. Mal posso esperar pelos cânticos familiares, pelo cheiro suave de incenso no ar, pelos padrões de fiéis se levantando, depois ajoelhando.

Às vezes me pergunto se é diferente em Alinor, onde a deusa deles está sempre presente no templo. Como vai ser nas nossas igrejas depois que Macean despertar.

De qualquer forma, o ritual sempre me acalma, me deixa centrada. Estou sentindo uma tensão dentro de mim, algo queimando no meu peito que se nega a ir embora. Preciso sossegar.

Ainda não dormi nada além dos cochilos que tirei no automóvel sacolejante, e meus olhos estão doendo de cansaço. Mas agora não conseguiria adormecer nem se tentasse, então só entro no chuveiro, inclinando a cabeça para trás quando a água quente molha meu rosto. Me ensaboo meticulosamente da cabeça aos pés, sem pressa.

Aperto a pele com a ponta dos dedos, massageando músculos doloridos, e vejo a espuma escoar pelo ralo enquanto reflito. Preciso que meu relatório para Rubi seja detalhado e conciso. Preciso manter as emoções de fora.

A sequência de eventos precisa ser clara: o que acontece? Quando? Que horas? Quantos? Preciso garantir que tudo foi feito, como prometido. Que Jude confirmou a morte.

A parte que deu mais trabalho foi a execução do ato em si, mas agora preciso alcançar a linha de chegada — mostrar para minha irmã como coordenei bem as coisas.

Mandei Jude para casa para ver a mãe — a presença dele não ia passar confiança para Rubi. Sua senhoria é frouxo, por mais que bata forte nos ringues de boxe. Foi perfeitamente seguro ter impedido que ele se juntasse aos outros para o desjejum envenenado — agora está preso a nós pelo que fez, assim como pelo médico que Rubi manda para cuidar de sua mãe. E ainda pode ter informações úteis sobre os alinorianos.

Rubi diz que nada que valha a pena se conquistar vem de graça. Que, se as coisas boas fossem fáceis de obter, todo mundo as teria. Então não importa se alguém acha difícil fazer o que é necessário. Não é *isso* que torna a pessoa fraca.

O que a torna fraca é fugir das coisas difíceis.

Eu *não* vou ser fraca.

A imagem de uma garota surge na minha mente como um corpo voltando à superfície depois de ter sido puxado para o fundo. Tudo o que vejo é o instante em que ela saltou do navio em chamas, o vestido colorido traçando um rastro no ar atrás dela antes de se chocar com a superfície. Ela emergiu, o cabelo grudado no rosto, e olhou ao redor desesperada ao notar que não havia um lugar seguro para o qual nadar.

Depois o mar ao seu redor, coberto de óleo, pegou fogo.

Assim como ela.

Cerro a mandíbula e expulso a imagem da cabeça, para baixo das ondas de novo.

O que está feito, está feito.

Saio do chuveiro e desembaço o espelho com a mão, a superfície gelada sob minha pele. Estou com a aparência cansada, esfarrapada, mas me sinto mais forte do que antes. Não recuei.

Pego uma toalha e continuo ensaiando meu relatório enquanto me visto — terno de alfaiataria, sapatos engraxados. Prendo o broche de rubi na lapela. Com cuidado, seco o cabelo, depois esfrego um pouco de cera nas palmas das mãos e massageio os cachos. Preciso estar com a aparência mais ajeitada do que nunca, porque é isso.

Este momento é meu.

Estou prestes a entregar tudo que Rubi pode querer, e terei sido eu a responsável por ter dado isso a ela.

Ela vai ter poder, vai estar acima de seus rivais. E mesmo que não frequente a igreja, vai saber que sua irmã fez o que era necessário para despertar um *deus*.

Olho ao redor mais uma vez e ajeito a colcha, alisando as pregas. Depois saio, trancando a porta atrás de mim, e guardo a chave no bolso.

A escadaria de madeira estala sob meus pés quando começo a descer, murmurando o relatório para mim mesma. Esta reunião vai ser o início de coisas importantes para mim, e estou pronta para todas.

Quando a guerra começar, vamos expandir nosso braço de importação de armamentos. Haverá demanda, e já temos estoque preparado. Sei que Rubi armazenou outras coisas que também ficarão escassas, de comida a tecidos. Há uma luta constante entre as gangues de Porto Naranda pelo tipo de influência que vem com o domínio de ramos do mercado, e tanto Rubi quanto eu sabemos como as coisas são quando o domínio não é nosso.

Este cenário, ter o que é o necessário enquanto ninguém mais tem, vai selar o lugar dela no topo. E se alinhar com a irmandade verde no processo... Ela vai ser invencível. Vai mandar no jogo.

Rubi viu esta guerra vindo há muito tempo. Mas fui *eu* que pensei em como antecipá-la, e agora obtive exatamente o que prometi. Mereço uma participação maior em suas operações, e isso não podia vir em melhor hora já que a guerra que estou entregando a ela vai significar mais trabalho do que ela pode fazer sozinha.

Considerando tudo para que Rubi vai precisar de mim e todo o trabalho que a irmã Beris tem em mãos — com o qual vou ajudar, pronta para o dia em que Macean vai acordar e testemunhar nossa fé —, vou demorar um bom tempo até conseguir descansar.

Então, depois de falar com minha irmã agora de manhã, vou tentar dormir algumas horas e, em seguida, tenho trabalho a fazer antes da igreja. Preciso conferir o que perdi enquanto estava fora. Tenho informantes por toda a cidade, crianças como as que já fui um dia, que sabem trazer para mim tudo que ouvem em troca de uma moeda.

E tenho mais do que isso — coisas das quais nem Rubi sabe. Um funcionário mais novo na casa da embaixadora alinoriana, por exemplo. Uma garota de olhos brilhantes e covinhas que cometeu o erro de aceitar alguns dólares em troca de me contar fofoquinhas inofensivas da embaixada. Que depois foi aceitando mais. E agora não há escolha além de aceitar mais ainda e me contar cada vez mais.

Depois vou conversar com ela e ver se já há sussurros sobre problemas se aproximando. Demorei dois anos para cultivar esse contato, mas já posso imaginar a cara de Rubi quando eu casualmente soltar um detalhe *desses*... Por que não deveria me deleitar com essa sensação? Eu mereci.

A garota salta do navio, o vestido colorido deixando um rastro atrás dela enquanto despenca na água.

Não.

Eu mereci.

Sigo pelos corredores dos fundos do térreo, passando pelas cozinhas — o chefe caro de Fontesque ainda está numa discussão acalorada com um de seus feiticeiros do fogo, provavelmente falando sobre assar alguma coisa de um modo diferente.

Paro no batente, aprumo os ombros e bato, tamborilando o padrão que usamos desde que éramos pequenas.

— Pode entrar — diz ela, na mesma voz doce de sempre.

Entro em seu covil de ouro e escuridão, madeira polida e veludo vermelho, sempre igual independentemente da hora do dia.

Dou apenas dois passos antes de me deter.

A irmã Beris, que deixei na igreja pouco tempo atrás, já está sentada no sofá com Rubi. Ela se vira com toda a calma do mundo, me encarando com os olhos claros.

— Laskia — diz Rubi, abrindo um de seus sorrisos fáceis. — Bom dia. A irmã Beris estava me atualizando sobre as aventuras de vocês.

— Ah — digo, piscando como uma tonta. A mulher está apresentando *meu* relatório. Como ousa...? Mas me recomponho e avanço. — Bom, posso cuidar disso agora, e...

Rubi ergue a mão para me calar.

— Já ouvi todos os detalhes que importam — diz ela. — Ótimo trabalho. Pedi para o cozinheiro fazer um desjejum apropriado para você. Deve estar morrendo de fome.

Encaro minha irmã, incapaz de me mexer, incapaz de falar, as palavras presas na garganta.

Não sou idiota. Sei o que é isso. Conheço esse tom.

Estou sendo dispensada.

Rubi nunca diz na cara de ninguém que a pessoa pode ir embora — todo mundo deve entender. Mas não posso fazer isso. Preciso falar com ela. Eu *fiz por merecer*.

— Tenho que informar algumas coisas específicas — digo. — Precisamos...

Ela volta a erguer a mão.

— Já chega por agora. Devia estar orgulhosa do seu trabalho, Laskia. O mel foi efetivo?

Efetivo.

Abro a boca, depois a fecho de novo, algo quente borbulhando dentro de mim. Ela mencionou esse dado para assumir o crédito — como se me dar o mel tivesse sido a parte difícil, e não estar presente quando a tripulação comemorou e acrescentou a iguaria ao mingau.

Como se a *ideia* fosse a questão, e não o feito em si.

Fui *eu* que deixei ancorado no porto um navio cheio de cadáveres.

— Rubi — tento de novo, erguendo um pouco a voz. — Gostaria de ficar, e...

Ela balança a cabeça, bem de leve. O menor dos movimentos.

— Vamos conversar em breve, Laskia. A irmã e eu precisamos discutir os próximos passos.

Encaro Rubi, congelada numa expressão de descrença. *A irmã e eu*, enquanto me manda ir fazer o desjejum.

Fito a irmã Beris, com a garganta apertada e as palavras entaladas na metade do caminho. Ela me levou para dentro da igreja, disse que o que *eu* estava fazendo seria importante, que Macean precisava de *mim*. E agora está aqui me encarando de volta, impassível, me esperando sair.

Enfim compreendo o que ela me faz lembrar.

Uma criança que eu conhecia tinha uma cobra de estimação. A criatura nunca piscava, só encarava fixo. E depois tentava morder a pessoa.

O vestido da garota que pulou na água era dourado. Coberto de lantejoulas e franjas, era como se o fogo já estivesse se espalhando pelo ar, as pernas chacoalhando e os braços abertos.

E depois ela aterrissou na água e sumiu com um ruído alto, emergindo de novo para respirar.

Sinto o estômago se revirar, a bile subindo pela garganta.

Não posso ter feito tudo isso só para descobrir que foi em vão. Fui longe demais, fundo demais para ter sido em vão. Como posso ter feito algo assim, apostando tudo em nome do próprio deus do risco, para depois voltar e ganhar só um tapinha nas costas?

Se Rubi ainda não está disposta a me deixar entrar no jogo, vou encontrar uma forma de provar que ela *deve*.

E já que é para ir embora deste recinto com nada além da minha dignidade, vou garantir que elas não tenham nem um pingo dela.

Vou descobrir algo a respeito da embaixadora. Algo novo. Vou fazer com que vejam quanto posso fazer, e depois disso Rubi vai desejar ter conversado comigo esta manhã.

— Você tem razão — digo, abrindo um sorriso. Uma máscara. — Vou nessa. Estou com *muita* fome.

LEANDER

◆

As docas
Porto Naranda, Melaceia

Avistamos as torres de Porto Naranda assim que a segunda noite começa a cair, silhuetadas contra o pôr do sol como dentes arreganhados. Estamos cobertos de sal cristalizado, queimados de sol, doloridos e exaustos. Mas conseguimos.

— Aí está! — exclama Selly de seu lugar no leme.

Está encarando a costa com os lábios entreabertos, perfeitamente imóvel, como se não estivesse acreditando.

Eu não tinha percebido, até este momento, como ela achava improvável que a gente conseguisse chegar até aqui. Agora, enquanto analiso a garota à luz do dia, sinto o estômago se revirar ao compreender o que fizemos.

— Você conseguiu, Selly — murmuro.

— Ainda não — corrige ela na mesma hora, e baixo a cabeça para esconder o sorriso. Ninguém me trata como ela. É maravilhoso.

— O que vamos fazer quando chegarmos em terra firme?

Seu tom parece mais sério desde o desastre com a própria magia, e reconheço uma pessoa em modo de sobrevivência quando vejo uma. Ela não quer pensar sobre o assunto, não quer se permitir fazer isso, e compreendo. Pelo menos por enquanto. Não consigo simplesmente ignorar o mistério da magia dela, mas posso esperar uma hora mais oportuna para retomar a questão.

— Está ficando tarde — diz Keegan, franzindo a testa para o sol poente.

— Direto para a embaixada? — sugere Selly. — Segundo os marinheiros o clima está ficando cada vez mais tenso em Porto Naranda. E se eles não gostam nem de marinheiros alinorianos normais, imagino que não vão te amar, Leander.

— Impossível de acreditar.

— É mesmo?

— Parece que a gente tem duas escolhas — interrompe Keegan com seu tom pensativo. Isso faz eu me sentir ainda mais chateada por saber que ele não está abrigado e seguro na Bibliotheca, o lugar onde deveria estar.

— E quais são elas?

— A gente pode assumir uma postura lenta e meticulosa: dar cada passo de forma muito pensada, minimizar os riscos... Vai ser mais seguro, porém mais demorado. E, quanto mais demorarmos, mais expostos ficaremos a outros riscos ainda não mapeados. Por outro lado, podemos seguir de forma rápida e decidida, torcendo para já estarmos em segurança quando começarmos a chamar a atenção.

Mordo o lábio, sopesando as possibilidades. Outras pessoas sempre tomaram este tipo de decisão por mim. Agora, as consequências que pairam acima de nós se eu errar...

— Não temos tempo de fazer as coisas devagar — afirma Selly. — Eu preferiria essa alternativa, mas estamos correndo contra o tempo. Alguém vai ver a fumaça da frota da turnê, isso se já não viu. Vão procurar sobreviventes e vão descobrir quais navios foram afundados. E sem dúvida vão botar a culpa em Melaceia. Se quisermos evitar que a notícia de que o príncipe morreu se espalhe por aí, precisamos ir para a embaixada logo de cara.

— Acho que não vamos conseguir nada antes de amanhã cedinho — respondo.

— A embaixada fecha? — pergunta Selly, erguendo uma das sobrancelhas.

— E se rolar algum tipo de incidente internacional? Tipo, sei lá, o *estopim de uma guerra*?

— Nesse caso alguém acorda a embaixadora na casa dela, suponho. Mas o lugar está sempre sob vigilância. Uma coisa é ir rápido, outra é mergulhar de cabeça na confusão — digo. — Estamos esfarrapados e queimados de sol. Talvez os criados decidam não nos deixar entrar, não repassem minha senha para ela. E aí vão ter visto a gente tentando entrar na embaixada.

Certo? Estou sendo inteligente ou só um grande covarde de tanto medo?

— Concordo, amanhã cedinho é a melhor opção — fala Keegan. — Neste momento, a gente tem uma grande vantagem: vimos a garota que quer matar você, mas ela só interagiu comigo de relance, e nem chegou a olhar para vocês dois.

— Então nós sabemos exatamente em quem ficar de olho, mas ela não — conclui Selly. — Não sabe nem que *deveria* ficar de olho em alguém.

— Isso. Não faz sentido estarem esperando o príncipe em Porto Naranda, e as pessoas também não devem identificar Leander assim sem contexto. Podemos vender o barco e usar o dinheiro para comprar roupas e pagar um lugar para passar a noite. Para comer algo também. A gente... — Ele se detém quando nota Selly o encarando.

— Vender o barco? — repete ela, tão baixo que quase não dá para ouvir.

O sol já sumiu atrás do horizonte. As luas estão se erguendo próximas uma da outra enquanto banham a água com seu brilho claro, pintando de prateado cada onda e marola. Consigo ver os cílios da garota marcados sob o luar, a linha firme de sua boca.

— Você mesma disse que não tem como usar o bote para chegar a Alinor — pondera Keegan. — Posses podem ser substituídas, e a gente precisa do dinheiro agora.

— Foi isso que você disse quando minha tripulação quis jogar seus livros pela amurada? — rebate ela, quase hostil. — Que posses podiam ser substituídas?

Keegan só encara a garota, processando a ideia, e tento acalmar os ânimos.

— Claro que não — começo. — Porque nem barco nem os livros são apenas *posses*. São quem vocês são, vocês dois. Mas se alguém aqui tem culpa por terem que perder isso tudo, sou eu. Sinto muito.

Selly olha para mim.

— Tudo bem — responde de imediato, aceitando a trégua. — Vou sobreviver à perda de um bote se vocês aguentaram perder suas bagagens. Alguma vez na vida você já ficou sem uma troca de roupa à mão, Leander?

— Nunca — respondo, animado, mais do que disposto a aceitar o golpe se isso for ajudar. Não consigo não pensar, porém, que talvez uma discussão fosse ainda mais útil para sossegar os ânimos dela. — Sou mimadíssimo, ainda não percebeu?

— Tenho outro colar — diz Keegan de repente, antes que eu possa responder. — A gente pode vender a joia. O barco é tudo que você tem, Selly.

Devagar, e visivelmente pesarosa, ela nega com a cabeça.

— Um bote abandonado vai chamar atenção depois de um ou dois dias — murmura. — E a gente não tem utilidade para ele agora. Para onde quer que sigamos daqui, não vou conseguir levar o *Pequena Lizabetta* comigo.

Coloco mais uma pedra de culpa no monte que já pesa no meu peito. Essa situação custou tudo que Selly tinha.

— Então a gente vai vender o barco, encontrar um quarto em alguma pousada para se esconder e procurar a embaixadora amanhã de manhã — resumo. — Ela vai conseguir me embarcar num navio para casa e vai cuidar de enviar vocês para onde quer que queiram ir, tipo a Bibliotheca ou, no seu caso, Selly, para alguma outra embarcação da frota do seu pai.

Ela nega com a cabeça, e algo esquisito se abriga no meu peito.

— Não quer voltar para a frota do seu pai? — pergunto.

— Não, claro que quero — responde ela, e noto certa... decepção? Não, com certeza não é o caso. — Só estava tentando imaginar o que diabos vou dizer a eles quando chegar.

Me vejo lutando para falar alguma coisa, *qualquer coisa*.

Keegan vem em meu resgate.

— A gente vai pensar numa explicação plausível — afirma ele.

— Tudo que precisamos fazer é sobreviver a esta cidade que quer matar Sua "Principeza" aqui — concorda ela.

— Você já esteve em Porto Naranda alguma vez?

— Mais ou menos. — Ela volta a atenção para a vela, depois ergue os olhos para a cidade que se assoma acima de nós. — Já trabalhei em navios que são daqui, mas nunca saí das docas. É uma cidade grande, diferente de Lagoa Sacra. Mais barulhenta, mais alta. Lagoa Sacra é só pedra dourada e envolve as colinas como uma manta numa caminha. Já no caso de Porto Naranda, parece que nivelaram o solo e botaram uma cidade em cima.

— Que poética você — murmuro, abrindo um sorriso para ela. — Sabia que foi mais ou menos isso mesmo que fizeram para fundar Porto Naranda?

— Como assim?

— A terra aqui nunca foi boa para plantio. É rochosa e muito cheia de desníveis ao longo de toda a península. Alinor é uma nação há mais de mil anos, mas Melaceia só surgiu uns seiscentos anos atrás. Era uma série de vilarejos de pesca formados por gente de alma endurecida vinda de todos os lugares.

— O que mudou? O que fez esse povo erguer uma cidade aqui?

— Depende de a quem você pergunta. Dizem que um Mensageiro criado por Macean tinha tanto poder que foi capaz de nivelar a área de Porto Naranda o suficiente para que, se criassem prédios altos o bastante, pudessem abrigar a população necessária para formar uma cidade.

— Um Mensageiro tipo o rei Anselm? — questiona ela, olhando na direção de Keegan. O acadêmico inclina a cabeça de lado.

— Isso se o rei Anselm tiver sido transformado em um — observa ele. — Os registros da época das divindades são vagos nesse sentido. Supostamente, na ocasião ninguém achava que era preciso dar muitos detalhes sobre esse tipo de coisa nos registros. Os Mensageiros tendem a sumir da história depois de apenas algumas menções, o que faz com que haja dúvidas quanto à sua existência.

— Pode ter sido só um grupo de feiticeiros da terra muito talentosos — acrescento. — De uma forma ou de outra, o solo foi nivelado, e a nova nação da Melaceia surgiu.

— Hum. Pelo jeito vocês aprendem mesmo as coisas naquelas escolas chiques.

— Menos do que gostaria de ter aprendido, no meu caso, mas sim — afirmo. — Tem também a história de como a primeira Guerra dos Deuses aconteceu, há cinco séculos. Os melaceianos desejavam mais terras agrícolas, depois de algumas gerações compreenderam como podia ser complicado precisar importar tudo, então foram atrás de mais território. E se tem uma coisa que Alinor tem em abundância são colinas verdejantes, e muitos dos colonos de Melaceia tinham vindo de Alinor. É por isso, inclusive, que a gente fala a mesma língua. Imigrantes em geral partem por um motivo, e provavelmente o que não faltava eram rancores guardados, então o interesse deles recaiu direto nas nossas fazendas.

— E eles começaram uma guerra.

— Que perderam. O deus do risco fez uma aposta alta demais.

Vejo Keegan olhando para mim, talvez prestes a informar que a única coisa que nos salvou foi a disposição do meu tio-avô de muitas gerações atrás, Anselm, de entregar a própria vida pela causa. Não achamos a informação muito favorável no momento.

— Enfim — concluo. — Macean foi colocado em hibernação e Barrica, a Sentinela, ficou de guarda. Desde então a nação dele se tornou uma terra de comerciantes, de inventores. Melaceia é um lugar fascinante. Em outras circunstâncias.

— Tenho certeza de que é, mas uma visitinha rápida para mim já está ótimo — rebate Selly, fria. — E teremos que deixar os pontos turísticos para outra hora. Lembro que os molhes se estendem pelo distrito do porto em todas as direções, como cruzetas de um mastro. Devemos conseguir aportar num dos mais distantes, onde menos gente vai nos ver. Se tivermos sorte, podemos deixar o bote ali antes que qualquer oficial nos encontre. Dá para vender a embarcação na praça do cais. Por um preço menor do que a gente conseguiria em outra época, mas já vai ser o suficiente para passar a noite em algum lugar hoje.

Estamos mais perto da costa agora, e nós três encaramos a terra alta se avultando em meio à escuridão. Consigo ver os píeres que ela descreveu — de cima, o lugar deve parecer uma árvore gigante. Membros imensos se estendem dentro do abrigo das muralhas do porto, cheio de ramificações menores, cada uma repleta de dezenas de embarcações de todo o mundo.

A cidade em si é uma série de construções altas e quadradas apinhadas, lutando por espaço na única superfície plana disponível em quilômetros. Sempre quis visitar este lugar. Queria descobrir em que ela é igual a minha terra, em que é diferente. Queria ver as luzes brilhantes — dizem que parece um arco-íris quando começa a escurecer — e andar pelas ruas entre os prédios imensos, talvez visitar os salões de dança. Queria viver uma aventura. Queria ser anônimo.

Agora minha vida depende desse anonimato. Selly está certa: este lugar quer me matar.

— Vamos soltar âncora tão longe quanto possível — diz ela, apontando para a extremidade de um dos molhes menores. — Keegan, pode baixar a vela. Leander, tem como fazer os espíritos da água nos guiarem?

— Precisamos parar de usar o nome dele — diz Keegan baixinho, ficando de pé e sacando a faca de bolso para cortar a corda que prende a vela ao topo do mastro.

— Que nome a gente pode usar, então? — pergunta Selly.

— Maxim — sugiro. — É meu nome do meio preferido.

Ela ergue uma sobrancelha.

— Quantos você tem?

— Meu nome completo é Leander Darelion Anselm Maxim Sam... — começo a recitar, mas ela me interrompe no meio.

— Vai ser Maxim mesmo.

— Ou nada — fala Keegan. — Vamos só ignorar. Prestar atenção em alguém é pedir para esse alguém chamar a atenção. Vamos fingir que ele é só um marujo, um zé-ninguém.

— Faz anos que você espera para falar isso, né? — digo a ele, forçando um sorrisinho enquanto reprimo o medo que quer subir pelo meu peito sempre que considero que posso ser reconhecido. — Mas, assim, não sei se é um plano plausível. Quem ia acreditar? Digo, olha pra mim. Este nível de beleza não pode ser ignorado.

— Não acho nada difícil de ignorar — responde Selly, tranquila, fazendo Keegan soltar uma risadinha abafada.

O acadêmico consegue partir a corda que prende a vela, caindo de bunda com um susto quando o pano esfarrapado solta do mastro. O impacto chacoalha o bote inteiro.

Deslizamos devagar pela água. Os mastros dos navios ao redor apontam para as estrelas, os cacos enfileirados lado a lado como animais num curral, nos observando da escuridão.

Tiro o botão de baixo da camisa e o jogo nas águas silenciosas como oferenda. Depois fecho os olhos, procurando os espíritos da água para mostrar a eles como gostaria que o bote avançasse. É quase impossível encontrar o tom brincalhão que uso para abordar esse tipo de espírito — o medo e a culpa que pulsam em mim no ritmo das batidas do meu coração estão me deixando enjoado.

Tudo isso — cada alma perdida no mar, o risco que meus dois companheiros estão correndo, o risco de a guerra em si estourar e despejar todas as suas consequências sobre o mundo — pesa sobre meus ombros. Se eu tivesse feito o sacrifício na época certa, Melaceia nem sequer sonharia com uma guerra. Alinor estaria muito forte.

Tudo porque não embarquei num navio e fui visitar um templo, cortar a palma da mão e derramar um pouquinho de sangue por lá. Mal teria tomado meu tempo.

— Segura isso — ouço Selly murmurar, e depois ela passa por mim enquanto segue até a proa.

Um minuto depois, batemos de leve num dos pilares rústicos de madeira que sustentam o píer. Selly se estica para pegar um pedaço de corda atado direto ao molhe e o amarra a uma protuberância na parte da frente do *Pequena Lizabetta*.

Devagar, nossa embarcação se afasta os poucos metros restantes até a corda ficar retesada. Então para, mantida no lugar pela correnteza que flui suavemente para fora do porto.

Por um longo instante, nenhum de nós fala.

Conseguimos. Velejamos uma distância impossível em um bote pequeno demais e chegamos ao nosso destino. Sobrevivemos à morte e à destruição que deixamos para trás; abandonamos um navio incendiado em pleno naufrágio e, com apenas meia dúzia de maçãs e um barquinho, chegamos a Melaceia.

Embora o feito devesse estar sendo comemorado como um triunfo, compreendo que nosso plano é majoritariamente teórico. Nunca imaginei como as coisas seriam quando chegássemos de fato ao porto de uma cidade inimiga, num lugar onde as igrejas estão enchendo mais a cada dia com adoradores de um deus que provavelmente adoraria aniquilar a nossa. Estamos famintos, com sede, exaustos, cheios de sal, imundos e sem um tostão no bolso.

E ainda temos um longo caminho pela frente.

Pisamos no píer de madeira com as pernas trêmulas. A caminho da doca, Keegan e eu seguimos Selly como patinhos atrás da mãe. Fica imediatamente óbvio que, enquanto em Alinor estávamos dormindo no ponto, ninguém em Melaceia vai ser pego de surpresa pela guerra.

Avançamos na direção da praça do cais. Selly diminui o ritmo e meio que se esconde atrás de um bando de marinheiros — de Beinhof, a julgar pelas roupas e pela língua que estão falando. Quando olho na mesma direção que ela, também vejo um esquadrão de membros da guarda da cidade marchando ao longo de um píer estreito na nossa direção.

O capitão diante do grupo de marujos saca um papel de um bolso interno do casaco e o estende adiante. Os guardas gesticulam para que ele continue — o documento é uma autorização de algum tipo. Sem parar de caminhar, Keegan e eu nos colocamos atrás de Selly, de cabeça baixa enquanto nos misturamos aos marinheiros e fingimos fazer parte da tripulação.

Só consigo respirar quando chegamos à grande praça pavimentada voltada para o porto, onde o capitão do grupo se detém para discutir encargos com um grupo de oficiais, e aproveitamos para nos misturar silenciosamente à multidão. Está lotado aqui, mesmo já estando escuro — lá em Alinor, feiticeiros da cidade estariam acendendo as lamparinas dos postes. Aqui, porém, luzes melaceianas zumbem e brilham, cintilando em cores extravagantes nas placas dos estabelecimentos ao nosso redor. A cidade da invenção ama tudo que é novo.

O lado leste da praça se estende rente à água, com uma fileira de guindastes de prontidão para içar a carga dos navios aportados. Há agentes alfandegários para todos os lados, além de debates acalorados que beiram a confusão se desenrolando perto dos equipamentos. Isso não me parece negociações amigáveis — as vozes estão levemente inflamadas, os gestos um pouco hostis, e pelo jeito não são os capitães que estão com a vantagem.

Nos outros três lados da praça retangular há prédios altos e estreitos espremidos juntos. A maioria tem três andares, com janelas que fitam a praça como olhos.

Vejo uma igreja devotada a Macean, com as estátuas e os entalhes que decoram a construção de pedra pintados de preto para representar a hibernação em que o Apostador jaz mergulhado.

Duas irmãs verdes silenciosas estão de vigília do lado de fora da porta aberta, e transeuntes jogam moedas em seus pratinhos de coleta quando passam por elas. Há inúmeros deles, além de vários adoradores entrando e saindo da igreja apesar da hora avançada. Tenho a desconfortável sensação de que, em nossa terra, não temos esse mesmo movimento no templo de Barrica.

— Aquele é o gabinete da capitania dos portos — diz Selly, me puxando de novo para o presente enquanto aponta para um estabelecimento movimentado. — Os outros prédios são agências compradoras, que barganham pelas cargas que chegam todos os dias, ou estalagens para marinheiros que não têm condições de pagar uma noite em um quarto em terra firme.

— A gente pode ficar aqui pela praça? — pergunto, sentindo um pouco da tensão deixar o peito.

Estamos mais perto do que eu imaginava de um abrigo.

— Assim que eu vender o bote — responde ela sem virar a cabeça, apontando para um local atrás dos guindastes onde há uma área aberta protegida da multidão. — Esperem ali, e fiquem de cabeça baixa.

Ela some no meio da turba, e perdemos de vista sua trança loura. É uma sensação esquisita estar aqui em plena vista enquanto pessoas fluem ao nosso redor como água. Não sei por que estou me preocupando com Selly, que é bem mais competente neste tipo de lugar do que eu, mas me reviro com o ímpeto de ir atrás dela.

Mas a garota volta em menos de dez minutos, com as sardas destacadas contra a pele clara e a boca reduzida a uma linha apertada.

— Feito — diz, apenas. — E descobri um lugar que a gente vai conseguir pagar: Pousada da Salina.

Ela se vira de novo. Mais uma vez vamos em seu encalço, levando empurrões e trombadas dos marinheiros e comerciantes ao redor. Agarro a alça da bolsa com força demais, levando a mão ao diário acondicionado dentro dela quando um marujo todo tatuado passa por mim.

Por todos os lados, vozes se elevam à medida que as luas também ficam mais altas no céu, e a energia da praça vai mudando conforme negociantes fecham os últimos negócios do dia e começam a dedicar os pensamentos ao entretenimento noturno.

Quando chegamos à extremidade da praça, Selly se enfia em um beco fedorento entre dois prédios que é quase mais estreito que meus ombros. Fico bem encolhido para evitar encostar nas paredes cobertas de limo, e prendo a respiração até chegarmos a um segundo beco que corre por trás de uma fileira de construções.

O brilho das janelas acima de nós só torna as sombras mais escuras, e as escadas de metal que descem do fundo dos prédios parecem cipós artificiais que vão criar vida a qualquer instante e se enrolar em nossos calcanhares.

— Espere aqui — diz ela para Keegan. — Aquela garota viu seu rosto. A gente vai pegar um quarto na pousada que mencionei, e depois você pode entrar pela escada de emergência. É mais fácil e chama menos a atenção chegar em dupla do que em trio.

Fico surpreso ao descobrir que ela pensou nisso tudo, depois me irrito comigo mesmo por ter tido esse pensamento. Ela já foi esperta o bastante para salvar nossa vida mais de uma vez, por que não seria astuta agora?

Porque você não foi, diz uma voz na minha cabeça — e está certa. Meu estômago parece tão vazio que mal consigo pensar direito, e estou morrendo de medo de estar deixando alguma coisa passar.

— O que eu faço se alguém vier? — pergunta Keegan, encarando as sombras ao redor, compreensivelmente preocupado.

Selly encolhe os ombros.

— Diz que está querendo pagar alguém para passar a noite com você.

— Eu até ficaria com você — acrescento. — Mas aí este beco precisaria ser muito melhor para acreditarem que esta beldade aqui está com o corpinho à venda.

Keegan ajeita a camisa.

— Prefiro muito mais pagar por um livro do que por alguém para passar a noite comigo — informa ele. — E, nos dois casos, o conteúdo é muito mais importante do que a capa.

Selly solta uma risadinha abafada enquanto tento pensar numa resposta. Mas, antes que algo me ocorra, ela se vira para voltar pelo beco imundo pelo qual chegamos. Corro atrás dela, pegando a garota pelo braço antes que ela entre na pousada.

— Posso fazer uma sugestão?

— Manda ver — responde ela, diminuindo o passo.

— Me ensinaram uma coisa ou outra sobre como me misturar à multidão, para caso eu acabasse separado da Guarda da Rainha ou em apuros.

— Ou caso você decidisse fugir e explorar as docas de Lagoa Sacra ou ainda irritar garotas inocentes tentando viver a própria vida?

— Ei, foi você que se jogou nos *meus* braços. Além do mais, você estava tentando pegar uma carona como clandestina num barco, senhorita garota inocente. Mas enfim. Embora as lições não tenham sido lá grandes coisas, me lembro que a melhor forma de garantir que as pessoas não se lembrem de você é evitar fazer algo que vá chamar a atenção. Mas não tem como a gente fazer isso agora, porque vamos pedir um quarto, pagar e alguém da pousada necessariamente vai saber da nossa existência. Então a segunda melhor opção é chamar a atenção das pessoas de propósito, só que com algo grande e específico para que o resto das coisas passe despercebido. Tipo, se a gente usar um sotaque bizarríssimo, vão esquecer da cor do nosso cabelo, por exemplo. Faz sentido?

Ela me encara enquanto pondera o que acabei de dizer.

— Certo. Já sei como a gente pode fazer o pessoal da pousada se lembrar da gente como meros marinheiros que acabaram de se salvar de um naufrágio. — Os dentes dela brilham quando sorri, e por um instante me pergunto se é assim que as outras pessoas se sentem quando conto a elas que tenho um plano.

— A gente precisa se preocupar com nosso sotaque de Alinor?

— É só olhar ao redor — responde ela, com uma das mãos abarcando o caos rodopiante à nossa volta. — Você está num porto, cara.

Antes que eu possa protestar, ela pega minha mão e me puxa pela porta aberta.

A recepcionista é uma mulher mirrada com uma expressão amigável e cabelo grisalho e enrolado. Está espremida no espaço apertado atrás do balcão, e há várias chaves penduradas na parede às suas costas. Uma escadaria de madeira leva ao andar de cima, e corredores estreitos seguem na direção de alguns quartos no térreo.

— Precisam de hospedagem? — pergunta ela, deixando de lado o jornal para nos inspecionar.

Dando uma risada enquanto pega minha mão, Selly me puxa para mais perto dela.

— Um quarto — diz ela, praticamente agitando as sobrancelhas num gesto sugestivo. — Com uma *cama* só e um banheiro. Por favor, moça. Ouvi dizer que vocês têm suítes, né? Será que podemos ficar com uma *inteirinha* só pra nós?

Quase engasgo com a própria saliva. Principalmente porque a atuação da garota é tão exagerada que não é possível que a mulher não desconfie, mas também porque demoraria só alguns segundos para ela me explicar o plano — o que significa que Selly não me disse nada só porque achou que seria mais divertido assim. Mas, enfim, cá estamos. Abraço a jovem de lado e abro um sorrisão.

— O quarto para dois é mais caro — avisa a recepcionista, estendendo a mão para pegar uma chave atrás de si sem nem olhar. — Vinte e cinco dólares por noite. Tem água corrente, mas é fria. A gente deixa carvão para uma noite lá em cima, e uma tina para esquentar a água se quiserem. A noite adicional fica vinte e cinco dólares também, mais dois caso queiram mais carvão.

— Fechado — responde Selly, se apoiando em mim.

— Dólares de Melaceia — reforça a mulher. — A gente não aceita coroas de Alinor ou qualquer outra moeda que tenham trocado no último porto.

— Sem problema, senhora — concorda Selly.

Depois dá um gritinho exagerado, como se eu tivesse feito algo indecente abaixo da linha da visão da recepcionista, e por alguma razão sou *eu* que coro quando ela me fita com uma cara de quem está pensando no que pode ter acontecido.

— Pode mandar jantar para dois também? — pergunta Selly, num tom recatado.

— Querem o de dois dólares ou o de cinco?

— O de cinco. — Selly enfia a mão no bolso e saca algumas moedas douradas e brilhantes de dólar melaceiano. — Vamos precisar recuperar as energias depois. E a cama é boa? Não aguento mais dormir na rede. — Ela se inclina para fazer uma confidência à mulher, num sussurro muito mais alto do que o necessário: — A gente não tem privacidade, sabe? E é muito fácil cair dela quando se perde a concentração.

— Pois é, fiquei sabendo — responde a recepcionista num tom neutro, visivelmente tentando não rir na nossa cara. Ela aceita os trinta dólares de Selly e entrega a chave, gesticulando na direção das escadas. — Subindo um andar, é a segunda porta à direita. Já vou mandar a comida.

— Obrigada, senhora — cantarola Selly, animada, e sobe trotando os degraus.

— Melhor você correr — diz a recepcionista para mim enquanto encaro as costas da garota. — Antes que ela mude de ideia.

Sinto a ponta das orelhas quentes. Murmuro algo que nem são palavras antes de ir atrás de Selly, tropeçando no primeiro degrau da escada. Que porcaria é essa? Por acaso tenho doze anos de novo, sofrendo com minha primeira paixonite?

— Sério? — murmuro para Selly quando a alcanço.

— O que foi? — Ela dispara um olhar de pura inocência para mim. — Fiz minha melhor imitação de você. Achei que ia curtir.

O corredor segue pelo fundo do estabelecimento, e uma porta leva direto às escadas de metal que vimos do beco. Selly dá uma corridinha na minha frente, abre uma fresta e coloca a cabeça para fora antes de meio sussurrar, meio gritar para Keegan:

— Aqui em cima, Acadêmico!

Não consigo evitar um sorriso quando ele começa a subir para se juntar a nós. Selly já está abrindo nosso quarto, e eu e Keegan nos esgueiramos para dentro enquanto ela segura a porta.

O humor dela é contagioso; é como a virada da maré. Esta pequena vitória — conseguir um lugar seguro nesta cidade imensa — muda tudo. E apesar de todas as coisas que deixamos para trás, estou começando a me tranquilizar só de pensar que amanhã de manhã vou poder entregar este desastre completo nas mãos de um adulto responsável.

Nosso quarto está escuro, mas consigo ver que tem uma cama grande, como prometido, e duas poltronas voltadas para uma janela que dá para a praça. Logo abaixo do beiral, há um toldo.

— Cadê o interruptor? — sussurra Keegan na escuridão, tateando a parede ao lado da porta.

As luzes cintilantes da praça lá embaixo fornecem a única iluminação no momento.

— Tem uma lareira de frente para a cama — responde Selly. — Deve ter velas também. Será que você poderia cuidar disso, Le... Quer dizer, Maxim?

Mal tem espaço para eu passar espremido pelo canto da cama. Reclamei várias vezes de estalagens pequenas onde me hospedei durante viagens, mas só agora compreendo como deve ter soado absurdo para os criados. Este lugar faz os anteriores parecem palácios.

— Preciso de alguma coisa para usar como oferenda — murmuro, batendo nos bolsos.

— Rasga um pedaço da sua camisa — responde Selly. — Já vão trazer o jantar. Quando chegar, o Keegan pode ficar com ele enquanto você e eu escapamos pela saída de emergência para ir buscar alguma coisa no mercado noturno. Podemos comprar mais comida e roupas novas. Não tem problema andar pelas docas com roupas tão endurecidas de sal que quase ficam de pé sozinhas, mas a gente vai chamar atenção se transitar assim pela cidade até a embaixada.

Eu não tinha pensado nisso.

Então rasgo um pedaço da camisa, risco um fósforo e tento interagir com os espíritos que rodopiam ao redor dele nas correntes de ar quente, encorajando todos a se espalharem pelo resto do carvão. O pedaço de tecido some quando a energia das criaturinhas corre pelo pano, e os espíritos dançam enquanto a luz surge e o fogo se aviva. Tenho um vislumbre de mim mesmo no espelho ao lado da janela.

Parece... Bom, parece que pulei no mar e naveguei metade do caminho de Alinor até a Melaceia num bote aberto. Selly, por outro lado, ainda está com o cabelo atado firmemente numa trança, e o rosto sob as sardas não parece nem um tom de rosa mais intenso que o usual.

— Fiquem em silêncio — diz ela para nós dois. — A comida já vai chegar. — Depois faz um gesto para que Keegan se aproxime. — Vem cá que vou te mostrar como esquentar a água no fogo para tomar um banho enquanto a gente não volta. O banheiro fica ali, naquela portinha ao lado da cabeceira.

— Acha que é uma boa ele sair pela cidade? — pergunta Keegan, apontando para mim com a cabeça.

— Ah, quero ver me segurar aqui — respondo na hora. — Não vou perder a diversão. Além disso, a gente não vai mandar a Selly até lá sozinha, vai?

— Por que não? — pergunta Keegan, erguendo as sobrancelhas. — Se for perigoso demais para ela ir sozinha, com certeza é perigoso para arriscar mandar você.

— Ele vai ficar bem — responde Selly. — Este lugar é mais lotado que Lagoa Sacra, e o Maxim está muito diferente. Prefiro ter alguém para me acompanhar enquanto ando por um porto estrangeiro.

— Precisam de mais dinheiro? — pergunta Keegan, levando a mão ao pescoço.

Depois de um instante, entendo que está puxando a camisa de lado para nos mostrar a corrente de ouro que estava usando quando o navio afundou. Igual ao outro que deu para a garota que afundou a embarcação.

Selly arregala os olhos enquanto o encara, depois nega com a cabeça.

— Ainda tenho vinte dólares — diz. — É suficiente. Quando tudo isso acabar, você ainda quer ir para a Bibliotheca, certo? Isso é tudo que sobrou para financiar a viagem. Guarda.

Keegan deixa a camisa voltar ao lugar, cerrando o maxilar enquanto assente. Não acho que esteja acostumado a esse tipo de gentileza. Na época da escola, nunca recebeu de mim algo similar — mesmo assim, cá está ele, leal da mesma forma.

Batem à porta, e Selly gesticula vigorosamente para mim. No início fico confuso, mas depois entendo.

A segunda melhor opção é chamar a atenção das pessoas de propósito, só que com algo grande e específico para que o resto passe despercebido.

Caso alguém chegue perguntando sobre príncipes ou náufragos, aquela mulher jamais vai pensar nos pombinhos para os quais deu um quarto.

Sinto a ponta das orelhas ficarem vermelhas de novo — e tenho certeza de que coro nas bochechas também. Isso *nunca* acontece comigo. Mas sigo as instruções que Selly me passa por mímica e desabotoo a camisa às pressas, bagunçando bem o cabelo antes de abrir uma fresta da porta. Ignoro firmemente como a mulher sacode os ombros ao reprimir o riso enquanto me entrega a bandeja.

— Vê se ela te deixa dormir um pouco — avisa a recepcionista para mim, e fecho a porta assim que ela se vira sem falar mais nada.

Keegan está assistindo à cena com interesse, mas não faz perguntas — embora eu quase tenha vontade que o faça.

Em vez de tentar me explicar, coloco a bandeja na cama para ele, mantendo o que gosto de acreditar ser um sorriso digno. Meu estômago quase vira do avesso quando sinto o cheiro vindo de baixo da *cloche*, e minha cabeça gira quando meu corpo encara aquilo como uma oportunidade de avisar que está morrendo de fome. É algum tipo de guisado, e sinto que seria capaz de comer a própria tampa para chegar à comida e depois ainda engolir a bandeja como sobremesa.

— Pronto para sair, gatão? — pergunta Selly, apontando para a janela com a cabeça.

— Ah, finalmente percebeu que sou lindo?

Ela solta uma risadinha de desdém.

— Só queria chamar a sua atenção. Vamos descer por aquela escada de emergência. Hora de dar um pulo no mercado noturno.

SELLY

◆

Mercado noturno
Porto Naranda, Melaceia

Um marinheiro na praça me ensina a chegar ao mercado noturno. Já ouvi falar sobre ele nas poucas vezes que estive neste porto, mas ainda não o conheço pessoalmente. Rensa não gostava que eu me afastasse muito do navio.

— Volta por ali — diz o homem. Ele passa o que quer que esteja mascando para um dos lados da boca e o guarda na bochecha antes de apontar para o canto mais distante da praça. — Depois segue por dois quarteirões naquela direção. Não tem como não ver.

Ele hesita, semicerrando os olhos para Leander, que está esperando atrás de mim. Meu coração quase para. Não é possível que alguém o reconheça aqui. Mesmo assim, troco o peso de perna, me preparando para agir rápido, agarrar a mão de Leander e o puxar para o meio da multidão. O marujo apenas sorri, no entanto.

— Cuidado com esse sotaque quando se afastarem da doca — alerta ele. — Nós, nascidos do sal, sabemos que pessoas vêm de todos os cantos, mas nem todos em Porto Naranda sentem a mesma coisa por tripulantes alinorianos. E compra algo bonito pra ela, filho — acrescenta o sujeito, agitando o indicador para Leander num gesto de conselho paternal.

O príncipe se recompôs bem depois que quase o fiz enfartar na pousada. Ele me enlaça pela cintura, me puxando mais para perto, e sinto o calor de seu corpo contra o meu. Está cheirando a marinheiro, uma mistura de sal e suor.

— Sim, senhor — diz antes de me arrastar para o meio da turba.

Mantém o braço ao meu redor até metade do caminho que leva ao canto da praça apontado pelo marujo. Com certeza já saímos de seu campo de visão, mas não faço movimento algum para me afastar; estou muito ciente de todos os pontos em que estamos nos tocando, do movimento do corpo dele contra o meu enquanto abrimos caminho pela multidão.

Quando ele solta minha cintura, tenho apenas um momento para registrar sua ausência — e para reprimir a vontade de o puxar de volta — antes que ele segure minha mão, entrelaçando os dedos aos meus.

— Temos que ficar juntos — murmura ele quando o fito de soslaio.

Nunca andei de mãos dadas com ninguém antes — e por que não começar com o príncipe de Alinor? Assinto, engolindo em seco.

Sinto o couro das minhas luvas entre nossas palmas, e parte do meu cérebro quase mergulha nas águas escuras das lembranças que explicam o porquê de eu usar o acessório; mas nossos dedos estão quentes assim juntos, então foco na sensação.

Já escureceu, mas há postes elétricos enfileirados rente à parte da praça que dá para as docas, e as luzes brilhantes das placas fazem um arco-íris inteiro lampejar acima de nós. Marinheiros e comerciantes de todo o continente — e provavelmente de outros — transitam por aqui. Todas as línguas e sotaques que conheço se misturam, como o som de pássaros marinhos. Como a frota de embarcações aportadas no escuro, tons de pele variam da bétula mais clara ao mogno mais escuro passando por todas as tezes intermediárias. Há gente vestida com roupas rústicas ou coloridas de suas terras ou camisas e calças de marinheiro.

Porto Naranda é diferente de Lagoa Sacra, mas qualquer porto ainda me passa a sensação de lar. É como se Kyri e a tripulação pudessem de repente surgir do outro lado da praça para me encontrar, com o *Lizabetta* nos esperando embarcar às pressas para aproveitar a maré. Sinto a respiração vacilar quando imagino meus amigos surgindo do meio das pessoas — mas embalo a imagem num pacote bem apertado e a selo por enquanto. Mais tarde penso neles. Mais tarde vou me permitir sofrer. Agora tenho trabalho a fazer, e estou tão perto de concluir que não posso me dar ao luxo de vacilar.

Leander puxa minha atenção de volta ao presente, me tirando do caminho de um homem que passa carregando um barril imenso acima da cabeça, e entramos na rua apontada pelo marujo. A multidão continua tão densa quanto antes — há um fluxo constante de pessoas indo e vindo do mercado.

— Tem certeza de que ninguém vai reconhecer seu rosto? — pergunto, ficando bem perto dele enquanto a turba nos carrega como uma corrente marinha acelerada.

Apesar da certeza que eu sentia na pousada, agora que estamos em campo aberto tenho a impressão de que estamos correndo riscos.

— Sim — confirma ele, inclinando a cabeça para falar ao meu ouvido, e preciso me lembrar de me segurar com ele próximo assim. — Ninguém espera me encontrar aqui. E pessoas raramente veem o que não estão esperando ver.

— Tomara que você esteja certo.

— Foi como falei: as pessoas só precisam de uma coisa grande, tipo meu título, minhas roupas, a Guarda da Rainha, o espetáculo todo da coisa, para não registrar detalhes menores. Menos gente do que você imagina seria capaz de me descrever.

— Não tem retratos oficiais seus e coisas do gênero?

— Não em lugares onde as pessoas prestam atenção de verdade. Sei que é impossível imaginar a ideia de alguém esquecendo este rostinho lindo, mas...
— Ele dá de ombros. — Não estão me esperando aqui. Vão achar só que sou espetacularmente bonito, mas não vão ligar os pontos.

— Olha, não vou sentir nem um pingo de saudades de você quando te entregar aos seus responsáveis — murmuro. — Vai ter muito mais espaço para mim sem seu ego imenso por perto.

Ele não responde, só dá uma apertadinha na minha mão. E fico grata por não me perguntar por que ainda estou segurando a mão dele porque não sei explicar. Ou talvez seja ele quem esteja segurando a minha.

O fato é que sinto algo estranho na boca do estômago quando penso no príncipe voltando para Alinor sem mim, quando enfim o imagino chegando à Ilha de Barrica sozinho.

Sinto um frio na barriga, mas não quero esmiuçar a sensação.

Não faz sentido querer que as coisas fossem diferentes. Qual seria minha utilidade se continuasse com ele?

Logo vemos que o mercado é uma rua inteira, fechada dos dois lados para o trânsito de carroças e carros. Há barraquinhas enfileiradas nas duas laterais e mais uma série delas no meio, cheias de cabideiros com roupas, mesas repletas de quinquilharias que deixaram de ser úteis aos antigos donos e inúmeros lugares para comer. Artistas de rua vagam no meio das pessoas com violões, cantando para arrecadar o dinheiro do jantar, e jovens gritam as manchetes do jornal.

Leander e eu paramos sob a marquise de um prédio, nos abrigando por um momento do fluxo infinito de pessoas. Minha barriga está me implorando para seguir o cheiro estonteante de comida, mas o príncipe me segura pelo braço enquanto espera a garota com a pilha de jornais terminar a sequência de notícias.

— *O primeiro-conselheiro Tariden visita a Casa de Macean! Saiba das novidades!*

— Não a ouvi mencionar *guerra* ou *assassinato*, então já estou feliz — murmura ele.

— Eu estaria muito mais se a gente fosse comer alguma coisa — respondo, arrancando um sorriso do rapaz.

— Acho que estou com tanta fome que já dei a volta e saí do outro lado. Você está certa, precisamos comer antes de cairmos desmaiados aqui.

Deixamos a multidão nos carregar ao longo das barraquinhas e passamos por cabideiros com roupas e mesas cheias de bugigangas. Paramos apenas quando chegamos ao primeiro lugar que vende comida.

A barraca é comandada por duas mulheres — casadas, suspeito, a julgar pela familiaridade com que transitam uma pela outra no espaço apertado. Há um imenso tacho montado sobre o fogo, dentro do qual chia uma mistura de dar água na boca feita de frutos do mar, vegetais e arroz. Uma das vendedoras, com marcas de feiticeiro subindo pelos antebraços, dá uma olhada nas chamas sob a panela para garantir que os espíritos estão mantendo o calor bem distribuído. Parece ocupada cobrando a comida das pessoas que aguardam a refeição na fila.

Já a esposa dela fatia e mistura ingredientes sem parar, jogando novos itens dentro do tacho para compensar o que sai.

— Duas porções, por favor — digo quando chega nossa vez.

— São dois dólares — informa a mulher. Enquanto pego duas moedas douradas com a mão livre, ela continua, casual: — Estão tranquilos, queridos, ou vasculharam o barco de vocês?

Preciso pestanejar algumas vezes antes de entender o que ela está dizendo. Nos últimos meses, embarcações de Alinor vêm sendo submetidas com frequência a revistas, confiscos e cobranças de tributos e tarifas mais altos sempre que chegam a portos melaceianos. Vi isso com meus próprios olhos da última vez que aportamos com o *Lizabetta*. A pergunta dela é um lembrete de que o homem na praça estava certo: nossos sotaques denunciam de onde viemos.

Ela me vê hesitar, e dispara um sorrisinho rápido enquanto aceita o pagamento.

— Para mim, marinheiro é marinheiro — diz. — Mas talvez seja melhor ficarem sempre perto da doca.

— Sim, senhora — respondo de imediato, e Leander ecoa minhas palavras enquanto seguimos pela fila que leva à esposa.

A outra mulher enche a concha com porções generosas de comida, que serve em pratos de latão.

— Não acredito que a gente vai pagar só um dólar por isso — sussurra Leander, analisando o tacho conforme nos aproximamos. — O cheiro está delicioso. Será que vai dar para comer?

Olho para ele de canto do olho, incrédula.

— Você por acaso tem alguma noção de quanto as coisas custam?

Ele encolhe os ombros.

— E por que teria?

— Você... — Fico sem palavras. — Por acaso você serve para alguma coisa?

O príncipe apenas sorri, olhando para os pratos conforme nos aproximamos.

— Você não devia perguntar esse tipo de coisa. Por que não me trata como se eu fosse um zé-ninguém?

— Bom, estamos disfarçados.

— Ah, claro, porque você só começou com isso depois dos disfarces.

É minha vez de dar de ombros.

— Deve ser porque você me irrita mais do que as outras pessoas.

— Engraçadinha — brinca ele. — E você não me irrita nada, né?

Chega nossa vez antes que eu tenha a oportunidade de responder. A mulher nos entrega dois pratos de latão cheios de arroz, depois enfia um garfo em cada porção.

Leander parece não saber muito bem para onde ir ou como comer de pé, e reprimo um sorriso enquanto o puxo para um espaço entre duas barracas. Ao nosso redor, várias pessoas se deliciam com a comida. É estranho soltar a mão dele para comer — e é estranho isso parecer estranho.

Começamos a comer e, por alguns minutos, consigo pensar apenas no gosto maravilhoso da comida. Nunca provei um arroz tão deliciosamente salgadinho e saboroso. Nunca experimentei vegetais crocantes dessa forma, os temperos explodindo na boca. O peixe simplesmente desmancha, me aquecendo de dentro para fora. A fome transforma em banquete o que já teria sido uma refeição muito boa, mas ainda assim me surpreendo quando baixo os olhos e vejo que estou raspando o prato. Depois de um momento de consideração, decido que não me importo com o que o príncipe vai achar dos meus modos à mesa, e lambo o resto do molho. Com uma piscadela, ele faz a mesma coisa.

Adoro quando ele age de forma pouco principesca comigo.

Mas seu sorriso some quando duas irmãs verdes passam pelo canto onde estamos comendo. Não é difícil notar a multidão saindo do caminho delas. Não por medo, mas por respeito.

Vários moradores locais se viram na direção das mulheres, apertando a testa com a ponta dos dedos enquanto cobrem os olhos com a palma. *A mente de nosso deus nos aguarda, mesmo com os olhos fechados.* Meu pai e Jonlon me ensinaram o que a frase significa na primeira vez que paramos em Porto Naranda, quando eu era pequena.

As irmãs assentem e erguem a cabeça para distribuir bênçãos. Acho que nunca vi um sacerdote de Barrica ser tratado assim nas ruas de Alinor.

— O que dizem sobre a ascensão de Macean é verdade — sussurro. — É melhor arranjarmos umas roupas e voltar. Acho que vamos achar coisas mais baratas adiante. Todo mundo para nas primeiras barracas.

Largamos os pratos e garfos num carrinho e voltamos a nos juntar à multidão. Porém, antes de chegar às barraquinhas de roupas, Leander me puxa pelo braço.

Quando olho para trás, vejo o príncipe se espremendo pela turba para alcançar uma barraca entre a de um vendedor de peixe e a de um mercador de especiarias, indicada por uma placa elétrica piscante. Quando me dou conta de para onde ele está indo, abrindo passagem entre as pessoas, sinto o estômago embrulhar.

Há cordões com flâmulas espirituais pendurados nos fundos da barraquinha, além de tonéis com pedras coloridas arrumadas com esmero atrás do balcão — onde, em Alinor, haveria as velas fundidas em templos dedicados a Barrica.

Me preparo para encarar estabelecimentos como este a vida toda — mas agora, com o desastre da minha tentativa recente de manipular magia no *Pequena Lizabetta* invadindo meu corpo numa enxurrada de vergonha, mal sou capaz de olhar para a lojinha.

Tinha quase começado a esquecer do ocorrido, com a mente determinada a empurrar a experiência inteira para o fundo de um buraco — incluindo a confiança de Leander, sua confusão, o breve vislumbre dos espíritos que me evitaram a vida toda. Quero ignorar tudo isso, mas a memória estava à espreita logo abaixo da superfície para fazer minhas entranhas se revirarem de novo como se eu estivesse de volta ao nosso minúsculo bote ondulante.

O que vou dizer ao meu pai quando o encontrar de novo? Será que é pior admitir que enfim vi os espíritos, mas eles não obedeceram aos meus comandos? Ou será que o deixo continuar no estado de decepção silenciosa com a qual já aprendeu a conviver?

Também empurro as questões para dentro do buraco e me forço a olhar para o príncipe. Claro que ele ia querer visitar essa barraquinha — gastou muito de si mesmo para nos trazer aqui, e não podemos nos dar ao luxo de sermos pegos de surpresa de novo sem sacrifícios apropriados em mãos.

— Não tem como não dar uma paradinha na barraca de Audira — diz alguém, e pisco, confusa, quando ergo os olhos e vejo a mulher de bochechas rosadas que se detém para falar com a gente.

— Desculpe, o que a senhora disse?

Ela aponta para a barraca, e só então compreendo: a mulher acha que estou considerando comprar alguma coisa.

— Audira tem qualquer coisa de que o feiticeiro do seu navio possa precisar, garanto.

— Obrigada — consigo soltar, fazendo meu melhor para abrir um sorriso educado.

Satisfeita, ela segue caminho.

Leander está se inclinando para falar com a pessoa atrás do balcão — Audira, suponho —, e só precisa proferir algumas palavras para que a postura dela se amenize. Audira se inclina na direção do príncipe, como se ele estivesse prestes a contar um segredo; no instante seguinte estão ambos rindo, e o rapaz bate os cílios todo cheio de gracinhas enquanto pergunta algo.

Sério, Leander? De todas as horas, e de todos os lugares possíveis...

Depois ele tem a pachorra de se virar e abrir um sorrisão para mim, agitando a mão.

— Poderia me dar um dólar?

Vasculho o bolso para resgatar uma moeda, atravesso a multidão e a enfio na palma do príncipe antes de me virar. Como é possível ele ser... Não é justo que o rapaz e sua magia fácil sejam a coisa *contra* a qual quero me rebelar, mas é para Leander e seu sorriso torto que quero destinar minhas reclamações em busca de conforto também. Não é nem como se ele fosse falar a coisa certa — o príncipe é um caso perdido.

Quando termina a compra e volta a se aproximar de mim, retornamos para o meio da turba sem trocar uma só palavra.

— Comprei isso pra você — diz ele, acompanhando meu passo enquanto me entrega três pedras coloridas translúcidas.

Verdes, azuis e vermelhos cintilam, as luzes elétricas ao nosso redor dançando na superfície arredondada dos objetos.

Cruzo os braços e enfio as mãos sob as axilas.

— Não quero isso.

— Você é uma feiticeira, Selly — diz ele, alto o bastante para que apenas eu possa ouvir as palavras acima dos ruídos da multidão. — Precisa ter sempre alguma coisa no bolso.

— Pra quê? — disparo, com um olhar de alerta para que ele esqueça aquilo, mas ele não desiste.

— Pra quando precisar — responde Leander. — A gente só tentou uma vez. Vou dar um jeito de entender o que rolou. Vamos dar um jeito de entender juntos. Agora, coloca isso no bolso e saiba que são uma promessa.

Não posso me dar ao luxo de parar no meio do mercado noturno e discutir com ele, então arranco as pedras de sua mão e fecho os punhos. Elas ainda estão quentes por causa do contato com a pele de Leander.

— Audira disse que, ao longo da última semana, houve protestos diários na frente da embaixada alinoriana — diz ele, mudando de assunto agora que conseguiu o que queria.

— O quê?!

— Audira — diz ele, apontando por cima do ombro com o polegar. — A pessoa que cuida da barraca de itens para feiticeiros.

— Vocês fizeram amizade, é? — murmuro.

O rosto dele se ilumina.

— Olha só essa cara! Você está com ciúmes!

— Se não calar a boca, vou gritar sua identidade a plenos pulmões e te deixar se virar com o povo.

— Bom, adoro esse seu jeito possessivo — responde ele. — E eu seguraria sua mão de novo se não tivesse a certeza de que você morde quando é provocada. Mas estava falando com Audira porque feiticeiros tendem a conversar pela cidade de um jeito diferente. A palavra se espalha por entre classes sociais, entre mercadores e vizinhanças, de uma forma que não acontece com outras pessoas.

Sinto a garganta apertar quando absorvo as palavras. *Feiticeiros conversam.*

A vida toda frequentei esse tipo de barraquinha, pegando suprimentos para minhas próprias lições fracassadas ou para Kyri, e nunca fui convidada para esse tipo de conversa. Nem sabia que era algo que acontecia.

Leander está me olhando de soslaio, hesitante.

— Você realmente achou que eu estava só flertando com Audira?

Fico calada porque é isso ou ter que admitir que ele está certo.

O sorriso de Leander se deturpa de uma forma que me faz desejar imediatamente nunca ver mais esse tipo de expressão.

— Bom, para ser honesto, sou tão atacado nesse quesito quanto as pessoas presumem — diz ele.

— Já vi piores — murmuro.

Ele ergue uma das sobrancelhas.

— Sério?

— Não, acho que não. — Pego o príncipe pelo braço para afastá-lo de uma carroça que se aproxima. — Se houve protestos do lado de fora da embaixada, você não vai poder chegar perto do lugar. Se for reconhecido *lá*...

Ele faz uma careta, concordando.

— É melhor você ir na frente e entregar uma mensagem.

Passamos pelas barracas de roupas sem nem olhar duas vezes para itens que vão de livros de segunda mão a panelas de terceira mão e a vasilhas onde bolinhos são fritos enquanto emanam um cheiro delicioso — todas as coisas que não podemos comprar. Várias das lojinhas têm pequenas estátuas de Macean penduradas em algum lugar, no mesmo ponto onde em Lagoa Sacra se encontraria imagens de Barrica — ou qualquer outro deus em suas respectivas terras.

Também vejo medalhões da Mãe e estendo a mão para tocar um deles com o dedo.

— Ela está em todos os lugares — murmuro. — Ao que parece, não gosta de escolher partido de um filho ou outro.

— É o que dizem — concorda Leander. — Que todos os deuses estão presentes no Templo da Mãe, e que lá ficam em paz independentemente do que esteja acontecendo do lado de fora. Acho que são como todo mundo: forçados a se comportar quando estão à mesa com os pais.

Encontramos uma banca que vende trajes do tipo de que estamos precisando, e não demora muito para escolhermos duas camisas e dois pares de calça desgastados, porém ainda respeitáveis. Com sorte, Keegan e Leander não vão mais precisar sair da pousada até a embaixadora mandar a Guarda da Rainha buscá-los — mas, caso isso seja necessário, vão se misturar o suficiente à multidão. Contudo, vão precisar continuar com as mesmas botas, mesmo duras de sal. Ainda bem que Keegan sabia tão pouco sobre como sobreviver no mar que não as arrancou.

— O que acha? — pergunta Leander, pegando um chapéu de vendedor de jornal e fazendo uma pose. — Disfarça minha beleza exuberante?

Fica muito bem nele. Claro.

— E aí? — insiste Leander, ajeitando a aba. — Como ficou? Minha cara está suja? É *bom* que esteja suja?

— Só...

Me nego a dar a ele a satisfação de arrancar de mim mais do que já arrancou — e parte do meu cérebro sabe que isso só pode ser bravata de Leander. O alívio de chegar a terra tem seus limites. Como eu, o príncipe deve estar sentindo um frio ruim na barriga que não vai embora de jeito nenhum.

Então só viro para vasculhar as araras de roupas, puxando cabides enquanto procuro algo do meu tamanho.

— Selly. — Ele fala com a boca bem grudada à minha orelha, de alguma forma perto de novo. — Não quero que você me bata, mas preciso dizer que acho que você deveria dar uma olhada nos vestidos.

Sinto as mãos enrijecerem ao lado do corpo.

— Não é meu estilo, riquinho.

— Sei que não, mas quando a gente se afastar das docas, ainda quer estar parecendo uma marinheira? Todo mundo está falando pra não fazer isso.

A embaixada fica numa região abastada da cidade, e quase todas as mulheres por lá usam saia. Não queremos que você chame atenção, queremos que você entre pela porta do lugar sem parecer deslocada.

Leander está certo, mas faz anos que não uso um vestido. Kyri ama — *amava* — as peças, mas nunca foi meu estilo. Ela tentava me convencer a usar alguns, erguendo os trajes na frente do meu corpo e virando nosso espelhinho imundo para que eu pudesse ver meu reflexo, mas eu sempre rechaçava seus esforços.

Agora, se eu pudesse empurrar para longe a dor no peito e ter minha amiga aqui de novo, me vestiria de rendas e frufrus da cabeça aos pés.

A garota cuidando da barraquinha sente que é o momento certo para atacar.

— Procurando algo especial? — pergunta, surgindo do nada ao meu lado.

Ela tem a pele e o cabelo de um tom escuro de marrom que lembra mogno; as madeixas foram penteadas para formar um ninho de tranças no topo da cabeça, e ela abre um sorriso amigável.

Em seguida, escuto a voz de Rensa em meu ouvido.

Aceita os conselhos que te derem. Escuta, pelo menos uma vez na vida, o que pessoas que sabem mais do que você estão dizendo.

— Tenho uns oito dólares — digo. — Preciso do melhor vestido que eu puder comprar.

Ela me olha de cima a baixo, pensativa.

— E um par de sapatos?

Engulo em seco.

— E um par de sapatos.

Ela sorri.

— Vou te enviar até minha irmã, a Hallie. Ela tem uma loja que vende vestidos inacreditáveis. — Ela saca um lápis do nada e desenha um mapa num pedaço de papel enquanto fala. — Fica numa galeria subterrânea cheia de luzes lindas. Aqui tem uma confeitaria, uma joalheria, aqui é uma casa noturna adorável, e o estabelecimento dela fica no fim do corredor. Pode falar que fui eu que te mandei. Ela vai te arranjar um verdadeiro sonho com apenas oito dólares.

Ela vira o mapa para me mostrar o caminho — a loja da irmã não fica longe, mas vamos precisar nos afastar ainda mais das docas.

— Vou te levar de volta para a pousada — falo para Leander depois que agradecemos à mulher e nos afastamos.

— Como assim? — protesta. — Não, vou comprar o vestido com você.

— Não vamos ter dinheiro para conseguir um para você também — respondo, puxando o jovem pelo mercado na direção da praça.

Ele solta uma risadinha abafada.

— Por mais lindo que eu fosse ficar em um, só quero ajudar a...

— Não preciso de testemunhas, obrigada.

— Eu devia dar uma olhada melhor na cidade — sugere.

— Você devia era baixar âncora na pousada e ficar por lá. É o que eu já devia ter feito com você. E é o que *vou* fazer agora.

Ele bufa, mas me deixa guiá-lo pelo caminho por onde viemos. Nos despedimos de mais vinte e cinco centavos para pegar um jornal com um vendedor no fim do mercado noturno, e Leander o folheia enquanto caminhamos. Arranca uma página que só tem anúncios e entrega o resto para que eu o guarde na sacola com as roupas.

— O que está fazendo? — pergunto, andando em meio à turba enquanto viro o pescoço para olhar para ele.

Com dedos ágeis, ele dobra o jornal, vira e o dobra de novo. Depois me entrega algo, pegando a sacola com camisas e calças da minha mão enquanto deposita o presente na minha palma.

É um barquinho de papel, bem vincado e com as velas enfurnadas.

— É uma promessa — murmura o príncipe. — Você pertence à água. Vou te levar de volta para ela.

De repente, me sinto incapaz de falar.

O *Lizabetta* já era, assim como o *Pequena Lizabetta*. Minha capitã, minha tripulação... Tudo o que eu tinha já era.

E não tenho mais tanta certeza de para onde meus próximos passos vão me levar. Amanhã os rapazes vão embora, e este barquinho de papel é tudo que vou ter.

— Obrigada — digo depois de pigarrear, e ele me presenteia com um sorriso quase triste.

— Meu pai costumava fazer uns desses — diz ele. — Ou é o que dizem. Um dos amigos dele me ensinou, e quando eu era criança costumava fazer dobraduras com qualquer papel que caísse nas minhas mãos. Sinto que é uma conexão com ele.

Sei bem demais o que significa querer manter uma conexão com alguém que se foi, mas apenas engulo em seco, olho para o barquinho e concordo com a cabeça.

— Há anos que não faço um desses — continua ele depois de um tempo, e nenhum de nós volta a falar enquanto deixamos a multidão nos carregar de volta para a pousada.

Ao chegar, emprego meu tom mais sério e firme:

— Agora entra lá e fica no quarto até eu conseguir entregar você para alguém que tenha mais do que uma calça de segunda mão para te esconder.

— Minha glória não pode ser obscurecida, quer as roupas sejam de segunda mão ou as melhores...

— Vai, não enche o meu...

— Estou indo! — Ele ri, e o vejo desaparecer pelo beco antes de subir de novo pela escada de incêndio.

A mulher da pousada acha que a gente nunca saiu, afinal. Só depois me viro para seguir o mapa por alguns quarteirões até a galeria; meu estômago se revira de um jeito que acho que não tem relação alguma com a refeição que acabamos de fazer.

A entrada, emoldurada por um arco de ferro fundido, é uma série de degraus de pedra que levam a um nível abaixo da superfície. Enquanto desço, me dou conta de que as lojas e a casa noturna devem ficar entre as fundações do prédio executivo logo acima. Elas dão para uma organizada galeria subterrânea de paralelepípedos e paredes iluminadas por cordões luminosos.

As placas diante de cada uma das lojas são douradas, com o nome escrito numa caligrafia rebuscada, e o lugar cheira a dinheiro. Há meia dúzia de pessoas caminhando por aqui — algumas espiam bolos e joias nas vitrines enquanto outras esperam numa fila delimitada por uma corda de veludo vermelho. A casa noturna não parece ter nome e, nas placas que apontam para as lojas, há apenas a pintura de um rubi aninhado na palma da mão de uma mulher.

Quando passo pelo estabelecimento, ouço a música que vem de dentro dele, animada e divertida. Pela porta, é possível ver casais dançando e se balançando. Aperto o passo na direção da próxima lojinha, cuja vitrine indica que ali funciona a Vestidos da Hallie.

A atendente é uma versão mais robusta e curvilínea da irmã que conhecemos no mercado, com a mesma pele marrom impecável e o mesmo penteado de tranças enroladas no topo da cabeça. Está usando um vestido de noite dourado que cintila enquanto ela se move pela loja. Também tem um sorriso amigável igual ao da irmã; quando me vê parada à porta, ergue um dedo e me convida para entrar.

— Você parece uma garota precisando de algo especial — observa.

Só então, engolindo em seco, passo pelo batente.

Hallie demora menos de quinze minutos para vasculhar as araras e me transformar.

Fica surpresa quando vê as faixas malformadas que são minhas marcas de feiticeiro, pausando por um instante para erguer levemente uma das minhas mãos entre as suas para analisá-la melhor.

— Essa é nova — diz ela em seu cadenciado sotaque melaceiano, e mal resisto ao ímpeto de puxar o braço para longe.

— Sou de Alinor — murmuro.

— Jura? — Ela não parece duvidar de mim; só está curiosa.

— Tem como esconder isso? — pergunto baixinho, com um aperto no peito.

Ela fita meu rosto e o que quer que vê nele a faz anuir, simpática.

Pouco tempo depois estou diante de um espelho, olhando para uma garota que mal reconheço. Ela está com um vestido cor de jade de mangas longas e barra na altura dos joelhos. Contas cintilantes criam um padrão geométrico que começa na cintura e irradia para fora, para cima e para baixo. Consigo ouvir as pedrinhas tilintando umas contra as outras enquanto me movo.

As costas das minhas mãos também estão cobertas — por um pedaço de renda que Hallie costurou rapidamente aos punhos das mangas e depois prendeu nos meus dedos do meio: uma versão elegante das minhas luvas. Fecho as mãos em punhos e flexiono os dedos, vendo a pele verde se mover sob a renda. A raiva e a frustração borbulham de novo dentro de mim. Cheguei tão perto...

Mas enfio o sentimento dentro da caixa de sempre e selo a tampa. É o que preciso fazer.

— Este vestido teve quatro proprietárias antes de você — informa Hallie, satisfeita. — Se o usar com cuidado, te devolvo cinco dólares quando o entregar.

Depois, discutimos um pouco sobre os sapatos. Quero algo sem salto. Ela se nega. Acabo com um de saltos da metade do tamanho que ela queria — mas ainda assim mais altos do que me sinto segura usando. Ao menos têm uma tira na frente, o que vai evitar que caiam dos meus pés.

Ela me observa com um olhar crítico enquanto caminho ao redor da loja numa volta de teste. Passo pelos cabideiros atulhados em todos os cantos, as cores dos vestidos gritando para mim promessas de milhares de vidas que nunca vou viver — e com certeza nem sequer vou tentar alcançar.

— Gostou mesmo dele, hein? — pergunta a jovem.

— Por que diz isso? — rebato, arriscando um giro quando chego ao canto da loja.

— Bom, é isso ou o vestido gostou de você. A questão é que quando uma garota vem para comprar uma peça, mesmo que não seja algo habitual a ela, há uma razão por trás — diz Hallie. — Embora, devo dizer, você seja tão linda que seria capaz de despertar Macean da hibernação mesmo usando suas roupas de marinheira. Pode até colocar um vestido matador desses se quiser, mas não vai mudar o que importa.

Eu sabia que ia gostar dela.

— Não mesmo — respondo, parando diante do espelho para me olhar mais uma vez.

Mas não consigo evitar imaginar a cara de Leander quando me vir.

— Posso levar minhas roupas antigas numa sacola? Vou sair assim mesmo.

Batemos papo enquanto ela coloca minha camisa, minha calça e minhas botas em um saco. Guardo o barquinho de papel de Leander entre duas camadas de tecido de modo que não seja esmagado. Deixo no bolso da calça as pedras de feiticeiro que ele me deu.

Antes de me deixar ir, Hallie me mostra como trançar o cabelo no penteado de coroa usado pelas locais em vez de o deixar solto nas costas. Gosto da moça — ela é contagiante, cheia de risos e sorrisos, e logo me sinto assim também. Parece impossível sermos inimigas.

Depois de pintar meus lábios e minhas bochechas com uma coisinha cor-de-rosa e jogar o resto do potinho de maquiagem na minha sacola para que eu use amanhã, estou mais do que pronta para minha missão. Estou *bonita*, mesmo parecendo outra pessoa.

Hallie solta um assovio de apreciação quando me viro e sigo na direção da porta, jogando uma piscadela por cima do ombro — meus sapatos de salto fazem meus quadris requebrarem um pouco mais enquanto caminho, e corro a mão pelas contas verdes do corpete sorrindo para mim mesma enquanto sinto a textura.

A música ainda está ribombando dentro da casa noturna sem nome, e olho de novo pela porta enquanto passo. Desta vez, deixo meu olhar varrer os frequentadores. O público se move como se fosse uma pessoa só, com passos levemente diferentes governados pela mesma batida.

Agora pareço uma dessas pessoas. Em quinze minutos, fui transformada em melaceiana, no tipo de garota que gosta de frequentar casas noturnas e vai entrar direto pela porta da embaixada amanhã.

Mas meu olhar recai sobre uma pessoa em particular, e paro tão de repente que quase caio dos saltos. Ele está no meio dos foliões com um drinque na mão, se agitando e dançando com os demais.

Mas *não pode* ser. Eu o deixei na Pousada da Salina menos de meia hora atrás. No entanto, enquanto observo boquiaberta, sei no fundo do peito que não há como estar errada. Eu o identificaria no meio de qualquer multidão.

O príncipe Leander de Alinor está bebendo e dançando numa casa noturna de Melaceia.

Pelos sete infernos, eu mato esse desgraçado.

LEANDER

◆

Vermelho Rubi
Porto Naranda, Melaceia

Não tem nada parecido com isso em Alinor, e mesmo que tivesse, nunca me deixariam ir a um lugar desses.

A música é divertida e animada; a pista de dança está lotada, com todo mundo se movendo no mesmo ritmo como uma fera feita de vários corpos. Pendendo do teto há uma bola coberta de fragmentos de espelho, e pontinhos de luz branca giram ao nosso redor como um céu cheio de estrelas rodopiando a toda a velocidade. É como se o próprio firmamento estivesse se movendo no ritmo da música.

As pessoas estão vestindo ternos e vestidos incríveis, mas consegui passar pelo homem à porta com minha camisa e calça simples usando como acessório somente uma piscadela e um sorriso. Festas são festas em qualquer lugar do mundo, e me sinto em casa nelas.

Viro a bebida que um rapaz bonito com um colete deslumbrante me entrega assim que me junto de novo às pessoas dançantes, e sinto a garganta queimar e depois arder enquanto o líquido desce. Entrego a taça para uma garota com uma bandeja cheia de vasilhames vazios, e um grupo aos risos me recebe em seu círculo para me ensinar os passos da coreografia que todos conhecem.

Lá em cima, além desta casa noturna subterrânea, a cidade está à flor da pele, com protestos do lado de fora da embaixada da minha nação e um porto repleto de navios sendo vasculhados e tributados. Tudo em preparação à guerra que eu poderia ter evitado.

Atrás de mim há um rastro de mortes pelo qual nunca vou me redimir — amigos, marinheiros e inocentes queimados, baleados, afogados.

Meus erros são irreparáveis, e eu sempre soube disso. Agora que diminuímos a velocidade, tive tempo de lidar várias e várias vezes com essa questão.

Mas aqui é um lugar descontraído, e vou mergulhar nele até tudo o mais sumir. Vou encontrar um momento de alívio, mesmo que seja a única coisa que eu consiga. Preciso desesperadamente disso.

Se há uma coisa que sei bem como fazer é fugir das responsabilidades, e este é o lugar perfeito para me esconder.

Alguém pousa a mão no meu ombro. Eu me viro, pronto para aceitar uma dança, e... ops.

É a Selly.

E... *ops*.

É a Selly, e ela está *maravilhosa*. Está usando um vestido verde incrível coberto de contas cintilantes que parecem pegar fogo quando as estrelinhas de luz passam por elas. O cabelo está trançado e preso num penteado que lembra uma coroa dourada, e nunca vi nada tão lindo quanto essa garota.

A julgar pela expressão em seu rosto, pode ser também a *última* coisa que vejo.

Ao menos a expressão é a mesma — não sei se a teria reconhecido se ela não estivesse com essa cara de desprezo.

— O que pelos sete infernos você está fazendo? — ela exige saber, agarrando meu braço e me puxando para longe do círculo de dançarinos.

Ela segue na direção da beira da multidão, e a iluminação faz seu vestido brilhar a cada movimento.

— Aprendendo sobre a cultura e as tradições de Porto Naranda — grito acima da música. — Adquirindo informações importantes, inteligência.

— Você não reconheceria inteligência nem se ela marchasse até você e tentasse se enfiar pelos seus ouvidos para ocupar o vácuo onde deveria ficar o seu cérebro! — dispara ela, os olhos verdes arregalados de raiva.

A intensidade em sua voz, em seus olhos... Sinto algo intenso dentro do peito também — de repente sou tomado pela necessidade urgente de beijá-la, de me perder *nela*. Chego muito perto de abraçá-la, mas me seguro com o tipo de controle que nunca tive — não sou tão idiota *assim* — e consigo apenas pegar sua mão.

— Dança comigo? — pergunto a ela. *Imploro* a ela. — Vou embora amanhã.

— Só se eu tiver sorte — rebate, puxando os dedos para longe, as bochechas vermelhas de fúria. Ou ao menos acho que é fúria.

Pela deusa, e se não foi fúria que a fez corar?

Eu devia deixar isso de lado, mas a bebida está inflamando minhas veias. Dormi pouco e senti muita dor, e está tudo transbordando do meu peito e me fazendo agir de forma imprudente.

— Você nem liga para o fato de que nunca mais vai me ver? — pergunto antes que consiga pensar duas vezes.

A expressão dela congela e parte da raiva desaparece, mas ela não responde. Então continuo:

— *Eu* ligo. É tudo em que consigo pensar no momento. Dança comigo? — Estendo a mão de novo. — Pode considerar este meu último pedido.

Ela olha para meus dedos como se fossem criar dentes e dar uma mordida nela.

— Não sei dançar.

De repente, como o foco de uma câmera mudando para outro cenário, vejo a irritação na expressão dela se alterar.

Ela está com medo.

Selly, minha Selly, com medo de uma dança qualquer?

Meu coração suplica para que eu simplesmente pegue sua mão, mas apenas mantenho a minha estendida, esperando. Torcendo.

— Posso te ensinar.

— Le... *Maxim*, o que você está *fazendo*? — responde ela, voltando à frustração uma fração de segundo tarde demais.

Porque vi como ela olhou para mim por um instante. Como se estivesse se dando conta de alguma coisa, tentando entender essa coisa. Tão rápido quanto surge, a expressão desaparece, mas tenho *certeza* de que a vi.

Arrisco alguns dos passos que meus novos amigos me mostraram, abrindo um sorriso.

— Assim.

Ela fecha as mãos em punho e se aproxima um passo para que possamos conversar sem gritar.

— Você não... Você não tem ideia do que depende de você? Como pode estar numa *casa noturna*?

Nossos olhos se encontram, e a música flui ao nosso redor, e a luz cintila no vestido dela, e a queimação dentro de mim explode como nunca. Junto vem minha própria explosão de raiva, se avultando numa onda que assume o lugar da necessidade súbita e insuportável de tê-la nos braços.

— Se não tenho ideia do que depende de mim? Como acha que posso esquecer? Eu vejo essas coisas sempre que fecho os olhos, Selly!

— E, mesmo assim, está aqui, dançando. Eu estava começando a apreciar mais você como ser humano.

É uma droga perceber que, depois de tudo que passamos juntos, ela está de novo me vendo como minhas irmãs sempre viram — um desperdício de espaço e privilégio. É uma droga o fato de que ela provavelmente está certa.

Dou de ombros, mantendo a máscara no lugar. Embora sinta a garganta apertar, a música retumba alto o suficiente para esconder a mudança em minha voz.

— Bom, esse foi seu primeiro erro.

Ela arqueja, aprumando as costas, e me preparo.

— Você queria conhecer seu pai, não queria? O que acha que ele pensaria se te visse agora?

Recuo um passo, sem fôlego. A batida da música desaparece. As luzes rodopiantes do globo espelhado lá em cima somem dos limites do meu campo de visão.

— Acho que ele ficaria muito decepcionado — sussurro, em partes confiando na barulheira para não ser ouvido, em partes porque estou chocado demais para ligar caso ela ouça.

E ela ouve. Está congelada no lugar. Parece que acabou de dar um tiro em mim, mas ainda não sabia se de fato ia apertar o gatilho. Ela entreabre os lábios, arregala os olhos.

— Não, eu lamento...

— Não precisa — corto. — Não precisa lamentar. Você está certa. E é culpa minha, tudo isso. É por minha causa que estão todos mortos. É por minha causa que esta guerra... Eu sou o motivo de tudo. É minha culpa.

E era disso que eu estava fugindo esta noite. Disso e da constatação de que logo deixarei para trás a única coisa que me ajudou a sobreviver a tudo: esta garota que vê além de mim, que entende quem sou. Estava tão concentrado em nossa luta por sobrevivência que só entendi isso esta noite: assim que nos separarmos, nunca mais vamos voltar a nos ver.

Fiz um barquinho de papel para ela há menos de uma hora, para me lembrar da inevitabilidade da nossa separação, mas quero me agarrar a ela, segurar sua mão, curtir seus insultos, saber que ela estará lá para me apoiar.

Mas Selly não quer isso. E como poderia querer, depois de eu ter custado tudo que ela sempre conheceu e amou? Em seu lugar, eu também não ia querer.

— É por minha causa que estão todos mortos — repito, mais baixo dessa vez.

E não sei o que eu estava fazendo tentando fugir disso, só sei que é a única coisa que sempre soube fazer.

Teria sido tão bom dançar com ela esta noite...

Ainda estamos olhando nos olhos um do outro; mal consigo ouvir a música, mal consigo enxergar as luzes. Não sou capaz de desviar o olhar, então vejo o momento exato em que ela desmonta, com minhas palavras ecoando entre nós.

Estão todos mortos.

Por um instante, tudo que ela está mantendo bem guardado dentro de si transparece em seus olhos, e de repente ela está em meus braços. Não sei se eu que estendi as mãos ou ela que veio até mim, mas estamos juntos, agarrados um ao outro como nos agarramos ao *Pequena Lizabetta*.

Sou seu bote salva-vidas e ela é o meu. Soluços chacoalham seu corpo, e a abraço apertado.

É *disto* que eu estava fugindo. Não só do que fiz, mas também de tudo que isso custou a ela.

Não falamos, a banda passa para a próxima música, e a multidão na pista de dança se move num novo padrão. O rapaz de colete que me trouxe uma bebida me saúda por cima do ombro de Selly, erguendo a taça num brinde meio sarcástico. Ele acha que perdeu minha companhia para a noite. E está certo, mas não da forma que imagina.

Sou incapaz de soltar Selly e não quero fazer isso. Então a abraço, e ela soluça no meu ombro, e ter fugido para cá esta noite parece tão tolo e inútil quanto ela disse que é. Porque não há lugar algum onde eu possa me esconder do que fiz.

E amanhã vou estar no navio da embaixadora e nunca mais vou ver Selly.

Algumas músicas depois ela ergue a cabeça, e agora as luzes cintilantes refletem nas lágrimas em suas bochechas, que brilham como as contas em seu vestido, como as luzes do globo espelhado. Com carinho, corro o polegar pela bochecha de Selly, percorrendo as sardas e limpando as lágrimas.

— Desculpe — diz ela, fungando, incapaz de erguer o rosto e me olhar nos olhos.

— Eu é que preciso pedir perdão. — Inclino a cabeça até nossas testas se tocarem, mantendo a voz baixa. — Nunca vou conseguir me desculpar o bastante. — A verdade da afirmação se instala dentro de mim, oca.

Vejo-a se recompor, vejo-a tomar a decisão de assumir o controle de novo e guardar toda a dor. Selly é forte demais. Tenho apenas um segundo antes de ela voltar para trás de seus escudos. E quero tanto, mas tanto...

— Posso te beijar? — sussurro antes de pensar melhor no que estou fazendo.

Ela arqueja, o olhar se erguendo de repente para me encarar, e sinto o corpo da garota ficar tenso em meus braços. O momento se estende para sempre enquanto as luzes brincam em seu rosto.

— Leander — murmura ela. — Não posso.

O nó no meu estômago se aperta a ponto de me causar dor física, e sei que é impossível que minha máscara ainda esteja funcionando.

— Claro. Eu não devia... Você não quer...

— Não — interrompe ela, rápido. Sua mão, pousada em meu braço, aperta de leve. De repente, toda a minha consciência escorre por ele e se concentra no ponto onde minha pele está à mercê de seus dedos, sob a manga da camisa. Ela engole em seco, hesitante, as bochechas de um tom cada vez mais intenso. Os olhos e os lábios de um tom cada vez mais intenso também. — Eu quero.

A voz de Selly, mal audível acima da música, ecoa em meus ouvidos. Não consigo me mover, com uma onda de choque tangível correndo por mim. Esperança, anseio, desejo — tudo se embola na minha garganta, como cavalos se trombando logo antes do início de uma corrida. Mas o desalento vence e sobrepuja todo o resto.

— Se você quer, então por que a gente não pode...?

— Só ia piorar as coisas — diz ela, baixinho. — Amanhã.

Quero argumentar, mas há um olhar em seu rosto que me faz lembrar do quanto ela já perdeu. Uma mãe que a abandonou ainda bebê. Um pai que viajou para o norte e a deixou para trás. O navio que era seu lar, e a tripulação que era seu povo... Todos se foram.

Todo mundo e todas as coisas que ela tentou amar na vida partiram, e amanhã de manhã eu vou partir também. Quando fiz aquele barquinho de papel para ela e lhe prometi uma embarcação de verdade muito em breve, parte de mim torcia para que ela recusasse a oferta, que dissesse que queria outra coisa. Foi uma ideia idiota, mesmo para um devaneio.

Tirei tudo de Selly, e não tenho o direito de pedir mais. Tudo o que lhe resta é o mar, e não vou arrancar isso dela também.

Então encontro o sorriso que todo mundo conhece muito bem e o devolvo ao seu lugar habitual.

— Bom, você está maravilhosa. Não acho que devemos desperdiçar isso. Vou te ensinar uma dança, e aí a gente volta para a prisão.

Ela sorri, segurando minhas mãos, em cujas costas estão estampados os desenhos intrincados que indicam minha magia. Já as de Selly mostram apenas as grossas faixas verdes que marcam a falta de poder e estão escondidas sob uma camada de renda verde, exceto para aqueles que sabem que estão ali. Mas Selly está olhando para seu vestido cintilante, movendo-se de forma a fazer as contas tremularem sob a luz.

— Achei mesmo que você ia gostar mais de mim assim.

Sinto uma vontade desesperada de beijá-la, de sentir seus lábios nos meus. Em vez disso, me contento em só apertar seus dedos. E decido dizer a verdade, porque não tem nada a ver com o vestido. Esta versão dela é linda, mas não é quem Selly é ou quer ser.

— Na verdade... — começo, encarando seus olhos verdes. — Gosto mais de você com a pele coberta de sal.

SELLY

◆

Vermelho Rubi
Porto Naranda, Melaceia

A única coisa que quero agora é dar um passo adiante, enrolar as mãos na camisa dele e o beijar até ele parar de falar.

Mas isso não é para mim. *Ele* não é para mim.

— Certo, tagarela — digo, desviando os olhos dele e fitando as pessoas se chacoalhando ao nosso redor. — Vem, a banda está trocando de música. Depois de uma dança, você já vai cansar de mim pisando no seu pé.

Deixo o príncipe me guiar pela pista de dança com nossos dedos entrelaçados. Uma hora atrás, no mercado noturno, a sensação era esquisitíssima, mas agora é como se tivéssemos deixado o porto e estivéssemos em águas abertas sem nada em nosso caminho. É mais simples. Não vamos admitir, mas ambos sabemos o que estamos sentindo.

Leander se detém tão de repente que trombo com ele, envolvendo sua cintura com um braço para me equilibrar nesses sapatos ridículos.

— O que foi? Essa música é muito... — Minhas palavras morrem no instante em que vejo sua expressão.

Ele está encarando o rapaz atrás do balcão do bar. O sujeito parece ter acabado de entrar pela porta dos fundos, reservada a funcionários, e estava falando com um dos atendentes. No momento, porém, também está congelado no lugar. Leander parece ter visto um fantasma, assim como o outro garoto, o queixo caído de choque.

Ele é esbelto e rijo, com cabelo preto cortado curto, pele queimada de sol, olhos escuros e lábios cheios. Bonito, apesar da cara de desconfiado. Num instante está nos encarando; no seguinte, começa a recuar na direção da porta dos fundos e parece se sobressaltar quando tromba de costas com ela.

— Jude! — chama Leander, me puxando junto conforme avança pela multidão rente à lateral da pista de dança.

O rapaz chamado Jude não tem para onde ir, a menos que desapareça pela porta — e algo parece o estar impedindo de fazer isso. Não está vestido como os frequentadores chiques da casa noturna, mas tampouco lembra os locais nas ruas; usa uma camisa de mangas curtas e boina, e tem um broche com uma pequena pedra preciosa vermelha presa na lapela, lembrando o símbolo da placa lá fora. Sinto que já vi um desses broches antes, mas não me recordo de onde. O garoto encara Leander boquiaberto, balançando a cabeça devagar.

— Jude, pelos sete infernos! Por onde você *andou*? — indaga Leander quando o alcançamos.

— Por aqui — responde o rapaz, ofegante. — Por onde mais andaria?

— Como assim, *por onde mais andaria*? — Leander ainda o encara como se estivesse tentando acreditar que ele é real.

Por mais que esteja feliz de ver o jovem — se é que essa é a palavra certa —, o sentimento certamente não é mútuo.

Jude balança a cabeça de novo, enfiando as mãos nos bolsos, mas antes consigo ver como estão tremendo.

— Eu... O que *você* está fazendo aqui? — Ele parece prestes a acrescentar um "Vossa Alteza", mas se detém antes. Tenho a impressão de que vai vomitar.

— Não estou aqui — responde Leander. — Nunca estive, não vou estar amanhã. Jude, tem *noção* do que fiz tentando te encontrar? Fui até a casa da sua mãe em Lagoa Sacra, mas ela disse que vocês iam se mudar, então deixei umas cartas com ela.

— Você o quê? — questiona Jude, devagar.

— Ela disse que ia te entregar — explica Leander, correndo a mão pelo cabelo. — Mas depois de não receber respostas suas voltei até lá e vocês dois tinham se mudado. Pedi para o capitão da Guarda da Rainha ir atrás de vocês. Fui falar com a *esposa* do seu pai. Ela teria me expulsado se não soubesse quem sou.

— Mentira — diz Jude, parecendo ainda mais enjoado. — Vocês nunca... Não.

— Por que eu não...? Escuta, você não devia estar aqui — fala Leander. — Vai acontecer uma guerra... Você precisa ir para casa. Posso cuidar disso, você...

— Não dá — responde Jude, curto e grosso, tirando uma das mãos do bolso e a estendendo na direção da maçaneta. — Esquece que eu existo. Vou jurar pelos sete infernos que nunca te vi.

— Jude, eu...

— Você precisa dar o fora — interrompe Jude, com a voz baixa e intensa. — Precisa dar o fora *neste momento*. Sai da cidade. — E, com um único movimento rápido, ele abre a porta, passa pela fresta e a fecha atrás de si.

Leander corre atrás do rapaz, mas a maçaneta já está trancada quando ele a força.

— Jude! — grita o príncipe, esmurrando a madeira. — Jude, volta aqui!

— Para com isso — sibilo, puxando Leander pelo braço. — As pessoas vão notar.

O cara com quem Jude estava falando já está nos encarando, inclusive. Fulmino o menino com o olhar até ele se virar para o lado e pegar um copo para polir com seu paninho.

Leander se vira para me encarar.

— Selly, eu preciso...

— Não, não precisa. Ele disse não.

— Mas não é possível que... — As palavras morrem em sua boca. Ele balança a cabeça, e sua perplexidade faz meu peito doer.

— Quem é ele? — pergunto, num tom mais suave.

— Nós estudamos juntos — diz Leander, devagar. — É um amigo. Um amigo que eu não fazia ideia de que estava em Porto Naranda.

— Para um amigo, ele não pareceu muito feliz em te ver. Considerando ele e Keegan, estou começando a me perguntar se alguém da escola gostava de você.

— Eu também — murmura o príncipe, mas não está prestando muita atenção em mim.

— Ele vai contar a alguém que te viu?

Leander nega com a cabeça.

— Jamais — responde, depois hesita. — Mas eu também diria que seria impossível ele achar que eu o abandonei.

— E você abandonou?

— Claro que não. Ele simplesmente sumiu de um dia pro outro. É difícil ajudar alguém que desapareceu.

— Deve ter mais coisa por trás dessa história — insisto, mantendo a voz tranquila, tentando compreender quanto rancor o tal do Jude pode sentir do príncipe.

Leander inclina a cabeça, espalmando a mão na porta como se assim pudesse atravessar a madeira.

— Jude usava o sobrenome da mãe na escola. Era conhecido como Jude Kien. O pai dele era o lorde Anson, mas a mãe de Jude não era a esposa do lorde.

— Ah.

— Sim. Quando sua senhoria morreu, deixou Jude e a mãe com uma mão na frente e outra atrás. Não sei se foi de propósito ou por acidente, mas a lady Anson não estava nada a fim de ajudar; nunca gostou do fato de que o esposo pagava pela educação do Jude, por exemplo.

— Então ele teve que sair da escola?

— Eles simplesmente desapareceram certo dia — responde o príncipe, impotente. Tentei de tudo para encontrar meu amigo. Deixei cartas com a mãe dele... Por que ela não as entregou ao Jude?

— Família é complicado — murmuro, e as palavras já parecem uma péssima desculpa enquanto saem da minha boca.

— Eu teria feito questão de manter o Jude na escola, de arrumar um lugar pra ele ficar... Se eu soubesse onde o encontrar — diz Leander, triste. — Mas ele sumiu.

O príncipe parece tão perdido que lamento por ele. Também consigo imaginar como Jude está furioso caso realmente acredite que Leander o abandonou justo depois de ele perder tudo.

— Sinto muito por ele ter fugido. Mas ele está certo sobre uma coisa: a gente precisa ir. Aqui não é seguro. Você pode pedir para a embaixadora tentar encontrar o Jude, colocá-lo num navio para casa, mas...

Leander fecha os olhos.

— Você está certa. Sei que está. Mas não vejo meu amigo há dois anos, Selly. Tentei de tudo. Não entendo... Por que ele trancou a porta?

Enlaço o braço no dele e o incito a se mover. É estranho tocar Leander assim, como se eu tivesse permissão, mas ao mesmo tempo não é nada estranho. Parece perigosamente perto de certo, mesmo eu sabendo que nunca será.

— Um problema por vez — falo, usando um tom pragmático. — Vamos voltar para a pousada.

Pegamos a sacola com minhas roupas antigas atrás do balcão do bar, passamos pelo homem de guarda na porta e subimos as escadas em direção à rua.

Leander ainda está perdido em pensamentos, de braços dados comigo enquanto andamos. Mas não consigo evitar olhar por cima do ombro quando começamos a seguir de novo na direção das docas.

O alívio de Keegan está estampado no rosto quando chegamos ao quarto, e ele tem inúmeras perguntas sobre Porto Naranda — sobre o que vimos no mercado, o que andam falando pela cidade... Leander conta a ele sobre Jude e lhe entrega o jornal; imagino que ter ficado alguns dias sem ler absolutamente nada tenha sido um sofrimento para Keegan, porque ele folheia os cadernos e sorve as palavras como se estivesse desidratado e elas fossem água fresquinha.

Fizemos vários desvios, pegamos alguns atalhos e olhei para trás antes de entrar no beco e subir pela escada de emergência, então tenho certeza de que não fomos seguidos desde que saímos da casa noturna. Mas assim que supero esse medo mais imediato todas as outras coisas vêm à tona. A dor do cansaço atrás dos meus olhos. A inegável sensação de que sei onde Leander está a cada momento, e se ele está ou não olhando para mim.

— Vocês precisam dormir — diz Keegan, sem erguer os olhos. — Tirei um cochilo enquanto estavam fora, então a cama está livre.

Leander e eu olhamos para ela ao mesmo tempo; fizemos questão de que fosse assim ao alugar o quarto, mas há uma pausa muito, muito longa enquanto pensamos nas palavras. *A cama*. Apenas uma.

Ergo o olhar no mesmo instante que ele, e sinto o rubor tomar as bochechas.

— Por favor, por favor, não me força a ser todo nobre e me oferecer para dormir no chão — implora ele.

Leander usa um tom proposital para fazer a súplica soar cômica, mas há algo intenso em seus olhos. Não sei se entendo muito bem o que é.

— Claro que não — digo no automático. — Você é mimado demais para isso. Eu durmo no chão.

— Eu...

— Vou lavar o rosto — anuncia Keegan, dobrando o jornal e o levando junto quando praticamente desaparece pela portinha que leva até nosso pequeno lavatório.

Em sua voz, sinto uma nota nítida, embora tácita, que diz: "Se resolvam aí antes de eu voltar."

— Selly — diz Leander, tentando usar argumentos lógicos e mantendo a voz baixa na tentativa vã de conseguir alguma privacidade, dada à porta fina que divide o quarto do lavatório. — Vamos dormir os dois na cama. Juro que vou controlar as mãos. Você disse que queria assim.

Bufo, porque falei para ele que *não* queria assim, mas não vou admitir isso em voz alta. Em vez disso, apenas assinto.

— Vira de costas.

— O quê?

— Não vou dormir com este vestido, né? Vira que vou me trocar.

Ele obedece e se vira, e parte de mim fica levemente decepcionada pela falta de protestos. *Não dá para ter tudo na vida, menina.*

Tiro com cuidado o vestido e os sapatos novos, e penduro o traje no encosto de uma das poltronas. Confiro se está tudo bem com o barquinho de papel e o ajeito para que ele não seja esmagado ou amassado.

Leander encara a parede, respeitoso, mas sei que está tão ciente quanto eu de cada barulhinho que faço — de cada farfalhar de tecido, de cada mudança de peso de um pé para o outro.

Pego a calça endurecida de sal com a qual estava no *Lizabetta* e a reviro nas mãos. Consigo sentir o peso das pedras transparentes nos bolsos, um lembrete de algo em que me nego a pensar neste momento. Já fiz o bastante, já encarei o bastante esta noite, mas não vai ter como dormir com esta calça porque está endurecida demais.

Então boto só a camisa cor de creme, abotoo a peça até em cima e me enfio embaixo das cobertas. Nunca precisei esconder o corpo antes, mas tampouco tive alguém por perto com algum interesse de olhá-lo.

— Pronto, pode se virar.

Leander obedece e se senta na beira da cama, se inclinando para desamarrar as botas. Não fala nada, e não consigo pensar em algo para falar. É só quando ele volta a se endireitar que olha por cima do ombro.

— Em cima ou embaixo das cobertas?

Suspiro.

— Embaixo — murmuro, certa de que devo estar vermelha como uma lagosta.

A coroa de tranças que Hallie fez no meu cabelo ainda está no lugar, então me ocupo em remover os grampos — o que me dá algo para fazer enquanto ele sobe na cama ao meu lado e se ajeita.

E ficamos ali deitados, ambos olhando para o teto manchado de umidade, escutando a respiração um do outro e notando como estamos próximos. É o que eu fico fazendo, ao menos.

— O Keegan está demorando — observa ele depois de alguns minutos.

Quando me viro, encontro um sorriso maroto me esperando, e um pouco da tensão que vinha se acumulando no meu peito se desfaz. É só Leander.

— Bom, eu não o julgo.

Caímos de novo no silêncio, mas permaneço completamente ciente de quão perto ele está, de todos os minúsculos movimentos que ele faz e de como os lençóis se repuxam ao redor do meu corpo. Bastaria o menor dos esforços para me virar na direção dele, e ele entenderia a deixa na mesma hora. Eu estaria em seus braços um instante depois. Mas permaneço onde estou, assim como o príncipe.

Achei que passaria a noite acordada, sabendo que ele está aqui, mas o cansaço começa a se espalhar por mim quente como a coberta sob a qual estamos aninhados. Logo não sobra espaço para muitas outras coisas — não para a raiva que fez meu sangue ferver quando o vi na casa noturna, nem para a dor quando lhe disse que ele não podia me beijar. Que não devia me beijar. Isso não ameniza em nada a constatação de que ele vai embora amanhã, porém, e não quero que isso interfira em como vamos passar nossas últimas horas juntos — em silêncio, com tudo não dito pairando entre nós. Então, sem pensar muito bem no que vou dizer, abro a boca, e uma pergunta surge. Uma pergunta cuja resposta de repente sinto que já sei.

— Leander?

— Oi.

— No dia em que a gente se encontrou nas docas... O que você estava fazendo escondido atrás dos caixotes?

Ele fica em silêncio por um tempo.

— Fugindo — diz ele, enfim.

— Como esta noite. — É uma afirmação, não uma pergunta.

— Acho que sim — confirma ele. — Às vezes... é demais. Só isso.

— O quê?

— Não me leva a mal — murmura. — Sei que tem gente em situações muito piores, eu entendo. Mas viver com todos os olhares sobre mim, durante todos os momentos da minha existência... é uma prisão. Tenho todos os privilégios de ser parte da minha família, mas todas as expectativas também. Há pouquíssima liberdade, e como terceiro filho tenho chances mínimas de fazer qualquer coisa útil com a minha vida.

Solto uma risadinha baixa e involuntária.

— Bom, aposto que no momento você se arrepende por ter desejado ter alguma coisa para fazer.

— Se eu soubesse antes que sou capaz de fazer desejos se realizarem... — responde ele.

Minha impressão é que, embora a intenção dele tenha sido fazer uma piada, há certa melancolia em sua voz.

Sem pensar, estendo as mãos sob as cobertas. Nossos dedos se esbarram, e ele fica imóvel por tempo o bastante apenas para ter certeza de que não foi um acidente, acho. Mas empurro a mão um pouquinho mais, e ele entrelaça os dedos nos meus com tanta rapidez, com tanta força, que é como se estivesse se agarrando em algo para salvar sua vida.

— Boa noite — sussurro.

— Boa noite, Selly.

Por mais cansada que eu esteja, acho que não vou conseguir cair no sono. Quase um milésimo de segundo depois, porém, já estou à deriva, com os dedos de Leander ainda entrelaçados aos meus.

JUDE

◆

Taverna do Jack Jeitoso
Porto Naranda, Melaceia

Entro pela porta da Taverna do Jack Jeitoso sem nem saber muito bem como cheguei até aqui, e o rugido da multidão se eleva para me acolher.

— Não tem luta sua hoje — diz o homem à porta, me olhando de cima a baixo, depois confere os nomes num papel todo amassado que tem na mão. Em seguida me encara, analisando minha expressão. — Quer entrar no ringue?

Só então compreendo: foi por *isso* que meus pés me trouxeram até a taverna, até o ringue de luta.

— Sim — murmuro, já desabotoando a camisa.

Eu devia ter ficado. Devia ter falado com Leander.

Devia ter pedido ajuda, implorado. Se ele realmente falou a verdade sobre ter tentado me encontrar quando fomos embora, ele me ajudaria agora.

Mas tudo em que consegui pensar foi "Eu a ajudei a te matar. Por que você não está morto?".

E, na minha cabeça, uma voz mais suave e persistente disse: "Você podia entregar ele agora, e seria o fim de todos os seus problemas." Porque, ao que parece, esse é o tipo de pessoa que sou.

Mas com a culpa me corroendo de dentro para fora, fugi em vez de pedir ajuda, em vez de avisar que há gente atrás dele.

E agora, com a multidão-monstro já começando a vibrar ao meu redor, entro no ringue a passos largos — esta é a única forma de parar de pensar.

Não mereço o que ele me ofereceu.

Mas não consigo tolerar a ideia de que abri mão de sua ajuda.

KEEGAN

◆

Pousada da Salina
Porto Naranda, Melaceia

A praça que dá para as docas de Porto Naranda nunca dorme, mas está mais calma agora. O movimento se reduziu às poucas coisas que não podem esperar até amanhã de manhã.

Um grupo de marinheiros empurra sua carga na direção do píer mais próximo, sem dúvida se preparando para zarpar junto com a alta da maré. Dois guardas fazem a ronda, tranquilos, caminhando ao longo da lateral do espaço. Marujos sonolentos seguem para suas embarcações — vejo como se movem em grupos. Talvez sempre façam isso, mas talvez seja a tensão no ar que os faz se comportar desse jeito agora.

As cortinas do nosso quarto estão fechadas. Meus companheiros estão adormecidos na cama, completamente derrubados pela exaustão. Em seu sono, foram se virando devagar até acabarem um de frente para o outro, e agora dormem com as cabeças juntas como se estivessem trocando confidências sussurradas.

Eu também deveria estar descansando numa cama improvisada no chão — no entanto, embora minha cabeça doa de exaustão, não estou em condições de dormir.

Então passei por baixo da cortina para ficar no canto do quarto, apoiando o jornal no beiral da janela para ler às luzes da praça lá embaixo. É um hábito antigo: leio à luz da lua desde sempre, tanto no dormitório da escola quanto em casa. Me acalma, e nunca falha em desacelerar minha cabeça ou meu coração.

No jornal que Leander e Selly trouxeram, não há nada que fale sobre a frota da turnê ou do príncipe perdido de Alinor, embora haja várias menções à nação — coisas sobre comércio, política, relatórios de insumos manufaturados. Meu chute é que ainda falta um dia ou dois para chegar à data em que a frota de Leander deveria aparecer em algum lugar — faria sentido dar o máximo possível de dianteira para Leander fazer o sacrifício antes que sua ausência nos navios fosse revelada.

De toda forma, não vai demorar muito até chegar aqui e lá — e em todo o continente, na verdade — a notícia de que o príncipe Leander está morto.

Então, as duas nações vão se preparar para a guerra.

Alinor para vingar o ataque à frota, pois só há um suspeito de um crime desses.

E Melaceia também vai juntar sua força naval — ostensivamente em reposta às ameaças de Alinor, mas na realidade vai ser só o ápice de algo que está em construção há mais de um ano.

A manchete no caderno que estou segurando confirma isso.

O primeiro-conselheiro Tariden visita a casa de Macean

Em Alinor, é a rainha Augusta que comanda a nação — ela tem uma equipe de ministros e conselheiros, oficiais eleitos cujo conselho procura com frequência, além de sacerdotes que falam em nome da igreja. No fim, porém, a palavra final sobre qualquer assunto é dela.

Aqui em Melaceia, os líderes são eleitos, mas o poder real está em outro lugar. É por isso que o primeiro-conselheiro está viajando para se consultar com a irmandade verde: é o líder do povo indo até a igreja.

Em Alinor, a mulher que governa a nação ao menos admite que o faz. O mesmo não pode ser dito da líder da irmandade verde.

Gostaria de saber se guardam jornais internacionais na Bibliotheca. Haveria um atraso no envio, é claro, mas seria interessante ver acontecimentos serem publicados de perspectivas variadas. Talvez, caso não façam isso ainda, eu mesmo possa importar alguns exemplares.

A ideia de estar lá — de ver a grande biblioteca, de assistir às aulas nos lendários auditórios, de debater e aprender com estudantes de todo o mundo... É um sonho pelo qual lutei e, de uma forma ou de outra, vou fazer com que se torne realidade. Posso estar preso no meio da política mundial no momento, mas a Bibliotheca em si é independente e intocável — não à toa é lá que fica o maior Templo da Mãe que existe. Assim como todos os seus filhos estão presentes em seu templo, qualquer pessoa é bem-vinda na Bibliotheca, e precisa deixar quaisquer conflitos anteriores na porta.

Antes que possa ver qualquer coisa, preciso dar um jeito de explicar o atraso da minha chegada, porque certamente vou perder o começo do semestre — e não vou poder contar a verdade.

Acho razoável esperar que a embaixadora vá me colocar num navio que esteja zarpando para lá. Caso contrário, tenho meu colar, embora prefira guardar a peça como garantia para ter algum dinheiro até conseguir uma bolsa de estudos ou o apoio de tutores. Com sorte, Leander vai se lembrar de pedir que alguém me arrume uma passagem antes de nos separarmos.

Como se meu pensamento o invocasse, a cortina ao meu lado se move e o príncipe aparece.

— Legal encontrar você aqui — murmura, apoiando os braços no beiral ao meu lado.

Não respondo de imediato. O príncipe Leander de Alinor e eu nunca fomos amigos. Ele não era dos piores na escola, mas também nunca fez muita questão de me ajudar.

Ainda me lembro de quando nos conhecemos, na verdade — embora duvide que ele se lembre.

Eu estava na biblioteca, sentado perto da parede entre duas prateleiras altas, com um livro pousado no colo. Tinha doze anos, então sem dúvida devia estar passando a hora do almoço com tratados geográficos — provavelmente algo escrito por Freestone.

O príncipe tinha acabado de chegar e estava andando com um bando de outros estudantes, todos tentando se exibir para ele. Quando chegaram ao corredor onde eu estava, um deles — um rapaz de ombros largos chamado Hargrove — olhou na minha direção. Nossos olhares se encontraram, e mentalmente desejei que o garoto continuasse em frente enquanto eu permanecia imóvel.

— Olha só! — exclamou ele, porém, e senti o coração quase parando. — Uma tracinha de biblioteca!

— Fica longe — gritou alguém atrás dele. — Vai acabar pegando alguma coisa. Nunca se sabe por onde ele andou.

Por todos os lugares, quis dizer. *E por lugar nenhum. Essa é a graça dos livros.*

Hargrove estalou os dentes para mim na extremidade do corredor, e me encolhi.

— Traças não mordem — falou ele, abrindo um sorriso. — Não têm dentes.

Pensei em contar sobre a existência do papa-faca de Petron, um inseto com dentes tão afiados que seria capaz de abrir um buraco por suas entranhas se o garoto comesse um pedaço de peixe ou carne de caça contaminado. Mas eu já havia aprendido a manter a boca fechada em vez de interagir com meus colegas.

— Coragem — brincou Leander atrás dele. Mesmo naquela idade, o tom dele era seguro. Sua voz parecia sempre marcada pela promessa de um sorriso, como se soubesse de uma piada que as outras pessoas deveriam estar desesperadas para descobrir. No início achei que ele estava falando comigo, mas depois o príncipe continuou: — Tenho certeza de que você vai sobreviver à fauna local.

E foi assim, sem mais nem menos, que o Leander chancelou sua aprovação à minha exclusão.

Sempre soube que eu era magrelo, desengonçado, pálido e desconfiado demais. Naquele momento, porém, ficou evidente que nunca haveria um lugar naquele mundo para mim.

Quatro anos depois, quando a gente tinha dezesseis anos, desisti da luta desigual e pressionei o diretor para que ele sugerisse aos meus pais que eu fosse educado em casa, com tutores particulares. Fiquei feliz quando o homem concordou, mas a pressa com que cuidou de tudo foi também meio desanimadora e apenas confirmou minhas próprias dúvidas.

Agora Leander chama a minha atenção com um sussurro, se juntando a mim na observação da praça lá embaixo.

— Sempre achei que a sensação de fazer parte da história seria diferente.

— Você faz parte da história desde sempre — comento. — Tem algum lápis ou caneta aí?

Ele não responde; apenas sai de baixo da cortina e volta com a bolsa onde guarda o diário da família. De dentro, tira um toquinho de lápis e o entrega a mim.

Aliso um pedaço do jornal e desenho um tabuleiro de sina-da-Trália. Depois, disponho em cima dele algumas das pedras transparentes coloridas que ele comprou na barraquinha de insumos para feiticeiros hoje à noite — embora eu saiba que ele certamente preferiria algumas velas.

— Não faço parte da história de verdade — diz Leander, atrasado, voltando à nossa conversa anterior. — A Augusta faz; a Coria também, porque são os filhos delas que vão herdar o direito ao trono. Já eu? Não sirvo nem de substituto. Depois que eu fizer esse sacrifício... Aliás, se eu puder acrescentar, a aventura nem exige muita habilidade: só preciso sentar a bunda num barco, visitar o templo de uma deusa com a qual me dou muito bem e passar uma faca pela palma da mão. Não é exatamente o que pode se chamar de realmente complicado, e ainda assim dei um jeito de fracassar. Mas enfim, voltando: depois que eu fizer esse sacrifício, o que me resta? Aguardar mais um quarto de século até o próximo?

Ajeito as últimas duas pedras no tabuleiro e aceno com a cabeça para que ele comece. O príncipe empurra uma das peças adiante e volta a falar, mantendo a voz baixa em respeito a Selly:

— É diferente, é isso que eu estou falando. Se a gente fizer as coisas direito, a história vai sofrer uma reviravolta. Nós três vamos evitar uma guerra.

— Isso é verdade — concordo. — Mas a parte mais difícil já foi. A gente sobreviveu ao ataque e chegou a Porto Naranda. Amanhã vamos completar a última parte da jornada, a mais curta.

— Vou relaxar quando terminar — murmura.

— E é justo. A Selly ainda está dormindo?

— Sim. Ela roubou o travesseiro. — Leander não parece nada incomodado.

— Estranho pensar que talvez a gente nunca fosse conhecer a Selly a bordo do navio — começo, empurrando minha peça. — Se as coisas tivessem corrido bem.

— Eu não tinha refletido sobre isso ainda. — Ele faz sua jogada, e faço a minha antes de voltar a falar:

— Você gosta dela.

A afirmação o surpreende. O príncipe ergue os olhos para mim; peguei Leander de surpresa de um jeito com que não está acostumado.

— Não sou inclinado a romances — complemento, em resposta à pergunta silenciosa dele. — Isso não significa que não tenha capacidade de observação.

Paramos a partida, calados enquanto observamos duas irmãs verdes atravessando a praça lá embaixo antes de desaparecerem nas sombras. Também posso ver um grupo de guardas da cidade olhando para elas. É mais do que imaginei que fosse necessário a esta hora da noite — mas, com várias discussões surgindo entre capitães e oficiais da alfândega, talvez não seja. O lugar inteiro está com os nervos à flor da pele.

Os guardas só assistem enquanto as integrantes da irmandade verde cruzam a praça, fazendo uma mesura respeitosa com a cabeça quando uma das mulheres olha para eles. Não consigo nem imaginar o que podem estar fazendo a esta hora — o que só serve para reforçar como sei pouco sobre a religião de Melaceia, e menos ainda sobre seu deus, Macean.

— Vou te falar... — começo quando as mulheres somem além da esquina. — Os sacerdotes e sacerdotisas em Alinor podem até usar uniformes militares, mas não são nem de perto tão ameaçadores quanto as irmãs verdes.

— Os sacerdotes da nossa terra respondem a um alto escalão — responde Leander. — Que, por sua vez, responde a uma deusa. A deusa da ordem, que é a Guerreira e Sentinela. Mas a quem as irmãs verdes respondem? O deus delas está dormindo. E, mesmo quando está acordado, é Macean, o Apostador, o deus do risco. Vai saber o que falaria para elas se estivesse aqui...

— Honestamente, espero que a gente nunca descubra — respondo, para disfarçar minha surpresa com esse tipo de pensamento vindo de Leander.

Sempre subestimo o rapaz. Mas, enfim, estou começando a notar como ele mesmo se esforça para que isso aconteça.

— Acha que o Jude vai falar alguma coisa? — pergunta o príncipe, mudando de assunto e voltando a atenção ao jogo à nossa frente.

Quando voltou, ele me contou sobre o encontro com nosso antigo colega de classe, parecendo mais abalado do que eu imaginaria.

— Sei lá. Acho que é razoável esperar que, mesmo que ele se sinta hostil em relação a você, vai passar a noite considerando a melhor forma de usar a informação. E, amanhã de manhã, a gente já vai estar em segurança com a embaixadora.

— Espero que sim. — Ele não parece muito reconfortado. — Queria que o Jude não tivesse fugido.

— Eu também.

— É assim que as coisas são? — pergunta ele. — Nos seus livros de história?

— Como assim?

— Nas histórias, os heróis são sempre cheios de propósitos, certos do que fazer. Eu estou só cansado e preocupado com vinte coisas ao mesmo tempo.

Considero a pergunta.

— Nos registros em primeira pessoa de figuras históricas... Nas fontes primárias, quero dizer, não nas versões formais documentadas... Geralmente, as pessoas parecem estar iguais a nós. Cansadas, com fome, com medo. Mas determinadas.

— Acho que nisso o diário é bem realista — concorda ele. — Minha vó parece muito menos imponente do que quando era uma dama idosa.

— É isso aí. — Empurro outra pedra na casa que quero, comendo as dele.

— Você podia ter ido embora — diz o príncipe, baixinho. — Quando a gente aportou aqui, você podia ter pegado o colar e embarcado num navio que estivesse a caminho da Bibliotheca a esta altura... Na pior das hipóteses, teria encontrado algum zarpando amanhã de manhã.

— Eu sei — murmuro. — Mas, se uma guerra estourar, até a Bibliotheca vai ser afetada, seja ela neutra ou não. E pensando em onde ela fica... O maior lembrete do mundo do que está em jogo nesta guerra é justamente a existência dos Ermos Mortos. Das ruínas da cidade sobre as quais a Bibliotheca foi construída.

Ele me olha de soslaio, me observando.

— Tem razão — concorda depois de um tempo.

Nunca dei bola para o que o príncipe acha de mim, mas me sinto obrigado a esclarecer minha posição.

— Além disso, teria sido a coisa errada a se fazer.

— Em relação a Alinor? Achei que você não era patriota.

— Em relação a você — respondo, movendo outra peça.

— Hum. — Ele franze o cenho para o tabuleiro. — Eu geralmente ganho sempre que jogo sina.

— Todo mundo te deixa ganhar, você quer dizer — corrijo. — Devia ter jogado comigo antes.

O príncipe continua me analisando, com as sobrancelhas franzidas como se eu fosse um texto especialmente complexo. Estar sob escrutínio não é particularmente confortável, e tento mudar de assunto. Antes de pensar em algo útil, porém, ele fala:

— Você está certo. Eu devia mesmo. Keegan, preciso te pedir desculpas. Várias. Não é muito confortável estar aqui, pensando em como mereço pouco sua lealdade. Sinto muito por não ter te tratado melhor na escola. Sinto muito não ter te respeitado como você merece.

Não tenho ideia do que dizer. Perdi as contas de quantas vezes inventei discursos na cabeça, tarde da noite. De quantas vezes castiguei meus colegas, destroçando cada um deles pelas humilhações a que me submeteram. Pela forma como me isolaram. Por como me fizeram questionar tudo que eu fazia, sem nunca saber a coisa certa a fazer ou falar.

Mas de todas as respostas que criei na cabeça, quando imaginava esses discursos na minha mente, nenhuma tinha qualquer relação com o que sinto agora.

Fico tanto tempo sem falar que ele morde o lábio, e compreendo que Leander acha que rejeitei o pedido de desculpas.

Preciso falar alguma coisa, educada ou não.

— Eu estava fugindo para a Bibliotheca porque vi uma chance de *escolher* quem eu seria — arrisco. — Em vez de existir como a pessoa que os outros queriam que eu fosse. Porém, a pessoa que eu gostaria de ser mudou ao longo dos anos. Não posso negar a você a mesma coisa que desejo a mim.

Ele me encara com uma expressão familiar — a de alguém repassando o que falei, tentando entender meu discurso.

— Quantas palavras, Keegan — diz ele depois de um tempo.

Tento de novo.

— Queria dizer que estou mais interessado em quem você é agora, em quem gostaria de se tornar, do que em quem foi.

Ele assente uma vez, depois outra. Em seguida caímos no silêncio por um tempo, voltando a ver o movimento na praça lá embaixo.

— E concordo — retomo depois da pausa. — É estranho mesmo imaginar que estamos fazendo história. — Vejo uma oportunidade de aliviar a tensão e decido arriscar uma piada; é provavelmente o cansaço me fazendo agir como um tolo. — Espero que, quando nossos feitos forem registrados nos anais da história, ao menos escrevam meu nome certo nos livros. Geralmente as pessoas esquecem do último "e" de Wollesley, e isso é insuportável.

Sou presenteado com uma risadinha leve e um chacoalhar da cabeça.

E é surpreendentemente bom fazer alguém sorrir.

SELLY

◆

Distrito Diplomático
Porto Naranda, Melaceia

Trançar meu cabelo assim parecia muito mais fácil quando Hallie me mostrou ontem. Além disso, meus braços estão doendo, mas consegui fazer uma versão consideravelmente decente daquelas coroas enroladas que costumam usar aqui. Passo a coisinha cor-de-rosa nos lábios, esfrego uma quantidade minúscula nas bochechas e boto meu vestido com todo o cuidado.

Guardo o barquinho de papel perto do coração, mas a sensação é agridoce. É a única coisa do mundo que realmente pertence a mim, mas foi feito pelo garoto que não quero que vá embora como promessa de que vai fazer de tudo para que eu possa ir. Logo Leander vai encontrar um navio de verdade para mim e vai tomar uma rota que o leve para outra direção.

A praça das docas está um caos esta manhã. Começou com uma discussão sobre um navio alinoriano que foi confiscado; a tripulação seguiu o capitão ao longo do embarcadouro, gritando protestos que atraíram outras pessoas, e dali tudo degringolou diante dos nossos olhos.

Quando o guarda da cidade chega e arrasta o capitão alinoriano para longe de vista, temos mais certeza do que nunca de que Leander e Keegan não podem correr o menor risco de serem reconhecidos na embaixada — especialmente se for verdade o que a garota da barraquinha de suprimentos para feiticeiros disse sobre os protestos. Então quem vai sou eu, e sozinha.

Pego o pedacinho de espelho na parede, virando a peça para ver meu reflexo, e não é de todo ruim. Não sei se seria o bastante para acordar Macean da hibernação, como Hallie disse — e, para ser sincera, espero que não. No entanto, sob o ângulo certo, acho que talvez conseguisse fazê-lo se remexer um pouco em seu sono.

Corro os dedos pelas contas verdes e cintilantes, bordadas com todo o cuidado num padrão estelar que começa na cintura e irradia para longe, refletindo a luz a cada movimento. Nunca tive nada disso e nunca vou ter.

Afivelo os sapatos, depois volto para o quarto onde Leander está esparramado na cama e Keegan sentado numa das poltronas, ainda grudado ao jornal.

O acadêmico baixa os cadernos, me espiando por cima das páginas para analisar minha aparência, e assente para informar que o disfarce foi aprovado. Leander se espreguiça, rola para ver o que Keegan está olhando e nem faz esforço para esconder como corre o olhar por meu corpo. Sem palavras, renova a oferta que me fez noite passada.

Eu poderia me inclinar, apoiar um joelho no canto da cama, empurrar o príncipe para trás e tocar seus lábios com os meus. Ele permitiria.

Mas, em algumas horas, Leander terá partido. Então, em vez disso, desvio do canto da cama e sigo até a porta.

— Não arranjem confusão — digo, e vou embora.

Quanto mais me afasto das docas, menos certeza tenho do que estou fazendo.

Porto Naranda é diferente de todos os lugares que conheço, desconfortável de jeitos que eu não imaginava que um local poderia ser. Há coisas pequenas que achei que existiam em todos os lugares — o cheiro de maresia na brisa, a visão do sol lá em cima. Sempre foram notas da música de fundo que tocou minha vida toda, e de repente não estão mais lá. Me sinto perdida; conforme sigo mais para dentro da cidade e essas coisas somem por completo, tudo fica estranho.

As construções são tão altas que formam cânions ao meu redor enquanto caminho, me mantendo sempre nas sombras. Certa vez estive num navio que passou por uma série de eclusas, e este lugar me evoca memórias daquela viagem.

A estação de elevação ficava num rio estreito, entre paredes altas dos dois lados. Entrávamos em cada seção nova e um portão se abria, mantendo a embarcação no lugar enquanto o maquinário funcionava e água era jogada na área onde estávamos para nos erguer até outro nível. Depois seguíamos para a seção seguinte e o processo se repetia. Era como subir uma série de degraus, um por vez.

Me senti sufocada na ocasião, com o navio preso dentro de um lugar onde nunca estivera antes.

Me sinto igual agora.

A cidade em Lagoa Sacra é feita de pedra dourada; as construções de Porto Naranda são construídas com as rochas cinza-escuras das montanhas, mas o lugar consegue ser mais colorido. Placas de muitos tons adornam os prédios, chamando todos que passam por eles para comprar coisas que vão de serviços de engraxate a chapéus novos — as pessoas, porém, não diminuem o ritmo.

Os homens vestem calças e camisas, enquanto as mulheres ostentam vestidos que batem nos joelhos. São como passarinhos bonitos e coloridos em tons intensos — vermelhos profundos, verdes vibrantes, o azul do oceano quando ele está de bom humor. Cores lampejam por baixo de casacos pesados. Estou fingindo que sou uma dessas pessoas, mas tenho certeza de que todo mundo sabe que não sou.

Me lembro do meu pai me contando uma vez que Melaceia não tem muitas regiões cultiváveis — mas só fui compreender quão pouca terra fértil eles tinham até Leander explicar que o lugar foi escavado na pedra sólida por um Mensageiro de antigamente. Meu pai dizia que o maior bem dos melaceianos é o que têm dentro da cachola, e é por isso que esta é a cidade da invenção.

Estou acostumada ao mar aberto, a lugares que posso apontar num mapa enquanto estou envolta por carga que posso tocar. Aqui não consigo ter sequer um vislumbre do sol entre os prédios para ver que horas são ou definir meu rumo.

Tudo o que sei é que o tempo está passando, e precisamos sair da pousada ao meio-dia porque não temos mais vinte e cinco dólares para pagar por mais uma diária.

Estremeço com a brisa gelada quando passo pelo que deve ser a maior igreja da cidade. Os pilares na fachada são pintados de preto; diferente do deus ao qual é dedicado, porém, este lugar não está dormindo.

Irmãs verdes, algumas delas feiticeiras, estão acendendo tochas que ladeiam a escada que leva à entrada principal do templo. Há outras preparadas para distribuir bênçãos, e os mesmos transeuntes que ignoram as ofertas de serviços de engraxates e chapéus novos definitivamente param para falar com a irmandade verde. Paro um minuto para assistir. As grandes portas da frente se abrem, liberando a congregação que assistiu à cerimônia religiosa da manhã. Os fiéis saem às centenas e aperto o passo, levando a mão ao peito antes de notar o que estou fazendo — o que toco é o ponto onde o barquinho de papel está escondido dentro do vestido.

Logo vou estar de volta num navio, e longe do garoto que me fez esta lembrança.

O distrito diplomático fica numa região rica da cidade, com as embaixadas formando um círculo amplo ao redor de um jardim público com árvores, floreiras e até mesmo um lago ornamental. Aqui há muito terreno para um lugar onde a terra cultivável é tão escassa. Na extremidade do jardim, uma cerca alta foi erguida ao redor de uma série de tendas, e há pessoas com roupas coloridas entrando por um portão. Parece uma espécie de festa.

Carros e carruagens puxadas por cavalos transitam pelas ruas que dividem as embaixadas do parque central, e não preciso seguir muito tempo por elas antes de ver uma construção próxima diante da qual tremula a bandeira de Alinor: uma lança branca contra um fundo azul-safira.

Ao pé do mastro, dois membros uniformizados da Guarda da Rainha estão de prontidão. Só os vejo porque estão no topo da escadaria — diante deles, no nível do chão, há dezenas de pessoas espalhadas por todo o caminho que cerca a embaixada. Os manifestantes.

Os membros da Guarda da Rainha encaram o horizonte, como se não estivessem nem vendo a movimentação diante deles — centenas de pessoas vestidas com uma mistura de cores escuras e boinas de operário e as cores vibrantes dos ricos. Não são grupos que se mesclam com tanta facilidade, mas estão todos voltados para a mesma direção com os gritos se erguendo até virarem um rugido.

Dois homens sobem correndo as escadas; um dos guardas se move para bloquear a porta da embaixada, a expressão fechada. Quase mais rápido do que meu olhar, o vigilante ergue um braço para bloquear os invasores e abaixa quando um deles desfere um soco. Pouco depois, os homens estão de volta na base da escadaria, engolidos pela multidão, enquanto o vigilante troca um olhar com o companheiro e volta a sua posição.

Já vi outras revoltas em portos, tavernas e alfândegas. Esta ainda não está pronta para se inflamar de verdade — mas consigo sentir o potencial no ar, a estática antes de uma tempestade. Basta apenas uma fagulha.

Graças a Barrica os meninos não vieram. Uma coisa é passar com eles por observadores em janelas distantes, espiando em nome de Melaceia. Outra é imaginar entrar com os dois no meio de uma turba furiosa.

Vou entrar sozinha. Leander me contou quais são os códigos, uma lista de palavras que vai identificar minha mensagem como algo que veio dele. Pertencem exclusivamente a Leander e às duas irmãs: a rainha Augusta e a princesa Coria. Qualquer mensagem que eu entregar com esses termos ditos na sequência certa vai garantir que eu seja recebida e ouvida. Mas como chegar até lá?

Não posso simplesmente seguir pela multidão e exigir que me deixem entrar para entregar uma mensagem secreta que apenas a embaixadora vai entender. Os guardas na porta não sabem o código — afinal, se todo mundo o soubesse, qual seria sua utilidade?

Mas não posso ficar aqui fora para sempre.

Enquanto permaneço no lugar, observando os manifestantes, as portas da embaixada se abrem e vários outros membros da Guarda da Rainha saem com seus uniformes azul-safira.

Estão escoltando uma pessoa; quando a veem, os rebeldes gritam mais alto. Quase a confundo com um guarda, também vestida de azul, mas depois consigo enxergar direito.

Ela não está de uniforme, e sim com um brilhante e cintilante vestido completamente maravilhoso. Ótimo para quem vê, péssimo para quem usa e precisa lutar. A Guarda da Rainha a acompanha escadaria abaixo, empurrando a turba, e a faz entrar num carro que já está aguardando.

Espere, é a embaixadora? Ah, pelos espíritos! Considerando como estão cercando a mulher, deve ser.

A porta do carro se fecha. Enquanto o belo veículo preto adentra o trânsito, começo a correr sem nem dar por mim.

Pelos sete infernos. Eu devia ter ficado com as botas e a calça.

Mas o medo esmurra meu peito quando vejo o carro acelerar tráfego adentro.

Por qual distância será que consigo seguir a embaixadora, e quem me notou disparando na direção dela? O que faço se ela conseguir se afastar?

Sinto a respiração apertar em segundos porque ainda estou exausta. Quando o pânico ameaça me sobrepujar, porém, o carro começa a frear depois de percorrer apenas um terço do círculo.

Quando para, também me detenho a distância, atravessando a rua para me abrigar e vigiar da entrada de um beco. A embaixadora surge do carro, com o cabelo preto e liso brilhando ao sol; as contas de seu vestido refletem a luz, e ela se junta ao grupo que emerge da área de tendas delimitadas pela cerca improvisada que vi mais cedo. A mulher está evitando os manifestantes, só isso. Ela entra pelos portões, parando para oferecer o que presumo ser um convite aos guardas que vão revistá-la.

O veículo se afasta depois que a deixa em segurança no meio do grupo, e me pego encarando a mulher.

O destino do mundo está nas minhas mãos, e a embaixadora que preciso que me ajude a salvá-lo está numa *festa de quintal* do outro lado da cerca.

Lá dentro, ela tem tanta utilidade para mim quanto meu pai em Holbard, do outro lado das tempestades de inverno.

Mas não tenho tempo para pensar nesse tipo de coisas.

Acalmo a respiração e me esforço para aquietar a mente como Leander me ensinou a fazer durante a tentativa catastrófica de me comunicar com os espíritos. Preciso pensar.

Ele disse que "as pessoas só precisam de uma coisa grande para não registrar detalhes menores". Não acho que é o melhor conselho aqui. Posso me destacar o quanto eu quiser, mas não tenho convite, então não há como entrar.

O que mais Leander disse mesmo? Fecho os olhos, tentando me lembrar de sua voz. *Ninguém espera me encontrar aqui. E pessoas raramente veem o que não estão esperando ver.*

Abro as pálpebras de supetão e me permito dar um sorrisinho.

Já sei.

Demoro só alguns minutos para confirmar que estava certa sobre a cerca. É mais para manter penetras casuais para fora do que deter alguém realmente determinado.

Transito por entre as árvores, procurando a parte menos vigiada na barreira. Um pedaço dela segue rente ao lago ornamental; se houvesse alguma maneira de conseguir o que quero estando encharcada da cabeça aos pés, eu entraria a nado.

Mas logo depois encontro um ponto bom e paro para prender a barra do vestido na metade da coxa para me mover com mais facilidade. Dobro os joelhos e salto para agarrar os galhos mais baixos de uma árvore que fica encostada na cerca, escondida da vista de quem está dentro da tenda branca onde serviram a comida.

Me ergo com tanta facilidade quanto se estivesse subindo no cordame, e as folhas farfalham ao meu redor. Queria saber pedir aos espíritos que as mantivessem quietas, mas não vou nem correr o risco de provocar outro desastre. Em vez disso, passo por cima do galho, dizendo a mim mesma que é apenas uma cruzeta. Estou nervosa, mas não é pela distância até o chão. O que temo é quem vou encontrar quando saltar para dentro.

Desço no espaço entre a cerca e a tenda e solto o vestido, esperando meu coração parar de esmurrar o peito. Isso não acontece, então saio andando mesmo assim como se fosse a dona do lugar. Quase trombo com tudo num garçom carregando uma bandeja cheia de taças de espumante. *Sério, minha gente? A esta hora da manhã?*

Aceito uma quando ele oferece, porém, depois pego uma segunda com a outra mão. É menos provável que parem para falar comigo se parecer que estou levando uma bebida a um amigo. *Ninguém tem motivo algum para suspeitar que você não deveria estar aqui,* lembro a mim mesma. *Não vão ver o que não estão esperando, e não estão esperando uma penetra. É o que o Leander faria. Espero. Ou talvez ele estivesse tendo um ataque cardíaco agora — vai saber.*

Convidados transitam pelo lugar como gaivotas à procura do melhor lanchinho — para eles, tenho certeza de que o alvo é a fofoca mais suculenta sendo contada, mas para mim são as bandejas com canapés que vejo passarem enquanto me arrependo de estar com as mãos ocupadas.

Todos aqui fitam o resto da multidão, tentando entender quem são e qual seu valor. Preciso me mover rápido antes que vire o enigma de alguém.

Há duas irmãs verdes aqui também, e todos fluem por elas como água ao redor de pedras, abrindo espaço conforme as mulheres transitam pela festa.

Estão ambas vestidas com as mesmas túnicas verdes que as demais irmãs nos templos, mas não acho que estão aqui porque são membros normais da irmandade. A que parece mais velha tem cabelo liso e se move com tanta suavidade que é como se tivesse rodinhas nos pés. Enquanto observo, ela dispensa um garçom que lhe oferece uma bebida e inclina a cabeça para cumprimentar um grupo de mulheres que se aproxima.

Estão vestidas como uma caixinha de joias, em tons de vermelho, azul, verde e dourado, cheias de braceletes pendurados nos pulsos e fitas trançadas no cabelo. Mas todas erguem a mão para pressionar a ponta dos dedos na testa, cobrindo os olhos com a palma, enquanto cumprimentam as duas irmãs.

Meu coração acelera quando avisto a embaixadora mais à frente, falando com duas damas bem-vestidas. Parece relaxada, rindo com a cabeça inclinada para trás. *Como pode fazer uma coisa dessas sabendo que estamos à beira de uma guerra?*

É uma mulher alta com um sorriso fácil e cabelo preto e longo trançado igual ao meu — Hallie pelo jeito manja mesmo de moda. Casualmente me aproximo do trio, debatendo a melhor forma de chamar a atenção. Não vou conseguir falar sozinha com a mulher — isso está mais do que óbvio. Há uma assessora parada por perto, uma moça de cabelos castanhos com um rosto amistoso e amigável e covinhas quando sorri. Cada vez que um dos interlocutores da embaixadora se afasta, a jovem puxa outro para assumir seu lugar, gerenciando com habilidade o tráfego de pessoas.

O sol vai subindo no céu conforme espero. Meu espumante começa a esquentar, e agora estou contando os minutos até alguém me notar. Continuo tentando chamar a atenção da embaixadora, embora eu não saiba a expressão certa para transmitir um "Tenho uma mensagem supersecreta para entregar, chega aqui".

Porém, consigo sentir o pouco tempo que tenho escorrendo pelos dedos. Então, no instante em que um homem com um terno de caimento perfeito vai embora e a embaixadora se prepara para falar com outra pessoa, me jogo na brecha quase como se estivesse imitando uma gaivota.

— Com licença — começa a assessora, dando um passo adiante. — Eu...

— Embaixadora, trouxe uma bebida — falo, ignorando a moça por completo e abrindo um sorriso que tenho certeza ser mais parecido com um arreganhar de dentes. Também abro um esgar para a outra pessoa que chegou para falar com a embaixadora, só para ter certeza. — A senhora tem um minutinho?

— Escute, eu... — começa a assessora de novo, mas a embaixadora ergue a mão.

Sinto a garganta apertar e o coração acelerar no peito quando ela me deixa enfiar a taça de espumante em sua mão. Pego a mulher pelo cotovelo e meio a guio, meio a puxo para longe.

A embaixadora é realmente uma diplomata — mal parece incomodada, e não despeja a bebida em mim, o que seria meu primeiro movimento se estivesse no lugar dela. Em vez disso, seu rosto assume uma expressão educada.

— Receio que a gente...

Nem pestanejo.

— As palavras-chave são *arqueiro, eternidade, diamante* e *sal*.

Ela congela no lugar. Mas a mulher é *boa*, porque o choque dura só um piscar de olhos. Quando vejo, ela está erguendo a taça para bebericar o espumante quente.

— Essas já foram suplantadas — responde ela num sussurro.

— Foram o quê?

A mulher ergue uma sobrancelha.

— As palavras estão desatualizadas.

Sinto o chão se abrir sob meus pés. *Não*. Não sobrevivi a um ataque, um naufrágio, uma viagem impossível até um porto inimigo sem ter um mapa, às discussões com um príncipe mimado e à obrigação de precisar lidar com a alta-costura para terminar aqui, sem ajuda à vista.

Encaro a mulher nos olhos, me inclino adiante e baixo a voz:

— A pessoa que me passou a senha deveria passar um tempo no mar, embaixadora. *Ele* deve ter perdido o memorando com os termos novos.

Vejo as palavras a atingirem, e ela dá mais um golinho no espumante.

— Deveria? — repete ela.

— Isso mesmo, senhora. Agora me escuta.

Ela fica calada, e o ruído ao nosso redor passa para segundo plano quando a vejo focar a atenção em mim.

— Pode falar.

— Ótimo. Porque acabei de passar pelos piores dias da minha *vida*, e sei de uma coisa que pode deflagrar uma guerra. Então por que a gente não vai para perto da cerca, onde ninguém possa ouvir, e a senhora me deixa te contar a respeito?

LEANDER

◆

Pousada da Salina
Porto Naranda, Melaceia

Pareço um animal preso numa armadilha, prestes a roer a perna para escapar do nosso quarto e correr atrás de Selly.

Desde que ela saiu, fiquei andando de um lado para o outro sobre o carpete desgastado, correndo a mão pelo papel de parede velho, sempre em movimento. Mal há espaço para passar além do pé da cama, mas a esta altura já dominei a arte de percorrer o mesmo caminho.

Keegan a arrumou com cuidado e está sentado em cima da colcha, lendo o diário da minha família. Não vejo mal algum nisso. Afinal de contas, quando eu escrever meus próprios registros, ele será incluído. Além disso, ele já releu o jornal umas vinte vezes, e nunca vai ter a chance de segurar um documento histórico como esse de novo.

Paro ao lado da janela. Deixamos as cortinas fechadas, mas pela fresta dá para enxergar um pedacinho da praça movimentada lá embaixo. É estranho ver marinheiros, comerciantes e locais levando a vida conforme a manhã avança sem ter a menor noção de que, num quarto pouco acima deles, a história está sendo escrita. O mundo está mudando.

Eu deveria estar anotando tudo nos diários — meus ancestrais registravam as jornadas de ida e volta das Ilhas, e a minha é sem precedentes, então tenho a sensação de que deveria estar colocando isso no papel. Mas por onde começar?

Com o garoto deitado na cama, lendo o mesmíssimo diário sobre o qual estou pensando? Com uma descrição deste quarto? Com uma lista das pessoas que já morreram até agora? Com minhas reflexões sobre Jude, que está aí pela cidade com meu nome na boca, por razões que não compreendo?

Com Selly?

Eu não saberia o que escrever sobre ela além do fato de que já passou da hora da garota entrar por aquela porta.

Talvez contar que a abraçar enquanto a gente pegava um quarto aqui na pousada fez eu me sentir diferente das outras várias vezes em que passei pela mesma situação com outras meninas.

Talvez dizer que não queria soltar a mão dela no mercado — quase *não conseguia*. Ou talvez dizer que ela estava maravilhosa na pista de dança e, mais ainda, no convés de seu navio.

Talvez devesse registrar que desde que ela disse "Não sei quem você é, mas não tenho tempo pra você" nas docas em Lagoa Sacra, escondida comigo no meio das flores em cima da pilha de caixotes, aguardo com expectativa o que ela vai fazer em seguida.

Sempre soube que o amor não é para mim, e nunca liguei — minhas duas irmãs estão felizes com seus casamentos arranjados por motivos políticos. Mas isso significa que nunca pensei a respeito de alguém antes. Sempre foi mais seguro evitar a decepção. E não sou idiota de achar que estou apaixonado por uma garota que conheço há apenas alguns dias.

Mas cá estou eu pensando com meus botões se deixar a correnteza me levar por todos esses anos não me fez perder alguma coisa.

Algo que é tarde demais para encontrar agora.

— Meia hora — repito, virando-me para olhar para Keegan. — Meia hora para ir a pé até o distrito diplomático. Mesmo que ela tenha se perdido, meia hora é mais do que suficiente. Ela deve ter demorado uns dez minutos para chegar até a porta da frente e se apresentar. Se falou que tem uma mensagem urgente para a embaixadora, seria levada logo até a mulher, então bota mais uns dez minutos de conversa e a caminhada de volta. Já passou bem mais do que isso.

Keegan não ergue os olhos do diário quando responde:

— Consigo pensar em vários professores que ficariam absurdamente surpresos de ver você com uma noção tão afiada da passagem do tempo, sabia?

Solto uma risada abafada, mas ele dispara um sorriso tenso e enfim paro no lugar. Inclino a cabeça para trás, apoiando-a na parede para analisar o teto cheio de manchas de umidade.

Estendo minhas percepções para registrar a presença reconfortante de espíritos próximos. Os do fogo, sempre intensos, dançam e rodopiam em meio às chamas que estão consumindo o restinho do nosso carvão, se movendo com a urgência que lhes é típica. Aparecem rápido logo que uma chama é acesa, e somem com a mesma velocidade quando ela se apaga. Minha impressão sempre foi a de que querem aproveitar ao máximo o tempo entre as duas coisas.

Os do ar flutuam gentilmente no ar quente, um pouco mais contidos. Ainda me lembro do que falei para Selly quando ela tentava abordar as criaturinhas. *Você tem que pedir. Não mandar.* Mas ela mandou. Nos poucos dias desde que a conheci, já tive tempo de entender que, ao menos quando está no mar, dar instruções é mais natural para nossa marinheira do que obedecê-las.

Mas por que os espíritos a ignoraram todos esses anos? Por que a tratam diferente?

O mistério me fascina, me corrói, e tenho uma vontade desesperada de resolver o enigma. E como fazer isso se ela se for?

Talvez, diz uma vozinha no fundo da minha mente, *seja uma desculpa para pedir a ela que fique.*

Talvez ela negue, respondo, desejando ser mais corajoso.

Mas os espíritos não podem nos ajudar muito no momento, por mais que eu peça com carinho. Passei a manhã orando para Barrica em busca de orientação e ajuda, mas ainda não recebi fragmentos sólidos de sabedoria. Não sei se ela sequer me escuta. Geralmente costumo ter uma noção bem mais nítida de sua presença, mas ela parece calada aqui nas terras de Macean. Ou pode ser que meus apelos estejam ajudando Selly lá fora. Vai saber.

No momento, toco os espíritos com a mente e os puxo ao meu redor como se fossem uma mantinha gostosa. Conhecer os que flutuam por perto é um hábito que exerço em qualquer lugar que estou. Os espíritos do ar tremulam no corredor; antes que eu possa falar, porém, alguém bate à porta. Keegan e eu congelamos no lugar.

Enfim escutamos a voz de Selly ecoando pelo corredor, alta e animada:

— Cheguei, meu lindão!

Cerro as pálpebras, quase derretendo de alívio. Keegan fecha o diário da minha família e se endireita, descendo da cama para abrir a porta. Ela entra às pressas e a fecha atrás de si. Está carregando uma sacola de papel, que emana um cheiro açucarado delicioso.

Só noto que estou prendendo a respiração quando ela curva os lábios lentamente num sorriso e enfim consigo expirar.

— Falou com ela?

— Falei — responde a garota. — Funcionou. Ela chega em meia hora, pronta para ver você com os próprios olhos e confirmar que não estou contando alguma história absurda. Depois vai te levar até a embaixada no carro dela e te manter por lá até conseguir um navio que zarpe hoje à noite. — O sorriso de Selly aumenta, e ela ergue o saco. — E ainda me deu dinheiro para comprar umas comidinhas. Peguei esse bolinho frito coberto de açúcar, vocês *precisam* experimentar. Vou só trocar o vestido por algo mais confortável, mas deixem um pouco para mim!

Keegan estende a mão para pegar os quitutes, mas fico encarando a marinheira, congelado no lugar com a magnitude de tudo que acabou de acontecer. E não consigo evitar; quando dou por mim, estou percorrendo a distância entre nós a passos largos e a abraçando com força.

Ela não se desvencilha; envolve minha cintura com os braços, enterrando o rosto no meu peito, me apertando com todo o sentimento para o qual não há palavras.

— Obrigado, Selly — sussurro.

Sinto um peso ser retirado dos ombros, e lágrimas brotam no canto dos meus olhos. Estou tão leve que poderia muito bem flutuar até o céu.

Mais meia hora. Depois a embaixadora vai chegar e tudo isso vai acabar. Vou encontrar um jeito de ver Selly de novo. Vou descobrir como. Preciso. Mas estamos seguros.

Nós conseguimos.

LASKIA

◆

Restaurante Panorâmico
Porto Naranda, Melaceia

Estou sentada numa banqueta na ponta do balcão de madeira polida do restaurante, com o ombro apoiado na parede. Acomodei os cachos embaixo de uma boina de vendedor de jornal e mantenho a cabeça baixa — com Dasriel na banqueta ao meu lado, porém, estou protegida de qualquer olhar indesejado.

Sempre sinto uma coisa estranha quando não estou no território de Rubi — e, toda vez que a sineta da porta toca, sinto os nervos reagirem.

— A gente vai se atrasar — murmuro, tamborilando os dedos na bancada, as unhas batendo uma atrás da outra contra a madeira.

Tap, tap, tap, tap.

Tap, tap, tap, tap.

Dasriel dá de ombros, devorando metodicamente sua terceira fatia de torta. Junta as migalhas de forma meticulosa, com muito mais delicadeza que seu tamanho sugere, e vejo os tendões das costas da mão do sujeito se flexionarem sob as marcas verdes de feiticeiro.

— Como você consegue ficar só sentado de boa aí? — sibilo, mantendo a voz baixa.

Ele dá de ombros outra vez.

— Morrer de fome não vai fazer ela chegar mais rápido. Ou ela vem, ou não vem.

Cerro os dentes com tanta força que sinto a tensão nas têmporas, mas o homem nem se abala.

Sei por que ele está aqui comigo: Rubi o destacou para ser meu guarda-costas anos atrás, quando enfim comecei a fazer alguns serviços para ela. Agora todo mundo nos vê como parceiros. Dasriel não gosta muito de mim, mas sua reputação é conectada à minha, e ele sabe disso. Não poderia mudar de emprego nem se quisesse.

Paro de chutar o apoio de pé da banqueta e encaro minha própria fatia de torta, intocada, tentando amenizar a raiva que me inunda.

Como ousam? Como *ousam*?

Fui eu que tive a ideia. Fui eu que sujei as mãos — não, não só sujei, ensanguentei, e ensanguentei *pra caramba* —, e agora Rubi e Beris acham que podem me dispensar?

— Ela não vem — murmuro, empurrando o prato na direção de Dasriel, que o coloca em cima do próprio prato vazio e ataca minha torta.

— Talvez venha — responde ele, sem se incomodar.

— Não vem. Vou para a igreja.

Preciso orar, deixar os cânticos familiares me acalmarem o bastante para conseguir pensar direito. Irmã Beris pode ter me traído, mas meu deus sabe como é ter o que lhe cabe negado — e, embora esteja hibernado, vou levar minhas frustrações a ele, e...

Desço da banqueta.

— Vamos.

— Ainda não — protesta Dasriel, pacato, apontando para nossos reflexos no espelho atrás do balcão.

Acompanho o olhar dele vasculhando o cômodo; é quando a vejo, parada à porta, analisando o interior do restaurante com um toque frenético nos olhos.

A assistente da embaixadora.

Ela vê Dasriel e corre na nossa direção, passando por alguns clientes e por um casal de namorico. Está com um vestido azul-claro com uma barra que se afunila na direção das panturrilhas como a cauda de um peixe e os cachos presos por uma tiara incrustada de pedras preciosas. Parece ter vindo direto de uma festa.

Nem me dou ao trabalho de falar amenidades.

— E aí? O que conseguiu?

Ela chacoalha a cabeça, e vejo que está ofegando — veio correndo até aqui. E agora parece prestes a vomitar. É uma expressão com a qual estou bem familiarizada: ela não quer falar, mas há muito tempo foi longe demais comigo, então tudo que lhe sobra é despejar as palavras.

— Você não vai acreditar — começa num sussurro — no que acabei de ouvir.

KEEGAN

◆

Pousada da Salina
Porto Naranda, Melaceia

A embaixadora é pontual — o que acho que é de esperar. Um belo automóvel preto de fabricação local vira a esquina da praça e avança devagar por pilhas de caixotes e em meio à multidão. O lugar está mais lotado do que ontem.

Dá para ver que o motorista é um membro da Guarda da Rainha, mas o veículo para na metade da praça por causa de uma capitã de Quetos que está numa discussão acalorada com um grupo de oficiais da alfândega — parecem estar confiscando sua carga, empilhada de forma precária atrás dela. Os caixotes estão protegidos por uma tripulação maltrapilha que parece prestes a defender seus bens com violência, se necessário.

Quando fica evidente que o carro não vai a lugar algum tão cedo, outro guarda salta do veículo e abre a porta para a embaixadora, analisando a multidão de forma tensa.

A própria embaixadora não demonstra hesitação, porém, e caminha sozinha na direção da nossa pousada.

— Vou até lá — falo.

Saio do quarto e desço as escadas às pressas, resistindo ao máximo ao ímpeto de correr.

Chego à recepção quase junto com a mulher. Quando ergue a cabeça, seu olhar se demora em meu rosto. Acho que ela nunca me viu pessoalmente, mas sou muito parecido com meu pai e presumo que a embaixadora percebeu, porque assente em cumprimento e passa pela recepcionista aturdida para me encontrar.

A mulher no balcão deve estar se perguntando quem eu sou, já que desci pelas escadas sem nunca ter subido. Mas a embaixadora é bem imponente, então também é possível que a mulher da pousada mal tenha notado minha presença.

A diplomata visivelmente não se deu ao trabalho de trocar de roupa ao sair da festa que Selly mencionou — está usando um vestido azul-safira e um desses casacos volumosos que parecem ser moda por aqui. O caimento da roupa é perfeito, mas ela não combina em nada com os arredores. É como um daqueles momentos nos sonhos em que algum detalhe estranho deixa evidente que não é a realidade. O cintilar de seu traje em contraste com a madeira rústica da parede, as joias presas em seu cabelo... Uma única pedra preciosa dessa seria suficiente para pagar uma semana de estada nesta pousada.

Mas, por mais estranho que seja, ela está aqui e é real. Quando me alcança, seguimos juntos escada acima sem falar nada.

— Você parece um Wollesley — murmura ela.

— Sim, senhora.

— Deve ter uma bela história para contar — continua a mulher.

— *Sim*, senhora.

— Ótimo — diz, apenas.

E eu gostaria de fingir que palavras não têm significado, mas a verdade é que acalentam algo em meu peito. Fizemos o que parecia impossível. Ela deve ter acreditado na história de Selly ou não estaria aqui sozinha.

Mas a mulher se detém quando abre a porta do nosso quarto e encontra Leander parado ao lado da janela, como se uma parte dela não esperasse vê-lo ali. Devagar, entra e assente em um cumprimento para Selly, que está ao lado dele, de novo de calça e camisa, com as luvas sem dedos secas e livres de sal escondendo as costas das mãos. O cabelo ainda está trançado numa coroa, mas é o único resquício da aventura da manhã.

Fecho a porta atrás de nós.

— Vossa Alteza — murmura a embaixadora, encarando o príncipe.

— Lady Lanham — responde Leander. Acho que o conheci melhor ao longo dos últimos dias, porque vejo a mudança de atitude. Por um instante, ele a encara quase chocado, e sinto meu corpo tencionar: será que podemos confiar nela? Mas depois o príncipe relaxa, abrindo um de seus sorrisos típicos, como se os dois tivessem se encontrado em uma festa. — Não sabia que era a senhora que estava alocada aqui.

Selly e eu trocamos olhares. Precisamos nos preparar para algo?

Depois de revisar rápida e freneticamente meu catálogo mental, porém, meu cérebro me joga a referência de que preciso e sinto o estômago embrulhar. Nós estudamos com Penrie Lanham e ainda me lembro de como ela vencia as competições de atletismo todos os anos. Era alta e tinha pernas compridas, olhos castanhos e cabelo preto e liso como os da embaixadora, sempre rindo de alguma coisa.

E era amiga de Leander, o que significa que é quase certo que estava na frota da turnê.

A julgar pela semelhança que agora me parece óbvia, lady Lanham deve ser uma parente próxima da garota. Leander, entretanto, não diz nada. Aqui não é o lugar para dar notícias. Olho para Selly, balançando a cabeça quase imperceptivelmente, e a garota relaxa a postura.

Lady Lanham não parece notar nada fora do lugar. Ergue uma das sobrancelhas, analisando o quarto.

— Estou ansiosíssima para escutar essa história — diz ela.

— A senhora não vai acreditar — responde Leander. — Mas mal vejo a hora de te convencer de que é verdade.

— Fiquei sabendo que os melaceianos acreditam que o mataram, Vossa Alteza — diz ela, cumprimentando Selly com a cabeça. — Isso nos coloca numa posição muito perigosa. Em meu último relatório, informei à Sua Majestade que estamos fazendo nosso melhor, mas as tensões crescem em Porto Naranda a cada dia. Desde nossa última comunicação, a situação só se agravou.

— Fomos avisados mais de uma vez de que não era prudente nos afastarmos muito das docas — concorda o príncipe.

— Vai além disso. Mandei alguns dos meus funcionários mais novos para casa. O primeiro-conselheiro foi à igreja ontem, junto com boa parte da liderança de Melaceia. A irmandade verde fica mais forte a cada dia e ora para que Macean desperte e seja fortificado pela fé para que possa reivindicar o que Melaceia acha que é seu por direito. O que significa o território de outras nações.

— Mas as irmãs verdes oram há séculos — comenta Leander.

— Sem dúvida, mas agora a congregação está ouvindo. Não posso reforçar o suficiente como mudaram de posição. A irmandade verde deve ser encarada com *muita* seriedade, e os objetivos dela influenciam... ou, talvez eu ouse dizer, controlam os aspectos mais significativos do governo de Melaceia.

— E eles querem guerra — murmura o príncipe.

— Precisamente. Se notícias de sua morte vierem a público, com a implicação de que o sacrifício não foi feito e Barrica está vulnerável, não tenho dúvida de que os melaceianos se sentiriam encorajados a atacar. Veriam isso como o passo final para deflagrar a guerra que esperam há tanto tempo.

Uma sensação ruim se instala no meu estômago.

— E Sua Majestade responderia ao insulto do suposto assassinato do irmão iniciando ela mesma uma guerra caso Melaceia não atacasse primeiro — digo. — Augusta vai achar que, a esta altura e sem que ninguém saiba, Barrica já foi fortalecida.

O olhar de lady Lanham recai em Leander.

— Fui informada de que ainda não fez o sacrifício, Vossa Alteza. Talvez eu deva mandá-lo direto para as Ilhas.

— Tenho um mapa — diz Leander, olhando para a bolsa onde guarda o diário da família. — Ou quase isso.

— Mas a viagem até lá demoraria alguns dias numa embarcação rápida, e mais tempo ainda para ir até Alinor — relembro. — Tudo isso sem podermos provar que o Leander sobreviveu caso o boato se espalhe.

— Bom ponto — concorda ela, franzindo a testa.

— Além disso, não dá para ir de Porto Naranda até as Ilhas sem alguém perceber — acrescenta Selly. — Não tem mais nada naquela direção, então seria melhor velejar por uma rota falsa primeiro antes de sumir de vista. Isso tornaria a viagem ainda mais longa.

A embaixadora descarta a ideia com um gesto da mão.

— O sacrifício precisa ser necessariamente feito por Vossa Alteza? Posso mandar uma mensagem para sua irmã pedindo que envie outra pessoa no lugar.

Leander faz uma careta, negando com a cabeça.

— Não *precisa* ser eu. Mas, se não for um membro primário da família real, o sacrifício precisaria ser... muito maior do que o que vou fazer.

— Por quê?

— Bom, se o que nossa família colocar em jogo for eu, irmão da própria rainha e feiticeiro mais poderoso, o risco vai ser real. Tudo o que preciso fazer é embarcar nessa viagem, cortar a palma da mão, derramar um pouco de sangue e pronto. Se a gente escolher um parente distante que está com tempo livre, alguém cuja perda não causaria grande inconveniência ao reino, o sacrifício não seria tão importante, certo? Então ele precisaria equilibrar a balança oferecendo algo muito maior. Em resumo, sou tão valioso que posso oferecer menos.

Ela assente, estufando as bochechas antes de soltar o ar bem devagar.

— Certo. E precisa ser no templo das Ilhas?

— Sim — responde o príncipe, firme. — Não ia funcionar se fosse em qualquer outro lugar. Isso nós sabemos. Já ouviu falar como orações são amplificadas quando feitas em templos? Então, o de lá é o templo *principal*. Não tem lugar mais poderoso. Quando os deuses estavam com a gente, quando os seus Mensageiros andavam entre nós, as coisas eram diferentes. Agora precisamos achar um jeito de amplificar nossa voz.

— Entendi — diz a embaixadora. — Nesse caso, a melhor escolha é te levar para casa o quanto antes.

— Exato — responde Leander. — Mostrar a todos que estou vivo e não dar sinal algum de que sequer considero a possibilidade de ir fazer o sacrifício. Depois a gente pode ir até as Ilhas sem ninguém saber, bem equipados e protegidos.

Só há uma coisa: ir para as Ilhas sem ninguém saber era mais ou menos o plano da primeira vez. Não que tenha falhado, tecnicamente. Só tivemos azar de terem nos visto. Acho que não há motivos para acreditar que não vai funcionar agora.

Lady Lanham inclina a cabeça, me surpreendendo com um sorrisinho.

— Admito que isso aquece meu coração diplomático — diz ela. — Consegue imaginar? As manchetes, as condolências, tudo isso enquanto você está por aí mais saudável do que nunca... Não é como se eles pudessem dizer "Mas a gente achou que tinha matado você".

Dói ver o sorriso dela porque ela ainda não sabe o que nos custou — o que custou a *ela* — ter chegado até aqui em segurança.

— Sem dúvida a intenção deles era negar todas as acusações de envolvimento — continua a mulher.

— E poderiam fazer isso — responde Leander. — Não foi a marinha melaceiana que tentou afundar nosso navio. Eram... agentes privados, suponho.

Ela ergue a sobrancelha.

— Pode descrever as pessoas?

Leander assente.

— Eram civis, mas bem durões. Eu não ia ficar nada surpreso se fossem ex-militares ou mercenários profissionais. Vi uma irmã verde no navio que nos atacou, mas ela não subiu a bordo da nossa embarcação. O grupo que embarcou era liderado por uma garota, que não devia ser mais velha do que nós. Esbelta, de pele de um marrom um pouco mais escuro do que a minha e cabelo encaracolado e escuro cortado curto. Usava roupas de homem como se já estivesse acostumada. — Ele olha para mim. — Você conseguiu ver a menina de perto... Mais alguma coisa?

Considero a pergunta.

— Os trajes pareciam bem-feitos. E ela estava usando uma... joia, acho que dá para chamar assim. Um broche na lapela, com uma pequena pedra vermelha que acho que era um rubi. Lembro de notar isso porque era feito de ouro, e achei que combinaria com o colar que entreguei a ela.

Pelo canto do olho, vejo Selly ficar imóvel. Mas a embaixadora faz uma careta antes de informar:

— É a marca registrada da criminosa mais influente da cidade. O nome dela é Rubi, e todo mundo que trabalha para ela usa um desses broches. A garota que está descrevendo é sua irmã, Laskia. Está tentando subir na organização, mas isso representa um belo salto. Não me surpreende saber que ela estava focada no sucesso.

— E, como usava algo capaz de denunciar sua identidade, sem dúvida não esperava deixar sobreviventes — supõe Leander.

Selly solta um gemido. Quando olho para ela de novo, está pálida embaixo das sardas.

— Leander — murmura ela. — O cara que a gente encontrou ontem... O Jude. Ele estava com um broche igual. Na hora achei mesmo que parecia familiar, mas não lembrava onde tinha visto.

— Quando foi isso? — questiona a embaixadora, sem titubear. — Vocês foram reconhecidos?

— Eu fui — responde Leander, devagar. — Mas, mesmo que ele trabalhe para essa organização, Jude precisaria estar a par do plano para ter algum motivo para mencionar ter me visto.

— Com certeza reportaria se visse alguém tão importante — argumento, querendo estar errado. — Antes, a gente achou que ele estava sozinho. Mas se houver alguma forma de cair nas graças dos empregadores dele...

— Não sei — diz Leander, devagar. — Ele era meu amigo na época da escola.

— Mas não acho que é agora — murmura Selly. — Sinto muito.

— Então nosso plano de ir embora o quanto antes continua sendo o melhor — reforça lady Lanham. — Vou pedir para entrarem com o carro e pararem à porta. Vou te levar direto até a embaixada. Vai ficar lá dentro em segurança enquanto preparo as coisas, e hoje à noite a Guarda da Rainha vai te escoltar até um navio diplomático que vai seguir direto para Alinor. As tensões podem estar elevadas, mas os melaceianos não vão atacar um navio com a bandeira da embaixada hasteada. Talvez um dia em breve essa não seja mais uma questão, mas ainda não chegamos a esse ponto.

— A senhora pode conseguir passagem para os meus amigos também? — pede Leander, apontando para mim e depois para Selly.

Eles fitam um ao outro, e nenhum dos dois parece querer desviar os olhos.

— Claro, Vossa Alteza. — A embaixadora aceita o pedido sem transparecer qualquer reação, embora a forma como Selly e Leander estão se entreolhando deva suscitar várias perguntas na cabeça dela. — Para onde desejarem ir.

Que estranho pensar que hoje à noite vou zarpar de Porto Naranda, um lugar onde nunca deveria ter colocado os pés. É curioso sair de forma tão abrupta da história que venho vivendo e me separar de Leander e Selly antes que a missão seja cumprida.

Será que seria muito esquisito escrever para Leander depois? Assim que tudo isso tiver sido resolvido?

Me pergunto para onde Selly vai. Faria sentido voltar para Alinor, porto da frota do pai, onde ela poderia encontrar um de seus outros navios.

De repente, um burburinho irrompe na praça lá embaixo. É possível ouvir vozes irritadas acima dos ruídos da multidão — dezenas delas, ao que parece.

Selly descola o olhar de Leander e o agarra pelo braço, puxando o príncipe para longe da janela. Ele permite, mas inclina o pescoço para ver além dela. Dou a volta correndo no pé da cama para olhar para fora.

Há uma briga lá embaixo, com um novo grupo de marinheiros atacando a muralha de guardas que avança devagar. Os gritos são ininteligíveis, mas vários dos envolvidos estão apontando para um navio de bandeira alinoriana.

Eles se espalham ao redor do carro da embaixadora enquanto membros da Guarda da Rainha com seus uniformes azuis os empurram para longe —

dois envolvidos se esparramam em cima do capô do carro e são logo jogados de novo no meio da confusão.

— Precisamos ir — falo, olhando por cima do ombro.

— Sim — concorda a embaixadora. — Vou trazer o carro mais para perto. Estejam prontos. — Ela assente para Leander. — Com licença, Vossa Alteza.

E, com isso, vai embora. Fico ao lado da janela, observando a praça, vendo a escaramuça começar a ficar mais feia. Tão rápido quanto se inicia — e independentemente de como —, ela chega ao fim.

— Viu, Keegan? — começa Leander, baixinho. — Acho que, no fim das contas, você vai chegar à Bibliotheca a tempo de pegar as primeiras aulas.

Quando escuto as palavras, uma sensação leve e vertiginosa começa a se espalhar por meu peito. Avança devagar a princípio; depois começa a se curvar e se desenrolar, como raios de sol espantando a neblina. Me faz lembrar do primeiro dia das férias escolares — depois que as preocupações e as provas do período passavam, quando eu tinha o tempo livre à minha disposição para fazer caminhadas longas e ler. Vai ser difícil sair desta história, sim, mas vou para o lugar com o qual sempre sonhei. E estou deixando o fim da nossa narrativa em mãos hábeis. Alguém vai assumir a responsabilidade — alguém com recursos para manter o príncipe em segurança.

No andar térreo, a embaixadora sai da pousada e caminha na direção do carro, imperturbada pela multidão.

— Precisamos ficar junto com o príncipe, Selly — falo para a garota. Parte de mim nota que parei de usar o primeiro nome dele; é como se eu já estivesse me preparando para o retorno da distância que havia entre nós. — Assim que o carro parar aqui na frente, sairemos juntos. Eu vou na frente, depois vem ele e você fecha a fila. A turba ainda está agitada, mas a Guarda da Rainha vai ficar de olho na gente. Não parem. Subam direto no carro e pulem para o lado para abrir espaço para o próximo.

Pela janela, vejo lady Lanham chegar ao veículo e entrar no banco ao lado do motorista, surpreso. Depois de um instante, o carro começa a avançar na direção da pousada.

— Nunca andei de automóvel — diz Selly, a voz meio tensa. — Eles são tão...

As palavras dela são interrompidas quando um incêndio irrompe lá embaixo na praça. Uma bola de chamas cresce, se expandindo como uma ferida laranja e brilhante no ar.

No instante seguinte, o *retumbar* de uma explosão chacoalha as janelas, e a gritaria começa.

Congelo no lugar, encarando a cena enquanto tento entender o que estou vendo.

Enfim, compreendo.

O carro da embaixadora acabou de explodir.

LEANDER

◆

Pousada da Salina
Porto Naranda, Melaceia

Atravesso o quarto aos tropeços para olhar pela janela, e alguém grita de horror — acho que sou eu. Uma explosão está crescendo no ar. Quando o choque das pessoas próximas começa a passar, a praça se esvazia à medida que comerciantes, marinheiros, guardas e moradores locais correm em busca de refúgio.

O vento traz seus gritos até nós enquanto carros são abandonados; uma carruagem tomba de lado. Os marujos correm na direção de seus navios e do mar. Os demais tentam se proteger nas construções ou ruas que se afastam da praça. Há uma mancha escura de sangue nos paralelepípedos.

Selly está ao meu lado, com os lábios entreabertos de horror, mas logo entra em ação.

— Pega nossas coisas — ordena, se afastando da janela. — Vamos embora agora.

— Acha que aquela explosão era pra nós? — pergunto, pestanejando. — Mas como alguém saberia que a gente estaria no carro?

— Ela voltou para a embaixada. Vai saber o que falou ou quem entreouviu algo.

Olho de novo para a praça, para a bola de fogo que agora se reduziu a uma fogueira — consigo sentir os espíritos rodopiando ao redor das labaredas, a intensidade das chamas. Identifico a origem do calor no meio delas, um ponto tão intenso que deve ter sido...

— Uma bomba — murmuro.

Será que ela disparou cedo demais? Será que era para quando já estivéssemos dentro do veículo?

De repente, a imagem dos dois arruaceiros jogados em cima do capô do carro volta à minha mente — talvez não estivessem brigando, e sim trabalhando juntos para plantar o dispositivo.

As chamas lambem o ar, cada vez mais altas, e tenho uma certeza esmagadora de que não há sobreviventes ali. Nem a embaixadora, nem os membros da Guarda da Rainha.

Selly já está pegando as roupas que deixamos penduradas para secar e enfiando tudo na bolsa que compramos no mercado.

— Precisamos ir *agora*. Talvez a gente devesse estar no carro quando a bomba disparou. Talvez nem saibam sobre a gente ainda. Mas a embaixadora entrou e saiu daqui bem à vista de quem quer que tenha acionado o dispositivo, então é pra cá que essa pessoa vem em seguida.

Keegan e eu estamos congelados no lugar, simplesmente encarando a menina. De repente entramos em ação, recolhendo nossos parcos bens. Enfio a mão no bolso, conferindo se ainda estou com as pedras transparentes que arranjei na barraca de insumos para feiticeiros, e deixo algumas entre os dedos em prontidão.

Selly empurra a porta, espiando o corredor pela fresta. Deve estar vazio, porque ela abre o resto e faz sinal para sairmos.

— Pela saída de emergência — diz ela, baixinho. — Vão, vão.

Keegan vai na frente, mas Selly me detém com a mão no meu peito enquanto ele abre a porta que leva às escadarias de emergência e olha para o beco lá embaixo.

— Não tem ninguém — grita o acadêmico, pulando por cima do parapeito e começando a descer.

— Agora — sussurra Selly, me empurrando.

— Deixa a porta aberta — digo a ela.

A garota assente, de guarda enquanto sigo Keegan e me preparo para descer a escada.

Assim que coloco o pé no primeiro degrau, a cabeça de Selly se vira de repente. Há alguém correndo pelo corredor na direção dela, e tenho um vislumbre da garota do navio — Laskia — com os lábios arreganhados num rosnado.

Um homem imenso vem logo atrás dela, e não preciso ver suas marcas de feiticeiro para saber o que é: os espíritos estão num frenesi, rodopiando ao redor do sujeito enquanto ele tira uma caixa de fósforos do bolso.

Pego as pedras transparentes, jogando uma a uma no corredor como sacrifício. Enquanto elas desaparecem no ar, busco os espíritos.

E os encontro, afiados ao redor das brasas da nossa lareira, galgando o vento errático gerado por nossa movimentação. Derramo minha frustração, minha raiva e meu medo em meu toque mental enquanto tento envolver os espíritos. *Me ajudem.*

SELLY

◆

Pousada da Salina
Porto Naranda, Melaceia

Uma coluna de fogo irrompe pela porta aberta de nosso quarto, rugindo e se curvando para disparar pelo corredor na direção de nossos perseguidores.

Agacho quando um paredão de ar fulminante me atinge, tropeçando na direção da saída de emergência com Leander ao meu lado.

Atrás de Laskia, o feiticeiro enorme ergue as mãos e as gira e fecha em punhos. O rosto dele parece uma muralha de nuvens de tempestade, e o sujeito se move na nossa direção com a mesma promessa de destruição.

O fogo começa a ficar mais lento e depois se dobra sobre si mesmo para voltar na nossa direção.

— Vai, Leander! — É como se tudo ao meu redor tivesse congelado.

As chamas ficam suspensas no ar. Minha respiração prende na garganta.

É quando vejo o cintilar dos espíritos rodopiando ao redor das chamas, direcionando o ar quente que estava me atingindo, moldando o próprio fogo enquanto ele flui inexoravelmente na nossa direção.

— Parem! — grita alguém. Sou eu, *eu estou* gritando, com a voz alta e rouca. — Recuem!

Tateio freneticamente o bolso, tiro três pedras transparentes que Leander me deu no mercado e as jogo no corredor assim como ele fez pouco antes.

Elas quicam no chão uma vez, duas... e depois desaparecem assim que os espíritos reivindicam meu sacrifício.

A coluna de chamas se revira, com gotas ferventes espirrando em frenesi à medida que os espíritos rodopiam ferozes ao redor das chamas. Estão se rebelando contra minhas ordens, fazendo fagulhas voarem para todos os lados.

Uma bola de fogo ruge na direção do imenso feiticeiro. Ele grita — e de repente as labaredas estão vindo na *nossa* direção. É como um braço de fogo se esticando pelo corredor, pronto para nos esmagar contra o chão, para nos sufocar e nos queimar vivos. Os espíritos do ar se debatem ao redor.

Leander grita de susto, se jogando por cima do parapeito. No piscar de olhos seguinte vou atrás dele, saltando por cima da marquise e despencando no chão.

As mãos de Keegan estão esperando para amortecer nossa queda. Corremos desesperadamente pelo beco.

Minha visão ainda está repleta de estrelas, dos negativos das chamas. Meu coração retumba com a lembrança aterrorizante de Leander saltando para fora do caminho das labaredas enquanto elas rugiam na direção dele movidas pelos meus espíritos do ar furiosos.

Quase fiz o trabalho de Laskia por ela.

Quase matei o príncipe.

LEANDER

◆

As docas
Porto Naranda, Melaceia

Mal sei quem está mostrando o caminho e quem está seguindo conforme viramos as primeiras esquinas — ainda estou com a atenção focada atrás de nós, tentando acalmar os espíritos para que não incendeiem o lugar inteiro. Conforme a distância entre nós aumenta, porém, fico menos capaz de sentir a presença deles.

Há um burburinho alto vindo da direção da praça, e os que estão fugindo da confusão começam a inundar as ruas laterais — somos atingidos com tudo por uma correnteza humana que nos empurra adiante. Tento desesperadamente agarrar a mão de Selly quando um comerciante corpulento passa correndo por nós, quase derrubando a garota. À frente, Keegan se abaixa para passar por baixo do braço de um marujo e se vira para entrar num beco. Selly e eu corremos atrás dele.

No silêncio súbito que se segue, diminuímos a velocidade, nos movendo com mais cautela e sem fazer muito barulho. Passamos a olhar para trás o tempo todo, fazendo uma análise mais cuidadosa do caminho antes de virar em cada esquina.

Após alguns minutos, Selly me puxa para dentro de um quintal nos fundos de um bar; a esta hora do dia, o estabelecimento está vazio. O espaço apertado fica à sombra dos prédios mais altos; o ar é limpo e frio, e sinto o limo nos paralelepípedos sob meus pés. Há caixotes cheios de lixo fedorento empilhados rente às paredes, mas tem um portão e não há sinal de gente por aqui.

Keegan fecha o portão atrás de nós e nos agachamos, a respiração ofegante por causa da corrida, por causa do medo. Encaramos uns aos outros, tentando acreditar no que está acontecendo, tentando compreender que Laskia nos encontrou de novo, que nossa segurança foi roubada mais uma vez.

Lágrimas escorrem pelas bochechas de Selly. Estendo a mão para segurar a dela, sentindo o couro áspero da luva contra minha pele.

— Está queimando tudo? — ela solta, quase como um soluço, e demoro para entender do que está falando.

— A pousada? Não sei. A bola de fogo acabou de explodir, eu não... — Minha voz vai sumindo quando noto a expressão no rosto dela.

— Eu vi os espíritos do ar — sussurra a garota. — Tentei falar para eles nos manterem em segurança, mas... não consegui controlar...

Não consigo evitar — olho para as costas das mãos dela, onde as marcas de feiticeiro não finalizadas estão escondidas pelas luvas.

Ela acompanha meu olhar, depois fecha os olhos com força.

— Você fez seu melhor — murmuro. — Estamos vivos.

— Eu devia ter corrido. Quase matei você. Não devia... — Ela se detém, e minha vontade é descobrir uma forma de confortar Selly.

Mas não sei o que dizer. Ficamos ambos calados, impotentes.

— Eu quase te matei — sussurra ela de novo.

— Mas não matou.

— Ainda bem — murmura Keegan. — Mas a gente precisa decidir o que fazer agora. Não dá pra ir até a embaixada. É muito provável que alguém por lá tenha vazado nosso paradeiro e que aquela bomba no carro tenha sido plantada para pegar a gente. Um de nós em particular.

As palavras dele me puxam de volta para o presente — temos problemas muito, muito piores do que um incêndio numa pousada.

— Foi a Laskia — sussurra Selly. — Você já estava lá embaixo no beco, mas foi a Laskia e um feiticeiro do fogo. E ela não vai parar de nos caçar. Pensa no que ela já fez.

— O Keegan está certo. — A ideia faz meu estômago embrulhar, mas é verdade: a gente não pode confiar na embaixada. Falo devagar enquanto a realidade da situação se instala. — A Laskia matou nossa embaixadora. Significa que todos os caminhos, exceto um, estão fechados.

— Como assim? — murmura Selly, esfregando o rosto com a mão livre para limpar as lágrimas. Está guardando seus sentimentos numa caixa, algo que faz muito bem.

Solto uma respiração entrecortada, e quando minha voz sai, está rouca.

— O único jeito é pôr um fim nesta guerra. O quanto antes.

Keegan fica branco como um fantasma, os olhos desfocados encarando os caixotes cheios de lixo que estamos usando de esconderijo, tentando, tenho certeza, descobrir uma forma de sair dessa, de encontrar uma alternativa à que acabei de dar. Sem sucesso.

Selly está agarrada à minha mão como se eu fosse um bote salva-vidas. Tento lutar com o retumbar dentro da minha cabeça, abafando todo o resto. *Isso não pode estar acontecendo. Isso não pode estar acontecendo.*

A gente falhou. Meus amigos da escola morreram. A tripulação de Selly morreu. A embaixadora morreu. Logo o mundo inteiro vai achar que *eu* morri — e, se encontrarem a gente aqui, isso vai mesmo acontecer.

Minha vontade é me encolher atrás dos caixotes, me deitar nos paralelepípedos e ficar escondido até alguém vir resolver isso por nós. Até alguém surgir e dizer "Eu assumo daqui" e falar exatamente o que a gente deve fazer.

Mas essa pessoa era a embaixadora, e agora ela se foi.

Não me lembro da última vez que chorei — devia ser muito, muito novo. Mas quando penso no rosto de lady Lanham, em seu sorriso, em Penrie Lanham na frota da turnê...

Aperto os olhos com força para reprimir o ardor. A culpa se debate dentro de mim, se revirando no meu peito com a noção doentia de que se eu tivesse feito o sacrifício quando devia, se tivesse fortalecido Barrica como minha família sempre fez, Melaceia jamais estaria disposta a nos desafiar.

Nem consigo pensar no que eu estava fazendo em vez de lidar com algo tão importante. Farreando com amigos que agora estão mortos porque embarcaram na frota que mandamos como isca achando que era apenas mais uma parada em nossa eterna jornada de diversão.

Adiando a viagem que meu pai fez na época certa porque eu queria manter um pedacinho dele — seus registros no diário — só para mim por mais tempo. Já que meu desejo era ser próximo dele, devia ter cumprido meus deveres como ele.

Mas não cumpri.

E agora não sei o que fazer.

Selly aperta minha mão de novo. Quando abro os olhos, dou de cara com os dela, verdes e firmes.

— A gente pode vender o colar do Keegan — murmura ela. — Disfarçar você e embarcar num navio para Alinor nos conveses inferiores.

Nego com a cabeça.

— Que utilidade vou ter numa embarcação lenta seguindo a caminho de casa enquanto uma guerra é deflagrada?

— E o que mais a gente pode fazer além de tirar você da cidade? — pergunta Keegan num sussurro.

E de repente eu *sei*, mas preciso me forçar a dizer as palavras.

— Preciso de um barco — falo, devagar. — Mas não pra ir até Alinor.

Selly ergue as sobrancelhas, e consigo ver que entendeu o que quero dizer.

— O mapa no diário do seu pai não é exato, Leander. É um rascunho. Não tem nada a ver com aquelas cartas náuticas que você deu pra Rensa. E uma viagem por alto-mar não é como seguir por terra. Se desviarmos um pouquinho da rota, perderemos as Ilhas. E se isso acontecer, será o nosso fim.

— A gente não vai perder as Ilhas — falo, baixinho, mas com firmeza. — O mapa vai ser suficiente. E tudo que precisamos também está nos diários: as descrições do porto, do templo. Eu sei o que temos que achar, e o Keegan leu também.

Selly me olha de cima a baixo, mordendo o lábio.

— Então a gente navega até lá e faz o sacrifício.

Tudo que ela fez até o momento foi me manter com vida — e foi por isso que a capitã dela sacrificou o navio e a tripulação. Nos arriscarmos dessa forma é justamente o oposto.

Keegan enfim volta a falar, devagar e deliberadamente como sempre.

— Duvido que qualquer coisa que a gente faça agora possa evitar uma guerra — reflete ele. — Mas talvez dê para fazer com que ela seja curta e direta. Podemos reduzir o número de vítimas. Os melaceianos têm muito mais chance de recuar se souberem que Barrica foi fortalecida.

Selly arqueja.

— Com o tipo de embarcação que a gente consegue controlar com três pessoas, sendo que duas não sabem o que estão fazendo... — Ela nega com a cabeça. — O caminho é longo. Não sei se vocês têm noção de como seria a viagem.

— Tenho certeza de que não temos — concordo. — Mas também sei qual é a alternativa.

— Temos mais chances de não conseguir do que de conseguir — afirma Selly. — A gente tem um desenho, não um mapa de verdade. O inverno está chegando, então o clima vai ser imprevisível. E, mesmo que a gente consiga chegar às Ilhas, voltar de lá para Alinor... A viagem inteira seria contra o vento.

Ficamos calados, com Keegan e eu encarando Selly enquanto ela fecha os olhos e morde de novo o lábio inferior. Aperto sua mão, mas não consigo pedir mais a ela. Não em voz alta.

Tudo depende da disposição da garota de arriscar a vida por isso. A frota de seu pai pode navegar sob a bandeira de Alinor, mas ela não cresceu em Lagoa Sacra — não cresceu com nossa política, com nosso povo.

Ela pode virar as costas para nós agora e, sabendo o que sabe, embarcar como tripulante em qualquer navio do porto. Logo encontraria um jeito de voltar à frota da família.

Selly abre os olhos e inclina a cabeça para trás, olhando para a única nesga de céu visível daqui.

— Não podemos simplesmente ir até as docas e comprar um barco. A esta altura, pode ser perigoso por causa do nosso sotaque alinoriano. As coisas se espalham *rápido* entre marinheiros. Deixaríamos um quilômetro de rastro para qualquer pessoa que fosse atrás de nós fazendo perguntas.

Assinto devagar, o estômago se revirando enquanto tento em vão encontrar outra ideia, outra forma de arrumar uma embarcação.

Ela baixa o olhar, analisando cada um de nós.

— Então precisamos ir para o sul — diz Selly. — Vamos descer pela costa e pegar um barco numa cidade menor.

— Quer dizer que você vai...?

— Passei a vida sem nunca olhar além do convés do meu navio — murmura ela. — A Rensa costumava falar isso o tempo todo. Dizia que eu devia mudar. Acho que vou aceitar o conselho. Falei pra você no *Pequena Lizabetta* que eu ia te levar até as Ilhas nem que tivesse que levar você até lá eu mesma. Então vamos.

— Você vai...

— Foi em nome disso que perdi minha tripulação, meu navio. O que está acontecendo é maior do que eles, maior do que nós. Se este é o começo de uma guerra, nós precisamos deixar os deuses de fora a todo custo.

Keegan leva a mão à gola para tocar o colar de ouro sob a camisa. Aperta os dedos ao redor da peça e a tira pela cabeça.

— Vou chegar atrasado para começar este semestre, de toda forma — diz ele.

— Keegan, eu...

— Sempre fui mais interessado nos estudos do que você — interrompe, pensativo, continuando como se eu não tivesse dito nada. — Sabia que era importante estudar história. Aprender com ela.

A culpa me atravessa. Se nós dois pensássemos igual, não estaríamos aqui.

Ele olha para mim, lê o pensamento em meu rosto e descarta a ideia com um gesto da mão.

— O que quero dizer — continua o acadêmico — é que, como a Selly, estou sendo forçado a reconsiderar minhas velhas crenças. Às vezes a gente precisa estudar história, Vossa Alteza. Mas, às vezes, a gente precisa fazer história. Custe o que custar.

PARTE TRÊS

UMA EMBARCAÇÃO NO HORIZONTE

JUDE

◆

Os cortiços
Porto Naranda, Melaceia

Passei o dia pensando em dinheiro.
    Nada no nosso apartamento vale muito sozinho — mas, se eu conseguir vender *tudo* junto e somar ao bônus que vou receber de Rubi, talvez seja suficiente para tirar minha mãe e eu desta cidade antes que as coisas fiquem feias. Já repassei os números na cabeça várias vezes tentando fazer as contas fecharem.

Não é uma questão do que quero, não mais. É uma questão do que posso ou devo fazer.

É uma questão de achar um refúgio. Não há redenção esperando por mim, sei disso, e não tenho como voltar a ser quem eu costumava ser.

Minha ideia é não deixar transparecer que estou planejando algo, então mantive a rotina — estou voltando do treino, com os músculos doendo, o suor ainda secando, o coração ainda acelerado. Estou coberto de hematomas da última luta, mas, se eu competir este fim de semana e juntar uma grana decente, vai ser mais fácil encarar o que vem pela frente.

Preciso sair da cidade, isso é o que importa.

Antes, eu era só um lutador de boxe e um menino de recados. Uma das coisas era um alívio e a outra uma humilhação necessária, mas ambas são caminhos que eu era capaz de encarar. Mas fiquei ali parado vendo Laskia matar mais e mais gente, e é como se eu tivesse disparado algumas daquelas balas com minhas próprias mãos.

Depois, fugi do meu amigo — logo após pensar em entregá-lo.

Não mereço a ajuda de Leander. Essa é a verdade.

Chego ao cruzamento entre a rua Nova e o beco do Carregador e, quando dou por mim, estou parado. A área dos cortiços termina aqui; olho para o beco, na ponta do qual fica a casa noturna onde o encontro aconteceu. Onde tudo que ainda não estava complicado começou a desmoronar.

Eu só tinha ido até lá para ver Tom — e agora, enquanto penso nisso, quase me permito dar um passo na direção dele. Consigo ver seu sorriso fácil se abrindo enquanto entro pela porta. Posso sentir meu coração se acalmar com sua presença gentil.

Ele prepara drinques no Vermelho Rubi e geralmente chega antes de a casa abrir para a noite. Fica polindo os copos, cortando pedaços de frutas para decorar as bebidas. Às vezes vou até lá antes do horário de funcionamento e a gente conversa. Às vezes busco Tom depois do trabalho e não falamos nada.

Não há acordos entre nós. Nada combinado. Não somos nada um do outro. Às vezes penso em como seria se fosse diferente, mas não posso trazer o rapaz para o desastre que é minha vida — mesmo sabendo que é isso que ele quer. Apesar de suas ofertas, mantenho uma distância segura entre nós.

Mal vou até lá à noite. Não tenho dinheiro para beber qualquer coisa no estabelecimento, mas estava tudo ruindo e eu queria vê-lo, e achei que...

Só queria que, ontem à noite, Leander não tivesse entrado na casa noturna onde *ele* trabalha. Poderia ter sido muito pior — ele poderia ter entrado na Joia Afiada, que Rubi usa como quartel-general. Mesmo assim, queria que não tivesse acabado justo no Vermelho Rubi, onde Tom estava trabalhando, para onde decidi ir num horário tão incomum para mim só porque queria vê-lo...

Só queria isso, só queria aquilo... História da minha vida.

Ainda estou olhando para o beco do Carregador quando me viro na direção da casa noturna e dou apenas um passo antes de trombar com tudo contra o paredão de tijolos que é o peito de Dasriel.

O feiticeiro do fogo de Laskia é imenso, uma cabeça inteira mais alto que eu. Quando inclino a cabeça para olhar para cima, ele está me encarando com o olhar vidrado. Suas roupas parecem chamuscadas, sua pele está avermelhada — e ele exala vingança.

Algo dentro de mim se encolhe, um animalzinho se refugiando nas sombras. *Pelos sete infernos!*

O sujeito não diz nada — apenas pousa em meu ombro a mão coberta de arabescos verdes e me conduz pelos cortiços, silencioso às minhas costas até encontrar uma ruela vazia.

Depois me vira de frente e, sem uma palavra sequer, soca minha barriga.

Me encolho, arfando por ar enquanto meus pulmões estremecem e se recusam a cooperar. Não sei se seria capaz de revidar, mas não sou idiota de tentar.

Ele me acerta de novo. Cambaleio para trás, batendo no muro cheio de limo. Luzes lampejam no meu campo de visão quando minha nuca se choca com os tijolos irregulares.

Dasriel me puxa pela frente da camisa, e foco nas marcas de feiticeiro que sobem por seus antebraços. Depois ele me bate de novo contra o muro, e dessa vez minha visão fica preta.

Quando me solta, caio de joelhos, vendo estrelas por causa da dor nos quadris. Deixo o corpo cair para a frente, as mãos escorregando no chão imundo. Tento não desfalecer, mas meus ombros se curvam e dobram, e um chute em minhas costelas me faz desabar de costas.

Ainda estou lutando para respirar quando ele me encara com um olhar implacável, vasculhando os bolsos até tirar dele uma caixa de fósforos e uma moeda de cobre.

Não. Por favor, não.

Dasriel joga a moeda no ar para os espíritos, e ela some sem ruído algum. Depois o homenzarrão risca um fósforo, voltando a atenção para a chama minúscula enquanto tento desesperadamente me apoiar nos cotovelos.

Fiz tudo que me mandaram. Embarquei no navio com Laskia. Assisti a suas repetidas matanças, sempre de bico calado. Não quero morrer queimado.

A chama do fósforo de repente assume o dobro do tamanho da minha cabeça, se revirando e rodopiando enquanto os espíritos a avivam. Dasriel faz o fogo dançar na palma da mão.

Encaro o homem, sem palavras.

Ele olha para baixo sem um pingo de compaixão. Sem demonstrar sinal algum de que se importa se...

— Pode parar, Dasriel.

Viro a cabeça. Laskia está na entrada do beco, com os braços dobrados sobre o peito.

Não sei há quando tempo está ali. Não sei se assistiu a tudo. Mas, com um resmungo grave, Dasriel recua um passo. A chama ainda dança numa das mãos enquanto o homem assume o lugar dela e fica de guarda.

Ela avança até mim, ainda deitado no limo, e se agacha com movimentos decididos e precisos. Há fúria em seu olhar. Quando fala, é tão baixo que mal consigo ouvir as palavras acima de minha respiração ofegante:

— Você disse que ele tinha morrido.

Ai, não.

Dez coisas diferentes lutam no meu peito ao mesmo tempo — ela sabe que Leander está vivo e, ao que tudo indica, também sabe que está em Porto Naranda. Será que descobriu que o vi? Será que acha que Tom tem alguma coisa a ver com isso? Será que consigo fingir surpresa?

Quero protestar, dizer que *nunca* falei que ele tinha morrido — só disse que não tinha visto Leander. Mas ela não fez uma pergunta agora, e não tenho fôlego o bastante para falar. Ela não quer ouvir minha opinião ou minhas desculpas. Então aguardo para ver o que ela quer.

— A embaixadora de Alinor — começa Laskia, num murmúrio — acabou de ir até as docas para encontrar com o príncipe numa pousada. A assistente dela me contou.

Ela faz uma pausa, mas fico em silêncio. A mulher continua:

— A gente quase acabou com ele, mas esse idiota — ela aponta por cima do ombro para Dasriel — explodiu o carro antes que seu amiguinho príncipe estivesse lá dentro.

Pestanejo, tentando manter a expressão neutra. Parte de mim está desesperadamente aliviada por ela não ter matado Leander — por não ter matado Leander *de novo*. Outra parte está certa de que essas são péssimas notícias para mim.

— Ele escapou? — sussurro entre arquejos.

— Ele é um feiticeiro poderoso — responde ela. — Quase me queimou viva, mas consegui ter um vislumbre do garoto.

— Como ele...?

— Sobreviveu? Ótima pergunta, Jude. Mandei meu pessoal atrás de respostas. E sabe o que encontraram?

Devagar, nego com a cabeça. Talvez ela não tenha descoberto sobre a casa noturna. Já teria dito algo a esta altura, não?

— Um barco, vendido nas docas noite passada. *Pequena Lizabetta*. Aposto que você viu o nome no navio mercante que perseguimos. Não pode ser coincidência.

Um calafrio percorre meu corpo quando as peças se encaixam. Aquela embarcação não estava viajando para o sul apenas para escapar de nós. Já estava naquele rumo *antes de nos ver*. Na direção das Ilhas dos Deuses.

E Leander nunca esteve na frota da turnê.

De fato achei, por um instante, que tinha visto alguém no *Lizabetta* antes de irmos embora. Que alguém havia corrido pelo convés. E não falei nada.

Deve ter sido ele.

A feiticeira do navio, a garota que morreu perto do mastro, era muito, *muito* boa. Boa demais para uma feiticeira regular de um navio mercante normal. Faz muito mais sentido que o vento e aquelas ondas tenham sido obra de Leander.

Rubi não vai gostar nada disso. E quando Rubi não está feliz, ninguém mais está. Não consigo sentir nem um vestígio de alívio por descobrir que Laskia não sabe que também vi Leander.

Mesmo com todas aquelas mortes, nós não conseguimos eliminar nosso alvo.

— Você reconheceu o filho de lorde Wollesley? — pergunta Laskia, com a voz tão baixa e perigosa que minha respiração falha.

Ela quer colocar a culpa em mim.

— Sim — chio. — Mas ele e o príncipe se odiavam na escola. Nunca estariam no mesmo navio.

— Mas sem dúvida *estavam* — dispara ela, com os olhos lampejando de fúria.

— Laskia, não tinha como eu...

Dasriel troca o peso de perna na extremidade do beco, e fico em silêncio. Em vez disso, sussurro:

— E agora? — Tento me apoiar de novo nos cotovelos, embora esteja tudo doendo.

— Agora — diz ela, brusca — vamos terminar o serviço.

— A Rubi quer...

— Vamos falar com a Rubi quando isso tudo acabar — interrompe ela. — A irmã Beris pode fazer companhia a ela enquanto isso. As duas parecem estar se dando muito bem. Não tem como aquele moleque se esconder de mim nesta cidade. E não tem como sair daqui sem eu saber. Vou encontrar o garoto em qualquer que seja o buraco que ele tenha se enfiado e trazer a cabeça dele.

Seus olhos escuros estão ardendo. Algo se partiu dentro de Laskia.

E não posso fugir. Porque ela sabe onde encontrar minha mãe.

— De pé — dispara ela, se levantando. — E veste uma roupa limpa. A gente vai botar um ponto final nisso.

E, sem mais palavras, ela se vira, passa por Dasriel a passos largos e desaparece na rua principal.

O homenzarrão olha para mim e pisca devagar. Não se move enquanto tento me levantar, coberto de limo, com o corpo todo dolorido. Continua sem falar nada enquanto me segue até meu apartamento. Tampouco falo com ele.

Não me apresso, com a cabeça girando pelo esforço de repassar desesperadamente todas as possibilidades. Penso em ideias e as descarto num frenesi acelerado.

Mas todas terminam no mesmo lugar: preciso de dinheiro para tirar minha mãe da cidade.

E não tenho um tostão furado.

Se eu tentar fugir e falhar, Laskia vai matar nós dois.

Minha mãe não fala nada enquanto me limpo e me troco. Nem sequer pergunta porque Dasriel está parado à porta, me observando.

Só nos fita com olhos baços, aceitando este último golpe como aceitou todos os outros. Depois de um tempo, seus olhos se deslocam para a janela, para analisar as nuvens passageiras; é quando uma faísca de frustração se acende dentro de mim, virando uma pequena chama.

Sempre guardei raiva do meu pai, que nos deixou sem nada. Mas por que ela permitiu? Por que não garantiu que ele nos sustentasse? Por que não o obrigou a fazer os arranjos necessários?

Ela deixou que ele a colocasse numa casa na cidade, longe de sua família e de seus amigos. Deixou que escolhesse minha escola e me enviasse para lá, longe de tudo e de todos que eu conhecia, para viver como uma excentricidade em meio à nobreza.

E quando ele foi embora, perdemos tudo do mesmo jeito. Minha educação. Nosso lar. Nossa dignidade.

Por um instante, minha mãe não está deitada aqui na cama em nosso apartamento, e sim no catre na cabine de terceira classe que dividiu com dezenas de outras pessoas em nossa viagem até Porto Naranda, espremida no espaço minúsculo, com a embarcação gemendo ao nosso redor e uma única lamparina iluminando a penumbra.

Um mês antes da viagem, eu estava na escola com o príncipe que agora caço, discutindo amenidades com os amigos, coisas como se a gente devia ou não ir até o vilarejo no fim de semana.

Eu achava que nenhum desses amigos tinha tentado me ajudar quando caímos em desgraça, e minha mãe só aceitou o baque. Mas será que foi ela quem *provocou* isso?

Cortar o mal pela raiz é a melhor opção, ela vivia me dizendo. *A gente precisa olhar para o futuro, não para o passado.*

Descobrir que meus amigos tentaram *sim* me ajudar... que tentaram me encontrar e não conseguiram... Não sei o que fazer com essa informação.

Será que nem sequer posso acreditar em Leander? Ou foi a culpa dele falando, dando justificativas para o que ele devia ter feito? Por ter falhado em comparecer quando era importante, como meu pai? Ele sabia como o golpe tinha sido duro para mim, teria odiado a sensação de ter feito o mesmo.

Mas a resposta se revira dentro de mim, lenta e dolorosa.

Eu acredito nele.

Conheço Leander muito bem para saber quando está falando a verdade.

O que significa que ele deu à minha mãe cartas endereçadas a mim, e ela não me entregou. Estava com o coração tão partido por perder meu pai que queria uma ruptura total de nossa antiga vida — e foi isso que conseguiu.

Talvez *eu* pudesse ter tentado com mais afinco, pudesse ter escrito para Leander depois que chegamos aqui. Ou me recusado a ir embora de Lagoa Sacra.

Minha mãe se ajeita na cama, e olho para ela enquanto me agacho para amarrar o cadarço. Não posso falar sobre isso agora, não com Dasriel aqui. Isso vai ter que esperar.

Pego a mão dela entre as minhas; sua pele está seca demais, gelada demais. Estou preso entre ela e Laskia, as duas tão diferentes quanto poderiam ser.

Minha mãe segue aceitando as coisas, independentemente do que façam com a gente. Ela ajudou isso a acontecer, tamanha a certeza que tinha de que nosso fim estava próximo. E agora, mesmo deitada aqui, doente demais para sair da cama, está simplesmente resignada ao que quer que venha a seguir sem nem pensar em lutar.

Laskia, por outro lado, acredita que cada pessoa merece o que toma para si, não o que recebe. Pode ser descompensada, mas ao menos está tentando escolher o próprio destino.

Não quero acabar como ela — tampouco quero acabar como minha mãe.

Quero traçar meu próprio caminho, mas não consigo ver a saída deste quarto minúsculo e da coleira na qual Laskia está me prendendo com punho firme.

— Vai logo, vossa senhoria — resmunga Dasriel quando termino de amarrar as botas e fico de pé. — A caçada não pode esperar.

SELLY

◆

As docas
Porto Naranda, Melaceia

Deixei o príncipe de Alinor escondido num quintal imundo nos fundos de uma taverna, enfiado atrás de um caixote imenso cheio de garrafas vazias de bebedeiras da noite anterior. Keegan está tomando conta dele, os dois espremidos lado a lado, ambos com a expressão sombria.

Quase matei Leander por causa da minha idiotice, e o horror ainda está tentando subir pela minha garganta e me sobrepujar com a culpa.

É por isso que magia não é para mim. É por isso que os espíritos nunca me responderam, mesmo com dezenas de professores tentando me ajudar. Foi necessário um feiticeiro da família real para forçar os espíritos a notarem minha presença, e ainda assim eles se rebelaram contra quem sou.

Mas *não posso* deixar isso me abalar. Não com tanto trabalho pela frente. Trabalho que pode muito bem salvar todas as pessoas vivas com as quais ainda me importo. Meu pai, as tripulações dos outros navios da frota. Meus amigos e conhecidos em diversos portos. Milhares, dezenas de milhares de pessoas que nunca conheci.

Mas, quando penso assim, meu coração parece querer parar dentro do peito.

Então, em vez disso, foco apenas em Leander e Keegan.

É por eles que vou fazer o que for necessário.

Esses dois rapazes ainda estão contando comigo.

— Cuidado — disse Keegan baixinho antes de eu sair, e me concentro de novo nas palavras dele, recitando na mente o que ele falou: "Cada pessoa com quem falar é uma pessoa a mais que vai lembrar que você esteve aqui.

Cada pessoa por quem passar é uma chance a mais de notarem sua presença. A gente precisa partir do princípio de que a Laskia matou a embaixadora e agora está atrás de nós. E de que ela tem olhos em todos os lugares."

Por mais estranho que pareça, mesmo tendo uma garota por aí que está tentando nos matar, há algo mais simples e calmo em nossa situação atual.

Tudo se afunilou até culminar em nós três e nossa missão.

Não há mais cálculos, pontos de vista, riscos a assumir ou medir. A gente só precisa arrumar um barco e navegar até as Ilhas.

Podemos deixar todo o resto para trás. Porque nada mais importa.

Precisamos fazer o sacrifício, custe o que custar.

Roubo uma boina de marinheiro de um varal nos fundos de uma pousada e escondo o cabelo embaixo dela, fazendo com que haja uma característica a menos pela qual pessoas possam me reconhecer. Se eu me mantiver perto das docas, com sorte vou parecer só mais uma nascida do sal.

Falo com a menor quantidade de pessoas possível. Fico de olho em broches de rubi na lapela daqueles por quem passo. Vou apenas aos lugares necessários, sem falar nada que chame a atenção.

O problema é que sou alinoriana — e o tamanho desse problema fica evidente em minutos.

Nas docas, o humor está volátil. Dou uma olhada na Pousada da Salina; há bombeiros por perto, mas já estão se preparando para ir embora — terminaram o serviço, e não há corpos sendo carregados do lugar.

A recepcionista está na frente da construção, às lágrimas e com o braço de outra mulher ao redor dos ombros, e sinto uma pontada de culpa. Eu provoquei isso. Se tivesse deixado Leander batalhar sozinho com o feiticeiro de fogo em vez de entrar em pânico, em vez de dar ordens aos espíritos pela segunda vez...

Me viro e sigo pela multidão. Tripulações de Alinor estão se ajeitando para partir, embarcando às pressas enquanto se preparam para zarpar com ou sem bagagem. Grandes embarcações de Quetos estão fazendo o mesmo, e um capitão de Trália está debatendo com outro de Beinhof se é seguro ficar. Quando um esquadrão da guarda da cidade marcha pela praça, os dois se separam e se apressam em subir cada um em seu navio.

Em minutos, os guardas estão discutindo com os capitães, informando que vão revistar as embarcações; fica evidente que ninguém está disposto a pegar passageiros. Não vamos conseguir convencer alguém a mudar de curso e seguir para as Ilhas. Eu estava certa quando disse que precisaríamos ir para o sul, descendo pela costa.

Levo a mão ao bolso e corro os dedos pelo barquinho de papel escondido lá dentro, quente com o calor do meu corpo. O objeto é uma promessa de Leander de que eu estaria de volta ao mar em breve, mas nenhum de nós achou que seria assim. Agora, cá está o barquinho guardado contra meu quadril como um amuleto da sorte, uma companhia enquanto ando a passos largos pela cidade.

Tento imitar um sotaque de Petron quando vou vender o colar de Keegan numa casa de penhores. Mas o homem magrelo atrás do balcão ergue a sobrancelha, e entendo que não vai colar.

— E onde conseguiu uma coisa dessas? — pergunta ele, correndo os elos entre os dedos. — É latão?

— Você sabe que não é.

— O que sei é que garotas de Alinor deviam estar em seus respectivos navios a esta altura, a caminho de algum outro lugar, e não vendendo itens roubados por aí. O dinheiro não vai ser de muita utilidade se você não estiver inteira para gastar, marinheira.

Estou prestes a retrucar quando um esquadrão de guardas da cidade passa marchando pela vitrine, fazendo o vidro chacoalhar com o impacto da marcha. Estão indo para as docas.

Meu olhar se cruza com o do atendente. Ele poderia chamar a guarda, dizer que está com uma garota alinoriana em posse de propriedade roubada. Eu perderia o colar. Talvez perdesse a liberdade.

— Pago mil dólares — diz ele, calmo.

— Mil? — Não consigo evitar o tom de raiva na voz. Keegan me disse que a peça vale pelo menos duas vezes esse valor, mesmo numa casa de penhores.

— É pegar ou largar. — Ele fecha os dedos ao redor da peça, sem baixar o olhar. — É uma oferta generosa, considerando as circunstâncias. Senão a gente pode chamar os guardas e você reclama com eles.

Sinto a fúria borbulhando na garganta. Cerro os dentes para não deixar tudo transbordar, forçando o maxilar. Em silêncio, aperto as notas que ele deposita na minha mão.

— Volte sempre — diz o homem, e reprimo por pouco o ímpeto de dar um chute nos expositores enquanto marcho para fora da loja.

Se for comedida com o dinheiro e barganhar bastante, talvez consiga uma embarcação para descermos pela costa. Não sei quanto esse tipo de coisa vale por aqui.

O próximo passo é vender meu vestido. Demora alguns minutos a mais, mas devolvo o traje para Hallie, que me cumprimenta com um rápido sorriso simpático.

— Não funcionou? — diz ela.

Deixo uma risada amarga escapar.

— Não, acredita?

— Fiquei sabendo do que aconteceu nas docas — diz ela, hesitante, colocando a peça num cabide que pendura numa arara. Sinto uma dor no peito quando as contas verdes desaparecem do meu campo de visão, mas não tenho uso para o traje no lugar para onde vamos. Não tenho uso para ele em lugar nenhum. Roupas como essa pertencem ao mundo de Leander, não ao meu.

— Já está tudo certo para você sair da cidade?

— Quase — respondo, dividida entre a gratidão por Hallie ter pensado em perguntar e a cautela de não revelar muito do meu raciocínio, mesmo para ela.

A mulher faz uma expressão de compaixão, depois abre a caixa registradora e puxa uma nota de dez dólares da gaveta. Se inclinando sobre o balcão, deposita o dinheiro na minha mão.

— Você só me deve cinco — digo. Foi o que ela prometeu; inclusive, paguei apenas oito pela peça nova. Não vou ser como o cara na loja de penhores. Não quero ter nenhuma semelhança com ele. — E isso se o vestido estivesse em bom estado. E vou ser sincera: tive que subir numa árvore com ele.

Agora é a vez dela de rir, um som musical, que termina cedo demais.

— Aceita — pede a jovem, apenas. — E boa sorte. Talvez um dia, caso volte à cidade, você possa vir comprar outro vestido.

Olho para a vendedora e agradeço com um gesto da cabeça, apesar do nó na garganta.

Não faz sentido pensar que ela é tão gentil assim sendo que, daqui a alguns dias, vamos tentar matar uns aos outros.

Uso o dinheiro para comprar toucas e casacos quentes para nós três — vai estar quente nas Ilhas, mas não vamos chegar até lá se congelarmos no mar aberto que nos separa do lugar. Depois entro numa loja de equipamentos navais cheia de marinheiros em pânico e caminho rápido entre as prateleiras.

O único lugar onde eu me sentiria mais em casa do que nesta lojinha é no próprio convés de um navio, e meus nervos ainda estão à flor da pele.

Sinto cheiro de alcatrão e verniz, e as estantes são feitas de tábuas que acho que devem ter sido parte de um navio no passado. Estão lotadas de itens rotineiros que sempre foram parte da minha vida — de facas a conjuntos de remendo, de flâmulas espirituais aos pequenos potinhos de especiarias que tantos marinheiros carregam nos bolsos para temperar refeições sem graça durante viagens longas.

Pego um rolo de flâmulas e folheio as cartas náuticas até achar uma com o nível de detalhes de que preciso. Depois escolho um bom estojo de navegação, com instrumentos protegidos por couro tingido de azul, e pago com o dinheiro que preciso gastar com parcimônia.

Tenho que parar em só mais um lugar — a capitania dos portos. O problema é que está um caos lá dentro. Não é a bagunça usual de marujos registrando chegadas e partidas, barganhando com mercadores e batendo papo com amigos.

O que ouço é uma nota de desespero nas vozes exaltadas. Secretários rabiscam apressadamente papeladas de partida — alguns trabalham rápido, outros olham pela porta com medo dos guardas que vão chegar a qualquer momento. Vejo capitães desistindo, saindo correndo na direção de seus navios sem os documentos apropriados, enquanto outros discutem impotentemente, empurrando dinheiro no balcão para ver se aceleram o processo.

Passo por um sujeito irritado com um forte sotaque alinoriano e por duas mulheres de Nusraia, ambas com a cabeça raspada bem rente. A multidão me espreme na direção da parede até eu encostar nela, e estendo os braços para me apoiar e não ser esmagada.

Logo consigo encontrar o que estava procurando: os horários dos trens. Às vezes, a carga trazida por navios vai para locomotivas que partem do porto, e a lista desbotada de horários está espremida entre informações sobre o preço de grãos e um anúncio procurando cozinheiros para embarcar num navio.

A tabela é impressa em letras miúdas, fileira após fileira de nomes e horários. Aperto os olhos para ler as palavras minúsculas, tentando me lembrar do que Leander e Keegan me ensinaram a respeito de como ler um negócio desses. Corro os olhos por uma das colunas, depois pela outra.

Há uma linha que segue pelo litoral até a extremidade sul de Melaceia, onde se encontra com o porto de onde zarpam navios com destino à Passagem de Brend — uma ilha que fica além do continente. Embarcações transitam entre Melaceia e a Passagem de Brend antes de se virarem para a Travessia Setentrional e Holbard. É a rota que meu pai pegou um ano atrás.

Há uma série de vilarejos pelo caminho, e o mapa que comprei me diz que pelo menos alguns deles têm frotas de pescadores. Então é lá que vamos parar e tentar comprar um barco.

O horário diz que, se a gente se apressar, é possível embarcar num trem em quarenta e cinco minutos. Há apenas mais uma partida depois da nossa, o que significa menos chance de sermos seguidos.

De cabeça baixa, vou embora da capitania dos portos. Não tenho muito tempo a perder, mas tomo alguns desvios e dou voltas extras enquanto retorno para o ponto onde deixei os rapazes.

Suspiro de alívio quando vejo o quintalzinho imundo e vislumbro os olhos castanhos de Leander espiando por trás dos caixotes. Me enfio no espaço onde eles estão, com os braços cheios de suprimentos, e Leander estende a mão para entrelaçar os dedos aos meus.

— Se a gente sair agora, dá para embarcar num trem que parte em pouco mais de meia hora e vai até Porto Catár, ao sul — digo à guisa de cumprimento, apertando a mão dele com força.

É como se eu estivesse me ancorando contra uma correnteza que quer me carregar para longe.

— É um bom lugar para irmos?

— Olha, é para onde a linha do trem leva — falo. — Pela posição do vilarejo na costa, suponho que é um lugar onde a principal fonte de renda seja a pesca. Significa que deve ser possível comprar algum tipo de embarcação com o dinheiro que temos.

— Se alguém perguntar por nós, seremos mais memoráveis num porto menor — começa Keegan. — Mas as chances de alguém seguir nosso rastro de lá com certeza são menores do que se a gente sair daqui.

Leander assente enquanto solta minha mão, e começo a distribuir as roupas que comprei para nós.

— Eles devem estar esperando que a gente pegue um navio em Porto Naranda — diz Leander, vestindo a boina de marinheiro sobre o cabelo preto.
— E provavelmente vão estar de olho nos trens também. Depende do quão bons são. Mas marinheiros num transporte de terceira classe, seguindo para uma cidade pesqueira, provavelmente vão chamar muito menos atenção do que alguém trocando às pressas dinheiro vivo por um barco. Vamos nessa.

Estou exausta quando chegamos a Porto Catár. O medo que corria por minhas veias mais cedo deu lugar a um cansaço profundo.

A imensa estação central de Porto Naranda é maior do que qualquer depósito de carga que eu já tenha visto, com os tetos abobadados pairando acima de nós e o rugido das locomotivas ecoando nas paredes de pedra. A multidão também está mais agitada do que na capitania dos portos.

Não acho que Leander já tenha estado num lugar onde as pessoas não se ajoelham para ele passar porque ele quase caiu da primeira vez que um carregador de malas o empurrou para fora do caminho.

Tive um vislumbre de um vagão de primeira classe enquanto a gente avançava às pressas pela plataforma; é puro mogno, com enfeites de latão e veludo vermelho. Parecia a um mundo de distância do vagão de terceira classe no qual nos espremicos agora, mais atulhado do que o porão de carga, com bancos duros de madeira e corpos ocupando cada centímetro.

O movimento desesperado das docas ainda não chegou à estação — suponho que quase todas as pessoas que estão indo embora estão tentando partir pelo mar.

Encontramos um lugar perto de uma das paredes do nosso vagão lotado, e fui esmagada contra ela ao longo do percurso. O chacoalhar do trem me deixou nervosa — achei que seria como o balanço de um navio, mas era estável, rítmico e alto demais. Depois de um tempo, Leander envolveu meus ombros com o braço para me segurar no lugar, e cochilei com a cabeça apoiada em seu ombro.

Acordei quando uma de nossas vizinhas tentou perguntar que horas eram. Ele abriu a boca, soltando duas sílabas marcadas por seu educado sotaque alinoriano antes de Keegan pisar no pé dele e responder com um sotaque perfeito de Porto Naranda que eu nunca havia ouvido nele antes.

Enquanto a mulher se virava, ergui as sobrancelhas para o acadêmico, que só deu de ombros.

— Achei que todos os nobres eram cachorrinhos de colo — murmurei, me inclinando para perto. — Mas olha só você...

— Estou em território familiar — rebateu ele, mantendo a voz baixa. Depois, em resposta ao meu olhar questionador, acrescentou: — Não Porto Naranda, e sim uma fuga. Já fiz isso antes. E com sucesso, aliás. Se o navio para o qual comprei passagem não tivesse sido cooptado para outros propósitos, meu plano teria sido infalível.

— Não acho que possamos te culpar por não ter antecipado o que aconteceu — murmurei, e ele deu de ombros de novo, como se dissesse "o que posso fazer?".

Ainda não sei o que se passa na cabeça do nosso acadêmico durante a maior parte do tempo, mas que ela é bem mais complicada do que imaginei, isso é.

Agora, alguém na plataforma está gritando que chegamos a Porto Catár, e nós três abrimos passagem entre os outros passageiros antes de sair para o ar fresco. Keegan está carregando a bolsa com todos os nossos bens.

O sol está beijando as montanhas a oeste. O ar recende a sal e algas, e meu coração suspira de alívio quando olho para a colina ao lado da estação e vejo um grupo de construções em volta do que sem dúvida é um porto de pesca.

Este é o tipo de lugar com o qual sei lidar — nada de cânions de pedra entre arranha-céus, nada de multidões marchando para todos os lados com propósitos que não compreendo.

Estamos voltando para o mar, e é hora de encontrar um barco para nós.

KEEGAN

◆

Porto Catár, Melaceia

Minha babá — ou minha guardiã, como minha irmã Marie e eu costumávamos chamá-la — nos levava para o litoral todo ano. Meus pais e meu irmão mais velho ficavam em casa enquanto nós dois éramos enviados para aproveitar os benefícios do ar fresco, da água salgada e de vários sorvetes.

Eu não gostava muito da costa na época — o sol era quente demais, a areia entrava em todos os lugares e era impossível manter um livro em boas condições na praia. Continuo não gostando muito, pelo jeito.

Porto Catár é um vilarejo de pesca como qualquer outro. Não saberia dizer se é possível encontrar um barco de segunda mão disponível num mercado deste tamanho, mas Selly está confiante de que pode achar algo adequado.

Nós três estamos seguindo pela estrada sinuosa que parte da estação. Esta, por sua vez, é localizada, assim como a linha ferroviária, na lateral da montanha. Abaixo de nós há uma série de construções ao redor de um pequeno porto.

— Vão lembrar de nós aqui — diz Leander. — E fácil.

— É a aposta que estamos fazendo — respondo. — Se tiver alguém atrás de nós, com certeza vai ser fácil saber por onde passamos. Mas é provável que ninguém saiba que embarcamos naquele trem. Para isso, seria necessário ter contatos de olho em todos os cantos da cidade.

— Eu sei, eu sei — concorda ele. — Acho que vou ficar nervoso mesmo depois que a gente já estiver no mar, a quilômetros da terra firme, sem ninguém na nossa cola.

— Só tinha mais um trem hoje — lembro a ele. — Isso aumenta nossas chances de sucesso. — Mas a verdade é que, embora esteja mantendo o tom controlado e calmo, estou tão desconfortável quanto ele.

— Nosso dinheiro vai valer bem mais aqui — diz Selly, analisando a série de barcos lá embaixo. — Tudo é mais barato fora da capital, e ainda não devem saber que marinheiros alinorianos não são bem-vindos por estas bandas.

Leander continua calado enquanto descemos a colina.

— Se não der para pagar por uma embarcação, este lugar parece bem pacato — digo, pensativo. — É bem capaz que seja possível roubar um barco sem causar muita confusão.

Selly se vira para mim, arregalando os olhos em choque.

— Você está falando sério?

Para ela, um barco é... Bom, suponho que seja o equivalente a uma biblioteca para mim. A coisa ao redor da qual a vida de uma pessoa se organiza.

— Seria melhor comprar — reforço. — Mas se a gente tiver que escolher entre comprometer a fonte de renda de alguém ou comprometer dezenas de milhares de vidas...

Selly fita nós dois, o olhar dardejando como faz sempre que nos analisa. Nunca tenho muita certeza se nos acha pessoas decentes.

— É justo — diz a garota, depois de um tempo. — Mas tem barcos lá embaixo que alcançariam a gente muito rápido, que serão maiores do que qualquer embarcação que a gente consiga comandar com uma tripulação de três pessoas. Então é inteligente não estar fugindo do bom povo de Porto Catár. Vou achar algo à venda.

Decidimos dividir as tarefas que temos em mãos. O sol já está tocando o topo da montanha a oeste, e o mar a leste é banhado pela penumbra da noite.

Selly vai na direção da taverna, puxando a boina de marinheiro com firmeza antes de abrir a porta, e a luz do estabelecimento a envolve antes que ela desapareça lá dentro.

Já o príncipe e eu seguimos para a mercearia da cidade: precisamos de suprimentos. Tenho certeza de que Leander nunca entrou numa loja normal antes — Selly e eu concordamos nisso ao trocar um olhar sem palavras, então vou com ele para garantir que o príncipe saiba o que comprar.

Mas ele hesita, olhando de novo para a taverna.

— Ela vai saber se cuidar — falo.

— Provavelmente melhor do que a gente num lugar como este — responde Leander. — Ela conhece esse mundo melhor do que nós dois. Eu só estava pensando... O que fiz com a vida dela, Keegan? Nada que eu faça agora vai compensar, né? E mesmo assim... Como vou deixá-la para trás quando tudo isso acabar? Não posso impedir que ela volte para o que ama.

— Não tem resposta fácil — respondo. — Com todo o respeito, sugiro que a gente coloque a solução desse problema no fim da longuíssima lista de coisas que temos a fazer. Se chegarmos nesse tópico, que estimo estar lá para a posição cento e trinta e sete, a gente pensa em como dar um jeito.

O sorriso de Leander é cálido e repentino, dentes brancos lampejando quando ele se volta na minha direção. Não sei se algum dia já o fiz se divertir dessa forma — com certeza não em todos os anos que passamos juntos na escola.

— Bom, se a Selly está na posição cento e trinta e sete — começa ele quando entramos na mercearia —, então você está na cento e trinta e oito. O que planeja estudar?

A surpresa pela mudança de direção faz minha resposta demorar a sair.

— História. E agora estou determinado a sobreviver só para poder escrever em primeira mão registros detalhados e úteis da experiência para futuros alunos. Depois de estudar muitos relatos vagos, tenho uma visão firme do tipo de informação que deve ser incluída.

O príncipe soa quase melancólico quando fixa o olhar adiante, na rua de paralelepípedos quase vazia.

— O que vai falar de mim quando escrever a história? — pergunta ele.

Pondero a resposta. Por anos, teria aproveitado qualquer chance de magoar Leander. Na melhor das hipóteses, não teria parado para pensar nos sentimentos dele.

Mesmo agora não vou mentir para ele — não sou assim. Mas há algo que posso dizer que é verdade.

— Vou falar que você é bom em conquistar lealdade, um dom raro e valioso. Também vou dizer que é um feiticeiro poderoso e que... O que o mestre Gardiner sempre berrava na aula de matemática? Que você tinha muito cérebro, só faltava a inclinação para usá-lo?

Leander solta uma gargalhada.

— Como sabe disso? Você nem estudava essa matéria comigo.

— Mas eu tinha aula na sala ao lado — respondo, sério. — Pode acreditar: dava para ouvir as palavras dele certinho pelas paredes.

O príncipe volta a rir, e a tensão que viveu em meu peito ao longo dos últimos dias se ameniza um pouco. Queria que a gente tivesse conversado assim na escola. Foi necessário só um naufrágio para nos aproximar.

— Você devia estudar filosofia — diz ele. — Quando chegar lá.

— Só vou precisar escolher no segundo ano. — Faço uma pausa. — Vou manter a mente aberta.

— Sabe que vou pagar seus estudos, né? — murmura ele. — Ou a Augusta vai, que seja.

Me viro de repente para ele, mas Leander está sério. Até o momento, imaginei que ele me levaria em segurança até a Bibliotheca. Nunca tinha me ocorrido a possibilidade de a família dele financiar meus estudos.

A verdade é que isso seria útil de várias formas, não só financeira. Inclusive acho que eu poderia arrumar o dinheiro com uma combinação de bolsas e estágios. Porém, quando minha família acabar descobrindo onde estou, ter a aprovação da rainha, abertamente ou de forma implícita, mudaria muito as coisas.

Também vai ser a primeira vez que qualquer pessoa, incluindo membros da minha família, considerou válida a tentativa de me ajudar a aprender.

Quando ele volta a falar, estou tão chocado pela ideia que não consigo acompanhar o raciocínio.

— Se não for problema me dizer, quem é ela?

— Desculpe, quem? — Depois me detenho na mesma hora.

Entendo a pergunta: além de Selly, só há uma *ela* na minha vida à qual ele poderia estar se referindo.

— Sua noiva — continua Leander, infelizmente. — Algo te fez fugir em vez de ficar para argumentar com a sua família e dizer que ia pra Bibliotheca. Suponho que eles queriam te forçar a se casar.

Faço uma careta.

— É a lady Carrie Dastenholtz.

Ele arregala os olhos.

— A Kiki? — Depois expande o sorriso. — Keegan e Kiki. Os nomes combinam, ao menos.

— A gente ouvia muito isso — murmuro.

— Hum. Suponho que, com os interesses do seu pai em importação, a junção das famílias faça sentido.

Lá vai ele de novo. *Você tem muito cérebro, só falta a inclinação para usá-lo.*

— Ela era uma escolha lógica — digo.

— Ela é gente boa — fala Leander. — Mas admito que tenho dificuldade de imaginar vocês dois juntos.

— Ela é muito gente boa — concordo. — Mas não é só você que tem dificuldade de imaginar nós dois juntos. Sendo bem honesto, ela me ajudou a escapar pela janela.

Leander tenta em vão reprimir a risada, os olhos dançando de um lado para o outro. Paramos juntos diante da mercearia, com suas vitrines cheias de enlatados e equipamento de pesca.

— Um dia vou te contar a história de como ela e eu conseguimos os colares de ouro — começo. — Mas, agora, vamos resolver o que viemos fazer.

— Keegan — diz o príncipe de Alinor, balançando a cabeça devagar. — Você é uma pedra preciosa. E sou um idiota por não ter percebido antes.

A mercearia está sendo cuidada por uma jovenzinha que está longe de ser imune ao charme do príncipe, e pego os itens da lista que Selly fez enquanto Leander flerta sem esforço — tentando ao máximo esconder o fato de que não tem ideia alguma do preço dos itens que estamos adquirindo. Mas é ele quem tenta negociar um desconto, e a garota até nos empresta um carrinho de mão para levarmos as compras até as docas. Ele promete devolver em pessoa, ainda esta noite.

Leander se oferece primeiro para empurrar a carga — não é algo que eu teria esperado dele na escola.

— Seria bom prender as flâmulas espirituais no cordame hoje — diz ele. — Também queria aprender um pouco mais de teoria da navegação com a Selly antes de a gente partir amanhã cedo. Logo ao nascer do sol, imagino.

Analiso o vilarejo distraidamente enquanto ele fala, deixando as palavras entrarem por um ouvido e saírem pelo outro. A sensação de companhia é boa, mas me contento em ficar calado. Faz quase uma hora que chegamos; as ruas já estão mais escuras, com o sol já quase todo escondido atrás da montanha.

Estou reconhecendo terreno, por uma razão que não sei apontar além de achar que pode ser útil caso algo dê errado. Quando meu olhar se ergue na direção da estação de trem, me detenho de repente.

Leander também para, quase fazendo o carrinho de mão tombar.

— O que foi, Keegan?

Minhas palavras prendem na garganta, e ergo o dedo para apontar.

O último trem da noite está se afastando da estação, e três vultos surgem da construção, já se virando determinados para a descida da colina.

Um é muito maior do que os outros dois, mas é o menor que vai à frente num ritmo resoluto.

Não consigo ver mais do que silhuetas contra a luz moribunda, mas um calafrio desce por minhas costas e segue direto até minha lombar.

Não tenho dúvidas de que estou olhando para Laskia, Jude e o feiticeiro enorme que quase nos queimou na pousada.

E eles estão à caça.

LASKIA

◆

Craca Preta
Porto Catár, Melaceia

Dasriel escancara a porta de uma taverna chamada Craca Preta, segurando a passagem aberta para que eu entre a passos largos.

Ele é tão grande que vai precisar baixar a cabeça para entrar, e não posso negar que algo dentro de mim se agita quando penso que toda a sua força está à minha disposição. É como ter um leão numa coleira.

Já está de noite, e a maioria dos habitantes da cidade está aqui. A mulher atrás do balcão de madeira bruta tem rosto redondo, cabelo preso numa coroa de tranças e bochechas avermelhadas por anos de contato com o vento.

Os clientes parecem ser quase todos marujos, vestidos com calças e camisas de tecido rudimentar. Chamas queimam na lareira, e há meia dúzia de pares de botas náuticas viradas de cabeça para baixo diante do mantel para que possam secar por dentro.

O burburinho morre quando Jude e Dasriel vão para trás de mim e se posicionam um de cada lado. O feiticeiro fica em silêncio, e a expressão do lutador é inescrutável — ele está relutante, eu sei, mas vai fazer o que eu mandar.

Ao nosso redor, bebidas são pousadas na mesa, e todos os rostos se viram para nós.

Eu não poderia estar mais deslocada aqui, com meu terno e colete da cidade, com meu cabelo raspado bem baixinho na nuca. Mas, depois de anos me sentindo desconfortável, anos olhando para Rubi em busca do que eu deveria ser e torcendo para ser boa o bastante, estou cansada disso.

Se Rubi prefere confiar na irmã Beris, então vou mostrar a elas que vale a pena me dar ouvidos. Quem melhor do que eu para entender um deus que passou tanto tempo preso, tanto tempo incapaz de usar seus poderes, incapaz de mostrar ao mundo sua potência?

Aqui e agora sou a pessoa mais poderosa neste recinto, e é muito provável que Dasriel seja o único armado. *Deviam* mesmo prestar atenção em mim.

Espero todos se calarem antes de falar:

— Alguém acabou de vir até aqui e comprou um barco.

Minha afirmação é recebida por um mar de expressões neutras.

Me forçando a ter paciência, aguardo. Depois de um tempo, é a mulher atrás do balcão que fala:

— Bom, o que vendo aqui é comida e bebida. A senhora quer alguma dessas coisas? Também ofereço hospedagem.

Jude se move atrás de mim, desconfortável. Ignoro o rapaz e, sem sequer virar a cabeça, estendo a mão — com a palma para cima — na direção de Dasriel.

Ele pousa uma bolsa de couro pesada nela, e caminho até a mesa mais próxima enquanto abro o cordão.

Com movimentos lentos e deliberados, faço uma chuva de dólares dourados tilintar no tampo da mesa. Algumas moedas ricocheteiam para o chão, rolando para longe antes de sumir nas sombras.

Não faço menção de ir atrás — como se eu tivesse tanto dinheiro, tantos outros dólares, que não faz diferença perder esses. No meio do ouro há dois rubis que minha irmã me deu de presente quando fiz dezesseis anos. Eles cintilam à luz da lareira.

Esta bolsinha contém tudo que tenho.

Ergo a cabeça e olho ao redor de novo.

Se Leander e sua tripulação chegarem antes de mim às Ilhas... Bem, tenho um plano nesse caso, que já coloquei em ação antes de sair de Porto Naranda.

Mas planejo caçar o príncipe eu mesma.

— Alguém acabou de vir até aqui e comprou um barco — repito. — Quem for tripulante da embarcação que vai me ajudar a encontrar essas pessoas pode ficar com tudo isso, mais o dobro desse valor quando a gente voltar.

Jogo a bolsinha de couro vazia em cima da pilha de dinheiro e corro os olhos pela taverna, assimilando devagar o rosto dos presentes.

A expressão deles está muito diferente agora.

Sorrio.

— Quem está pronto para zarpar?

SELLY

◆

O Emma
Mar Crescente

O sol está nascendo quando confirmamos que não estamos sozinhos.
 O plano era passar a noite no porto para que eu tivesse a chance de me familiarizar com o novo barco, para dar a Leander e a mim a possibilidade de analisar o mapa do diário e o comparar com as cartas náuticas, para que então todos pudéssemos dormir um pouco.

Mas isso mudou depois que vimos Laskia, Jude e o feiticeiro enorme vindo da estação — saímos correndo num caos de atividade, enfiando os suprimentos embaixo do convés e nos apressando para içar velas.

O sol mergulhou atrás das montanhas, e tudo que pudemos fazer foi ficar nos perguntando se tinham conseguido arranjar uma embarcação própria, se tinham avistado nossa rota antes de a luz desaparecer. Agora temos a resposta.

Pelo menos conseguimos sobreviver à noite. Cada um tirou umas duas horinhas de sono; Keegan está no nosso único catre agora, na cabine lá embaixo.

O *Emma* é um barquinho de pesca ótimo, que tem tudo que eu poderia querer. Ainda está fedendo por conta da última pesca, mas seu casco é resistente e as velas podem ser manejadas por poucas pessoas. Saiu por um preço ótimo, porque não tem os toques de modernidade das embarcações maiores e mais novas do porto. O senhor que o vendeu para mim foi com a minha cara — e não havia mais ninguém no mercado.

Ajustamos as velas para ficarem bem retesadas; o vento está vindo a bombordo, e avançamos em bom ritmo. A brisa ainda carrega o cheiro de sal, e as ondas chapinham debaixo de nós enquanto cortamos a água. Com o cabelo fustigando o rosto, defini nosso curso e estou no meu lugar no mundo. Quase posso sentir meu pai ao meu lado, quase vejo Rensa ou Kyri subindo pela escada de tombadilho para assumir um turno no timão.

Parece que foi há uma vida que eu estava reclamando com Leander por me deixar presa com Rensa e me manter longe do meu pai, mas faz só alguns dias.

A esta altura, quase não penso mais na tripulação.

Quando permito que o rosto deles ressurja de onde os enfiei — ou quando olho para o convés do *Emma* e imagino Jonlon me olhando de soslaio enquanto refaz os ajustes na vela ou Kyri ajoelhada ao lado do mastro para encantar os espíritos —, a dor da solidão me toma como uma dor física.

Eu daria tudo para ter ao menos um deles a bordo comigo, para ter alguém para ajudar a carregar o fardo da responsabilidade de levar Leander até as Ilhas. Mas estou sozinha, e por ora a perda da minha tripulação parece ter acontecido há muito tempo, muito longe daqui.

Não sei se estou pronta para encarar a realidade de que eles se foram — não ainda. Precisei juntar toda a minha determinação para encarar o que estou fazendo aqui. Porque o que estou fazendo aqui é quase impossível.

Penso no meu pai também, às vezes. Lá no norte, sem a menor noção de que o *Lizabetta* não existe mais, que a tripulação morreu. Sem a menor noção de que estou aqui no meio do Mar Crescente num barquinho de pesca, tentando impedir uma guerra.

Se eu falhar, ele e toda a sua frota serão convocados para lutar, para encher os porões dos navios com soldados em vez de fardos de lã ou sacas de grãos.

Se eu falhar, meu pai nunca vai saber o que aconteceu comigo. Ou que ao menos tentei.

Keegan controlava o timão com cautela noite passada enquanto Leander e eu nos debruçávamos sobre as cartas náuticas, comparando as informações com o rascunho no diário.

— As Ilhas ficam embaixo de Loforta — disse ele, traçando com o dedo uma linha pela página do diário. — E, a julgar por isso aqui, bem de frente para a Passagem de Brend.

Conheço bem a Passagem de Brend. Teria passado por lá se tivesse conseguido embarcar no *Freya* para me juntar ao meu pai.

— No documento que você entregou a Rensa eles ficavam nesse mesmo lugar? — insisti. — *Diretamente* abaixo de Loforta? *Exatamente* de frente para a Passagem de Brend? Tem uma diferença imensa entre um desenho feito num diário e uma marca precisa numa carta náutica.

— Nunca analisei com tanto cuidado assim — admitiu ele, impotente. — Não estava nos planos cuidar da navegação. Lembro das cartas serem iguais a este rascunho. Acho.

Tudo vai depender de a memória dele estar certa. As Ilhas são pontinhos minúsculos num oceano imenso, e naveguei um barco desconhecido ao longo da noite depois de dormir pouquíssimo. Sei que Leander anda rezando, mas Barrica está em sua condição mais fraca no momento, aguardando um sacrifício atrasado. Preciso confiar na ideia de a conexão deles dois ser significativa o bastante.

Isso tudo vai depender de mais do que um pouco de sorte, mas o que posso fazer no momento é chegar perto o bastante das Ilhas para subir no mastro com uma luneta e olhar esperançosa para o horizonte.

Vamos navegar ao longo de todo o dia de hoje e depois por mais uma noite. Quando a aurora seguinte nascer, vamos saber se conseguimos ou não.

Leander está no convés comigo, andando de um lado para o outro conforme peço ajustes na vela e manejo o timão. Não há nada que a gente possa fazer a não ser navegar. Quando consigo deixar as preocupações de lado, noto que estou gostando de navegar esta embarcação.

O príncipe volta de onde amarramos a ponta de uma linha de pesca imersa na água e se enrola na manta pendurada nos meus ombros, se aninhando ao meu lado com um sorriso.

Chego mais perto, aproveitando seu calor na cara dura. Ele passa um braço ao redor do meu corpo, aperta a bochecha contra a minha. Sua pele está áspera devido à barba por fazer, e ele cheira a sal e lona.

— O céu está lindo — diz Leander, apontando com o queixo os tons de cor-de-rosa e laranja que pintam o horizonte adiante.

— Se o céu vermelho amanhece, o marinheiro faz uma prece — digo a ele.

— Como é?

— Não conhece essa? "Se o céu vermelho amanhece, o marinheiro faz uma prece. Se o céu vermelho se põe, o marinheiro um brinde propõe."

Ele me olha de soslaio.

— Faz uma prece por quê?

— Porque significa que tem uma tempestade vindo.

Quando ergo o olhar, ele acompanha: as nuvens estão altas, rasgadas pelo vento, e o cor-de-rosa e o laranja à nossa frente se amenizam num tom leve de dourado lá em cima. Me viro para trás, e vejo o firmamento tomado por um verde feio. Nossas flâmulas espirituais penduradas às pressas tremulam com o vento enquanto analiso as nuvens suspensas acima de Melaceia, tentando calcular se a borrasca vai ou não nos alcançar — os ventos sopram do leste, mas isso não significa que ela vai ser empurrada para longe. Com frequência, as coisas se invertem a grandes altitudes.

É quando vejo algo no horizonte por um breve momento. Uma forma que não pertence às ondas.

Fico imóvel, e Leander entra em alerta imediatamente.

— O que foi?

— Segura o timão.

Enfio a mão na bolsa pendurada ao redor dele e saco a luneta. Depois, me viro de costas, envolvendo o torso do príncipe com o braço para me estabilizar. Abro as pernas e levo o instrumento ao olho.

Leander está calado, concentrado em apontar o nariz da embarcação na direção de cada uma das ondas, esperando que eu explique o que estou vendo.

— Tem um barco atrás da gente — afirmo, enfim. — Com todas as velas desfraldadas. Barcos de pesca não costumam navegar assim.

— Alguma chance de serem mensageiros? — pergunta ele. — Ou um mercador com pressa?

Baixo a luneta e viro a cabeça, erguendo os olhos para encontrar os dele.

O príncipe cerra o maxilar quando lê a resposta no meu semblante, mas digo em voz alta mesmo assim:

— Não. Não tem nada nessa direção além das Ilhas... e de nós.

JUDE

◆

O Sereia
Mar Crescente

Laskia está me mantendo no convés com ela.
　Eu preferia estar na outra extremidade da embarcação, mas sempre que me afasto ela me chama para voltar e reprimo outra onda de enjoo antes de assumir de novo meu lugar na amurada. Ao menos me deixou dormir noite passada — sei que ela própria não descansou.

　Nosso barco, o *Sereia*, é maior do que o que estamos perseguindo, mas é feito para pesca e não há muitos catres disponíveis. Dasriel pegou um deles e o primeiro imediato ficou com o outro. Tirei algumas horinhas numa rede; achei que não seria capaz de dormir — não com o balanço do mar fazendo meu estômago embrulhar, com o casco estalando ao nosso redor e revirando todas as memórias sombrias que tenho da viagem a Melaceia. No fim, porém, a exaustão venceu.

　Hoje cedo, o cozinheiro do navio, que parece acumular várias outras funções, preparou mingau numa panela pendurada sobre o fogo. Estava num gimbal, balançando de um lado para o outro de modo a ficar sempre virada para cima de acordo com o movimento da embarcação.

　Tive um sobressalto com o cheiro — mesmo que não estivesse nauseado a ponto de vomitar a sola das botas, é parecido demais com a refeição à qual vi Varon sucumbir a bordo do *Punho de Macean*.

　Dasriel pediu para repetir.

　Tive vontade de falar. Tive vontade de avisar aos tripulantes — enquanto se serviam do desjejum, enquanto içavam mais velas e debatiam formas de alcançar nossa presa. Tive vontade de falar que a empregadora deles já matou, e vai matar de novo. Vai matar *cada um deles*.

Talvez seja por isso que Laskia me quer ao lado dela o tempo todo. Mas a mulher está com a minha mãe, e não vou abrir o bico. Não faz sentido fingir que teria coragem de fazer algo assim.

É fim da manhã, e Laskia está imóvel como uma figura de proa, agarrando a amurada com as mãos enquanto se equilibra acima do mar batido. Ou talvez esteja como um cão de caça, apontando para a presa. Não tira os olhos da embarcação minúscula à nossa frente, os lábios se movendo enquanto sussurra oração atrás de oração.

O céu vem gestando uma tempestade desde a aurora, e os marinheiros dizem que vai ser uma das pesadas. Vejo que já sentem que há algo de errado com Laskia. Essas pessoas conhecem o mar como a palma da mão, mas parecem ter mais medo da mulher. Quase desejo que irmã Beris estivesse com a gente. Ou Rubi. Ninguém mais tem o poder de deter Laskia, não mais, e a verdade é que nem sei se elas duas ainda conseguiriam.

— E se eles chegarem lá primeiro? — pergunto, quebrando o silêncio pela primeira vez em horas. — E se a gente não alcançar o Leander a tempo?

— Cuidei disso antes de sairmos de Porto Naranda — diz ela, sem tirar os olhos do barquinho no horizonte. — Não precisa se preocupar, sua senhoria. De um jeito ou de outro, a gente vai pegar seu amigo ou então ele vai encontrar um comitê de boas-vindas esperando por ele. Vou trazer o cadáver dele dessa vez. Assim a gente garante que deu tudo certo.

Meu estômago se revira de novo, como se eu estivesse de volta à rede chacoalhando com o movimento da embarcação. Não fiquei enjoado a caminho da frota da turnê, antes da matança começar. Não fiquei enjoado quando me mudei de Alinor, dois anos atrás. Comecei a não suportar navegar depois que as mortes começaram.

Olho para baixo, para as mãos de Laskia envolvendo a amurada. Desde que comecei a lutar boxe, nunca matei ninguém. Mas, se Dasriel não estivesse a bordo, eu cogitaria a possibilidade. A possibilidade de matá-la só para colocar um ponto final nisso.

E talvez eu devesse mesmo ir em frente e pagar o preço, mas me falta coragem.

Não consigo parar de pensar no rosto de Leander na casa noturna. O choque absoluto dele quando me viu — boquiaberto, de olhos arregalados. Não acho que já o vi perder a compostura daquele jeito, e olha que a gente se conhece desde os doze anos de idade.

Leander é muitas coisas, mas não é mentiroso, não desse jeito.

Se disse que tentou me encontrar... E por que ele mentiria? Como pensaria tão rápido numa inverdade sendo que parecia visivelmente surpreso em me ver?

Ele não sabia que trabalho para Rubi, provavelmente nem saiba da existência dela. Não tinha motivos para querer se proteger de mim.

Me resta uma única conclusão: ele realmente foi até nossa casa, realmente escreveu para mim. Realmente me procurou. E minha mãe, com sua conversa sobre como era bom cortar o mal pela raiz, olhar para o futuro e não para o passado, nunca me entregou as cartas.

Vou perguntar a ela quando voltar para casa. *Se* eu voltar para casa. Não que isso vá mudar o que aconteceu.

Por enquanto, oro — mas não sei mais para onde direcionar minhas preces. Os templos dos sete deuses e da Mãe estão à nossa frente — e, se Leander chegar antes de nós, é sua prece que vai importar mais do que todas as outras.

Por um bom tempo, achei que Alinor não havia feito nada por mim, que só tinha me causado dor. Mas agora me pego fechando os olhos ao sabor do vento e da maresia e procurando Barrica em silêncio, pedindo que ela interceda por ele, que espere por ele.

Porque se Laskia o impedir de fazer o sacrifício e a força de Barrica diminuir — e se a irmandade verde conseguir o que quer, atraindo o povo de Melaceia para a igreja até a força de Macean ser tamanha que o deus vai conseguir despertar... Não sei de verdade o que vai acontecer.

Não vai ser só uma guerra entre Alinor e Melaceia ou sequer uma guerra que vá arrastar apenas outras nações e principados do continente.

Vai ser algo que não vemos há quinhentos anos.

Vai ser uma guerra entre deuses.

SELLY

◆

O Emma
Mar Crescente

O mundo todo se resume a nós e ao barco no horizonte.
    Às vezes eles chegam mais perto, e as velas ficam grandes o bastante para que eu possa ver um ou outro detalhe. Às vezes voltamos a abrir mais distância, embora seja complicado ter essa noção no mar.

A turbulenta tempestade cinzenta quase sobrepujou as duas embarcações. Fomos chacoalhados de um lado para o outro pelo vento, o cordame todo tensionado, mas não me preocupo mais em esconder a preocupação dos rapazes. Estão ambos calados e focados, recebendo ordens sem questionar enquanto os ensino a rizar as velas — nossos perseguidores podem estar a todo pano atrás de nós, mas nunca vamos chegar às Ilhas se formos destroçados pela borrasca.

Leander é o mais calado de nós. Sei que está culpando a si mesmo — ele tenta sorrir, mas há uma tristeza no gesto que é como se um grande punho estivesse apertando meu coração.

Sempre que se aproxima, ele pousa a mão sobre a minha apenas por um instante. Eu gostaria de virá-la para retribuir o gesto, mas meus punhos e nós dos dedos estão doloridos de frio, e acho que não sou capaz de soltar o timão.

Parte de mim sabe que, apenas alguns dias atrás, uma vida inteira atrás, eu teria rechaçado o toque. Não me lembro mais daquela época. A conexão é real, e é reconfortante, e estou além de fingir qualquer outra coisa.

Queria ter deixado ele me beijar quando tive a chance.

Sei o que vai acontecer se nos pegarem — e eles vão, assim que a gente chegar às Ilhas e baixar âncora. Tentei imaginar nossos cadáveres, esparramados e molengas como os de Rensa e Kyri ficaram. Mas isso só me faz começar a catalogar todas as formas como podem nos matar; cada vez que minha imaginação começa a definir rota para um porto em particular, giro o timão mental e mudo de direção.

Meu único trabalho é impedir, tanto quanto possível, que isso aconteça. O mundo se resume à seguinte missão: levar Leander até o templo.

No automático, olho para onde a pequena imagem de Barrica estaria, a estibordo do timão, como se este fosse o *Lizabetta*. Quantas vezes toquei a deusa enquanto cuidava do leme, quantas vezes esfreguei os dedos na superfície quente de metal para pedir sorte, orientação ou paciência para segurar a língua. Essa última ela nunca me concedeu. Quando embarcamos, havia uma pequena estatueta de Macean neste barco. Soltei a imagem dos parafusos e a deixei na doca.

E embora esta seja uma embarcação melaceiana, e não haja sinal algum de Barrica a bordo, é a primeira vez em muito tempo que estou orando direito para ela — não apenas fazendo as ofertas desesperadas ou sugestões de trocas como tentava quando as coisas não funcionavam do meu jeito. Desta vez minhas orações são suaves e simples, oferecidas do fundo do coração.

Estamos fazendo tudo isso por nossa deusa, e é nela que preciso depositar minha confiança.

Me ajuda a conduzir esta embarcação. Me ajuda a levar o Leander até onde ele precisa ir.

Estou dando minha vida por isso — e meu futuro, e tudo que eu poderia ter feito. Tudo que ele e eu poderíamos ter feito juntos.

Não sei quanto mais de fé ou sacrifício a deusa pode querer.

Um frio de gelar os ossos me atravessa quando uma onda quebra no convés, e sacudo a cabeça para tirar a água dos olhos.

O único caminho é seguir em frente.

A noite está caindo quando somos atingidos por outra borrasca.

A ventania nos pega a bombordo, e vejo as ondas tremularem. As cristas espumam em branco com ferocidade renovada, e nosso corajoso barquinho aderna intensamente a sota-vento.

Travo as mãos ao redor do timão, tencionando o corpo inteiro, mal capaz de nos manter no curso. Se uma rajada de vento num momento ruim nos empurrar antes que eu possa me preparar... Não sei se uma embarcação pesqueira conseguiria se recuperar de um golpe desses.

— Leander! — grito, a ventania arrancando o nome dele dos meus lábios assim que os deixa.

Mas Keegan está mais próximo da escada de tombadilho, e o vejo se inclinar para chamar o príncipe.

Um minuto depois, enquanto brigo com o timão, Leander chega correndo no convés. Eu estava guardando as energias dele para este momento.

A água do mar fustiga meu rosto, fazendo meus olhos arderem. O cordame está uivando, e as velas estalam sobre minha cabeça. Cuspo água salgada para o lado enquanto as flâmulas espirituais se agitam e são arrancadas dos fios.

— Preciso de ajuda! — grito.

Leander está com o que deve ser metade da nossa comida nos braços — um sacrifício equivalente ao que está prestes a pedir. Joga tudo pela amurada sem hesitar, e a oferenda já começa a desaparecer antes de alcançar a água. Depois ele cambaleia até se posicionar atrás de mim, me ajudando a segurar o timão. Sinto os braços me envolverem e o peito quente contra as minhas costas, e ele me empresta sua força para que eu use como precisar. Quando viro a cabeça, vejo a expressão neutra do príncipe enquanto ele se conecta com os espíritos.

— Não faz o vento diminuir tanto — berro. — A gente ainda precisa de velocidade.

O ar se agita intensamente ao nosso redor, e me lembro do que ele me disse no *Pequena Lizabetta*: a gente não diz aos espíritos o que quer. A gente pede.

O barco inteiro estremece, e me pergunto se ele está pedindo em vão. Se até mesmo o feiticeiro mais poderoso de Alinor é incapaz de controlar esta tempestade.

Foco em nos fazer avançar pelas ondas, ultrapassando uma a uma e caindo no espaço entre elas. Água banha o convés aos borbotões, a espuma branca rodopiando ao redor da base do mastro.

Não consigo nem imaginar o que está acontecendo na embarcação atrás da gente. Ela é grande, mas não o bastante para encarar uma tempestade dessas; além disso, o feiticeiro que devem ter a bordo com certeza não se equipara a Leander — ninguém se equipara a ele. Se forem minimamente sensatos, vão se virar na direção do vento, lançar âncora e esperar o clima melhorar antes de continuar velejando amanhã. Talvez não tenham uma carta náutica indicando onde ficam as Ilhas — mas sabem qual é nosso rumo, então vão conseguir nos seguir de uma forma ou de outra.

Outra rajada de vento nos atinge num golpe, e somos lançados da crista da onda. Trombo com força contra o timão, soltando uma das mãos, e a dor sobe por minhas costelas.

No instante seguinte, Leander está me envolvendo com um dos braços, me segurando até eu ser capaz de respirar em meio ao desespero, e começamos a lutar juntos com o timão enquanto Keegan tropeça pelo convés encharcado até os ossos, agarrado à vela que tremula sem parar.

E assim trabalhamos por horas.

Quando os resquícios da luz fraca morrem atrás de nós e a noite cai, com as estrelas e as luas escondidas pelas nuvens cinza-chumbo, Keegan arrisca descer para a cabine. Traz queijo e nozes que conseguimos comer de pé, além de fatias de maçã doce. Mesmo ainda fustigados pela água do mar, a comida limpa o sal da nossa boca.

Leander consegue amenizar um pouco a tempestade, mas está enfraquecido agora — rajadas de vento e ondas preocupantes escapam do poder dele com mais frequência.

E enquanto navegamos noite adentro, fico rouca de tanto gritar, ordenando que Keegan corra de um lado para o outro — não sei onde ele encontra força nos braços e nas pernas magricelas conforme o tempo passa. Não sei onde qualquer um de nós encontra força.

Quando ele volta ao timão, junto com a aurora, minha voz vacila enquanto tento berrar acima do vento e das ondas. Ele inclina a cabeça para que eu possa gritar em seu ouvido:

— A gente precisa dar uma olhada no horizonte.

Keegan olha para o topo do mastro, depois para mim.

— Tá zoando, né? — berra ele de volta.

Nego com a cabeça.

— A gente definiu nossa rota com base no que o Leander disse, na informação de que as Ilhas ficam logo abaixo de Loforta. Não consultamos as estrelas desde ontem. Estou trabalhando na base da bússola, no meio de uma tempestade. Não tem como a gente ter mantido o rumo exato, mas agora está tudo melhorando. Se eu tiver feito meu trabalho direito, as Ilhas vão estar no horizonte em algum lugar. Precisamos saber onde. Você não consegue segurar o timão sem mim, então vai ter que subir.

Ele fica calado por um segundo, depois por outro, encarando o cordame e as velas embolados no topo do mastro. Consigo ver seu temor esticando o momento numa eternidade. Ele enfim assente.

— Vou tentar.

— Tem um arnês lá embaixo — grito. — Vou te mostrar como se prender ao mastro. Aí você…

Uma rajada de vento monstruosa nos atinge, quase me arrastando enquanto me agarro ao timão com cada fibra do meu ser. Mesmo com o berro da ventania, ouço o barulho de algo rasgando lá em cima — a vela principal está se partindo. Um imenso buraco irregular surge quando a costura cede, e ele cresce a cada segundo.

O ar passa direto pela abertura, fazendo o tecido ondular e tremular, se agitando e rasgando mais. Leander grita um aviso ao meu lado enquanto os espíritos passam pelo rombo.

O vento sopra para todos os pontos cardeais conforme eles reagem, se chocando desesperadamente uns com os outros. Depois a velocidade do pé de vento fica quase nula, o ar perfeitamente imóvel e silencioso. De repente, tudo que há é minha respiração ofegante, a pressão do corpo do príncipe, seu calor às minhas costas.

Viro a cabeça, mas antes que eu possa falar e implorar que ele encante de novo os espíritos a ventania volta com sede de vingança, desfazendo minha trança e soprando os cabelos contra meu rosto. O cordame estremece e geme.

O *Emma* começa a adernar. O convés se enche de água, e a embarcação inclina a sota-vento. Mal consigo controlar o barco — vamos virar, e não há nada que possa impedir.

De repente, Leander não está mais atrás de mim — está deslizando pelo convés, tentando se agarrar em algum lugar, e tenho um vislumbre de seus olhos arregalados e cheios de pânico.

Ele se choca com força contra a amurada, com um som que consigo ouvir até mesmo acima do rugido da tempestade. O príncipe fica ali imóvel, de barriga para baixo, com água escoando ao seu redor.

Conforme o barco inclina, o corpo de Leander começa a rolar. Ele não faz esforço algum para impedir, esparramado perto da borda, prestes a sumir nas ondas escuras além da amurada.

— Vai! — grito para Keegan quando uma onda atinge Leander. Meu coração se aperta tanto que acho que vai parar, me chocando com a profundeza do meu pânico. O acadêmico já está se jogando para o outro lado do convés. — Não o deixe cair!

O próprio Keegan cai e desliza pelo convés, batendo com força contra a amurada no instante em que segura o príncipe — quando vira Leander em seus braços, a cabeça dele pende para trás de um jeito horrível.

Ele está inconsciente — ou oro para que seja só isso. Está flácido, e não há nada no corpo — não vejo sinais da forma como se porta, e ele parece um peso morto nos braços de Keegan. Quero soltar o timão, escorregar pelo convés e tocar nele, chacoalhar seu corpo, implorar que acorde.

Mas, com sua súbita desconexão, os espíritos do ar se desesperam, rodopiando ao nosso redor como um furacão. Os da água também estão entrando em pânico com o desaparecimento de Leander, e abaixo da embarcação o mar revolto começa a puxar e se agitar, fazendo as próprias ondas se chacoalharem num redemoinho irregular.

O *Emma* geme, acometido por um tremor originado pela pressão nas tábuas. Sinto a tensão subir pelo timão até minhas mãos, como se a embarcação estivesse tentando se libertar do meu toque.

— Selly! — grita Keegan. — Faz alguma coisa!

— Não consigo... — começo, mas as palavras morrem em meus lábios. Posso sentir o *Pequena Lizabetta* se inclinando de novo debaixo de mim.

O calor no meu rosto quando os corredores da pousada explodiram em chamas.

O horror nauseante de ter encontrado minha magia depois de todos esses anos — depois de cada fracasso, de cada sombra de vergonha, de cada humilhação — apenas para ver o poder se voltar contra mim.

Tentei me comunicar com os espíritos duas vezes, e em ambas quase fiz todo mundo morrer.

— Selly! — berra Keegan de novo.

Seu rosto é um borrão branco no meio das ondas, com Leander ainda imóvel em seus braços.

O *Emma* é jogado de lado, e algo me faz olhar para cima quando uma polia é arrancada do mastro e cai pendurada na ponta da corda, voando na direção da minha cabeça como uma arma letal. Caio de joelhos bem a tempo de ver o objeto zumbir acima de mim e acabar se enrolando no cordame. Me agarro ao timão, usando todo o peso do meu corpo para impedir que sejamos capturados pelo redemoinho que se forma à nossa frente.

Preciso tentar.

Nas duas vezes que me comuniquei com os espíritos, tentei dar ordens a eles, fazer com que obedecessem à minha vontade — é o que tento fazer com tudo e todos desde que me conheço por gente.

Eu costumava ter certeza do que sei. Mas agora tudo que sei é que o mundo é imenso. E, como este barco, sou um pontinho no meio dele.

É isso que Rensa estava tentando me mostrar: sou só uma parte de algo muito maior, e não há fraqueza nisso. Apenas força.

Enfio a mão no bolso e pego o barquinho de papel. Este precisa ser um sacrifício de verdade, e a pequena dobradura é tudo que me pertence e significa o bastante para mim.

É o presente de um rapaz que poderia ter me dado ouro e joias suficientes para encher as embarcações da frota do meu pai, mas em vez disso me deu algo inestimável — um pedaço de si mesmo. É uma promessa de que vai me mandar de volta para o lugar que mais amo, mesmo que a vontade dele seja me manter ao seu lado. É um presente que honra quem sou, não quem ele gostaria que eu fosse. É a crença dele em mim, mesmo quando nem eu acreditava em mim mesma.

No começo, pareço incapaz de fazer meus dedos gelados soltarem o barquinho, e minhas mãos tremem enquanto as encaro como se pertencessem a outra pessoa.

Mas de repente meus dedos se abrem, e o frágil pedaço de papel dobrado é soprado com o vento num instante, sumindo no nada.

Tenho a vaga sensação de ainda estar segurando o timão, mas já estou fluindo para o espaço mental que Leander me apresentou.

Por favor, imploro aos espíritos. Peço, não mando. *Por favor.*

E os vejo. Sinto uma pontada de pânico: quantos estou encantando ao mesmo tempo? Não é possível que... São como dezenas de milhares de vaga-lumes rodopiando ao meu redor no vento, irritados e caóticos com o sumiço repentino de seu companheiro.

Me forço a ir devagar. Me coloco no meu lugar enquanto as ondas quebram sobre mim. Mostro aos espíritos como podem me ajudar, caso queiram — como podem fluir contra o tecido para impelir a embarcação adiante.

A vela principal rasga mais. As pontas desfiadas se desfazem imediatamente; os espíritos dançam ao redor do tecido, mal parecendo ter me ouvido.

Desesperada, me aprofundo mais na conexão. Não sei se há um caminho de volta.

Por favor, imploro.

Em seguida, vou além de conversar com eles. Mostro a eles meu coração. Mostro meu amor pelo mar e pelo vento. Mostro que eles são uma parte de mim e que preciso deles. É disso que Leander estava falando quando disse que minha magia pertence a este lugar.

Mostro como amo estar aqui com os espíritos. Como sempre amei isso. E mostro como amo este barquinho que está tentando com toda a coragem nos levar até nosso destino. Mostro a eles que amo os garotos que estão tripulando a embarcação comigo, corajosos, leais e determinados.

Mostro como meu coração está emaranhado ao de Leander — como eu e os espíritos temos isso em comum, essa atração pelo príncipe, e como estou tentando com todas as minhas forças ajudá-lo.

Mostro que agora entendo o que Rensa queria dizer quando falou que morreria por seus tripulantes e que eles sabiam disso.

E, por fim, mostro que finalmente entendi o que ela queria que eu visse, que o mundo é grande e que muita coisa nele importa mais do que eu.

Tento fazer isso, sem saber se os espíritos são capazes de compreender, de enxergar os sacrifícios que cada um de nós está fazendo. E de repente... algo muda.

O vento sossega quando deixamos o redemoinho para trás, e a embarcação inteira geme conforme nos afastamos. É como se os espíritos do ar tivessem começado a dançar comigo em vez de girar à minha volta.

E é maravilhoso.

É como sentir a luz do sol na pele depois de ter passado tanto tempo mergulhada em água salgada e num frio de rachar que esqueci como é o calor. É como o momento em que, depois de esperar mil anos no porto, de repente o navio está partindo mar adentro, ganhando velocidade. É aquele primeiro toque de maresia no rosto depois de ter ficado o dia inteiro presa numa cidade abafada e fedida.

Os espíritos dançam comigo e ao meu redor; tomada por uma sensação atordoante de prazer, não consigo acreditar que passei a vida sem isso. Tudo porque fui orgulhosa demais para *pedir*.

Vejo como eles dançam ao redor de Keegan e Leander — é quase como se não soubessem que Keegan está presente, mas rodopiam violentamente ao redor do príncipe, puxando as roupas e o cabelo do rapaz imóvel. É assim que sei que, apesar de não estar se mexendo, está vivo. Eles ainda estão conectados a Leander.

Sou tomada por pura euforia, e os espíritos dançam em resposta.

Ele está vivo. Está *vivo*.

De repente, outra coisa me ocorre. Tento falar com as pequenas entidades de novo, pensando em como mostrar minha pergunta.

O vento está soprando forte na nossa direção, vindo do mar a nordeste. Não devia haver nada entre nós e Quetos, mas talvez... Devagar e com cuidado, pergunto se algo deteve o vento uivando em seu caminho por sobre a superfície da água.

No início, eles parecem não entender a pergunta, mas depois a resposta vem rápida e direta: vários espíritos sopram na direção que desejo, tão precisos quanto a agulha de uma bússola.

Há algo no mar, quase bem à nossa frente.

Abro os olhos de repente e puxo o timão a bombordo, corrigindo o curso enquanto arreganho os dentes num sorriso feroz.

Os espíritos acabaram de me mostrar exatamente onde encontrar as Ilhas dos Deuses.

PARTE QUATRO

AS ILHAS DOS DEUSES

PARTE QUATRO

LEANDER

◆

Ilha de Barrica
Ilhas dos Deuses

Parece que alguém envolveu minha cabeça com o punho e a está *esmagando*. Quando arrisco abrir os olhos, a luz fraca da manhã os apunhala e me faz arreganhar uma careta. Depois pisco, pisco de novo, e o mundo à minha frente entra em foco. Selly está inclinada acima de mim, com o cabelo solto da trança e os olhos sombrios. Está mordendo o lábio, o rosto marcado pela preocupação.

Os espíritos estão dançando ao redor dela como um halo, contornando a garota contra a luz, fazendo os fiozinhos de cabelo flutuarem na brisa que criam ao redor dela. Há algo diferente na forma como respondem a Selly.

Estendo a mão para correr o dedo ao longo de seu maxilar, para tocar seus lábios e dizer sem palavras que ela não precisa se preocupar. Eu provavelmente deveria estar me perguntando onde estamos, mas não consigo pensar em por que isso seria importante. Com um suspiro suave, ela pega meu pulso e ergue minha mão para que possa aninhar o rosto nela. Gosto disso.

— Você — começa Selly — é um idiota.

— Oi pra você também — resmungo.

Ela se permite abrir um sorrisinho, e analiso a forma como seus lábios se curvam.

— Como não se segurou em nada numa tempestade como aquela? — sussurra ela. — Achei que você ia se matar.

— O que aconteceu?

— Você saiu voando e bateu a cabeça. Os espíritos... entraram em pânico.

Arregalo os olhos quando a memória volta numa enxurrada e meu coração tenta sair pela boca.

— Eles *o quê*? Como a gente sobreviveu?

— Bom, eu... conversei com eles.

— Conversou? — Tento me sentar, mas ela me segura pelos ombros.

— Nada de desespero, sr. Feiticeiro. A gente se virou. Foi necessário, já que você nos deixou na mão.

— Foi mal — murmuro, ainda olhando para cima enquanto meu coração volta a sossegar.

Os olhos dela são verde-musgo, o tom mais próximo que já vi ao das minhas marcas de feiticeiro. Curvo os dedos devagar, correndo a ponta deles por sua pele. Consigo sentir onde o sal cristalizou.

— Melhor não começar a pedir perdão agora, meu príncipe — disse ela. — Não vai dar tempo de se desculpar por tudo.

Faço uma pausa, abrindo um meio sorriso.

— Espere. Se você está aqui, quem está controlando o barco?

— O Keegan. Agora senta devagarzinho porque você vai querer ver isso.

Ela envolve meu corpo com um dos braços para me ajudar a ficar de pé e a manter o equilíbrio enquanto vejo se consigo suportar meu peso sozinho.

— Tudo bem aí?

— Melhor me segurar mais um pouco — respondo, abraçando sua cintura e olhando-a nos olhos. — Só para garantir.

Ainda sorrindo, ela deixa por isso mesmo e seguimos juntos até bombordo para encarar a vista.

O vento ainda está nos fustigando, fazendo as ondas espumarem, mas à nossa frente é como se houvesse uma barreira invisível no ar e na água — tudo do outro lado é diferente.

A mudança não é gradual, com as nuvens se amenizando e o mar ficando menos batido. Não: de um dos lados da divisão o céu é ameaçador e o mar é perigoso. Do outro, a água está calma e com um amigável tom azul cintilante.

Quando passamos pela barreira, as velas do *Emma* param de se tencionar, e a embarcação passa de ondular para um deslizar suave. A brisa está leve e o ar cálido acaricia minha pele com dedos aveludados. Sinto os espíritos quase brincalhões. É como se a gente tivesse adentrado um domo invisível que engloba um perfeito dia de verão.

A atmosfera subitamente solar faz eu me lembrar de Quetos. Quando eu era criança, costumava vir aqui nos iates da família durante o verão. A gente ancorava longe da costa e mergulhava por horas, secando ao sol como uma série de focas deitadas no convés.

Mas não é o litoral de Quetos que vejo no horizonte. Em vez disso, surgem todas ao mesmo tempo — embora já devessem estar aqui antes — as oito ilhas. É como se algo estivesse me impedindo de ver as ilhotas até este momento.

A maior é a Ilha da Deusa Mãe, e seus sete filhos estão agrupados ao redor. No mapa, uma linha fraca junta todos num círculo, e agora consigo ver o recife sob a água ligando todos os pedaços de terra — uma sombra, próxima o bastante da superfície para fazer as ondas quebrarem. É como uma coroa de espuma branca incrustada com as joias vividamente verdes que são as ilhas.

Elas são exuberantes, cobertas de uma selva impenetrável, centenas de tons de verde emaranhados juntos. Selly se ajeita entre meus braços, tirando o casaco e as luvas molhados sem se afastar. Deixa todas as peças caírem no convés, virando o rosto para o sol enquanto respira fundo. Meu olhar corre por seu perfil enquanto a brisa brinca com seu cabelo; alguns fios estão secando ao sol, começando a se enrolar.

Quando ela estende os braços para pousar as mãos na amurada, vejo outra coisa, e o choque percorre todo o meu corpo.

— Selly... suas marcas.

Ela baixa os olhos e arregaça mais as mangas, revelando os antebraços. As marcas de feiticeiro grossas e infantis se foram.

No lugar delas, linhas esmeralda delicadamente traçadas se estendem em padrões geométricos que nunca vi antes. Como num caleidoscópio, quadrados, triângulos e losangos se entrelaçam em uma complexidade sem fim.

— O que é isso? — sussurra ela.

— Algo que nunca vi — respondo devagar.

A visão é eletrizante e me faz sentir um calafrio inexplicável. As marcas de um feiticeiro do ar são formadas por arcos, redemoinhos e curvas, e não... não isso.

— O que significa?

— Não faço ideia — murmuro. — Não tem semelhança nenhuma com... Selly, não faço ideia mesmo.

Ela envolve a amurada com os dedos e fitamos o novo mistério. A garota já era única antes — agora é algo que nunca sequer imaginei.

Como isso foi acontecer?

E por quê?

— Selly! — grita Keegan do timão, e ambos nos viramos juntos. — Não quer levar a gente até as Ilhas?

A garota me encara, a expressão ainda maravilhada, mas não sai do círculo formado pelos meus braços.

— Vamos lá fazer esse sacrifício? — pergunta ela.

— Vamos. — Suspiro. — Mas a gente ainda vai falar das suas marcas.

— Eu sei — concorda ela, abrindo um sorriso suave. — Mas conseguimos chegar primeiro. Se a gente for rápido, acho que dá até para zarpar de volta para casa antes de trombar com eles.

Consigo ver algo no rosto dela, pela primeira vez num bom tempo, e estou sentindo uma faísca disso dentro do peito também: esperança.

Fomos preparados para nos entregar por completo a esta missão — para morrer na tentativa de fazer este sacrifício.

Mas talvez, só talvez, a gente não precise.

Talvez a gente consiga voltar para casa — para as bibliotecas amadas de Keegan, que talvez possam explicar as misteriosas marcas de feiticeiro de Selly. Para minhas irmãs, que eu convidaria alegremente a listar tudo que já fiz de errado na vida de tão feliz que vou estar de vê-las de novo.

Para... Mal consigo suspirar as palavras para mim mesmo, mas algo dentro de mim é ousado o suficiente para conjurar a ideia.

Para um futuro com esta garota em meus braços. Qualquer que seja esse futuro.

Tudo que sei é que sou incapaz de me separar dela.

— Vamos — falou. — E Selly... Sei que você salvou minha vida de novo. Valeu.

Ela ergue o olhar, depois sorri devagar — um gesto mais suave e gentil do que antes. Retribuo, meus próprios lábios se curvando em resposta. Sou incapaz de me controlar. Quero muito fazer isso — se ela levantar o queixo um pouquinho, se me der o menor dos sinais... Mas de repente o barco atinge uma onda errante, nos agarramos um ao outro para não cair e ela apenas ri.

— Não tem de quê.

Depois Selly assume seu lugar atrás do timão, e Keegan e eu ajustamos as velas para ela sem precisar de instrução. Enquanto vejo os espíritos voarem rente aos panos e rodopiarem ao redor da garota para brincar com o cabelo dela de novo, compreendo — é um eco do anseio que senti agora há pouco, quando desejei poder beijá-la.

Os espíritos sabem que quero tocar nela, então circulam Selly por mim — puxam fiapos de suas madeixas, tão fascinados quanto eu.

Enquanto ela nos guia na direção da Ilha de Barrica, olho para cima para analisar nosso destino: rocha preta na base, penhascos íngremes se erguendo até alcançar o topo da ilha coberto de mata.

É inacreditável pensar que a gente conseguiu. A gente chegou, e o templo está ao nosso alcance.

Não estamos muito à frente de Laskia e sua tripulação, mas talvez, *talvez*, estejamos longe o bastante.

— Preciso de orientação, Sua Alteza — chama Selly num tom leve.

É a primeira vez no que parece ser uma eternidade que alguém usa o título, mas não sinto o peso de sempre pousando em meus ombros quando escuto as palavras. Não hoje.

Tiro o diário da bolsa de algodão encerado e abro o tomo, folheando páginas cobertas de rascunhos e rabiscos — palavras manuscritas por gerações de membros da família real que vieram antes de mim. Já li tudo tantas vezes que sei exatamente o que estou procurando, e não demora muito para encontrar a descrição do ponto de ancoragem anotado com a caligrafia do meu bisavô.

— A gente precisa achar uma enseada — respondo. — Os penhascos são mais altos dos dois lados da passagem, mas na extremidade baixam até o nível do chão. Tem uma faixa de areia escura, e dá para baixar âncora e desembarcar por lá.

— Sim, senhor! — responde ela, animada, e sai dando ordens daquele seu jeitinho característico enquanto conduz a embarcação ao redor da ilha à procura da pequena enseada.

A gente poderia muito bem estar em Quetos — a única diferença é que aqui os desfiladeiros sob a floresta são de rocha preta, não de calcário branco.

Keegan vai para a cabine embaixo do convés e volta com pãezinhos glaceados que fico feliz de não ter visto quando joguei metade da nossa comida pela amurada. São doces e grudentos, a melhor coisa que já comi na vida — meu alívio e a luz do sol os tornam ainda mais leves e deliciosos.

Entrego um para Selly e fico com ela enquanto a garota come com uma das mãos, a outra pousada no timão. Lambemos os dedos, agora sujos de açúcar e sal. Tenho certeza de que me pega olhando para ela enquanto trabalha, os olhos dançando por mim, mas não fala nada.

O *Emma* corta as tropicais águas azuis ao nosso redor; com o sol nos aquecendo, é difícil lembrar o desespero da noite passada.

— Estou vendo uma abertura nos penhascos — avisa Keegan da proa, e Selly gira o timão para nos guiar até lá enquanto me afasto de novo para cuidar das velas.

Porém, quando a quilha do barquinho faz a volta para adentrar a enseada, Selly prangueja atrás de mim, e ergo os olhos do cordame que estou amarrando.

Por favor, não.

A enseada já está ocupada por uma bela embarcação preta. Os motores estão desligados, e ela jaz tranquilamente ancorada. Não é maior que o *Emma*, mas não podia ser mais diferente de nosso leal barquinho de pesca. Foi feito para cortar a água como uma faca.

Selly baixa a voz até um sussurro, mantendo as mãos leves sobre o timão.

— Pelos sete infernos! Será que é melhor achar outro lugar para desembarcar?

Nego com a cabeça, os olhos fixos na outra embarcação.

— Este é o único ponto. O diário é específico quanto a isso.

Keegan analisa atentamente o barco.

— Não parece ter ninguém de vigia — murmura o acadêmico. — Talvez não tenha tripulantes. Ou pode ser que não sejam hostis... E se sua irmã ficou sabendo do boato e mandou outra pessoa para fazer o sacrifício?

— Pode ser — diz Selly baixinho, sem acreditar muito nas próprias palavras. — Temos que ir logo, desembarcar o quanto antes. Temos mais liberdade para avançar por terra se alguém sair no convés, ver a gente e não gostar.

Seguindo suas instruções sussurradas, viramos o *Emma* de frente para o vento, logo desfraldando as velas farfalhantes, e baixamos âncora. Fico com receio de que a corrente seja barulhenta como as dos iates da minha família, mas Selly saca um objeto amarrado a uma corda grossa e o joga na água com um resmungo de esforço. A âncora afunda em silêncio, e o *Emma* se agita quando a corda se retesa sem que ninguém surja no convés da outra embarcação.

Vamos precisar nadar até a praia, então penduramos uma rede de pesca na amurada para usar de escada. O cheiro dos pescados de anteontem nos envelopa numa nuvem fedorenta.

Selly abre no convés uma capa impermeável de pescador. Com um olhar que inibe qualquer comentário, se despe até ficar de roupas de baixo, jogando as outras peças sobre a capa e amarrando os cadarços dos sapatos juntos de forma a poder pendurar as botas no pescoço.

Congelo no lugar. Depois me dou conta de que Keegan já está imitando Selly, e me atrapalho com os botões da camisa enquanto me esforço para pensar em qualquer outra coisa que não seja a pele cor de creme de suas pernas compridas. Quase posso ouvir a voz de Augusta: *Sério, Leander? Pensando nisso numa hora dessas?* Mas não consigo parar de pensar em Selly. E não quero.

Espere só até conhecer ela, Augusta.

Tentando recuperar minha dignidade, porque sei que Selly e talvez Keegan me viram encarando — ou talvez seja só porque quero tentar fazer a garota sorrir —, abro a boca para soltar uma piada sussurrada sob meu psicológico enquanto descemos pela rede de pesca. Mas fecho os lábios logo em seguida tentando desesperadamente reprimir um acesso de tosse quando o cheiro das redes me atinge com tudo. Merecido.

Keegan me entrega o fardo com nossas roupas e o diário; repasso o objeto para Selly, que é de longe a que nada melhor entre nós.

Ela avança na direção da praia flutuando de costas, mantendo nossos pertences fora da água, ainda de olho no barco que divide a pequena enseada conosco. Ainda não há sinal de vida no convés quando alcançamos o litoral e nos levantamos na areia preta.

Sinto algo esquisitíssimo quando faço contato com a ilha em si — é como se todos os meus sentidos tivessem se aguçado. Esqueço da embarcação misteriosa balançando de um lado para o outro, esqueço de meus companheiros.

Pássaros cantam, e a brisa acaricia os ramos das árvores. Há milhares de tons de verde intenso ao meu redor. Sorvo o cheiro fresco e terroso da vegetação rasteira, o aroma salgado da maresia atrás de nós.

Sinto a ilha com as solas dos pés. Mas, embora tudo ao redor de mim esteja mais claro e intenso, as coisas parecem também mais distantes. Sinto Barrica aqui, sua presença sobrepujante. É o mesmo tipo de proximidade de quando oro no templo dela — sua mente, por falta de palavra melhor, envolvendo a minha. Uma familiaridade e ao mesmo tempo a sensação de que a deusa é muito mais vasta do que consigo de fato entender. É avassalador, mas reconfortante em sua familiaridade.

— Leander? — pergunta Selly baixinho, me encarando ao notar que algo mudou.

— Vocês conseguem sentir? — falo.

— Sentir o quê? — pergunta Keegan, se virando na minha direção.

— Ela está aqui — sussurro.

Todos ficam imóveis.

— Ela... — começa o acadêmico, olhando ao redor.

— Não, não a Laskia — murmuro, os lábios se curvando num sorriso. — *Ela*.

Selly observa a selva e depois balança a cabeça, assim como Keegan.

— Sua família tem uma conexão com a deusa — comenta ele. — Acho promissor estar sentindo a presença dela. Sabe o caminho a partir daqui?

Sei. Ainda não li as páginas do diário que meu pai escreveu, mas todos os membros da família antes dele deixaram suas descrições da caminhada até o templo. E, mesmo que esse não fosse o caso, eu saberia instintivamente como ir até lá.

Nos vestimos e calçamos, secando o corpo tanto quanto possível no processo.

E depois começamos a subir, deixando as embarcações para trás.

Avançamos pela mata, sentindo a vegetação rasteira se enroscar nas nossas pernas e as folhas secas estalarem sob nossos pés. O ar úmido e cálido nos abraça conforme seguimos uma sugestão de trilha — deve ter sido aberta por animais, porque vejo galhos quebrados aqui e ali, sinais de que algo passou por este caminho. De vez em quando a brisa agita as copas densas, chacoalhando as folhas.

Há um ritmo neste lugar que acompanha as batidas do meu coração.

O chão vai ficando mais íngreme, e começo a ofegar conforme seguimos. Consigo ver mais luz entre as árvores agora — estamos chegando perto do topo da ilha. Paramos para ajudar uns aos outros nas partes mais complicadas, estendendo mãos e puxando.

— Há quanto tempo a gente está subindo? — pergunta Selly entre arquejos, puxando Keegan pelo braço enquanto ele se arrasta por uma área escorregadia do caminho.

— Uns vinte minutos? — chuta ele, tirando um pedaço de tecido do bolso; não dá para chamar o que está segurando de lenço, e tenho certeza de que nunca foi um.

Ele usa a peça para enxugar a testa, o que mais espalha o suor e a sujeira do que qualquer outra coisa.

— A gente está no caminho certo, né? — pergunta Selly, estreitando os olhos para encarar desconfiada o que com muita generosidade dá para chamar de trilha.

— Sim — confirmo, estendendo o braço para que ela me ajude em seguida. Sua mão envolve a minha; ela faz força, empurro uma árvore e, sei lá como, consigo chegar ao patamar ao lado dela. Ficamos ali parados, ainda de mãos dadas, ambos ofegando. — Este é o caminho certo — repito. — Todos os relatos no diário dizem que o templo fica no topo, e sem dúvida estamos escalando.

— Tudo com você acaba escalando — murmura ela, mas a acidez habitual agora parece cheia de afeto, e ela me deixa entrelaçar nossos dedos.

Poucos minutos depois, achamos uma clareira bem à frente. As árvores somem de repente, embora não haja sinal algum de interferência humana — não vemos tocos ou novos brotos tentando ocupar o espaço.

No centro da abertura jaz um templo de pedra antiga. É uma construção baixa, ampla na base e afunilada no topo. Heras se espalham pelas laterais escuras, subindo pela estrutura com gavinhas se enfiando em cada rachadura na pedra. Musgo cobre a superfície voltada na nossa direção, uma camada fina de veludo verde que dá um brilho esmeralda ao templo.

Consigo sentir o poder deste lugar quando o encaro, mas há um toque esquisito de desconforto sob a sensação. É como se eu estivesse no meio de uma corrida para a qual treinei e de repente sentisse uma farpa no pé.

Há alguma coisa errada.

Será que ela não me acha digno? Será que presta atenção o bastante à passagem do tempo e ao desenrolar dos assuntos humanos para saber que estou atrasado?

— A gente chegou a tempo. — A voz de Selly interrompe meus pensamentos, como se de alguma forma estivesse lhes respondendo.

Quando me viro, porém, ela está olhando a enseada lá embaixo por uma abertura entre as árvores.

Vejo o *Emma* ancorado ao lado do barco preto e silencioso, mas não há sinais dos perseguidores que vimos atrás de nós no horizonte. No entanto, minha expectativa — meu sonho de conseguir descer o morro e sumir pela entrada da enseada antes da chegada de Laskia — é embotada de repente, meio enterrada sob um estranho desconforto.

— Está pronto? — questiona Keegan.

Assinto, com a boca seca, flexionando as mãos. Estico os dedos e depois os fecho em punhos.

— Sim.

Caminhamos juntos na direção do templo.

Posso sentir os dois atrás de mim, mas minha atenção está focada adiante, e o mundo ao meu redor desaparece quando deixo os sentidos se estenderem até o altar dentro da construção. Estou quase na entrada agora.

Selly agarra meu braço um instante antes de eu tropeçar nos corpos, me puxando para trás. Perco o equilíbrio por um instante, olhando para ela com uma frustração que beira a raiva. Depois acompanho o olhar da garota, e o de Keegan, e vejo os quatro corpos esparramados à nossa frente.

Estão virados de barriga para baixo, dois para dentro e dois para fora da entrada arqueada do templo. Um está com um braço estendido na nossa direção como se em um apelo silencioso.

São cadáveres antigos e ressecados, com os cabelos pegajosos e a pele esticada ao máximo — mas as roupas ainda estão intactas. E... a terra ao redor da mão esticada está revirada. Há sulcos no chão, como se o corpo tivesse tentado se arrastar para a frente — e as marcas estão frescas, como se feitas apenas momentos atrás.

— Como é possível que as roupas, as...? — Selly faz uma careta e aponta para o chão. — Como isso pode ter durado todo esse tempo sendo que os corpos ficaram assim? Deve demorar muito tempo para alguém secar desse jeito. E por que secaram em vez de apodrecerem ou qualquer que seja o processo num clima quente e úmido desses?

Keegan se aproxima e se agacha. Baixa respeitosamente a cabeça na direção da entrada do templo, depois vira com cuidado um dos cadáveres de barriga para cima.

Era uma mulher, acho, com cabelo longo e saiotes de algodão de cores claras. Em sua lapela há um broche de rubi que cintila à luz do sol.

— Eles não vieram em nome de Alinor ou do povo de Barrica — diz Keegan, baixinho. — Este é o destino dos que não vêm até aqui para orar.

— Pelos sete infernos — murmuro.

— Sem ofensa — acrescenta Selly, me cutucando com o cotovelo enquanto encara o templo, como se Barrica pudesse nos ouvir.

E, para ser sincero, é bem possível que possa.

Keegan aponta para os sulcos no chão, correndo o dedo por um deles.

— Acho que são recentes, de hoje — diz o acadêmico. — Parecem frescos. A gente não sabe muito sobre este lugar, mas imagino que a chuva teria lavado as marcas se fossem mais antigas.

Selly assente, apontando para outro dos corpos sem tocar nele.

— A julgar pelas roupas, ele era um marinheiro. Acho que é a tripulação da embarcação que a gente viu ancorada lá na enseada. A pergunta é: a Laskia mandou eles aqui para fazer o quê? E será que conseguiram completar a tarefa antes de morrer?

Nos viramos para o templo.

A urgência da minha própria missão está retumbando como um tambor no meu peito — não sei o que eles queriam, mas sei o que *eu* quero.

Sei que minha razão para ter vindo até aqui é pura — estou nesta ilha para adorar Barrica. Estou aqui para fazer o mesmo sacrifício que minha família faz em nome da deusa há quinhentos anos, desde que um de nós deu a própria vida por ela. Então o destino dessa tripulação não tem nada a ver com o meu.

Fico de pé encarando a entrada. Algo toca minha mão, e vejo Selly segurando uma caixa de fósforos e sua faca. Guardo ambos no bolso, passo com cuidado pelos cadáveres e adentro o templo.

Achei que estaria escuro aqui dentro, mas réstias de luz penetram pelas áreas sem pedra do teto. Banham o chão num padrão determinado — isso é parte deliberada do design. O lugar ainda está na penumbra; avanço devagar, arrastando os pés pelo chão empoeirado.

Quando meus olhos se ajustam à falta de luz, distingo a silhueta do altar à minha frente, estranhamente irregular. O diário diz que deve haver uma estátua de Barrica atrás dele — talvez seja isso que estou vendo.

À medida que me aproximo, porém, a sensação urgente de que há algo errado aumenta. Reviro os bolsos procurando os fósforos, e acendo um com as mãos trêmulas. Um enjoo faz meu estômago se revirar.

Preciso de mais luz, e não consigo pensar em que posso sacrificar — com a premência que não posso explicar correndo por mim, jogo o resto dos fósforos no chão e os esmigalho com o calcanhar da bota até os transformar em poeira inútil. No instante seguinte, eles desaparecem da existência quando são aceitos pelos espíritos.

Mal consigo ouvir a voz de Selly da entrada, apenas alguns passos atrás de mim — a sensação é a de que ela está falando de algum ponto muito distante.

— O que foi, Leander?

Tento acessar os espíritos do fogo dançando ao redor do fósforo que ainda seguro. Em resposta, eles lampejam alegremente, iluminando a cena ao meu redor antes de a chama se extinguir.

Um vislumbre já é o bastante. Keegan ou Selly arquejam, e enfim entendo o que estou vendo.

O altar e a estátua da deusa foram destruídos além de qualquer conserto.

Não é possível.

Isso não pode estar acontecendo.

Cambaleio adiante, quase tropeçando num martelo jogado na base do altar. Agarro as bordas irregulares da pedra, cada músculo do corpo se esforçando com a tentativa de colocar a superfície de novo no lugar, mas ela não se move nem um centímetro.

Corro as mãos pelo altar, pelo pedaço da estátua que caiu no meio dele — um dos imensos olhos de Barrica me encaram, esculpido na pedra.

Pego a faca de Selly, abrindo a lâmina, e corro o fio pela palma da mão num movimento único — passei a vida sonhando com este momento, imaginando como seria, mas nem sequer sinto o corte. Abaixo o braço para deixar o sangue pingar na pedra quebrada, sentindo a respiração ofegante enquanto ele flui solo adentro.

Fecho os olhos e busco Barrica — busco a oração que sempre permitiu que eu me conectasse com ela. Mas, embora ela esteja aqui, embora eu a tenha sentido assim que coloquei os pés na ilha, há um abismo entre nós. Um desfiladeiro escuro que engole minha voz.

O que antes era só um arrepio de desconforto agora grita nos meus ouvidos — ou talvez *seja eu* quem esteja gritando.

Posso sentir Barrica, mas sem o templo dela para amplificar meu sacrifício não consigo canalizar o poder da minha fé em sua direção. Outra ideia me ocorre: será que devo decepar meu dedo, minha mão, dar mais sangue a ela?

Mas, lá no fundo, sei a resposta.

Tudo o que fizemos, todo o caminho que percorremos, todas as pessoas que perdemos — foi tudo em vão. Chegamos tarde demais.

SELLY

◆

Templo de Barrica
Ilhas dos Deuses

Isso não pode estar acontecendo.
Não pode.

Leander está de joelhos diante do altar esmigalhado, emitindo um ruído aterrorizante e entrecortado. O príncipe não se move quando o chamamos, não dá sequer sinal de que nos ouviu.

Troco olhares com Keegan, fecho os olhos para rezar — *Estou tentando ajudar, por favor, poupa minha vida* — e entro. Dou outro passo, depois outro, e quando vejo estou correndo para me agachar ao lado dele e puxá-lo pelo braço.

O príncipe permite que eu o ajude a se levantar. Suas mãos estão geladas, o rosto sem expressão conforme cambaleia até a entrada guiado por mim. O sol ofusca nossa visão quando saímos, e meus olhos estão ardendo por causa das lágrimas. Só me lembro dos cadáveres no último momento, desviando deles com um salto e arrastando Leander para o lado comigo. Sangue escorre do corte em sua mão, caindo na terra recém-revirada entre nós.

Ele se desvencilha de mim, cambaleia até a fronteira das árvores e, apoiando as mãos nos joelhos, vomita.

Fico parada no meio da clareira, olhando para ele, tentando desesperadamente forçar meu cérebro a agir.

Não sou da família real, sou só a garota que o trouxe até aqui num barco, e não tenho a menor ideia do que fazer em seguida.

Eu devia tentar levá-lo até um lugar seguro, acho, até o *Emma*. Ir embora daqui, voltar a atravessar o mar até a rainha. Será que a gente devia correr? Há mais alguma coisa que podemos fazer aqui?

Keegan está agarrando o diário junto ao peito, e começa a fazer o que faz de melhor: se senta numa pedra e passa a virar as páginas, procurando por respostas.

O príncipe enfim se empertiga e se vira na nossa direção, com a pele marrom agora empalidecida.

— Leander — começo, sofrendo por ele, sentindo sua dor como se fosse minha. — Não foi culpa sua. Não tinha como saber que...

— Não. — A voz dele sai pesada como chumbo.

— Mas...

— Quer uma lista de tudo que aconteceu por culpa minha? — dispara ele, angustiado.

— Eu não...

— A perda da frota da turnê e a morte de todos os meus amigos constam nela — começa ele, ferido. — Os marinheiros que estavam nas embarcações, pessoas que nunca sequer *conheci* e morreram por minha causa. O *Lizabetta*, sua capitã, sua tripulação. A embaixadora, todos os navios que tiveram a carga confiscada ao longo do último ano, todas as vidas que vão se perder nesta guerra. *Nações* inteiras vão ser aniquiladas. Os Ermos Mortos não vão ser nada perto do que vai acontecer.

— A guerra é mais do que... — interrompo, mas ele ainda não terminou.

— Tudo isso está acontecendo porque a irmandade verde farejou uma brecha. Elas vêm trabalhando há gerações para atrair o povo de volta à igreja. Não é fácil, considerando que o deus deles está hibernando, mas enfim conseguiram. Olharam para nós e viram cada vez menos fiéis nos templos, e souberam que tinha chegado o dia em que Macean poderia despertar. Barrica é a *Sentinela*, é isso que ela faz, e minha família a serve. Minha irmã *me* escolheu para vir até aqui. Ela *me* escolheu para fortalecer minha deusa.

"Esta guerra não precisaria sequer ter acontecido, mas eu adiei o sacrifício. E agora que Macean vai acordar... Barrica não vai ter força para detê-lo e... a gente vai descobrir o que acontece quando *deuses* entram em guerra."

Ele ergue uma das mãos, esfregando os olhos úmidos. Minha vontade é avançar um passo, ir até o príncipe. Pegar suas mãos entre as minhas, fazer Leander entender que isso é coisa demais para um rapaz suportar sozinho.

— Eles vão alcançar a gente em breve — prossegue ele, num murmúrio.

— Então meu ato final vai ser assumir a responsabilidade. Pelo fato de que matei todas aquelas pessoas. Matei o Keegan, que me ofereceu apenas lealdade imerecida. Matei *você*, Selly. E, antes, destruí sua vida. Ainda assim, você salvou a minha, várias e várias vezes.

Me aproximo, mas ele ergue a mão ensanguentada para me manter afastada. Ainda está com os olhos molhados.

— Leander, deixa eu...

— Não! — A voz dele sai cortante como uma faca.

Abraçando o torso, me viro e cambaleio até as margens da clareira, como se pudesse fugir do sofrimento do príncipe. Cobrindo a mão com a boca, apoio numa das árvores retorcidas que nos cercam, confiando a ela meu peso agora que minhas pernas estão ameaçando ceder.

Mas as coisas não podem terminar assim. Com a gente desistindo. Com ele me rechaçando.

Há uma fileira de formigas marchando pela casca áspera, e minha vontade é dizer a elas que não há nada no topo da árvore que valha o esforço. Olho para os insetos, atordoada, e os vejo desviar de um nó na madeira. Deixo meu olhar vagar até encontrar uma brecha entre as árvores, e vislumbro um pedaço da enseada onde o *Emma* nos aguarda.

Ancorado, ele oscila perto do barco que trouxe os tripulantes mortos para destruírem o lugar antes da nossa chegada.

Inclino a cabeça de lado e demoro tempo demais para compreender. Ainda assim, fico encarando sem acreditar, com a boca seca e a cabeça cansada parecendo cheia de lã, tentando formar palavras para descrever minha visão.

Há uma terceira embarcação ancorada na enseada.

Não consigo ver ninguém no convés, o que provavelmente significa que já estão a caminho.

— Leander. — Eu me viro e vou na direção dele. — Tem outro navio lá embaixo... A Laskia deve...

Mas Keegan se levanta de repente e me interrompe, com os olhos grudados no diário em suas mãos.

— "Este é o tipo de lugar onde eu gostaria de ficar para sempre" — lê ele baixinho, encarando as páginas com determinação quando me calo. — "Mas a capitã está me chamando. Quem me dera ficar e explorar a área... Eu não ousaria visitar nenhuma das outras ilhas, onde os outros deuses devem ser tão fortes quanto a minha é aqui, mas seria divertido poder dar uma olhada do barco. Acima de tudo, parte de mim sonha em visitar a Ilha da Deusa Mãe. Falei para a capitã que dizem que todos os filhos dela podem frequentar o templo, então Barrica vai nos manter em segurança, mas ela não quer nem ouvir. Segundo as histórias, há um templo na Ilha da Deusa Mãe, construído antes dos demais. Queria poder conhecer a construção, descobrir quem a erigiu, saber se aquelas pessoas conheciam as divindades com mais intimidade do que nós conhecemos hoje. Como será que foi para esses primeiros adoradores e construtores de templos visitar a Ilha onde dizem que os deuses nasceram?"

Keegan ergue o olhar, como se estivéssemos numa sala de aula e ele estivesse esperando a gente acompanhar seu raciocínio. Mas ele perde a paciência num piscar de olhos, baixando o diário e olhando para cada um de nós.

— Entenderam? — pergunta ele.

— Não reconheço esse trecho. Quem escreveu? — perguntou Leander num sussurro.

— É o registro mais recente — responde Keegan. — Deve ter sido do seu pai.

— E você está dizendo que... — As palavras de Leander vão morrendo.

No rosto expressivo do príncipe, vejo uma esperança desesperada lutando com o medo de estar errado.

— Estou dizendo que, a julgar pelo que foi registrado no diário, seu pai era tão ou mais imprudente do que você, Sua Alteza. Imagina só sugerir uma visita à Ilha da Deusa Mãe... Não é de admirar que a capitã tenha recusado.

Dá para ouvir o sorriso de Keegan quando continua:

— Também estou dizendo que, se ele estiver certo, a gente ainda tem mais uma carta na manga. Mas só se conseguirmos escapar desta ilha com vida.

LASKIA

◆

Templo de Barrica
Ilhas dos Deuses

Jude sai cambaleando do templo de Barrica, respirando fundo o ar úmido da selva.

— Eles conseguiram chegar ao altar antes de... antes de *aquilo* acontecer — diz ele, se recusando a olhar para os corpos ressecados aos meus pés.

Estou inclinada para analisar a equipe que mandei direto de Porto Naranda, todos secos como poeira, enquanto Dasriel explora a clareira.

Fizeram o trabalho deles e quebraram o altar, mas não estão em condições de me dizer onde o príncipe está — e *era disso* que eu precisava. Com um grunhido de frustração chuto o cadáver mais próximo. Os ossos se desfazem dentro da pele esturricada, mas as roupas mantêm tudo unido.

— Consegue ver algum sinal de para onde ele foi?

Jude apenas nega com a cabeça, apertando os lábios enquanto engole em seco.

— A deusa, então. Acha que ela está fora do jogo agora?

Jude abre os braços, impotente.

— Não sou um sacerdote, Laskia.

— Eu sei, mas ela não te abateu como fez com os outros — respondo, e ele me olha atravessado.

Acho que é sinal de que acabou de entender o porquê de eu ter enviado *ele* para conferir o altar em vez de desbravar o templo eu mesma.

Talvez a deusa esteja fora do jogo — ou ele orou enquanto estava lá dentro, pedindo para continuar em segurança. Eu preferia estar na Ilha de Macean, onde *eu* poderia orar.

Quero contar ao meu deus o que fizemos, que a Sentinela, que ficou de olho nele durante todos esses séculos, vai perder força agora, afrouxando os grilhões. Quero contar a ele que *eu* fui a responsável por isso. Que eu, Laskia, fui a única pessoa corajosa e forte o bastante para fazer o que ele precisava que fosse feito todos esses anos.

Quero prometer a Macean que vou encontrar o príncipe e derrubar todas as barreiras entre a divindade e seu retorno, mas não ouso o procurar com minhas orações — não aqui. Se qualquer parte de Barrica ainda estiver presente, uma prece ao irmão com certeza será a forma mais óbvia de chamar a atenção dela.

— Algum sinal de que o príncipe esteve lá dentro? — questiono, rangendo os dentes enquanto tento extrair algo desta incursão. *Qualquer coisa.*

Não posso voltar até Rubi e irmã Beris com um *não sei*.

Jude hesita um instante a mais do que eu acharia confortável antes de negar com a cabeça.

— Não tem como saber.

— Bom, ele está em algum lugar por aí — afirma Dasriel, sem erguer a cabeça.

Os marinheiros ficaram no barco, e só estamos nós três aqui em cima. Dasriel circula a clareira como uma grande fera predadora farejando um rastro.

Sinto a raiva borbulhar, derrubando barreiras que tento manter no lugar.

— Como é possível eles não estarem aqui? — disparo. — A gente seguiu pelo único caminho que sai da enseada, e a embarcação deles está lá embaixo. Eles só teriam como voltar por aqui, não?

— Será que a gente devia...? — A voz de Jude vai morrendo.

Quando olho, ele está encarando os cadáveres.

— Não sei — continua o rapaz. — Enterrar esse pessoal?

Solto uma risada abafada.

— Eles já estão a caminho de onde quer que vão depois da morte. Cobrir os corpos com terra não vai fazer diferença. Já que quer fazer algo útil, Jude... — Ergo a voz, que fica também mais afiada quando cerro os punhos. Preciso me manter focada. Não posso me dar ao luxo de me descontrolar. Tento de novo: — Já que quer fazer algo útil, vai descobrir para onde seu príncipe foi.

Antes que ele tenha chance de responder, porém, Dasriel se agacha.

— Aqui — resmunga.

Atravesso a clareira num segundo, caindo de joelhos na terra úmida ao lado dele.

Com o imenso indicador, ele dá batidinhas no chão coberto de musgo. É quando vejo: duas gotas de sangue carmim, fresco.

A gente pode não saber para onde eles estão indo, mas agora encontramos uma pista.

KEEGAN

◆

Águas Plácidas
Ilhas dos Deuses

Estou coberto de sujeira, suor e arranhões, meio descendo aos tropeços e meio simplesmente despencando colina abaixo. Mas já estamos quase ao nível do mar, quase no recife.

Ao meu lado, Selly prageja enquanto se segura numa árvore para diminuir a velocidade, cortando as mãos na casca áspera.

Não há mesmo como voltar agora. Deixamos nosso barco do outro lado da ilha, ancorado ao lado das embarcações da tripulação morta e dos recém-chegados — imaginamos que sejam Laskia, Jude e o feiticeiro deles. O barco que veio no nosso encalço desde Porto Catár.

E imaginamos que, assim que entenderem para onde fomos, vão vir também. Mas nosso destino está bem à frente, e não consigo pensar nem um segundo além do momento em que vamos chegar a ele.

Leander dá um grito de alerta quando me vê avançando além de uma maçaroca de cipós pendurada entre duas árvores, e irrompo da fronteira da selva com impulso demais.

De repente estou diante de um precipício e me jogo no chão numa tentativa desesperada de parar antes de cair, rolando e agitando os braços para me deter.

O mundo gira, e acabo de costas numa cama de folhas, com uma perna pendurada além da beira do abismo e a respiração soando alta nos ouvidos. Ofego enquanto encaro o impecável céu azul acima de mim.

A verdade é que este é o lugar mais lindo onde já estive. Não é uma escolha ruim de cenário para passar o último dia de vida.

Selly se arrasta até a beira do abismo, estudando o recife lá embaixo. É uma mancha preta marcada aqui e ali pela espuma branca, a estrutura pouco abaixo da superfície da água. Ele se curva como um paredão marinho, cercando uma piscina natural espelhada. Leander leu no diário que o lugar se chama Águas Plácidas, e consigo entender o porquê.

Logo à frente está a Ilha da Deusa Mãe, maior do que qualquer uma das outras sete ilhas dedicadas aos seus filhos. Ela se ergue inclinada até o pico escondido pela selva.

— Coral é afiadíssimo — avisa Selly. — Se a gente chegar perto demais do recife, ele vai rasgar nossa pele.

Isso significa que não tem como a gente pular do precipício e depois subir em cima dos corais. Em vez disso, precisamos descer devagar até a água e torcer para que o recife seja raso o bastante para caminhar por cima dele.

— Este plano é péssimo — murmura ela, espiando da beira do penhasco. — Pessimamente péssimo.

— Também é o único que a gente tem — argumenta Leander, olhando por cima do ombro.

Assim, um a um, descemos pela encosta, com os músculos doendo, os cortes ardendo e as mãos se agarrando com força nas pequenas protuberâncias. Quando chegamos lá embaixo, vemos que a água bate na altura da nossa canela, encharcando as botas que acabaram de começar a secar.

Selly e eu trocamos um olhar e ela vai na frente, gesticulando para que Leander a siga enquanto fecho a fila. Nós dois entendemos o que estamos fazendo: colocando nossa maruja na frente, para traçar o caminho mais seguro, e eu na retaguarda, protegendo o príncipe de seus perseguidores. Leander está tão perdido em pensamentos que nem sei dizer se compreendeu a estratégia. O que é bom, afinal seria algo horrível de saber.

Sinto um calafrio quando partimos, e não sei se é o suor do sol sobre nossas cabeças ou a tentativa desesperada do meu corpo de avisar que nossos perseguidores logo nos terão em seu campo de visão. Depois de alguns minutos, porém, com a água chapinhando no recife à minha frente, sou forçado a me concentrar em onde estou pisando. A mistura de rochas e corais sob minhas botas é irregular, cheia de buracos que são tornozelos só esperando para quebrar.

Lá na frente, Selly cambaleia quando enfia a perna até o joelho numa área mais funda, os braços girando desesperadamente na tentativa de se equilibrar.

Leander estende a mão para ajudar, mas recua quando ela grita:

— Não!

E é assim que sou arrancado do estado quase meditativo de concentração no qual mergulhei enquanto definia o curso pelas rochas.

Ela pode cair. Ele não.

O propósito da vida de Selly ao longo da próxima hora é simplesmente encontrar um caminho seguro. O meu é ir atrás e ficar entre o príncipe e o perigo.

Então me deixo afundar em concentração mais uma vez, focando no ritmo quase hipnotizante dos passos. Talvez devesse estar passando esse tempo detalhando meus arrependimentos. Pensando nas coisas que gostaria de ter falado para meus pais, meu irmão ou minha irmã, pensando nos livros que não li, nas aulas na Bibliotheca que nunca vou assistir.

Talvez devesse estar compondo mentalmente meu registro em primeira mão desta jornada, mesmo que nenhum outro acadêmico jamais vá ler o texto ou orar para minha deusa.

Mas é um dia glorioso, no lugar mais lindo que já vi, e a Ilha da Deusa Mãe assoma à nossa frente. É bem capaz que sejamos as primeiras pessoas a colocar os pés no lugar no último milênio.

Em vez de refletir sobre minha vida, então, vejo as ondas quebrarem contra o recife e a água rodopiando ao redor dos meus tornozelos. Sinto o sol às minhas costas.

E fico feliz em apenas... existir.

LEANDER

◆

Ilha da Deusa Mãe
Ilhas dos Deuses

Já percorremos uns dois terços do recife quando os vejo atrás de nós: três vultos, um maior e dois menores. Laskia, Jude e o feiticeiro imenso. A brisa é tão leve que consigo ouvir a voz deles quando falam alto o bastante, embora não consiga distinguir as palavras.

Tento apertar o passo e seguir logo atrás de Selly, mas a verdade é que não tem como avançar mais rápido que isto. A única coisa que talvez possa nos salvar é que o mesmo serve para eles.

De repente, Keegan grita um alerta e me viro, estendendo os braços para me equilibrar, abaixando no instante em que vejo o feiticeiro enorme erguendo a mão.

A princípio acho que está apontando para mim. Depois, horrorizado, noto a arma que o sujeito está segurando. Não há nada que a gente possa fazer além de observar, tentando abaixar para ficar menor. Consigo ver Keegan tremendo, só meio agachado, as mãos apoiadas nos joelhos.

— Abaixa, Keegan — sibilo acima do bater das ondas.

Ele não se move, não olha para trás. E então compreendo.

O acadêmico está servindo de barreira entre a bala e eu.

De repente, a água esguicha bem à nossa frente, e no instante seguinte um *estrondo* ecoa acima da piscina natural.

Keegan está murmurando o que pode ser uma oração, e Selly grita meu nome num tom urgente.

— Leander, a gente precisa ir... Eles não podem chegar mais perto!

Jude também está avançando, chapinhando enquanto segue na direção do homenzarrão armado e grita alguma coisa. Ele gesticula para a ilha à nossa frente. Laskia rebate no que é nitidamente uma discussão, e algo na linguagem corporal do rapaz me faz pensar que ele está dizendo ao homem para não atirar.

Jude aponta de novo para a ilha: acha que vão ter uma chance melhor de nos acertar sem desperdiçar muito da munição limitada se estiverem mais perto.

Sinto o coração retumbar no peito e me viro para seguir Selly tão rápido quanto possível — um olhar por cima do ombro me faz ver o rosto pálido e franzido de Keegan, o olhar desfocado.

Parece inacreditável que Jude seja um de nossos perseguidores — o garoto que se sentava à mesa do jantar com a gente, que ria com a gente, que era um de nós.

Sou capaz de ver a cena de novo agora: ele me emprestando um lápis, caminhando comigo pelos campos perto da escola atrás de — não me lembro, um touro? — para cumprir um desafio. Me vejo abrindo um pacote com guloseimas trazidas de casa e dando a ele o caramelo que pedi só para poder fazer a alegria do meu amigo. Ele não recebia nada da família, e eu não queria que se sentisse excluído.

Mas essa é a questão, né? Nós recebíamos tudo, e ele nada — porque, por mais que eu sentisse que Jude era um de nós, ele próprio não se sentia assim. E, no fim das contas, aquilo importava.

Achei que ele fosse meu amigo, porém. Se alguém me dissesse que um dia ele me caçaria até a morte, eu não daria a menor bola.

Quando olho para trás de novo, o trio está mais próximo do que antes — estão fechando a distância entre nós, tenho certeza.

Estão ainda mais perto quando chegamos à encosta íngreme da Ilha da Deusa Mãe — sempre que Jude ou Laskia parecem cambalear e quase cair, o homenzarrão os segura e os coloca de novo de pé. E, pouco a pouco, isso faz com que avancem um pouco mais rápido que nós.

Meu coração retumba no peito enquanto improviso um estribo com as mãos e jogo Selly para cima. Depois, após um breve debate, faço o mesmo com Keegan, que pesa menos que eu. Os dois agarram minha mão, e as rochas afiadas como lâminas cortam minhas roupas quando apoio o pé numa protuberância minúscula e dou impulso para me pendurar num patamar e me jogar na cama de folhas secas que me aguarda. O cheiro rico e terroso enche minhas narinas.

Estou todo dolorido e suado, mas a gente deve estar chegando. Não consigo pensar direito nos milhares — dezenas de milhares — de pessoas que sequer sabem que dependem de nós para evitar esta guerra.

Só consigo pensar nas duas que estão comigo e no que precisamos fazer para chegar àquele altar.

Tenho essa esperança absurda de que de alguma forma eles consigam escapar — de que Laskia os poupe, ou que meus amigos consigam se esconder. Que ela pare de ir atrás deles depois que me pegar.

Quero que Keegan vá para a Bibliotheca, aprenda, compartilhe esse cérebro dele com o mundo.

E Selly... Ah, Selly. Quero que ela vire capitã do próprio navio. Quero que resolva o mistério de suas estranhas novas marcas de feiticeiro e que aprenda a amar os espíritos como eu. Quero que veja o mundo. Quero que pense em mim de vez em quando.

E se nada disso acontecer, uma parte pequena e egoísta de mim quer que nossos perseguidores me matem primeiro para que eu não precise assistir à morte dela.

Agarro o tronco de uma árvore para não escorregar encosta abaixo.

— Para onde agora? — digo, ofegante, olhando para Keegan.

Mas não sei o porquê. Não há nada no diário sobre alguém ter vindo até aqui — meu pai só tinha o desejo de fazer isso.

Mas o acadêmico responde com uma certeza inabalável:

— O templo fica no topo da ilha. A Mãe não poderia estar em outro lugar.

Reprimo um grunhido. O chão é muito inclinado; não acho que consigo ficar de pé, então nem tento. Espiando o trio por cima do ombro, fico em quatro apoios; juntos nos arrastamos e nos esgueiramos pela floresta.

Cipós agarram nossos braços e pernas, e insetos picam cada milímetro de pele exposta enquanto avançamos na base da insistência, o suor encharcando nossas roupas.

Passei todos estes anos com o diário do meu pai, evitando ler as últimas páginas porque queria que ainda houvesse algo dele a descobrir. Eu sou assim: sempre guardo algo para depois.

Afinal de contas, se eu não der o melhor de mim, se não viajar até o fim da estrada, se não tentar com tanto esforço quanto possível, nunca vou precisar saber que sou capaz. Ou que não sou.

Mas se Keegan não tivesse lido o diário, a gente não teria pensado em vir até este templo. Não teríamos esta última chance. E juro que vou aprender, nem que seja a última coisa que eu faça. Mesmo sendo a última coisa que vou fazer.

Agora, não há nada para guardar para depois. É vai ou racha.

Então escalamos e nos arrastamos, puxando uns aos outros em meio à vegetação rasteira e à lama enquanto seguimos rumo ao cume.

JUDE

◆

Ilha da Deusa Mãe
Ilhas dos Deuses

Isto é um pesadelo.
    O que ela vai fazer quando a gente chegar ao templo? Mandar Dasriel atirar neles e depois — minha mente continua conjurando situações cada vez mais horríveis, quase me fazendo rir histericamente — me forçar a ajudar a carregar o corpo de Leander colina íngreme abaixo, torcendo para que eu não deixe o cadáver escorregar na direção do mar e ricochetear nas árvores antes de bater na água?
    Estou presumindo que a Mãe vá nos fulminar antes que qualquer uma dessas coisas aconteça caso Dasriel mate alguém em solo sagrado. E, neste dia, o mais estranho e terrível da minha vida, essa nem parece uma notícia tão ruim assim.
    Laskia perdeu a cabeça, disso tenho certeza. Ainda assim, cá estou eu despencando pela vegetação rasteira atrás dela, a caminho de iniciar uma guerra. Se eu me recusar, ela vai atirar em mim e ir em frente com as próprias mãos, então estou aguentando tão firme quanto posso na esperança de que...
    A verdade é que não sei.
    À minha frente, Dasriel grunhe quando o chão se nivela um pouco. Estamos imundos, encharcados e cheios de arranhões causados pelos galhos conforme forçávamos nossa passagem em meio à mata.
    — Talvez eles não tenham subido — digo, ofegante, mal capaz de ouvir minha própria voz acima do retumbar do meu coração.
    — Estão subindo sim — dispara Laskia, toda esfarrapada. — O templo só pode estar no topo. Onde mais ficaria o lugar de adoração da Mãe?

— Laskia, eu...

— Não! — berra a mulher, virando-se para me fulminar com um olhar ensandecido. Está com a camisa toda suja, e o botão de cima do colete foi arrancado. — Não quero ouvir, Jude! Cheguei longe demais, fiz coisas demais... *Não* vamos parar agora. Vamos continuar subindo, pegar o príncipe e matar o desgraçado.

Dasriel não diz nada, mas segura numa árvore com uma das mãos e oferece a outra para Laskia. Com um puxão, ergue a jovem por cima da parte mais inclinada. Deixa que eu me vire sozinho — o que faço, apesar dos pulmões ardendo.

Há algo no ar aqui — talvez seja a presença dos deuses, mas também pode ser a umidade e eu seja só um idiota, sei lá. O fato é que me oprime, forçando meus pensamentos a fluírem cada vez mais rápido, como água acelerando conforme se aproxima de uma cachoeira e depois caindo de lá de cima.

O que foi mesmo que minha mãe disse?

Cada um conta uma mesma história de forma diferente. E a única versão em que somos o herói ou a heroína é a nossa.

Queria muito saber encontrar o começo da minha história, a forma de desfazer todos os nós. De seguir os fios até Lagoa Sacra, passando por Porto Naranda, pela morte do meu pai, pela época da escola, até chegar ao início.

Queria muito poder tentar recomeçar. Faria tudo diferente.

Mas sempre deixei os outros contarem a história. Deixei que folheassem minhas páginas sem sequer reclamar, que riscassem as coisas que me eram mais caras, rabiscassem em cima do que eu queria dizer e fazer.

Nunca escrevi minhas próprias palavras. Em vez disso, permiti que outros escolhessem por mim as reviravoltas da minha narrativa.

Deixei tudo acontecer comigo, abrindo mão de coisas essenciais várias e várias vezes até me encontrar aqui — finalmente desesperado para agir, mas sem nenhuma opção.

À frente, Dasriel encontra um patamar rochoso, quase um caminho que dá a volta na encosta da montanha.

Quando piso nele, vejo o abismo íngreme à minha direita — uma sentença de morte caso eu escorregue. Lá embaixo está a selva, o mar, esta parte impossivelmente brilhante do mundo — tão diferente dos pacatos campos verdes e das encostas de arenito de Alinor, das ruas movimentadas de Porto Naranda.

Já à esquerda há um paredão de pedra, com fios de água escorrendo por sulcos e musgo grudado à superfície desgastada. O caminho em si vai contornando a montanha, sempre em direção ao cume.

Se Leander e os outros não tiverem encontrado este caminho, então estamos nos movendo mais rápido que eles. Devemos conseguir acelerar a tempo de alcançá-los.

Logo meu mundo se resume ao caminho à frente, meu corpo inteiro retesado de tensão conforme coloco um pé atrás do outro. Estou sempre pronto para me agarrar caso escorregue. A pedra úmida é traiçoeira, e o tempo perde o sentido quando dou um passo, depois outro, depois outro. Não sei se são minutos ou horas que se passam.

Desperto do devaneio quando o ar ao meu redor muda, e um sopro de brisa seca atinge minha pele suada. Lá em cima ouço uma exclamação de surpresa de Dasriel e um grito de triunfo de Laskia — e logo em seguida, quando dou a volta na curva, chego abruptamente ao fim do patamar de rocha.

À minha frente, a trilha leva a uma clareira no meio das árvores, e há apenas céu azul acima de nós.

Chegamos ao pico da montanha.

Não há nenhum templo aqui, só uma série de degraus de pedra que levam para o subterrâneo. Enquanto recuperamos o fôlego, tenho um vislumbre de movimento — alguém descendo correndo a escada, já quase desaparecendo de vista.

Dasriel também vê, e minhas desculpas não vão deter o homenzarrão agora — ele ergue a arma, fecha um dos olhos e estabiliza a base enquanto mira com as mãos firmes.

Estou congelado no lugar, querendo desesperadamente me mexer, mas incapaz de mover um só músculo. Bile sobe por minha garganta.

Mas ainda tenho mais algumas páginas da minha história para escrever e *sou eu* que vou escolher o que elas dirão. Mesmo que isso signifique escrever meu próprio final.

Ergo a voz quando ouço o estalido da trava de segurança.

— Leander, cuidado!

SELLY

◆

Templo da Mãe
Ilhas dos Deuses

Pedra explode acima da minha cabeça, e por um instante vislumbro outra escadaria que leva a um subterrâneo ainda mais profundo — é quando Leander tromba em cheio com minhas costas.

Ele geme enquanto rolamos embolados — as paredes e os degraus de pedra passam voando por nós, e balanço desesperadamente os braços para não cair, mas não sei nem dizer que lado é para cima. Encolho a cabeça e oro e, de repente, me esborracho no chão de rocha lisa na base da escada. Leander pousa em cima de mim com um baque, expulsando o ar dos meus pulmões.

Por um instante, não há nada além de silêncio, do ardor dos cortes e dos arranhões e da dor intensa que me diz que vou acordar coberta de hematomas amanhã. Isso se houver um amanhã no qual acordar.

— A arma — arqueja Keegan de algum ponto atrás de mim. Me dou conta de que os dois rapazes caíram juntos, e ainda estão deitados onde aterrissaram, ambos atordoados. — Vamos, precisamos continuar.

Leander rola de cima de mim e se vira de costas com um gemido. Atarantada, fico de pé e o puxo pela mão. Ainda aturdido demais para falar direito, ele agita o braço na direção do corredor à nossa frente, avançando aos tropeços.

De alguma forma impossível, porque sem dúvida estamos abaixo do nível do solo, há *luz do sol* vinda de algum ponto adiante, logo depois da curva.

Forço meu corpo dolorido a correr, os pés batendo no chão áspero do corredor para passar pelo príncipe e tomar a dianteira. Aguço a audição, tentando ouvir passos atrás de nós. Depois, quando viro a esquina, arquejo ao ver o templo que se abre à minha frente.

O Templo da Mãe não tem *nada* a ver com o da filha Barrica — a escala é completamente diferente.

Estou à beira de uma imensa caverna semicircular, escavada da pedra escura que forma a própria ilha. Há uma abertura na lateral que dá para o mar — a boca da grande gruta está voltada para a piscina natural, o acesso desde lá de baixo protegido por pedras irregulares cobertas de conchas e cracas afiadas.

A passagem nos fez sair num terraço bem acima do chão do templo. É mais alto do que o mastro do *Lizabetta*, e percorre todo o semicírculo que forma a caverna.

Lá embaixo, há um altar amplo. Bem ao lado dele, voltada para o oceano, vejo uma estátua da Mãe. Flanqueada por filhos dos dois lados, ela estende os braços na direção do mundo além do templo.

Apesar da pedra vulcânica e escura, o lugar está repleto de luz e vida. A abertura lateral da caverna enquadra a miríade de azuis do mar e do céu e toda a criação da Mãe.

Encaro o altar, sozinha com tudo isto por um instante. Sinto um calafrio — este lugar não é apenas *um* templo da Mãe.

É *o* Templo da Mãe.

Leander e Keegan vêm correndo até mim, e desperto do devaneio. Agarro o príncipe pelo braço, puxando o rapaz pelo terraço enquanto fico entre ele e nossos perseguidores. Keegan entende de imediato o que estou fazendo e se junta a mim.

Laskia e os outros devem estar perto, mas Jude nos deu um momento de respiro. Se conseguirmos ganhar tempo o bastante para fazer o sacrifício…

A voz de Leander me distrai de meus pensamentos, mas ele está falando tão baixo que mal consigo ouvir as palavras acima do som de nossos passos.

— O que você falou, Leander?

Ele para de repente e se vira para mim.

— Não tem como descer — afirma ele, mais sussurrando do que proferindo as palavras.

— O quê?

— *Não tem como descer* — repete o príncipe.

Quando me viro para correr o olhar pelo terraço, minha boca fica seca e sinto o estômago se embrulhar à medida que sou tomada por uma náusea de horror.

Ele está certo.

Não há uma escadaria levando ao altar lá embaixo. Nem rampas ou colunas pelas quais a gente possa escorregar. Só ar.

— Deve ter um jeito — me escuto dizer, mesmo que meus olhos digam que não há. Ergo a voz, quase gritando: — Como é possível não ter como descer?

— Não era para ninguém vir até aqui — sussurra meu príncipe, balançando a cabeça devagar como se quisesse negar as próprias palavras.

— Leander — murmura Keegan ao meu lado. — Cuidado.

O homem imenso com as marcas de feiticeiro — o que jogou fogo na nossa direção lá na pousada — está entrando pelo arco que leva ao terraço. Sua expressão evoca trovões, e ele já está empunhando a arma.

Ergo uma das mãos, como se pudesse detê-lo — e cá está meu braço, coberto das estranhas formas geométricas que minhas marcas de feiticeiro assumiram. Será que passei a vida procurando minha magia só para morrer agora, pouco antes de poder descobrir por que ela é tão diferente, qual é seu significado?

A única coisa que sou capaz de fazer é encarar o homenzarrão enquanto ele ergue lentamente a arma e mira.

Foi assim que os outros tripulantes se sentiram lá no *Lizabetta*?

Não há mais nada que eu possa fazer, nenhuma carta na manga. Não consigo tirar os olhos do tambor da arma, mas não quero que seja minha última visão. Não quero que seja meu último pensamento.

Em vez disso, queria estar no oceano.

Queria estar no convés de um navio navegando ondas altas. Queria estar sentindo os espíritos do ar brincando com o meu cabelo, o corpo de Leander atrás do meu me ajudando a segurar o timão num dia ensolarado. Queria estar sentindo a maresia.

Vejo o movimento minúsculo do dedo do sujeito começando a apertar o gatilho, e me forço a desviar o rosto para não precisar olhar. Abro a boca, desejando ter um instante para falar, para dizer algo a Leander, a Keegan...

... mas a arma explode com um estampido surdo, e o homem grita, caindo de joelhos enquanto aperta a mão destruída.

Ficamos congelados no lugar, encarando, mas ainda vivos. Dou meio passo adiante, depois me detenho, ainda meio atordoada.

— O que foi...? — sussurro, acima dos arquejos do homenzarrão.

Ele geme a cada expiração, dobrado sobre o próprio corpo enquanto a cor some de seu rosto.

— A Mãe — murmura Leander. — Ela não vai permitir uma coisa dessas. Não aqui.

Ainda estou encarando o feiticeiro encolhido no chão quando Laskia aparece no corredor atrás dele. Jude vem logo em seguida — está com sangue escorrendo pelo nariz, um olho fechado de tão inchado e o pânico estampado no rosto.

Ele ergue uma das mãos enquanto Laskia avança. A mulher passa pelo feiticeiro de joelhos sem sequer olhar para ele, mas não há nada que Jude possa fazer para impedir que ela saque uma faca do cinto.

— Keegan — murmura Leander ao meu lado, com a voz distante. O nome sai estranho e lento, como se o príncipe estivesse pensando em outra coisa. — Tem certeza de que posso fazer o sacrifício aqui?

— Tanta certeza quanto possível — responde Keegan, vendo Laskia avançar devagar enquanto ajusta a mão ao punho da faca. — Todos os deuses estão presentes no templo de sua mãe.

— Então é aqui que a fé entra — afirma Leander, baixinho.

Laskia para logo além do meu alcance, me olhando de cima a baixo — está com a expressão descontrolada, os olhos escancarados demais e os lábios entreabertos. O terno perfeitamente cortado parece imundo, a pele manchada de sujeira e suor.

— Leander, corta a mão de novo. — Nem ouso tirar os olhos de Laskia. O máximo que vou conseguir ganhar é alguns segundos. — Acho que você pode meio que tentar *respingar* o sangue no... — Mas me detenho antes de terminar. Consigo ver como minhas palavras soam.

— Este é o Templo da Mãe — sussurra Leander, ecoando meus pensamentos. — Algo muito maior é exigido aqui. Chega de me guardar para depois.

Laskia inclina a cabeça para o lado — apesar de seu frenesi, fica claro que ela ouviu o mesmo tom estranho na voz dele.

— Leander? — pergunto, cautelosa, sem ousar virar a cabeça ou desviar os olhos da mulher.

— Entregue-o a mim! — cospe Laskia, perdendo a paciência.

Leander pousa a mão no meu ombro e aperta devagar.

— Vocês dois sacrificaram muito para me trazer até aqui — diz ele numa voz baixa e calma. Há uma serenidade nela que nunca ouvi antes, e isso faz os cabelinhos da minha nuca se arrepiarem. — Sinto muito. Vocês sacrificaram muito. Coisas demais. Agora é minha vez. — E, em seguida, após um segundo: — Queria ter mais tempo, Selly. Queria poder te ensinar a dançar.

— Como assim? — Dedos gélidos envolvem meu coração, e ergo a mão para cobrir a dele sobre meu ombro, entrelaçando nossos dedos. — Do que você está falando, Leander?

— Barrica — chama ele, e sua voz fica mais alta e determinada a cada palavra. — Deposito minha fé em ti. Faço meu sacrifício a ti. Fica mais forte, e continua forte em tua posição de Sentinela. Mantém Macean adormecido, e deixa meu povo... todos os nossos povos viverem em paz.

Keegan solta um grito contido ao meu lado. Quando Leander afasta a mão da minha, eu me viro a tempo de ver ele pousar a palma no parapeito do terraço.

Num único movimento ágil, ele sobe nele e abre os braços em súplica.

Leander congela no lugar por menos de um piscar de olhos, mas corro em sua direção — começo a me mover antes mesmo de pensar.

Roço a ponta dos dedos em sua perna, mas tudo que consigo segurar é o ar quando Leander se joga no espaço vazio além do terraço.

Meu grito é arrancado de algum lugar no fundo do meu peito e Keegan me segura, envolvendo meu corpo num grande abraço enquanto cambaleio atrás de Leander. Luto para me desvencilhar, e o momento entre duas batidas do coração se estende para sempre.

Mas sei, conforme minha visão borra, antes mesmo de meu grito começar a ecoar, que é tarde demais. Então em vez disso me viro para enterrar o rosto no peito de Keegan.

Não posso ver Leander morrer.

LASKIA

◆

Templo da Mãe
Ilhas dos Deuses

O tempo para.
 Entre uma batida do coração e outra, vejo tudo que fiz — todas as vezes que me provei e Rubi foi lá e mudou as regras. Todas as vezes que confidenciei meus medos à irmã Beris e ela assentiu, fingindo se importar.

Ouço os sussurros de novo, vejo os olhares de soslaio e sou tomada pela raiva, que se retorce dentro de mim como um fogo se acendendo.

Cheguei longe demais, fiz coisas demais para me entregar agora.

Vou mostrar a todos meu valor.

Vou mostrar que *não perco*.

Derrubo a faca, subindo no parapeito do terraço e escancarando os braços como o príncipe fez. Oscilo na beira enquanto instintivamente tento me equilibrar — mas depois me lembro e me sinto completamente livre.

Macean é o deus do risco, e com minha fé — apostando minha própria vida — vou encher minha divindade de poder e o libertar.

Ele e eu: vamos ambos libertar *um ao outro*. A nós dois foram negadas coisas que merecemos há muito tempo — ele contido por Barrica, eu por Rubi e Beris.

Ele vai me ver, e me conhecer, e me recompensar.

Ele não vai me decepcionar.

— Macean! — grito, e está tudo na minha voz: minha raiva, minha devoção, minha convicção. — É por ti!

Num único movimento, me jogo na direção do altar.

E ouço as ondas lá embaixo da entrada do templo, apenas por um instante, enquanto despenco no vazio.

Elas são lindas.

SELLY

◆

Templo da Mãe
Ilhas dos Deuses

—Leander — sussurro, cambaleando.
Não consigo me forçar a olhar para o altar — não quero ver o corpo dele estirado ao lado do de Laskia, ambos quebrados e ensanguentados. Estou fora de mim, desconectada do corpo. Não consigo lembrar como se respira, como se *pensa*.

Mas não posso deixar o príncipe para trás. Não posso abandonar Leander.

— Keegan, a gente precisa...

Ele pousa a mão no meu ombro, no ponto onde a de Leander esteve há um minuto. Quero me desvencilhar, quero me agarrar a ele.

— Selly, já foi.

— Não, tem que ter alguma coisa...

Consigo ver espíritos do ar rodopiando agitados pelo espaço, erguendo areia, poeira e sujeira em redemoinhos frenéticos como se estivessem captando minha raiva, meu aturdimento.

Mas isso era mesmo o que a gente devia ter feito.

Sabíamos que Laskia ia nos alcançar e que íamos morrer quando acontecesse. Nossa única esperança era conseguir fazer o sacrifício antes. Impedir que as divindades se juntassem à guerra que está se aproximando.

Mas agora Leander partiu, e me dou conta de que nunca imaginei que eu estaria aqui e ele não. Que haveria um momento *após* a morte dele, e mais outro, e que eu teria que sobreviver a todos sem o príncipe. Sinto o corpo estremecer. Estou com frio, apesar do ar quente.

Há coisas demais que não falei a ele.

Ele queria me ensinar a dançar.

É como se o pensamento despertasse uma tempestade de lembranças — Leander me deixando colocar uma flor atrás de sua orelha no dia em que nos conhecemos, com aquele sorriso divertido dele.

Leander se maravilhando com os espíritos da água na proa do *Lizabetta*, enquanto eles refletiam as gotículas e dançavam para ele.

Leander com o maxilar semicerrado, exausto depois de fazer nosso navio avançar por horas, doando a *si mesmo* para puxar Keegan atrás de nós e salvar sua vida.

Leander no mercado, posando com uma boina de vendedor de jornal para me fazer sorrir. Leander na casa noturna, tentando desesperadamente deixar para trás o medo e a culpa que ninguém imaginava que ele sentia. Leander pedindo para me beijar.

Ele não deveria ter morrido antes que o mundo soubesse quem ele realmente é.

— Barrica — sussurro, os dedos apertando a rocha do parapeito, a dor servindo de âncora. Nem sei qual vai ser minha oração, o que quero dizer com ela, mas jogo as palavras no templo com toda a força que tenho. Com uma entrega que nem sabia que eu possuía. — Barrica, por favor, *por favor*, não leva o Leander. É demais. A gente precisa dele. — E depois, com os olhos apertados, derrubando todas as muralhas que já construí, deixando para trás todo o tempo em que tentei provar que não preciso de ninguém além de mim mesma, corrijo: — *Eu* preciso dele...

Minha reza cai em um silêncio absoluto, quebrado apenas por minha respiração ofegante.

E depois é como se o próprio templo estivesse respondendo, o ar vibrando ao meu redor. Keegan arqueja ao meu lado, e sinto — é como fogo crepitando na pele, a pressão ao redor faz minha cabeça latejar como no momento antes de uma tempestade.

É algo que não tem relação com palavras, mas tenho a sensação fortíssima de que uma pergunta pressiona minha mente. Tento fazer meu melhor para responder.

— Por favor — sussurro de novo, abrindo meus pensamentos e oferecendo todos à minha deusa. Escancarando o coração e, pela primeira vez desde que

me lembro, oferecendo o que há dentro dele sem sequer tentar me proteger.
— Por favor. Eu preciso dele.

Depois a sensação some, e nada resta — apenas as ondas lá fora e os gemidos baixos do imenso feiticeiro de Laskia que teve a mão destruída. Tinha até esquecido de que ele estava aqui.

A perda da sensação sobrepujante é equivalente a ter as pernas cedendo abaixo de mim, como ser privada sem aviso de algo que eu amava, e meus joelhos tremem — acho que grito em voz alta, mas não sei dizer se o barulho vem mesmo de mim.

E no instante seguinte, o templo é subitamente inundado por uma luz branca e cintilante, cegante mesmo quando fecho os olhos. Ergo o braço e me encolho contra Keegan, tentando me proteger enquanto o corpo dele estremece contra o meu.

É como estar dentro do sol, como se o templo em si estivesse pegando fogo. Consigo pensar apenas na necessidade de proteger os olhos, de tentar desesperadamente piscar para afugentar as manchinhas marcadas do lado de dentro das pálpebras.

Keegan solta uma exclamação sem palavras. Quando baixo o braço, a luz está começando a desaparecer.

A primeira coisa que vejo é Jude, parado do outro lado do terraço. Nossos olhares se encontram, mas é impossível distinguir o que se passa em seu rosto inchado e cheio de hematomas.

Depois ele desvia o olhar, voltando-se para o centro da caverna. Para onde Leander e Laskia caíram.

Devagar, temendo o que vou ver, me viro.

No centro da luz que se ameniza há um vulto brilhante — ele está se erguendo, com os braços estendidos e o ar tremulando ao redor.

Minha mente tenta desesperadamente enumerar as possibilidades: é a Mãe, de alguma forma despertada pelos sacrifícios? É Barrica voltando para pegar em armas?

Mas a silhueta inclina a cabeça de lado, e o gesto é tão dolorosamente familiar que meu coração para.

É Leander.

E ele está *incandescente*.

Está suspenso acima do altar, flutuando com a ajuda de um exército de espíritos do ar. Estende mais os braços, deixa a cabeça cair para trás e grita, depois grita de novo, o som cru pontuado por arquejos baixinhos de partir o coração.

— Leander! — grito, enfim me desvencilhando das mãos de Keegan. — Leander, aqui!

A cabeça dele gira, como se estivesse me ouvindo, e meu coração dá um salto. Depois um vento feroz se agita ao nosso redor, soprando minha voz para longe, arrancando as palavras da minha boca e as sufocando uma a uma.

A estranha e temível pressão retorna com a tempestade, e minha cabeça começa a pulsar no ritmo do meu coração. Vozes sussurram no limite da minha audição. Não consigo pensar, não consigo focar. Só sei uma coisa — um instinto que me faz ir adiante.

Não vou perdê-lo.

— Leander! — grito de novo, estendendo as mãos na direção dele. — Aqui! Não ouse me deixar!

Devagar, se contorcendo de dor, ele vira a cabeça e ergue uma das mãos.

Estico os braços além do parapeito, forçando cada fibra dos meus músculos, mas ele está longe demais — tremo com o esforço, meu corpo chacoalhando inteiro, mas não consigo alcançar nem assim. Ele está suspenso logo além do meu alcance, com as costas se arqueando e os dedos se curvando enquanto tateiam o nada. Seus gritos vão ficando cada vez mais roucos e irregulares.

De repente, sinto as mãos de Keegan na minha cintura — ele me estabiliza, aperta de leve e, com um grunhido de esforço, me ergue, fazendo uma careta à medida que me ajuda a ir um *pouquinho* mais longe.

As pontas dos dedos de Leander roçam nos meus, o mais leve dos contatos, e sinto um lampejo de dor conforme cada músculo se contrai e cada nervo pega fogo. Com um grito, Keegan cai para longe de mim como se tivesse sido empurrado.

Todos os meus instintos berram para que eu me afaste de Leander. Enquanto o fogo ameaça me consumir, porém, envolvo o punho dele com os dedos.

Não vou perdê-lo.

Aperto forte, puxando Leander mais para perto enquanto qualquer magia bruta que seja esta corre por ele e passa a fluir por mim. Como raios que precisam de aterramento, a energia nele precisa de uma rota de fuga, de um lugar para ir antes que ele queime por completo.

E esse lugar sou *eu.*

Não vou largá-lo.

Nossos corpos se chocam, e ele me envolve com os braços. Abaixo dos tons dissonantes de seus gritos sobrenaturais, consigo ouvir a voz *dele*, do menino que conheço, do menino que riu e provocou e escancarou seus medos para mim na calada da noite.

Ainda é Leander diante de mim, e sou incapaz de suportar sua dor.

Sou movida pelo instinto; sem pensar, puxo a cabeça dele para baixo, grudando meus lábios nos seus. Eu o beijo com todo o desespero, todo o medo que há em mim, mas também com todo o amor. É um apelo, uma oferta e uma entrega.

O mundo fica branco ao meu redor, e tudo que sei é que estou com muita dor. Não consigo sentir o chão sob meus pés, não consigo ver nada além do brilho, não consigo ouvir nada além do meu próprio coração retumbando — e de um segundo *tump tump* que pulsa por mim, que sei que são as batidas do coração de Leander se alinhando às minhas.

Não posso — e não vou — deixar que ele se vá, então agarro seu corpo com força enquanto o poder bruto dentro dele, ofertado pela própria deusa, viaja por mim e flui de volta para a pedra do templo.

E depois, num piscar de olhos, tudo acaba.

A tempestade passou, embora o ar esteja denso, me pressionando como um peso físico. Me afasto do beijo, os braços ainda envolvendo o jovem à minha frente, ofegando como se eu tivesse corrido. Meu corpo dói, meus ossos parecem abalados, e cambaleio — mas treinei a vida toda para isso, em conveses castigados pela inclemência do tempo, então aguento firme.

Os olhos de Leander não são mais castanhos — agora são puro verde, sem sequer um milímetro de branco. Estão cintilando de magia, e um pequeno raio salta entre nós, como faísca antes de uma borrasca. É quando vejo meus braços e as costas das minhas mãos.

Minhas novas marcas de feiticeiro — as que ele disse que nunca vira iguais antes — também estão piscando, pulsando devagar no ritmo do meu coração.

Será que foram feitas para este momento?

— Leander? — resmungo, mas ele não responde. Com olhos verde-esmeralda, não sei sequer se está olhando para mim. Se consegue me ouvir.

— Leander, você está aí?

— Ele... — começa Keegan, num mísero sussurro. — Selly, acho que ele...

— Ele o quê? Rápido, Keegan!

— Acho que ele é um Mensageiro — consegue dizer. — Como o rei Anselm, o primeiro rei que se sacrificou. Aquelas histórias sobre ele ter se tornado um guerreiro da deusa... Acho que...

As palavras vão morrendo na boca dele. Quando me viro, o rapaz está olhando lá para baixo, para o altar. Para a garota deitada ali, perfeitamente imóvel. Barrica veio para tocar Leander, mas Macean não acordou por Laskia. E talvez outra pessoa pudesse sentir muito por isso. Com a trilha de mortes que ela deixou para trás — a frota da turnê, o *Lizabetta*, amigos meus e de Leander —, porém, estou tranquila.

Keegan ergue a cabeça, o olhar disparando para mim de novo.

— Temos que ir embora. Precisamos sair deste lugar.

Leander não parece ouvir nossa conversa. Continua com as mãos entrelaçadas a uma das minhas quando se vira, como se fosse andar ao longo de todo o terraço, para perto de onde o templo se abre para a piscina natural perfeitamente lisa — para as Águas Plácidas.

Deixo que ele me guie, esperando para ver o que o garoto vai fazer. Ele não dá comando algum, ou sequer sinal de que está enxergando à frente, mas a pedra escura ao nosso redor começa a se deformar e derreter.

Arquejo quando o material se transforma numa série de degraus irregulares que conectam o patamar onde estamos com o altar onde Laskia se encontra. Depois eles se estendem além, formando um caminho liso que leva até o mar.

Sem olhar para mim de novo, Leander começa a descer, ainda me puxando pela mão. Meio anda, meio cambaleia pela trilha, seguindo na direção da água.

Quando chega ao oceano, cuja água reluz lisa como vidro, simplesmente dá um passo — e a superfície segura seu peso, como se fosse feita de pedra. Consigo ouvir Keegan correndo atrás de nós, mas não é ele que grita quando me preparo para acompanhar o príncipe Águas Plácidas adentro.

— Leander!

Jude está desamparado, parado no terraço, olhando para nós.

Me detenho, e Leander para ao meu lado, soltando um gemido leve de dor quando aperta meus dedos com mais força depois de inclinar a cabeça.

Hesito, olhando para o jovem no terraço, coberto de sangue e machucados. Supostamente, é nosso inimigo. Mas era amigo de Leander — o príncipe queria ter ajudado Jude em Porto Naranda. E o garoto ofereceu algo em troca: gritou um aviso, e salvou Leander de levar um tiro nas costas.

— Jude, vem com a gente — chamo. — Rápido.

O rosto dele assume uma expressão agoniada de indecisão. Mas no instante em que parece que vai se mover, o feiticeiro imenso fica de pé, ainda segurando a mão ensanguentada, e balança a cabeça.

Jude fecha a expressão e recua um passo para dentro das sombras.

Encaro o terraço vazio, incitando o rapaz a voltar, mas ele continua meio escondido. Depois de um longo momento, giro para seguir Leander acima da água, pelo inacreditável caminho que o príncipe criou.

Ele me guia até as Águas Plácidas, e é como se eu estivesse andando sobre vidro — quando baixo os olhos, consigo ver peixes saltando sob meus pés, mas a água em si não cede. As ilhas formam um anel ao nosso redor, unidas pelo recife que faz tudo parecer uma coroa incrustada de joias feitas de selva. Ao meu lado, Keegan sussurra algo a si mesmo; não consigo identificar as palavras, mas há admiração em seu tom.

Leander tropeça, e seguro sua mão para ajudá-lo a se sustentar. Meu coração aperta no peito, e entrelaço os dedos aos dele.

Não sei em que ele se transformou, ou para onde está nos levando, mas sei que vou atrás.

Não vou perdê-lo.

Não vou deixá-lo partir.

JUDE

◆

Templo da Mãe
Ilhas dos Deuses

Eu poderia correr atrás deles. Iriam me ouvir se eu gritasse.
　　Mas Dasriel está olhando para mim, apertando a mão machucada contra o peito, com a respiração entrecortada por causa da dor.

E Laskia jaz lá embaixo no altar, enfim imóvel, com a cabeça virada para o lado e os membros espalhados de qualquer jeito.

Alguém precisa levar seu corpo para casa. *Eu* preciso levar seu corpo para casa. Não porque ela conquistou o direito por esse tipo de gentileza ou porque merece alguma dignidade especial. Ela abriu mão disso há muito tempo.

Não. É porque minha mãe ainda está em Porto Naranda, e se Dasriel levar o cadáver dela para casa sozinho, minha mãe nunca mais vai ver outro médico, não vai saber o que houve comigo. Nunca vai saber por que a deixei para morrer sozinha.

A grande probabilidade é que Rubi vá me matar de um jeito ou de outro, mas há uma mínima chance de ela me deixar em paz. De ela me deixar desaparecer com minha mãe caso faça isso por Laskia.

Então vou fazer. Não posso seguir Leander — não depois de tudo que fiz a ele. Jamais poderia me juntar ao trio, porque jamais poderei ser como eles. Nunca mais.

— Vai ficar parado aí? — Dasriel enfim consegue resmungar. A mão dele, ou o que sobrou dela, manchou sua camiseta de sangue. Acho que prendeu o cinto ao redor do pulso para estancar o sangramento. — Ou pretende resgatá-la de lá alguma hora?

Sigo até a beira do terraço e, com cuidado, pouso o pé nos degraus de pedra que Leander — ou quem quer que ele tenha se tornado — deixou para trás. Nada acontece, então arrisco mais um passo.

Devagar e com dificuldade, desço até chegar ao chão lá embaixo. Laskia não está ensanguentada, nem de perto tão quebrada quanto achei que estaria. Na realidade, parece estar dormindo. Não quero encostar nela de jeito nenhum, quanto mais carregar seu corpo.

Mas esta foi a estrada que construí para mim, e agora preciso cruzá-la.

Dou um passo adiante.

Uma mudança na luz me faz parar, me perguntando se o que vi é apenas o sol saindo de trás das nuvens lá fora. Alguma alteração na luminosidade. Algo... Alguma coisa.

Mas Dasriel solta um palavrão no terraço lá em cima e, de repente, também vejo.

Fraco no começo, mas depois com mais intensidade a cada instante, Laskia está cintilando com uma luz fraca, branca e brilhante, assim como Leander.

E, em seguida, enquanto fico congelado na base da escadaria, ela começa a se mover. Não tem nada a ver com a ascensão suave e graciosa de Leander — Laskia é lenta e se desloca aos trancos, como uma marionete cujos fios são controlados por pessoas demais. E está emitindo um *ruído*, um gemido que parece arrancado da garganta.

Ela fica de joelhos, balançando, a cabeça baixa.

Depois se vira para mim, e vejo que seus olhos estão tomados por um tom puro e vibrante de verde.

SELLY

◆

O Emma
Lagoa Sacra, Alinor

Vejo como os espíritos se agrupam ao redor de Leander, lutando para estar próximos dele.

O garoto foi tocado por uma deusa. Embora tenha aos poucos voltado a si a bordo do *Emma*, o jovem parado ao meu lado no timão não é aquele que eu conhecia.

Seus olhos voltaram ao normal — embora as íris agora sejam verde-esmeralda e não castanhas —, mas ele se encolhe em reação à luz, estremece com o mais suave dos sons e se sobressalta com o mais ínfimo dos movimentos. Foi esfolado até estar em carne viva, e todas as coisas no mundo o ferem. Às vezes, ele mal parece saber onde está ou que nem sequer estou aqui. A menos que eu tente sair do lado dele — neste caso, ele agarra minha mão e tropeça na minha direção como se a distância entre nós também lhe causasse dor.

No *Pequena Lizabetta*, em nosso caminho até Porto Naranda, Keegan me contou sobre os Mensageiros. Disse que eles tendem a desaparecer dos livros de história logo depois de surgirem — que essa coisa de dar as caras e depois sumir é a razão pela qual a maioria das pessoas duvida de sua existência. Mas agora acho que sei o que acontece, e me nego a deixar o mesmo acontecer com meu príncipe.

Aonde eu for, Leander irá também — mesmo olhando através de mim durante metade do tempo. O sorriso rápido e fácil que fazia eu me sentir como se estivesse sendo banhada pelo sol não existe mais, mas alguma parte dele ainda parece me conhecer. O rapaz se acalma quando segura minha mão, e consigo ver a energia passando entre nós. Não é só magia. É mais.

Estou ancorando Leander no lugar, e nós dois podemos sentir isso.

Ele não come há dias, desde que zarpamos com nosso pequeno barco de pesca. Também não dorme. Acho que não precisa mais desse tipo de coisa.

Keegan e eu trabalhamos juntos tanto quanto possível para voltar o *Emma* na direção de Alinor e traçar nossa rota, mas o vento e os espíritos da água nos carregaram tão sem esforço que, na verdade, a única coisa que a gente precisou fazer foi ajustar as velas.

Na maior parte do tempo, ficamos juntos no convés — eu no timão, Keegan por perto e Leander sempre ao meu lado. Ele não me abandona nem quando vou dormir. Só fica lá deitado comigo, espremido na caminha estreita, com o corpo aninhado junto ao meu.

Às vezes acordo de sonhos estranhos e sem sentido, certa de que a gente conversou, mas incapaz de lembrar o quê. Em outras ocasiões tenho pesadelos, e vejo lampejos do que o atormenta — mas as imagens somem assim que abro os olhos, se desfazendo no ar como poeira.

Quero muito ouvir a voz de Leander. Quero que ele pisque e volte ao normal, que de repente olhe para mim e ria, de volta a si.

Mas embora a cada dia ele pareça mais ciente dos arredores, e apesar de raramente soltar minha mão, a pessoa que mais quero que me conforte no mundo não está mais aqui.

Estamos a uma légua da entrada do porto de Lagoa Sacra quando vemos a flotilha no horizonte. Os conveses estão cheios de gente. Há bandeiras hasteadas em todos os mastros.

Estremeço de medo, mas Keegan pega a luneta da bolsa ao lado do timão e se equilibra sem dificuldades enquanto leva o instrumento ao rosto. Olha por ele e o entrega para mim sem dizer nada, com a expressão pensativa.

Não há um exército vindo nos receber. Todas as embarcações estão repletas de vultos acenando, muitos subindo nos mastros para nos ver melhor. As bandeiras expostas são todas alinorianas.

— Isso é tudo pra nós? — pergunto, o estômago se revirando de nervoso.

— Pelo jeito, já sabiam que a gente estava vindo — responde Keegan, pensativo. — Barrica está mais forte do que jamais esteve em séculos. Talvez tenha conversado com eles, como costumava fazer antes da guerra ou então enviado um sinal.

— Acha que sabem que ele é um... — Mal consigo pronunciar a palavra, olhando para onde Leander está ao meu lado, de olhos fechados e o rosto virado para o vento.

Um Mensageiro.

Mas ele é mais do que isso para mim. Mais do que o príncipe de Alinor. Mais do que um Mensageiro de uma deusa, um garoto que sobreviveu à morte.

Mais do que qualquer uma dessas coisas, ele continua sendo Leander.

Ou assim espero.

LASKIA

◆

O Sereia
Mar Crescente

Sei que Macean está se revirando enquanto dorme.
É como um trovão no horizonte, e o fato de que posso sentir a tempestade de tão longe é um aviso de quão barulhenta ela vai ser quando ele enfim voltar toda a sua atenção para mim.

Por hora, o deus sabe quem sou. Mesmo na mais profunda hibernação, ele sentiu minha fé, captou minhas oferendas. Foi suficiente para atraí-lo na minha direção, para dar a ele o poder de estender a mão para mim.

Ninguém teve fé como eu, ninguém ofereceu o que eu estava disposta a oferecer — e agora tenho minha recompensa.

Ele está despertando, e juntos vamos ascender.

A irmandade verde vai servir a nós, vai nos *venerar*.

Rubi vai me ver agora, em toda a minha glória.

Mas meu corpo está queimando de dentro para fora, e não tenho ideia de como fazer este combustível durar o bastante para dar conta de tudo que desejo fazer. Meus músculos gritam a cada movimento. Contudo, quando lágrimas rolam por minhas bochechas e minhas mãos se curvam em garras, me forço a suportar.

Preciso do que ele tem, do que o príncipe obteve com aquela garota. Preciso de alguém que me aterre, alguém em quem possa despejar parte desta força que ameaça me sobrepujar. Preciso encontrar alguém, e logo.

Em minha visão periférica, os marinheiros correm pelo convés como formiguinhas, tão longe de mim quanto possível.

Eles estão com medo.

E deviam estar mesmo.

AGRADECIMENTOS

O mar está no meu sangue. Como Selly, dei meus primeiros passos num barco, mais equilibrada no convés balançante do que em terra. Levei minha filha para o oceano quando ela estava com apenas duas semanas de vida para dar uma salgada nela. Fico feliz de, ao escrever este livro, ter tido a chance de levar você, meu leitor, para o mar também.

Meu pai me ensinou a velejar. Minha mãe me equipou com um colete salva-vidas e me deixou livre para cair — e depois me pescou da água — mais vezes do que sou capaz de contar. Minha irmã Flic era destemidíssima, e fez com que eu quisesse ser assim também. A todo mundo que navegou comigo: obrigada. Estar na água fez — e ainda faz — que eu seja quem sou.

Em 2013, Marie Lu leu o primeiro capítulo deste livro e perguntou todo ano desde então quando ele iria sair. Ela acreditou na existência dele. Meg Spooner foi minha fiel escudeira, sempre ao meu lado quando eu mais precisava dela, para me ajudar ou comemorar comigo. Muitos amigos fizeram estas páginas serem melhor: obrigada a C. S., Ellie, Lili, Alex, Nicole, Sooz, Liz e Kate.

Faço o podcast *Pub Dates* com Kate J. Armstrong, que oferece aos ouvintes um vislumbre do processo que há por trás de livros — inclusive deste. Se você gostou de ler *Ilhas dos Deuses*, experimente escutar! E se quiser continuar recebendo informações sobre o que estou escrevendo e meus últimos lançamentos, pode se inscrever na minha newsletter (em inglês) acessando meu site.

Agora quero dar a você um vislumbre de quantas pessoas são necessárias para fazer um livro — muito mais do que você imagina. Sempre achei que livros deveriam ter créditos descendo devagar no final, como acontece nos filmes. Vamos tentar.

Sou profundamente grata ao olho editorial de Melanie Nolan, assim como ao seu apoio e orientação. Obrigada a todo o meu time editorial: Gianna, Dana e Rebecca.

Agradeço demais à equipe da campanha: Jules, Elizabeth, Erica e Josh. Obrigada a John, Dominique e Adrienne.

Também mando meu muito obrigada para o time de produção: Alison, Artie, Tamar, Amy, Renée, Jake, Tim, Natalia, Ken e Angela. E agradeço ainda à equipe responsável pela publicação: Gillian, Judith, Erica, Kortney, Joe e Barbara Marcus. Às várias, várias pessoas em vendas (tantas que nem sei nomear todas): sou muito grata por ter vocês fazendo meu livro chegar às mãos dos leitores. À galera da Listening Library, incluindo o lendário Nick — obrigada por fazer meu livro virar realidade! E obrigada a Aykut Aydoğdu pela arte de capa dos meus sonhos.

Na seara internacional, preciso agradecer à Equipe Allen & Unwin na Austrália: Anna, Arundhati, Ginny, Nicola, Eva, Sandra, Simon, Deborah, Matt, Natalie, Alison, Kylie, Liz e Sheralyn. No Reino Unido, à Equipe Rock the Boat: Katie, Shadi, Juliet, Kate, Lucy, Mark, Paul, Laura, Deontaye, Ben e Hayley. Obrigada também a scouts, agentes, publishers e tradutores que estão trazendo minha história à vida ao redor do mundo.

Sou muito grata pelos outros escritores que tiraram um tempo para ler este livro antes da publicação, além de oferecer blurbs e apoio: Stephanie Garber, Garth Nix, Brigid Kemmerer, Alexandra Bracken, C. S. Pacat, Kendare Blake, Lynette Noni e Marie Lu.

Não consigo agradecer o bastante a minha agente, Tracey Adams, por sua paciência, bom humor, sabedoria e amizade, e a toda a equipe da Adams Literary — Josh, Anna e Stephen.

Ao meu pai e meu tio Graeme, que responderam minhas perguntas obscuras sobre navegação: muito obrigada! Também tirei inspiração das maravilhosas fotografias de Alan Villiers. E, como sempre, fui guiada por uma série de leitores que me ofereceram perspectivas e experiências que não eram minhas — agradeço muito por seu tempo e carinho.

Meus amigos me mantiveram acima da superfície ao longo da escrita deste livro, que aconteceu majoritariamente durante os meses de isolamento por causa da pandemia. Falo todo dia com meu sábio conselho formado por Eliza, Ellie, Kate, Lili, Liz, Nicole, Pete e Skye. Selly diz a Leander que vai levar o príncipe até as Ilhas nem que precise navegar até lá com as próprias mãos. Em alguns dias, eles foram essas mãos que navegaram por mim.

Também mando todo o meu amor à tripulação Roti — especialmente Emma, que foi incluída nesta história para oferecer uma travessia segura quando mais era necessário, e de quem sentimos saudades todos os dias. Me permita acrescentar mais alguns nomes — sempre acho que é melhor de mais do que de menos no que se diz respeito a agradecimentos. Então, para aqueles que ainda não mencionei, todo o meu amor e minha gratidão: Kacey, Soraya, Nic, Leigh, Maz, Steve, Kiersten, Michelle, Cat, Jay, Johnathan, Jack, Matt, Kat e Gaz.

Às pessoas que vendem livros, trabalham em bibliotecas, fazem resenhas e lecionam e a todos que leem e compartilham meus livros: sou muito grata por seu apoio.

E enfim, minha família. Meu querido Jack ficou aninhado aos meus pés enquanto eu escrevia. Meu marido, Brendan, é meu porto seguro, o lugar para onde sempre volto depois de explorar outros mundos. Amo você. Nossa filha é a luz das nossas vidas — Pip, você é a melhor parte de cada dia. Você cresceu junto com esta história, e mal posso esperar por nossas aventuras futuras.

Impressão e Acabamento:
BMF GRÁFICA E EDITORA